LES CHEMINS SECRETS DU PASSÉ

FANNY BLAKE

LES CHEMINS SECRETS DU PASSÉ

Traduit de l'anglais
par Anne Rémond

ÉDITIONS PRISMA

Titre de l'édition originale :
The Long Way Home

ISBN : 978-2-8104-3245-5

À ma famille

Chapitre 1

Paris, 1954

Un bagagiste prit les valises de May et les poussa sur un chariot, en direction de la station de taxis. Elle marcha sur ses talons, de peur de le perdre dans ce chaos inconnu. La gare du Nord grouillait de monde et résonnait de bruit, tandis qu'ils fendaient la foule qui déferlait autour d'eux. May se sentit désorientée par la lumière d'été parisienne, qui dardait par la haute verrière au milieu de la vapeur des trains, mais aussi par les moteurs ronflants, les sifflets, les cris et les annonces incompréhensibles, crachées par le haut-parleur. Quelques instants plus tard, elle remit au bagagiste un pourboire (trop généreux, sans doute, mais elle était trop excitée pour s'en soucier) et tendit au chauffeur de taxi un papier portant l'adresse de M. et Mme Dubois. Il retira la Gauloise de sa bouche, prononça quelque chose qu'elle ne comprit pas et ils se mirent en route. Le cœur de May cognait dans sa poitrine.

Les rues de Paris ne ressemblaient en rien à ce qu'elle connaissait. Des vélos et des scooters se faufilaient entre les voitures et les camionnettes, les sonnettes et les klaxons retentissaient, et des policiers en uniforme coiffés de képis et munis d'un bâton blanc réglaient la circulation au milieu de la chaussée. Un bus vert et blanc les dépassa, la publicité « Dubonnet » écrite en grosses lettres au-dessus de ses vitres. Au coin des rues se dressaient des kiosques verts, regorgeant de cartes postales et de journaux. Sur les trottoirs, les cafés avaient installé des tables ombragées par des parasols « Pernod » bleu et vert. Une croix verte sur la façade d'un immeuble pour signaler une pharmacie, des bannes à rayures, des mots inconnus sur les bâtiments et dans les vitrines : tout un kaléidoscope d'impressions nouvelles. Les gens eux-mêmes étaient différents : les femmes élégamment vêtues, la taille cintrée, un bibi incliné sur la tête ; les hommes en costumes sombres amples ou en gabardine. Le taxi passa au pied de monuments que May avait vus en photographie : l'imposant Arc de triomphe, les Champs-Élysées bordés de platanes, le Louvre... Ils franchirent la Seine et doublèrent la façade et les tours travaillées de Notre-Dame. De ce côté du fleuve, les rues étaient plus étroites, plus sombres, intrigantes. May observait tout, le nez collé à la vitre de la voiture.

Ils s'arrêtèrent enfin devant un immeuble qui avait dû être autrefois élégant et qui faisait face à ce qui semblait être un immense parc. La peinture s'écaillait, les pierres étaient sales, mais il était magnifique. May y était. Elle était arrivée. Elle descendit du taxi et, pendant que le chauffeur déchargeait ses bagages, elle compta le bon nombre de francs, peu accoutumée à ces pièces de monnaie inconnues. Le taxi reparti, May tira sur la sonnette placée près des énormes portes. À quoi ressembleraient ses employeurs ? se demanda-t-elle avec une appréhension soudaine.

Plus important encore, à quoi ressemblerait leur fils dont elle aurait la garde ?

La porte s'ouvrit et May pénétra dans une cour. Elle entra et attendit, se sentant minuscule au pied des immeubles qui s'érigeaient autour d'elle. Un chat tigré, allongé dans un petit coin de soleil, la regarda et cligna des yeux. Elle sentit des odeurs de cuisine et peut-être même – mais elle espérait se tromper – d'égout.

Après ce qui lui parut une attente interminable, elle entendit des pas dans l'un des escaliers de pierre, à l'intérieur du bâtiment. Une femme menue, semblable à une ballerine, apparut devant elle, *soignée*. Ses cheveux bruns étaient tirés en un chignon serré sur sa nuque, ses traits aquilins étaient néanmoins amicaux.

– *Miss May Campbell? I am Mme Dubois. Come wiz me*, essaya-t-elle. Mon anglais n'est pas très bon !

Toutefois, May s'en moquait totalement. Grâce aux cours qu'elle suivrait, elles n'auraient pas besoin d'échanger en anglais. May était déjà fascinée par la langue française et par tout ce qu'elle venait de voir. Son aventure avait débuté.

Chapitre 2

Édimbourg, mars 2019

Isla ouvrit les portes de l'armoire à glace et un léger effluve de parfum fit entrer sa mère May, récemment décédée, dans la chambre. Les souvenirs l'assaillirent, déclenchés par les vêtements soigneusement accrochés : sa tenue chic pour une soirée à l'extérieur avec leur père ; son manteau préféré pour se protéger du climat d'Édimbourg ; la robe qu'elle avait portée à Noël dernier ; la vieille veste qu'elle mettait toujours pour jardiner. Combien il serait plus facile de fermer la porte sur tout cela, de faire comme si rien n'avait changé. Or tout avait changé.

Isla jeta un coup d'œil près de l'armoire, sur les marques au crayon que May avait tracées au mur pour mesurer la croissance d'Isla et de ses deux sœurs.

Isla : toujours la plus grande. Sa mère n'avait pas apprécié qu'elle la dépasse dès ses quinze ans. Sa taille l'avait également distinguée de ses sœurs. Tout comme ses cheveux roux, pareils à ceux de son père. Tout comme son désir d'indépendance.

Morag : beaucoup plus petite et plus trapue, avec des cheveux bruns et un tempérament de feu.

Lorna : aussi brune que Morag, mais plus élancée. Le bébé de la famille qui avait très tôt cherché à obtenir ce qu'elle voulait.

Isla eut le souffle coupé face à ces marques, qui paraissaient renfermer toute leur enfance.

Le décès de May les avait tous pris par surprise. Cette vaillante Écossaise qui semblait éternelle avait été fauchée par une crise cardiaque, soudaine et fatale. Les adieux n'avaient pas été dits, tout comme une multitude de regrets rémanents. Debout dans la chambre de sa mère qui l'évoquait tellement, Isla avait une envie folle de partager avec elle une dernière tasse de thé et, dans une ultime occasion, de démêler leurs différends. Jamais elle ne saurait pourquoi elles s'étaient éloignées l'une de l'autre au fil des ans, ni ne pourrait arranger les choses. La maison paraissait plus petite, dans une sorte d'attente également, comme si leur mère était sur le point de passer une porte, d'être assise dans son fauteuil préféré, ou de se tenir dans le jardin, en agitant sa canne sur les plantes qu'elle n'aimait pas.

Le ciel menaçant rendait la chambre plus sombre encore que dans le souvenir d'Isla. Des photographies ternies de proches décédés depuis longtemps et de vieilles gravures écossaises acquises par son père étaient accrochées aux murs. Les meubles étaient foncés et imposants, les rideaux à fleurs décolorés. Isla n'avait jamais aimé être dans cette pièce, même par temps clair. Enfant, elle restait à l'extérieur, la main prête à frapper à la porte quand elle avait besoin de sa mère, en espérant plus ou moins ne pas recevoir de réponse.

Une branche effleura la fenêtre et fit sursauter Isla.

S'occuper des affaires de leur mère et organiser les funérailles affectait les trois sœurs et ravivait les vieilles tensions entre elles. Jusque-là, les émotions avaient été contenues, un peu comme si leur mère était toujours présente, prompte à réprimander toute incartade. Cette femme qui ne faisait pas de sentiment n'aurait pas voulu que ses filles pleurent sa mort. « Ça fait partie de la vie, aurait-elle dit. Et vous devez continuer à vivre. » Les fleurs, les chants, les lectures et les intervenants – tous sujets susceptibles de provoquer des dissensions – avaient été strictement répartis entre elles. Aucune ingérence, aucun commentaire n'était autorisé. Dans vingt-quatre heures, tout serait terminé. Pour le moment, sur une suggestion de Lorna, elles cherchaient le testament de May.

Isla entendait Lorna au rez-de-chaussée fouiller le secrétaire du salon, pendant que Morag cherchait dans le bureau de leur défunt père. May devait avoir rangé une copie de son testament en lieu sûr. Si elles ne mettaient pas la main dessus, Isla appellerait le notaire dans la matinée. Elle s'assit sur le bord du lit. Le parfum suranné de sa mère exhala de l'oreiller, d'où dépassait sa chemise de nuit fleurie en pilou. Isla se saisit du livre sur la table de chevet, émue à la pensée que cette histoire des jardins écossais ait été le dernier ouvrage lu par sa mère. Elle le feuilleta et retira la lettre partiellement écrite qui faisait office de marque-page. Elle reconnut immédiatement les pattes de mouche de sa mère. Elle aurait vu d'un mauvais œil qu'Isla la lise mais… elle n'était plus là pour l'en empêcher.

« Mes chères filles… » lut-elle. Isla s'arrêta, surprise que ce mot soit adressé à ses sœurs et elle. Quelle étrange coïncidence ! Isla inspira et reprit sa lecture.

> *Voici la liste de toutes les personnes que vous pourriez contacter lorsque je serai partie.*

Il y avait une seconde feuille. Leur mère avait toujours été une grande adepte des listes : les uniformes scolaires, les valises pour les vacances, les livres qu'elle avait lus, les tâches à effectuer, les cartes de vœux à écrire, les invitations à envoyer pour une fête… et ainsi de suite. La vie était réduite à une série de listes encochées. Et cette page en était une de plus : il y figurait la liste de toutes les personnes impliquées dans ses affaires, depuis son comptable jusqu'à la compagnie d'électricité, depuis son notaire jusqu'à ses coordonnées bancaires, comme si elle avait eu la prémonition de sa mort imminente.

Isla revint à la lettre :

> *John Donaldson, le notaire, détient mon testament. Il y a une copie dans le secrétaire de votre père. Isla, je te laisse le tableau que Papa avait dans son bureau. Cela peut sembler peu, mais un jour tu comprendras. Après autant de temps, c'est difficile de t'expliquer…*

C'était tout. La lettre était inachevée et non signée. Comme c'était étrange de tomber dessus à ce moment-là, comme si le destin l'avait mise entre les mains d'Isla. Elle se demanda ce que sa mère voulait écrire ensuite. S'était-elle ravisée au sujet de cette lettre ? Ou l'avait-elle commencée à la veille de mourir au cours d'une partie de bridge, sans jamais la finir ? Ne pas terminer quelque chose n'était pas dans la nature de sa mère, mais elle avait été brusquement emportée. Isla prit le stylo à bille posé près de la lampe de chevet et le fit tournoyer dans sa main, pensive. May devait être la dernière personne à l'avoir touché.

– Isla ! Lorna ! résonna la voix de Morag dans l'escalier. Je l'ai trouvé.

Isla prit la lettre, referma les portes de l'armoire et descendit rejoindre ses sœurs dans le bureau. Il y régnait toujours la même odeur de cuir, de livres et de tabac. Des étagères bordaient les murs, soutenant des ouvrages empilés pêle-mêle. Un canapé et un fauteuil en cuir usés flanquaient la cheminée ornée de faïence. Les lampes désuètes projetaient sur tous les objets une lueur dorée flatteuse. La dernière fois qu'Isla avait vu son père, il était assis près du feu, plongé dans un livre, dans l'air enfumé par sa pipe. Rien n'avait beaucoup changé. Même le béret écossais et l'écharpe en tartan bleu et vert étaient toujours accrochés au dos de la porte. Morag avait ouvert le secrétaire de leur père et éparpillé le contenu des niches sur la tablette. Elle avait le testament dans sa main.

– Regardons-le, dit Lorna, qui avait arraché l'enveloppe des mains de sa sœur avant que personne n'ait pu faire un geste. Autant confirmer ce que nous savons déjà. La succession de

Maman se partage entre nous trois, et nous serons les exécutrices testamentaires.

Elle commença à feuilleter le document avec l'attention d'un rapace.

Ses sœurs ne pouvaient être plus différentes, songea Isla en les observant. Le visage de Morag était tanné et ridé. Peu soucieuse de son apparence, elle était vêtue d'un jean et d'une polaire, contrairement à Lorna qui était élégante et dont pas un seul cheveu ne dépassait. Qui sait combien elle dépensait pour être aussi soignée ?

– Hein ? Ce ne peut pas être juste !

Lorna portait son attention sur une page en particulier. Elle suivit de son doigt parfaitement manucuré une ligne, puis la suivante.

– Mais elle ne peut pas nous faire ça !

– Qu'est-ce qu'il y a ? demanda Morag, qui alla jeter un coup d'œil par-dessus l'épaule de sa sœur.

– Regarde, là… lui répondit Lorna en pointant son doigt. Il doit y avoir une erreur.

– Laisse-moi voir.

Morag lui reprit le testament et le lut.

– Non ! Elle ne peut pas te faire ça, Isla.

– Qu'y a-t-il ? s'inquiéta-t-elle, mal à l'aise devant l'expression stupéfaite de ses sœurs.

– Regarde donc par toi-même, lui suggéra Morag en lui tendant le document. Mais ça ne va pas te plaire.

– Ah bon ?

Isla prit le testament et s'approcha du fauteuil près de la fenêtre. Elle était consciente que ses sœurs la fixaient, figées sur place, dans l'attente d'une réaction. Elle dut lire à deux reprises les lignes en question pour s'assurer qu'elle ne s'était pas trompée. Un nœud se forma dans son estomac.

– Je ne comprends pas.

La main qui tenait le testament tomba sur ses genoux. Était-ce cela que sa mère s'apprêtait à expliquer dans sa lettre ?

– Elle t'a exclue, affirma Lorna, dont la stupeur était tempérée par une colère manifeste. Maman a légué la moitié du domaine à tante Aggie et l'autre moitié à Morag et moi. Elle ne t'a laissé que ce tableau lugubre qui était accroché dans cette pièce. Que s'est-il passé entre vous ?

La voix de Lorna semblait lointaine à Isla, comme si les mots étaient prononcés à l'autre bout d'un long tunnel, dénués de tout impact à l'arrivée. L'esprit d'Isla était totalement tourné vers sa stupéfaction, sa douleur, elle comprit peu à peu que le désamour de sa mère à son égard n'était nullement le fruit de son imagination. Toutes ces années à marcher sur des œufs n'avaient manifestement pas suffi. Mais à ce point ! Isla cligna des yeux pour contenir ses larmes.

– Accordez-moi quelques minutes.

Elle posa la lettre et le testament sur le bureau, puis quitta la pièce, désireuse d'être seule.

Elle courut jusqu'à son ancienne chambre d'enfant, transformée en une jolie chambre d'amis impersonnelle. Elle s'étendit sur le lit, engourdie, incapable de comprendre ce qui s'était passé. Elle était loin d'être la première personne à entretenir une relation compliquée avec sa mère, mais là, c'était bien pire. C'était un rejet total. Pour quelle raison ?

On frappa à la porte, puis Morag passa la tête.

– Est-ce que ça va ?

Isla prit une inspiration entrecoupée et réussit à afficher un faible sourire.

– À peu près. J'étais sous le choc. Mais je vais bien. Vraiment.

Isla, cependant, ne s'était jamais sentie aussi mal.

Chapitre 3

Isla descendit finalement pour le souper (une omelette et une salade) que Morag et Lorna avaient préparé. Elles avaient été rejointes par leur tante Aggie, et par Andrew, le mari de Lorna, que celle-ci critiquait à la moindre occasion, laissant clairement entendre qu'elle aurait préféré qu'il ne vienne pas. Réunis dans la salle à manger, ils dînaient du bout des dents, tous trop soucieux.

Dès qu'elle le put, Aggie disparut dans la cuisine « pour tout débarrasser ». Andrew saisit sa chance et s'enfuit dans le salon un instant plus tard avec la deuxième bonne bouteille de vin rouge qu'il avait apportée, afin de regarder une émission sur le football à plein volume. Isla se demandait parfois comment Lorna arrivait à le supporter.

Lorna but une gorgée de vin et écarta une poussière de son front.

– Bien sûr, nous pourrions toujours contester le testament, dire que Maman n'était pas saine d'esprit.

– Sauf qu'elle l'était, objecta Morag, qui se resservit du vin, en faisant tinter la bouteille contre le verre.

– Nous devrions vendre Braemore, souffla Lorna, en faisant courir son doigt sur le rebord de son verre, comme si elle se demandait si elle devait ou non oser exprimer son avis.

– Mais ce n'est pas à nous, nous ne pouvons pas vendre ! s'opposa Morag, l'air choquée. Que fais-tu de tante Aggie ?

– Il existe de merveilleuses maisons de retraite. Et sa part de Braemore couvrirait largement le coût.

L'argent, songea Isla, était la réponse à presque tout pour Lorna.

– Tu sais qu'elle détesterait franchement cette idée. Et puis, pourquoi ne pourrait-elle pas continuer à vivre ici ?

Isla désirait défendre sa tante, qui lui avait offert immanquablement un refuge pendant la tempête de ses années d'adolescence.

– Pourquoi ne lui demandes-tu pas ? suggéra Morag. Elle est dans la cuisine.

– Pas encore, répondit Lorna, d'un air déterminé. Nous devons d'abord nous mettre d'accord sur la façon de la persuader.

Isla imaginait sa sœur présider les réunions des associations de bienfaisance locales dans lesquelles elle était investie. Elle devait être terrifiante.

– Je ne comprends pas pourquoi tu veux te débarrasser de la maison.

Lorna s'agita sur sa chaise, le regard plein de défi.

– Parce que ça tombe sous le sens.

Elles avaient grandi à Braemore, cette demeure appartenait à la famille de leur père depuis des générations. C'était la maison de leur famille. Isla connaissait tous les recoins de cette belle ferme victorienne, depuis les lames du plancher qui craquaient le plus sur le palier, jusqu'au trou derrière l'un des carreaux de faïence de la cheminée du salon, où elle cachait autrefois son argent de poche. La majorité des terres agricoles avaient été vendues il y a longtemps ; il ne restait plus que le grand bâtiment en pierre grise entouré d'un demi-hectare de terrain, composé d'un jardin et d'un pré, où paissait autrefois le poney de Morag. Le pré était désormais loué à un fermier voisin. La maison était peut-être trop grande pour Aggie toute seule, mais c'était leur maison, elle regorgeait de souvenirs et évoquait des vies passées. Malgré tout, Isla n'était pas prête à lui dire au revoir.

– Non, c'est faux. Isla ?

– Je suis d'accord avec Morag, répondit Isla, même si May s'était assurée qu'elle n'ait plus rien à voir avec la maison.

– Pourquoi mettez-vous toujours un point d'honneur à ne pas être d'accord avec moi ? s'indigna Lorna, les mains sur ses hanches, à l'image de l'écolière rebelle qu'elle avait été.

– Seulement quand tu as tort.

Morag contempla le portrait de famille posé sur le buffet massif. Ils semblaient former une famille parfaite – sauf qu'Isla n'était pas présente. May avait réservé le photographe alors qu'elle était à un examen de musique. Isla avait toujours soupçonné que, malgré ses dénégations, sa mère l'avait fait délibérément.

Isla avait hâte que la soirée se termine. Si seulement May était là pour répondre à ses interrogations de plus en plus nombreuses. Or, elle était en compagnie de ses sœurs, leur relation serpentant et s'entortillant telles de vieilles racines noueuses. Isla avait toujours désiré cette affection familiale inconditionnelle, cette loyauté pleine et entière dont elle avait été témoin dans d'autres familles. Mais depuis longtemps, elle avait compris que cela n'existait pas dans la sienne. Elle tambourina des doigts sur la table.

– Je pensais que nous allions discuter des choses de façon posée et rationnelle.

Au lieu de cela, elle sentait qu'elles se dirigeaient vers l'explosion qu'elles évitaient depuis leur arrivée.

– Pas la peine de jouer les saintes. Vendre Braemore est logique. Nous n'en voulons pas et c'est bien trop grand pour Aggie.

Le mors était pris entre les dents parfaitement couronnées et blanchies de Lorna.

– Non ! C'est notre maison de famille, protesta Morag en haussant la voix. Je suis contente que nous puissions y venir. Je…

– Tout va bien, les filles ? demanda Andrew qui entra dans la pièce d'un pas nonchalant, son visage rubicond troublé par la boisson, un verre vide à la main. Vous ne vous disputez pas déjà, hein ?

La porte de la cuisine étant ouverte, ils pouvaient entendre la radio et Aggie faire la vaisselle.

– Va-t'en, Andrew. Ce ne sont pas tes oignons, affirma Lorna avec un geste de la main dédaigneux. Pourquoi n'irais-tu pas donner un coup de main à tante Aggie ?

La jovialité d'Andrew disparut.

– Je sais quand ma présence n'est pas désirée.

Il quitta la pièce en claquant la porte.

– C'est bien le problème, tu ne le sais pas, marmonna Lorna dans sa barbe, avant de se retourner vers Morag. Combien de fois es-tu venue ici ces cinq dernières années ? l'interrogea-t-elle en tapant du plat de la main sur la table. Deux fois par an au maximum. J'ai vu Maman et Aggie. Malheureusement pour moi.

– Mais parce que tu vis à quelques kilomètres d'ici, lui opposa Morag, qui remonta la fermeture Éclair de sa polaire bordeaux, avant de serrer ses bras autour d'elle.

– Cette attitude est inutile, intervint Isla, qui n'appréciait pas l'hostilité de Lorna. Aggie possède la moitié de la maison. Vous deux possédez le reste. C'est ce que voulait Maman.

– Les gens contestent les testaments tout le temps.

– Mais nous ne le ferons pas, rétorqua Morag d'un ton ferme. Pas vrai ?

Elle se tourna vers Isla en quête de soutien.

– Cela ne dépend pas de moi. Mais je pense que vous ne pouvez pas faire cela à Aggie, non.

– Me faire quoi ?

Aggie était sur le pas de la porte. Une femme vive de quatre-vingt-quatre ans, théâtrale dans un caftan bleu et rose, de courts cheveux gris, avec du gel sur les pointes, un regard curieux, la main posée sur une canne (une autre relique ancestrale), de grosses bagues à ses doigts, un torchon sur son épaule.

– Merci pour votre aide, les filles !

– Nous parlions de la maison, se justifia Lorna, soudain penaude.

– Je suis tellement soulagée, se réjouit Aggie. Je ne m'attendais pas à ce que May me la lègue.

– Enfin, techniquement parlant, elle ne t'en a légué que la moitié, la corrigea Lorna sans regarder ses sœurs.

Aggie vint s'asseoir à côté d'Isla. Elle posa ses mains sur la table, et la lumière se refléta sur ses bagues.

– Elle m'a dit qu'elle veillerait à ce que je puisse rester ici. Tout va être très différent maintenant. Mais, au moins, commença-t-elle en affichant un sourire malicieux, je vais pouvoir me remettre au poker. Vous saviez qu'elle m'avait interdit d'y jouer ? Je pourrais même proposer à un ami de venir vivre avec moi.

– Est-ce qu'elle t'a dit pourquoi elle ne me laissait rien ? demanda aussitôt Isla, consciente que Lorna fulminait à côté d'elle, mais il fallait qu'elle sache.

– Oh, elle avait sûrement ses raisons, ma puce.

Mal à l'aise, Aggie se tortilla sur sa chaise et jeta un coup d'œil au buffet où se trouvaient quelques bouteilles de whisky.

– Je suis revenue juste pour prendre un dernier petit verre.

– Mais quelles étaient ses raisons ? insista Isla, certaine qu'Aggie cachait quelque chose.

Leur tante posa tour à tour un regard inquiet sur ses nièces, avant de hocher la tête.

– Vous savez comment était May. Elle gardait tout pour elle.

– Elle m'a laissé uniquement le tableau qui était dans le bureau de Papa. Pourquoi faire une chose pareille ? demanda Isla, la voix tremblante.

– Ce tableau était important aux yeux de ton père, répondit Aggie. S'interrompant brusquement, elle ajouta : Vous ai-je raconté la fois où...

– As-tu déjà songé à aller vivre dans un endroit plus petit ? l'interrompit Lorna avec toute la finesse d'un taureau furieux.

– Je ne suis pas encore prête à déménager, ma puce.

Aggie traversa la pièce, prit un verre dans le buffet d'angle et se versa une dose généreuse de pur malt.

– À demain matin.

– Lorna, tu n'aurais pas dû, commenta Isla dès que la porte se referma derrière Aggie et avant que Lorna n'ait le temps de revenir à la charge.

– Il le fallait. Aggie allait s'embarquer dans l'une de ses histoires sans fin. Et tout ça est ridicule. Elle va rester là pendant des années et nous ne pourrons jamais...

Lorna était rouge de colère, sa bouche formant une fine ligne furieuse. On pouvait voir son pouls battre à son œil droit.

– Vous vous êtes toujours liguées contre moi. J'ai toujours été le petit bébé de la famille pour vous.

Isla remarqua que Morag bouillonnait. Elle ferma les yeux, résignée à l'inévitable.

– Je ne te considère pas comme le bébé. Mais c'est dingue à quel point tu crois que tout t'est dû. Nous n'irons pas voir un avocat et nous n'essaierons pas de convaincre Aggie de vendre. Nous respecterons les volontés de Maman à la lettre. Point final.

Morag servit à Isla et elle-même un autre verre de vin, d'une main tremblante, provoquant quelques éclaboussures sur la table.

Tout ce qu'Isla désirait, c'était rentrer chez elle à Oxford et reprendre le cours de sa vie.

Lorna reposa son verre.

– Tu ne vaux pas mieux que moi. Toi et ton complexe de la cadette. Tout est injustice, pas vrai ?

– C'est un comble venant de toi, affirma Morag avec un rictus condescendant.

Lorna se leva et repoussa violemment sa chaise sous la table.

– Mais enfin arrêtez ! Je vous en conjure ! finit par craquer Isla.

– Ne commence pas à jouer les conciliateurs, s'en prit soudain Morag à Isla.

Lorna était à la porte.

– Je m'en vais. Vous êtes minables. Je pense seulement qu'il est avisé de vendre, c'est tout. Ce n'est pas moi qui ai fait de cette histoire une affaire personnelle.

– Tu n'assumes jamais tes responsabilités. Oui ! Réfléchis-y une seconde, lança Morag qui marqua une pause pour laisser ses paroles faire leur effet. Tu as de la chance d'avoir trouvé un mari capable de te supporter. C'est à cause de lui que tu te crois tout permis. Il aurait dû mettre le holà il y a des années.

Les sœurs se dévisagèrent, consternées d'en être arrivées là.

– Je vous laisse vous occuper de l'authentification du testament, indiqua Lorna d'un ton glacial. Tout peut se faire par la poste ou par e-mail. On se voit demain à l'enterrement. Andrew ! l'interpella-t-elle en ouvrant la porte. On y va !

Isla et Morag se fixèrent, les yeux ronds. Elles entendirent des mots murmurés à l'extérieur, la porte d'entrée claquer, puis une voiture démarrer.

Morag s'exprima la première.

– J'ai peut-être un peu poussé le bouchon, mais franchement…

– Oui.

– Elle l'a bien cherché. Bon, maintenant, nous connaissons sa position. Je ne lui en reparlerai plus. Il est trop tôt pour vendre. C'est tout.

Morag quitta la pièce et courut à l'étage.

– Pourquoi tu n'as pas tout simplement dit ça ? lui cria Isla.

La porte de la salle de bains fut brusquement fermée.

Isla posa ses mains sur la table en acajou et les considéra, propres, aux doigts fins et aux ongles soignés mais sans vernis. Elle attendit que les battements de son cœur ralentissent, sidérée que ses sœurs et elle aient laissé, la veille des funérailles de leur mère, leurs propos dériver en la pire dispute de leur vie.

Comment pourraient-elles un jour s'en remettre ?

Chapitre 4

Londres, juin 2019

Quatre mois après les funérailles de May, Isla était à Londres, devant le théâtre *Noel Coward* sur St Martin's Lane, et fixait le nom de son ex-mari. Ian Dansbridge. En grand ou en petit, peu importe, du moment qu'il y figurait. C'était le principal. Ian se produisait encore comme comédien (financé en partie grâce à sa rentable activité secondaire dans les antiquités... « au cas où »), sur les scènes du quartier de West End, où il avait toujours désiré être vu. Bien entendu, ce point avait été au cœur de sa rupture avec Isla. Aujourd'hui, encore, voir le nom d'Ian faisait naître en elle un tout petit frisson de... quoi ? De regret, de ressentiment, peut-être, mais aussi une sincère tendresse. Réaliser son ambition de jouer dans le West End n'avait pas été une mince affaire. Beaucoup de leurs camarades étaient restés sur le bord de la route et avaient bifurqué dans le coaching, la médecine alternative ; l'un d'eux s'était même reconverti dans la comptabilité.

– Retrouve-moi après le spectacle, lui avait proposé Ian. Nous irons dîner ensemble quelque part.

La rue palpitait de monde, des parapluies étaient secoués et fermés à mesure que leurs propriétaires montaient les marches d'un pas traînant, puis passaient la fouille des sacs, avant de pénétrer dans le hall du théâtre. Isla se joignit à eux.

À peine avait-elle franchi les portes que son téléphone sonna. Elle le regarda et s'en voulut de ne pas l'avoir éteint plus tôt. C'était Helen, leur fille. Isla écrivit rapidement :

> Je ne peux pas te parler maintenant. La pièce commence. Je t'appelle après.

Le brouhaha du public avant le lever du rideau excitait toujours Isla. Ian lui avait déniché une bonne place au milieu de l'orchestre. Elle feuilleta le programme et ne s'arrêta que pour étudier les photographies des comédiens lors des répétitions. Sur l'une d'elles, Ian semblait concentré, déterminé ; sur une autre, il riait. Il avait bien vieilli. De bons gènes. Il ressemblait tellement à son père : grand, buriné, séducteur. Isla et lui avaient formé un joli couple. Elle eut un pincement au cœur à cette pensée.

Une série de trilles fit taire le public. Les derniers téléphones furent éteints, la salle fut plongée dans l'obscurité. Lorsque les lumières se rallumèrent, les comédiens étaient sur scène, comme par magie, et la pièce débuta.

Isla se rendit vite compte que ce drame politique intense n'était pas fait pour elle. Le rôle d'Ian dans l'un des quatre hommes politiques était mince mais central. Elle tourna discrètement son poignet afin de jeter un coup d'œil à sa montre. Encore deux heures. Elle se mit à réfléchir à ce qu'elle dirait à Ian quand elle le retrouverait après le spectacle. « Tu étais bon. » Quoi d'autre ? En fait, il n'était pas grand-chose. Ce n'était pas un rôle qui exigeait de lui une performance extraordinaire. Quand ils étaient mariés, Ian était ambitieux, plein de ressources. Désormais, il se contentait d'être professionnel et accomplissait la prestation qu'on attendait de lui.

Durant l'entracte, une coupe de champagne était posée sur le comptoir avec le nom d'Isla à côté. Un geste ostentatoire typique d'Ian. Isla savoura ce moment : elle s'imprégna de l'atmosphère, écouta des bribes de conversation, ouvrit l'oreille aux éloges sur son ex-époux.

La seconde moitié de la pièce était un peu mieux, mais toujours ampoulée, bavarde et démodée. Voir Ian apprécier le rappel fut un plaisir cependant. Il chercha Isla du regard dans le public. Elle leva les mains et applaudit très fort. Comme il avait l'air heureux, confiant que les comédiens aient fait honneur au texte ! Le reste du public applaudissait avec moins d'enthousiasme.

Ensuite, Isla sortit et s'abrita de la bruine dans l'embrasure d'un magasin. Elle rappela Helen. Ian serait content de partager un verre avec ses collègues après la représentation, en attendant l'arrivée d'Isla.

Helen décrocha immédiatement.

– Maman ! Enfin ! J'ai un petit problème.

Isla savait ce que cette phrase signifiait. Elle attendait de savoir comment elle serait mise à contribution.

– Tu sais que Mike est parti sur un tournage et que je m'en vais aux États-Unis pour quelques jours ?

Isla fut prise d'un mauvais pressentiment.

– Oui. C'est vraiment palpitant.

La carrière de scénariste d'Helen décollait enfin après des années de travail acharné sur d'innombrables feuilletons télévisés. Sa persévérance était sur le point de payer.

– La mère de Tilly m'a téléphoné. Elle ne peut pas prendre Charlie chez elle en fin de compte. Je t'expliquerai quand on se verra. Donc... pourrais-tu éventuellement reporter ton voyage à Édimbourg ?

– On peut en reparler plus tard ?

– Bien sûr, mais dis-moi seulement que tu acceptes. S'il te plaît.

– Je ne pense pas pouvoir. Reporter mon voyage, j'entends.

Isla avait soigneusement planifié cette excursion. Elle avait pour objectif de trouver des réponses à ses questions et de recoller les morceaux avec ses sœurs. Au lieu d'accepter le rejet ultime de May, comme elle avait cru pouvoir le faire, Isla était devenue au fil des mois de plus en plus obsédée par les raisons qui avaient pu le motiver. Découvrir la réponse pourrait déterminer Isla à l'accepter ou à fixer une autre ligne de conduite. May et elle n'étaient peut-être pas aussi proches que pouvaient l'être certaines mères et filles, mais rien ne justifiait cet affront. Tout aussi important, Isla voulait se réconcilier avec ses deux sœurs, et aussi qu'elles se rabibochent entre elles. Elle leur rendait donc visite dans cet espoir.

– Nous en rediscuterons. Papa m'attend. Je viens de le voir dans la pièce la plus ennuyeuse qui soit. Mais il était génial, bien entendu.

Isla ajouta cette dernière phrase uniquement pour Helen.

*
**

Un petit groupe de personnes à l'entrée des artistes, recroquevillées pour se protéger de l'humidité, attendait la star du spectacle, un acteur qui avait récemment joué dans un téléfilm d'espionnage de la BBC, ce qui avait relancé sa carrière en déclin. En montant l'escalier en pierre blanchie à la chaux, Isla entendit la voix d'Ian retentir dans une loge du deuxième étage. Elle ouvrit la porte qui donnait sur une pièce longue, étroite et quelconque, avec des miroirs encadrés d'ampoules, une coiffeuse sur un côté et des portants de costumes à chaque extrémité. La pluie crépitait sur une petite fenêtre en haut du mur.

– Mon Isla, s'écria Ian, toujours en costume. Quel plaisir de te voir. Ça fait trop longtemps. Tom, as-tu déjà rencontré ma première ex-femme ?

Tom, l'acteur qu'ils attendaient tous dehors sous la pluie, se détendait dans un fauteuil mité. Il regarda Isla avec un sourire langoureux, celui qui faisait s'emballer les cœurs de la nation.

– Je ne crois pas. Bonjour. Voulez-vous un verre ? proposa-t-il en tendant la bouteille à Ian.

Le cœur d'Isla palpita un court instant, puis elle se rappela qui elle était : une ex-femme de soixante-cinq ans. *Ressaisis-toi !* Elle sourit.

– Merci.

Isla s'assit sur la chaise d'école peu confortable que Ian avait attrapée derrière les costumes. Ils étaient assis l'un en face de l'autre devant le miroir, sur les bords duquel étaient collées des cartes d'encouragement. Il y avait quelques bouquets de fleurs flétris dans des vases à l'eau croupie, et une girafe en peluche était posée, les jambes écartées, au milieu du maquillage d'Ian. Elle la considéra en haussant un sourcil interrogateur.

– Une fan, indiqua Ian, pour mettre un terme à cette enquête. Alors, qu'as-tu pensé du spectacle ?

– Fantastique. Cela pousse vraiment à la réflexion. Et, toi, tu étais génial.

– Vraiment ? Il y a cette scène dans le deuxième acte, où je dois glisser discrètement les documents à Tom. Je ne suis pas certain que cela fonctionne.

Si, si, ça fonctionne. C'était formidable. Sincèrement.

Isla connaissait Ian depuis assez longtemps pour savoir que le conforter dans ses doutes était le chemin le plus rapide vers une dispute.

Vingt minutes plus tard, ils entrèrent au *Sheekey*, où ils furent conduits à une table discrète pour deux dans un recoin, entourés de photographies en noir et blanc de comédiens qui s'étaient produits dans le West End au fil des décennies. Après avoir passé leur commande, Ian et Isla se détendirent.

– Alors, commença Ian. Comment vas-tu ? La mort de May a dû te bouleverser, même si je sais que vous n'étiez pas très proches.

– Merci d'être venu à l'enterrement.

À sa grande stupeur, Isla sentit les larmes monter. *Pas ici*, se dit-elle. Elle se mordit l'intérieur de la lèvre pour contenir ses larmes.

Depuis le décès de May, elle avait connu des vagues d'émotions écrasantes similaires, qui s'étaient abattues sur elle au moment où elle s'y attendait le moins, avec un sentiment total d'impuissance. Heureusement, les sanglots disparaissaient aussi vite qu'ils apparaissaient, mais la laissaient dans un piètre état. Une fois, elle s'était effondrée au supermarché, incapable de choisir entre deux marques de petits pois surgelés. À une autre occasion, elle était au travail et s'entretenait du financement avec l'un des membres du conseil d'administration du musée lorsqu'il lui avait soudain demandé : « Voulez-vous un Kleenex ? » Elle était totalement passée à côté du sujet central de leur conversation et des larmes coulaient sur ses joues. À une ou deux reprises, elle avait été submergée à l'improviste par une émotion suffocante, au beau milieu d'une réunion du personnel ou en compagnie d'invités ou de fournisseurs. Les gens étaient compatissants, gênés ou attendaient simplement qu'elle se reprenne.

Isla s'était interrogée sur la véritable nature de sa relation avec ses parents. La chaleur et l'affection qu'elle éprouvait pour son père ne faisaient nul doute ; il lui était difficile toutefois de penser à sa mère. Isla les connaissait si peu tous les deux, mais surtout elle. Le minimum essentiel oui, des choses sur sa vie en tant que Mme Adair, femme au foyer et mère de trois filles, mais rien sur ses sentiments, ses désirs, ses envies – ni pourquoi elle rejetait toute question à ce sujet. Isla se souvenait de son père qui s'enfermait dans son bureau le soir et de la porte de la chambre de sa mère qui se fermait quelques instants plus tard, comme elle partait se coucher tôt. Le lien d'Isla avec tante Aggie avait été tellement plus fort.

Ian ignora les larmes d'Isla – si tant est qu'il les avait remarquées.

– C'était une drôle de bonne femme, ta mère, mais je l'appréciais énormément. Pourtant, je n'ai jamais vraiment réussi à la cerner.

– Elle t'adorait.

Isla tenta de stabiliser sa voix. Toute sa famille adorait Ian, son comportement avec Isla rapidement passé aux oubliettes. May en particulier l'avait toujours encouragé à rester en contact, l'invitant à séjourner chez elle, comme si son divorce n'avait rien à voir avec Isla. Pas une seule fois, May n'avait interrogé sa fille sur ce lien qui perdurait entre Ian et leur famille.

– Isla ?

Ian n'était pas doué pour gérer les émotions, mais il tendit tout de même la main pour prendre celle d'Isla.

Si elle ne changeait pas de sujet, elle allait s'effondrer et les mettrait mal à l'aise tous les deux.

– Es-tu obligé de me présenter comme ta première ex-femme ?

Ian eut l'air interloqué, puis sourit en retirant sa main. Il avait compris.

– Mais c'est ce que tu es. La première des trois, et la seule qui m'adresse encore la parole.

– Parce que je suis la seule à avoir eu un enfant avec toi.

– Ah, ma douce Helen.

Ian fit tournoyer son vin rouge et jeta un coup d'œil à Isla par-dessus le rebord de son verre.

– Comment va-t-elle ? Je lui ai parlé l'autre jour, mais elle court toujours dans tous les sens.

– Elle se fait du souci pour Charlie.

– Ah, l'exclusion de l'école, dit Ian en hochant la tête, d'un air entendu. Je ne me souviens pas que l'école d'Helen ait été si draconienne.

Des voyants se mirent à clignoter dans la tête d'Isla.

– Charlie a été exclue de l'école ? Helen ne m'a rien dit.

Elle savait pourquoi : parce qu'Ian ne ferait pas d'histoires, tandis qu'elle ne pourrait s'en empêcher.

– Elle ne t'a pas raconté ? rétorqua Ian, content d'avoir été mis dans la confidence.

Isla n'avait pas besoin de le pousser pour qu'il parle. Il serait ravi de lui annoncer la nouvelle. Elle sirota son vin et attendit.

– Elle a été exclue jusqu'à la fin du trimestre, parce qu'ils ont trouvé de la drogue à une fête à laquelle elle participait. Des parents l'ont signalé à l'école, qui s'est jetée sur les filles à bras raccourcis.

– Quoi ? s'écria Isla, scandalisée. Pourquoi faire une chose pareille ? Les parents ne pouvaient-ils pas gérer cela eux-mêmes ? En plus, ce n'est pas le genre de Charlie. Pas vrai ?

Des histoires de jeunes qui expérimentaient les drogues avec une issue fatale vinrent soudain à l'esprit d'Isla.

– C'est totalement idiot, j'en conviens. De se faire prendre, je veux dire, ajouta Ian, tout en tranchant la tête de son poisson. Tout va bien. Charlie n'avait rien à voir avec ça – du moins c'est ce qu'elle dit –, mais la politique de l'école en matière de drogue est inflexible. Se faire prendre à proximité des substances, c'est l'exclusion temporaire. Les vendre, c'est le renvoi. Elles étaient quatre apparemment. Sans doute juste pour un ou deux pétards. (Ian secoua la tête.) Tu te souviens quand nous…

– … quand nous faisions pousser notre herbe dans l'appartement ? Bien sûr. Comme nous avons été bêtes de mettre les pots à la fenêtre de la cuisine…

La police les avait repérés depuis la rue. Ils avaient échappé à l'arrestation et écopé seulement d'un avertissement, avec l'ordre de tout jeter.

Ils rirent. Isla se détendit.

Ce n'était pas surprenant qu'Helen ait été si nerveuse au téléphone. Isla devrait peut-être prendre Charlie, en fin de compte. Pendant qu'elle réfléchissait, l'attention d'Ian fut attirée par une jeune femme sémillante en robe rouge, assise à la table voisine, avant qu'il ne revienne à leurs moutons.

– N'en fais pas tout un fromage, d'accord ? La pauvre gamine en a assez comme ça !

Isla avait toujours eu horreur qu'Ian lui dise comment elle devait se comporter.

– J'en discuterai avec Helen demain.

– Vas-y mollo, c'est tout.

Ian leva délicatement les arêtes de son poisson.

– Je sais comment lui parler, Ian. J'ai des années de pratique.

– Mais parfois, tu t'y prends mal, dit-il en haussant un sourcil pour le lui faire admettre.

– Changeons de sujet.

Isla demanderait à Helen la vérité et prendrait alors sa décision.

– D'accord. En fait, j'ai une autre nouvelle à t'annoncer, déclara-t-il avec une grimace. Puis-je te parler de quelque chose ?

– Tu sais très bien que oui.

Isla se prépara à l'une des confessions d'Ian qu'il faisait toujours précéder de cette question. Elle était devenue au fil des ans sa meilleure oreille et parfois conseillère. Elle ne lui avait jamais demandé de lui rendre la pareille, mais le fait que leurs confidences soient à sens unique lui convenait parfaitement. Elle avait son amie Mary à qui se confier, si besoin.

Ian soupira.

– Fran va me quitter. Ou pour être plus précis, elle est déjà partie.

Au revoir, épouse numéro quatre.

– Oh, Ian. Pas encore.

– Je n'ai pas beaucoup de chance, se lamenta-t-il en regardant du coin de l'œil la table voisine et la robe rouge.

Isla rit.

– Tu en as beaucoup trop et bien plus que tu ne mérites.

D'autres femmes discutaient-elles avec leur ex-mari de ce qui était autrefois le plus gros problème de leur couple ? Isla comprenait complètement Fran. Ian n'avait jamais su résister à une jolie femme. Même à soixante-six ans, pendant qu'ils dînaient, ses yeux se baladaient. Il faisait un bien meilleur ami qu'un mari.

– J'aurais dû rester avec toi. Nous formerions un couple de personnes âgées idéal.

La main d'Ian, à plat sur la table, était celle d'un vieillard. Isla en prit conscience avec stupeur. Les années les rattrapaient tous les deux.

– J'en doute. De toute façon, il se peut que je sois prise.

Sur le visage d'Ian pouvait se lire l'étonnement, doublé d'une possessivité injustifiée.

– Prise ? Par qui ?

– Par un homme adorable que j'ai rencontré. Tony. Tout se passe bien entre nous.

C'était étrange d'évoquer avec Ian un autre homme, même si Isla et lui étaient séparés depuis longtemps et qu'elle avait eu des petits amis depuis.

Il but une gorgée de vin un peu plus longtemps que nécessaire.

– Tony, hein ? Tu ne l'as jamais mentionné.

– Tu n'as jamais demandé.

Ian sourit.

– Je suis désolé, mais je suis content pour toi. Sincèrement.

– On verra. C'est le début.

Isla aurait préféré s'être tue. Puis une idée la frappa :

– Je vais aller en Écosse en faisant étape chez mes sœurs, et Tony va me rejoindre. (Elle ignora le clin d'œil d'Ian.) Tout est réglé, mais Helen veut que je reste plus longtemps à Londres pour m'occuper de Charlie. Tu pourrais la prendre avec toi, non ? (C'était la solution évidente.) Il faut simplement garder un œil sur elle quelques jours.

Ian haussa tellement les sourcils qu'ils en furent un instant cachés par ses cheveux encore touffus.

– Je ne crois pas, non ! Les représentations durent encore une semaine.

Les obligations familiales n'étaient pas quelque chose qu'Ian ait un jour pris très au sérieux. « Quand bon lui chantait » était son mode de fonctionnement.

– Mais cela me rendrait réellement service, insista Isla, qui ne lui cédait jamais facilement.

Ian fit la moue.

– Je ne peux vraiment pas. Tu ne comprends pas ? Goûte un peu ces courgettes frites.

Elle comprenait parfaitement. Le bon déroulement de sa vie passait avant elle ou avant le voyage qu'elle avait planifié.

– Je suis sûre que Helen et Charlie ont des amis qui vont les aider, déclara Isla avec une assurance qu'elle ne ressentait pas.

– Pourquoi ne l'emmènes-tu pas avec toi ? suggéra Ian en la regardant par-dessus son verre.

– En Écosse ?

Son voyage serait dès lors très différent de celui qu'elle avait imaginé.

– Pas nécessairement. Tu pourrais la mettre dans le train au bout de quelques jours, quand Helen sera rentrée.

Isla hésita. Comment pourrait-elle se concentrer sur ses recherches sur May ? Et qu'en penseraient ses proches qui devaient l'héberger ? La présence de Charlie les dérangerait-elle ? Mais… c'était une solution. Dans tous les cas, Charlie devrait rentrer chez elle avant que Tony ne rejoigne Isla pour leur week-end en amoureux. Cette perspective faisait naître chez Isla une douce sensation d'excitation. Tony était peut-être dans sa vie depuis peu, mais il avait été loyal et affectueux dans son soutien, surtout lors du décès de May. Il avait supporté Isla quand elle ne cessait de déplorer le manque d'affection déconcertant de sa mère et répétait qu'elle s'en voulait (elle culpabilisait de ne jamais avoir abordé le sujet pour le régler). En retour, elle avait été heureuse de pouvoir aider financièrement Tony, qui se remettait à flot. Il ne lui avait pas emprunté beaucoup d'argent et il la rembourserait dès qu'il trouverait du travail. C'était leur accord. Cependant, le week-end dans un bel hôtel de son choix était un cadeau de remerciement pour son écoute. Charlie ne pouvait absolument pas être présente à ce moment-là.

– Au fait, j'ai pensé que je pourrais aller à Braemore pour l'anniversaire d'Aggie.

Après avoir trouvé la solution au dilemme d'Isla, Ian était déjà passé à autre chose et observait comment elle réagirait à cette suggestion.

– Elle m'a invité, ajouta-t-il, sur la défensive.

– Comment ça « je pourrais » ?

La main vacillante d'Ian trahit son indécision.

– Euh… J'ai un entretien pour un rôle, expliqua-t-il, et il attendit des félicitations qui ne vinrent pas. Mais j'aimerais revoir Aggie avant qu'elle ne casse sa pipe. Ça te dérange si je viens ?

– Depuis quand te soucies-tu de ce qui me dérange ? railla Isla, qui ne put s'empêcher de sourire.

Ils se firent la bise au moment de se quitter. Ian s'engouffra dans le métro de Leicester Square, et adressa à Isla un signe de main insouciant par-dessus son épaule. Isla repensa à Charlie en marchant jusqu'à son arrêt de bus. Si Helen avait tant besoin de son aide, peut-être devrait-elle dépasser ses appréhensions et proposer à sa petite-fille de l'accompagner.

Quatre ou cinq jours.

Cette idée ne pouvait pas être si terrible que cela ?

Chapitre 5

Helen mit fin à son appel et reposa vivement son téléphone sur le plan de travail de la cuisine. Isla devina à son expression qu'il s'agissait d'une mauvaise nouvelle.

– La mère de Keisha était mon dernier espoir. Personne ne veut prendre Charlie : ils ont peur qu'elle ait une mauvaise influence sur elle. Et notre voisine doit s'absenter, elle ne peut pas non plus garder un œil sur elle. Qu'est-ce que je vais faire ? J'ai travaillé si dur sur ce pilote pour Netflix, il n'est pas envisageable que je ne rencontre pas le producteur et l'équipe de la série. Cette occasion pourrait être énorme pour moi. Tu en es consciente, pas vrai ?

Isla balaya le salon du regard. C'était elle qui avait pris la photographie posée sur le manteau de la cheminée : une famille heureuse avec Helen, les cheveux au vent, le regard tourné avec adoration vers Mike qui plissait les yeux face au soleil, et Charlie, dix ans, souriante et aux anges sur une plage ensoleillée de Cornouailles, les bras autour d'une planche de surf – une enfant très différente de la créature revêche qui avait fait une apparition à onze heures trente pour le petit-déjeuner ce matin-là. Ces vacances avaient été si plaisantes, au rythme de la plage, des glaces, des *fish and chips* et des rires. Tous les quatre ensemble. Quel changement en quelques années.

– Quelle solution me reste-t-il ? demanda Helen au bord des larmes.

Depuis l'étage, les basses battantes d'une musique non identifiable traversaient le plancher jusqu'à Isla et Helen. Cette dernière regarda le plafond et leva les yeux au ciel, mais ne fit rien pour autant. Elle avait reconnu qu'Ian avait raison à propos de la fête : les quatre filles soupçonnées d'avoir fumé de l'herbe avaient en effet été exclues de l'école jusqu'à la rentrée de septembre. Charlie comprise.

– Je ne t'en ai pas parlé parce que je ne voulais pas que tu t'inquiètes.

Helen adressa à sa mère l'un de ces regards impérieux qui signifiait « Alors, ne commence pas maintenant ».

Isla se leva et enjamba Jock, son labrador noir et compagnon de route, qui ouvrit un œil et claqua sa queue sur le sol. Elle observa le jardin quelques minutes, le temps de se préparer à ce qu'elle allait dire.

– Je pourrais toujours la prendre avec moi.

Voilà. Isla l'avait fait, ses réticences finalement vaincues… dans l'intérêt de Charlie. Elles ne devraient pas parler d'elle comme si elle était un colis à stocker en lieu sûr. Elle n'était qu'une adolescente difficile, mais c'était aussi l'unique petite-fille d'Isla.

Soulagée, Helen sourit et son visage s'illumina.

– Vraiment ? Tu ferais ça ?

Isla sut immédiatement que c'était la bonne chose à faire, quelles qu'en soient les conséquences.

Helen bondit de son siège pour serrer fort sa mère dans ses bras.

– Merci. Je savais que tu m'aiderais.

Bien sûr qu'elle l'aiderait.

Isla replia le journal et lissa la pliure.

– À une condition : nous lui demandons d'abord.

– Ce n'est pas nécessaire. C'est moi qui décide ce qui est le mieux pour nous.

– Si elle vient avec moi, insista Isla, qui s'efforça de ne pas céder face à la force de volonté de sa fille, ce n'est qu'avec son accord. Je ne veux pas d'un passager qui serait là contre son gré.

Helen ne voulait pas que cet arrangement tombe à l'eau.

– D'accord.

Elle alla à la porte et l'ouvrit.

– Charlie ! Baisse la musique. Nous avons besoin que tu viennes. Charlie !

La musique continuait à tambouriner.

Isla jeta un coup d'œil à son compagnon de route.

– Qu'en penses-tu, Jock ? Est-ce que ça peut marcher ?

Le vieux chien leva la tête à la mention de son nom, puis la reposa avec un gémissement. Isla caressa le velours de son oreille.

– Ce n'est pas la réponse que j'attendais, mon vieux.

Helen était montée à l'étage. Il y eut un silence soudain quand la musique fut éteinte. Un échange de cris et le claquement d'une porte. Deux paires de pas dans l'escalier, l'un léger et rapide, l'autre lourd derrière.

Charlie entra dans la pièce à la suite de sa mère, c'était manifestement le dernier endroit sur Terre où elle désirait être. La tension entre la mère et la fille était manifeste. Le visage d'Helen était tendu, austère. Charlie, le dos voûté, était renfrognée. Elle portait un legging noir, un haut court et des *Doc Martens* noires qui avaient l'air de bottes de cosmonautes au bout de ses jambes filiformes. Isla fut surprise par le brillant à lèvres et le fard à paupières qui la faisaient paraître plus âgée mais pas moins vulnérable. Sa bouche était large avec des lèvres charnues et arquées, légèrement retroussées aux commissures. Elle avait hérité du menton pointu d'Isla (autrefois le drame de sa vie) et de ses pommettes rebondies (elle avait cru à tort qu'elles tiendraient le vieillissement à distance), mais elle tenait ses yeux de

Mike : espacés, en amande, noisette, surmontés de sourcils épais. Trois minuscules dormeuses ornaient son lobe d'oreille droit. La petite-fille d'Isla s'agenouilla sur le sol à côté de Jock et lui caressa la tête, ce qui fit glisser ses bracelets le long de son bras.

– Qu'est-ce que tu veux ?

Elle n'aurait pas pu paraître moins intéressée.

– Ne me parle pas sur ce ton. Nous avons quelque chose à te demander.

– Je suis occupée.

Charlie retourna son téléphone rose brillant dans sa main et jeta un coup d'œil à l'écran.

– Nous avons entendu. Pose ton portable. S'il te plaît ! la somma Helen qui s'efforçait visiblement de tout son être de se maîtriser. Ce ne sera pas long, promis. Tu sais que je pars lundi ?

– Oui.

Charlie posa son téléphone à l'envers sur la table.

– La mère de Keisha a appelé pour dire qu'ils ne peuvent pas te prendre chez eux.

Charlie se pencha au-dessus de Jock. Helen et Isla ne pouvaient pas voir son visage.

– Et alors ? Je peux rester ici toute seule. J'ai bientôt quinze ans.

– Je ne crois pas, non. Pas après l'exclusion et la fête.

Helen avait les mains fermement jointes devant elle.

– La fête, ce n'était pas ma faute. Je te l'ai dit. C'est Lucy qui a invité ces garçons du lycée.

Charlie déposa un baiser sur le bout du museau de Jock.

Quelle fête ? Quels garçons ? Qu'est-ce que Helen avait encore omis de raconter à Isla ?

– Ce n'est pas ce que disent ses parents.

Les épaules de Charlie se voûtèrent davantage et elle ferma les paupières.

– Peu importe.

Helen jeta un coup d'œil à Isla comme pour dire « Tu vois ce quoi je dois endurer ? ».

– Donc, nous avons eu une excellente idée.

Nous ?

Isla les regarda toutes les deux – les deux personnes qu'elle aimait le plus au monde, bien qu'elles lui rendent la tâche difficile parfois – et se dit qu'elle aimerait pouvoir leur remettre les idées en place.

– Je ne veux pas venir avec toi. Tu vas travailler tout le temps.

Charlie leva la tête et Isla aperçut dans son regard un désir qui contredisait ses paroles, mais celui-ci s'évanouit presque aussitôt.

Helen fixait le miroir au-dessus de la cheminée. Elle décida carrément d'ignorer l'opinion de sa fille. Elle cala une mèche de cheveux derrière son oreille et replaça un cadre.

Isla prit la parole.

– Peut-être que…

Mais Helen ne la laisserait pas faire marche arrière. Elle vint se placer derrière sa mère.

– Mamie part en vacances les deux prochaines semaines, et elle propose que tu l'accompagnes. N'est-ce pas super ?

Helen ne se rendait-elle pas compte à quel point elle paraissait désespérée ?

Charlie leva les yeux et passa ses cheveux derrière ses épaules.

– Moi ? Partir avec Mamie ? Tu es sérieuse ? Et puis, tu ne pars pas deux semaines.

– Elle te mettra dans le train pour rentrer avant le week-end prochain. On va régler tous les détails.

– Oui, confirma Isla, tout en essayant d'ignorer la consternation de sa petite-fille. Ça te dirait ? Mais tu devras supporter Jock. Ses pets peuvent être atroces.

L'ombre d'un sourire sur le visage de Charlie disparut aussi vite qu'il était apparu.

– Et les fêtes de fin d'année ? Je dois y aller.

Charlie se tourna vers sa mère. Toutes deux étaient aussi catégoriques l'une que l'autre. Isla se sentait impuissante, consciente que toute intervention de sa part ne ferait qu'empirer les choses.

Helen secoua la tête.

– Fini les fêtes.

– Mais Maman ! Je ne peux pas ne pas y aller ! insista Charlie, dont les yeux brillaient de larmes non versées.

– Il y aura plein d'autres fêtes.

Cette remarque d'Isla fut réprimée par un regard si dédaigneux qu'elle eut envie de retirer sa proposition. Mais il était trop tard.

– Après la dernière soirée ? rétorqua Helen. Je ne crois pas, non. Et je ne suis pas sûre que les autres parents veuillent bien de toi. Pas après ce que…

– Je t'ai dit que ce n'était pas moi.

– Mais ils pensent que c'était toi et ça suffit.

– C'est tellement injuste.

– C'est la vie. Parfois, les gens ne nous croient pas et, parfois, nous devons faire des choses contre notre volonté.

– Ça ne vaut pas pour toi, répliqua Charlie en passant son doigt sur la truffe de Jock.

– Oh, crois-moi que si. Et de toute façon, j'ai bientôt quarante ans, pas quatorze. J'ai souffert pour avoir le privilège de faire ce que je veux. Mais le fait est que je ne peux pas te laisser toute seule et que Papa est en tournage jusqu'en août, donc c'est la seule solution.

– Tu as terminé ? demanda Charlie, avant de se lever et de faire face à Helen et Isla. Je t'aime, Mamie…

– Merci, dit Isla, profitant d'une vague d'amour grand-maternel le temps d'un instant. C'est réciproque.

La main de Charlie était sur la poignée de la porte.

– Mais j'ai un tas de choses à faire ici. Maman ne comprend pas.

– D'accord. Je ne t'en veux pas.

Une lueur d'espoir fit surface. Peut-être qu'Isla voyagerait seule en fin de compte.

– Merci.

Charlie quitta la pièce et elles entendirent son pas lourd dans les escaliers. Quelques instants plus tard, la musique reprit tout aussi fort que précédemment.

Helen se laissa tomber dans un fauteuil.

– Tu vois comme elle est difficile ?

– Franchement ? Je vois une adolescente seule, perdue et malheureuse. Pas très différente de celle que tu étais. Tu ne te rappelles pas comment c'était ?

Isla s'en souvenait que trop bien – le travail et la maternité : un cycle de négociations perpétuel et éreintant pour éviter une confrontation où aucune des parties ne comprenait l'autre, ni n'avait le temps d'essayer.

– Ne la joue pas sentimentale avec moi. Je passerai du temps avec elle à mon retour, promis. Mais, pour le moment, je dois la convaincre de partir avec toi, dit Helen qui tira sur son T-shirt blanc et gratta une petite tache. Des fêtes ! Bon sang !

– Qu'est-ce qui s'est passé d'autre que tu ne m'as pas raconté ?

– Rien d'important, répondit Helen avec un geste de la main pour dédramatiser. Mike et moi étions sortis pour la soirée. Charlie a invité des amis ici. Plus de personnes que prévu sont venues. C'est tout.

– Et ?

– Oh, pas grand-chose. Il y a eu un peu de dégâts et l'un des jeunes a été conduit aux urgences parce qu'il avait trop bu.

– Ce n'est pas ce que j'appelle « pas grand-chose ».

Helen minimisait l'histoire afin de ne pas dissuader Isla de prendre Charlie avec elle. Elle connaissait bien sa mère !

– Non. Crois-moi, affirma Helen pour clore le chapitre. De toute façon, je vais lui faire entendre raison.

– Je ne vais pas la prendre en otage. Ou alors ça ne fonctionnera pas.

– Elle sera d'accord. Je vais m'en assurer.

Soudoyer Helen avec l'achat d'un nouveau vêtement avait toujours fonctionné quand elle avait l'âge de Charlie.

– Bon… Que faisons-nous demain ? demanda Helen, estimant que le sujet était clos.

Alors qu'elles discutaient des expositions qu'Isla pourrait faire à Londres, des magasins où elle pourrait se rendre et des plats qu'elle pourrait rapporter pour le dîner, elle se détendit à nouveau. Peut-être qu'emmener Charlie avec elle n'était pas une si mauvaise idée.

Isla pensa à sa petite-fille, rebelle, mais pourtant si vulnérable sous les apparences. À Helen aussi, déterminée à faire avancer sa carrière. Elle pensa à elle et à la façon dont elle s'était battue pour suivre la voie qu'elle s'était tracée comme conservatrice de musée, tout en élevant Helen. Ses employeurs avaient été si prévenants, en acceptant qu'elle amène sa fille au travail, ou qu'elle prenne des congés pour s'occuper d'elle. Le monde que Helen s'était choisi était bien plus impitoyable.

Isla attendrait la décision de Charlie. Mais, en son for intérieur, elle savait comment Helen retournerait la situation dans les trois jours précédant le départ d'Isla. Ce n'était pas comme si elle n'avait pas l'habitude.

Chapitre 6

Paris, 1954

May n'était pas à Paris depuis une heure qu'elle était déjà gagnée par l'énergie inconnue et palpitante de cette ville. Celle-ci ne ressemblait en rien à Dunfermline, sa ville natale située à une trentaine de kilomètres au nord d'Édimbourg, qui lui semblait déjà à des années-lumière. Mais, sur le seuil de sa nouvelle maison, la nervosité de May était revenue. Comment s'entendrait-elle avec la famille Dubois ? Cette toute petite femme qui lui avait ouvert la porte lui mènerait-elle la vie dure ? Comment May se ferait-elle des amis ? Comment se ferait-elle comprendre ? Son français appris à l'école suffirait-il dans un premier temps ? May suivit Mme Dubois à l'intérieur, la main serrée sur la poignée de sa valise.

Ce qui avait semblé être une décision courageuse et audacieuse de venir en France paraissait désormais le comble de la témérité, un projet semé d'embûches – au premier titre desquelles son manque de maîtrise du français.

– Oh, tu vas vite apprendre, lui avait assuré son père. Tu vas le parler comme si c'était ta langue maternelle en un rien de temps. Les Dubois ont dit qu'ils te trouveraient des cours. Et quand tu rentreras à la maison, tu pourras être traductrice ou faire un métier intéressant. Tante Jess s'occupera de toi à Londres.

Jess était la sœur célibataire de son père, qui exerçait un poste mystérieux au ministère de la Défense.

Sa mère s'était montrée plus sceptique :

– Mais elle sera seule dans une ville d'étrangers, Frank. Je ne suis pas sûre que ce soit une si bonne idée.

– Moira, arrête ces bêtises. Elle sera vite de retour.

À la fin, trop c'était trop. Sa mère aimait avoir sa fille aînée à la maison, pour pouvoir la solliciter à tout propos. Et May ferait tout pour lui échapper. Afin de jouir d'un minimum de liberté, May devait s'en aller, même si cela l'obligeait à abandonner sa chère sœur cadette, Aggie. À l'occasion d'un rendez-vous entre son père et un associé français, May s'était vu proposer un poste de jeune fille au pair chez l'une de ses connaissances, qui avait un enfant de six ans. Ce travail lui procurerait un peu d'argent et un toit, pendant qu'elle améliorerait ses compétences linguistiques et se frayerait un chemin dans cette nouvelle ville. Elle avait sauté sur l'occasion. Elle n'en savait guère plus sur les enfants qu'elle ne connaissait le français, mais ce ne devait pas être bien compliqué. Et Paris ! Rien que d'y penser ! Dans les films d'actualités au cinéma, elle avait vu des images vertigineuses d'hommes peignant la tour Eiffel sans harnais de sécurité, des plans de la ville illuminée la nuit, des rues bondées de voitures et de passants, d'élégants boulevards bordés d'arbres, des cafés, des maisons de couture. Et voilà qu'elle était dans cette ville !

L'appartement semblait spacieux et confortable, avec de hauts plafonds et des meubles propres et ordonnés, bien qu'ils ne soient plus de première jeunesse. Madame parlait, mais May n'arrivait pas à la suivre. Sa chambre était tout en haut de la maison, là où les domestiques de tout l'immeuble dormaient autrefois – une « *chambre de bonne** », lui expliqua Madame. La pièce était petite et le lit était adossé au mur, flanqué d'une table de chevet et d'une lampe. Les rideaux de la fenêtre étroite avaient pour motif des abeilles et des couronnes de laurier écrues sur fond blanc.

May apercevait dehors le soleil printanier et la cime des arbres du parc situé de l'autre côté de la rue.

Il lui fallut peu de temps pour se rendre compte qu'Émile, le garçonnet dont elle devait s'occuper, n'était pas favorable à sa venue. Le premier indice fut les billes sur le sol. Elle les avait repérées à temps pour éviter de glisser dessus et se briser une jambe. Le second fut un morceau de fromage rance caché derrière sa table de chevet. C'était le genre de farces que May avait faites enfant, et elle ne put s'empêcher de sourire quand Émile eut le dos tourné.

*
**

Peu après son arrivée, May alla dans la chambre d'enfant et se demanda comment elle pourrait égayer la pièce. Il n'y avait aucune trace d'Émile. Un cheval à bascule rutilant était immobile près de la fenêtre, tourné vers les arbres du parc. Sur la commode massive étaient posées trois marionnettes à fils : un clown roux, Pinocchio et un loup vêtu d'un pantalon à carreaux, qui montrait les crocs. Elles avaient la tête penchée, leurs yeux bleus étaient fixes, leur sourire figé. May toucha le nez de Pinocchio du bout du doigt. Dans un coin, sur une chaise, elle trouva un nounours manchot, une petite couverture posée grossièrement sur lui. Elle enjamba la voie ferrée qui serpentait dans la moitié de la pièce, les trains à l'arrêt.

Un bruit soudain la fit se retourner, la main sur le cœur : un petit soldat mécanique marchait vers elle, en frappant son tambour. *Rantanplan. Rantanplan.* Elle le prit dans ses mains.

– Tu m'as fait une de ces frayeurs !

Un bruit étouffé provint de derrière la lourde porte de bois ; May fit semblant de ne pas l'entendre.

– Nous pourrions être amis, car je ne vois pas d'enfants ici. Où habites-tu ?

Elle aperçut une forteresse dans le coin opposé à l'ours abandonné.

– Est-ce que tu vis là ?

– Il habite ici.

Émile se précipita dans la pièce pour désigner l'armoire en acajou, une de ses chaussettes montantes tombée sur sa cheville.

– Où t'étais-tu caché ? lui demanda May, qui feignit la surprise, ce qui fit rire Émile. Je me disais que nous pourrions sortir.

Elle s'exprima dans son meilleur français très basique, tout en ouvrant la porte de l'armoire : elle découvrit quatre étagères soigneusement garnies de jouets dans des boîtes. Elle se souvint qu'elle ne devait parler qu'anglais avec lui, aussi répéta-t-elle sa proposition très lentement dans sa langue maternelle. Sa main la démangeait d'ébouriffer les cheveux d'Émile, plaqués de chaque côté de sa raie.

– Oui. *We go to the park?* répéta Émile, le regard pétillant.

– *Of course.*

Si May parlait un anglais rudimentaire, ils pourraient peut-être bien s'entendre. Elle avait une boule au ventre depuis son arrivée.

Ils ne pouvaient pas se perdre en allant au parc : il suffisait de traverser la rue. Elle prit sa veste bleu marine, achetée pour les longs hivers rigoureux de l'Écosse. Sa mère avait insisté pour qu'elle la mette dans sa valise, pourtant consciente de son aspect démodé. Émile emporta un voilier miniature. Puis May et lui descendirent les escaliers de pierre et franchirent la porte pour sortir sur le trottoir.

– Émile ! Reste près de moi, lui ordonna May pendant qu'ils traversèrent la route.

Le soleil printanier emplissait l'air de promesses, et les arbres verdoyaient de nouvelles feuilles. Quand ils atteignirent le portail, May s'arrêta un instant et se retourna vers leur immeuble. Bon sang, comme… eh bien, comme les Parisiens vivaient avec élégance. Sept niveaux d'imposantes pierres de couleur crème, avec d'étroits balcons en fer forgé aux quatre étages principaux, soutenus par des volutes de pierre décoratives. Paris ne ressemblait en rien à sa ville natale, Dunfermline, dominée par la grande abbaye sur la colline, mais cela n'avait pas d'importance. May était déjà grisée par Paris et découvrir si tôt dans sa vie un endroit aussi beau que cette capitale était une aubaine.

Émile courait devant May. Elle trottina pour le suivre, contente des chaussures plates confortables qu'elle avait emportées avec elle sur les conseils insistants de sa mère.

– Reviens, lui cria May, consciente de l'inutilité de sa demande.

Par chance, le bateau miniature ralentissait Émile, aussi May le rattrapa-t-elle rapidement.

– Nous ne reviendrons plus si tu t'enfuis, le mit-elle en garde, sachant pertinemment qu'ils fréquenteraient ce parc aussi souvent que possible.

Émile emprunta une longue allée bordée d'arbres, passant devant des femmes avec des landaus, des enfants qui jouaient au ballon, des gens qui promenaient leur chien. Entre les arbres, May aperçut un groupe d'hommes lancer de lourdes boules argentées, dans une sorte de jeu qui nécessitait toute leur concentration et beaucoup d'inactivité. Trois enfants étaient juchés sur le dos d'un âne que l'on guidait le long du chemin. Devant eux, l'allée menait à un vaste espace ouvert de jardins d'agrément et d'allées gravillonnées. Des statues ceignaient un grand plan d'eau, dominé par un imposant palais, dont le centre de la façade était orné d'une horloge. May n'avait jamais rien vu de tel. Tandis qu'Émile courut rejoindre les autres enfants qui faisaient naviguer leur bateau sur l'eau, elle s'approcha de deux sièges, dont l'un était occupé par une jeune fille de son âge. Elle pourrait s'asseoir là, pour admirer la scène tout en gardant un œil sur Émile.

– Est-ce libre ? demanda May dans un français précautionneux.

– Oui. Asseyez-vous.

La voix était aussi anglaise que May était écossaise.

– Vous devez vous aussi vous occuper de l'une de ces petites terreurs ?

Les cheveux de la jeune femme la faisaient ressembler un peu à Marilyn Monroe, ses yeux étaient amicaux et brillaient de sa joie de vivre,

Elle inspira tout de suite confiance à May.

– De vraies terreurs, n'est-ce pas ? poursuivit-elle en levant une main vers ses boucles blondes rebelles et elle secoua la tête avec un désespoir feint.

May rit.

– Le mien en est une, oui.

Elle pointa du doigt Émile qui essayait de redresser son bateau chaviré. Une troupe de garçonnets se forma autour de lui pour lui donner des conseils.

La jeune femme sourit et déjà May était sur le point de se faire sa première amie. Wendy était originaire de Bournemouth, sur la côte sud de l'Angleterre ; elle travaillait pour une famille qui vivait de l'autre côté des jardins et s'occupait d'un petit garçon prénommé Amaury. En quelques minutes, Wendy indiqua à May les habitués.

– Cette vieille femme en noir promène toujours ses chiens à cette heure et s'assoit sur ce siège. Si quelqu'un d'autre le prend, elle l'oblige à aller ailleurs.

Wendy regarda autour d'elle.

– Tu vois ce couple là-bas ?

Un jeune homme hirsute embrassait passionnément une femme, comme s'ils étaient seuls dans le parc.

– L'un d'eux est marié. Ça se voit à la façon dont la fille regarde sans cesse autour d'elle, comme si elle craignait qu'on les surprenne. Cet homme là-bas est toujours assis seul, à attendre quelqu'un qui ne vient jamais.

Il n'était pas vieux, mais il semblait porter tous les malheurs du monde sur ses épaules.

– Et ces garçons doivent être étudiants à la Sorbonne.

Wendy agita ses doigts en direction d'un groupe de jeunes hommes avec des sacoches. L'un d'eux lui rendit son salut, avant qu'un autre ne se tourne vers elles et dise quelque chose qui les fit tous rire.

Wendy sourit en retour.

– Tu apprendras à tous les connaître.

May était enchantée. Rien qu'en observant depuis cette chaise, elle pouvait affirmer que les Français étaient différents. Les femmes avaient une allure dont ne pouvaient rêver les bourgeoises d'Édimbourg et de Dunfermline. Une fleur dans un revers, un ruban, l'inclinaison d'un chapeau, le talon d'une chaussure – un seul détail élégant pouvait faire toute la différence. May en prit note et se promit d'essayer sur elle.

Un garçon accourut, avec une balle dans les mains.

– *Can we go? I'm hungry.*

– *How good your English is already, Amaury. Of course*, lui répondit Wendy qui se leva et s'essuya les mains sur le jupon de sa robe. Peut-être que je te verrai demain ? Même heure ?

Chapitre 7

Norfolk (côte est de l'Angleterre), 2019

– Alors, où allons-nous ? demanda Charlie qui se redressa sur son siège et retira ses écouteurs.

C'était la première fois qu'elle exprimait un quelconque intérêt pour leur voyage, aussi Isla se sentit-elle quelque peu encouragée.

– Dans le Norfolk. Cela fait un bon détour, mais je n'ai pas vu ma meilleure amie depuis des mois et elle me manque. Je veux lui parler.

– Tu ne peux pas le faire par téléphone ? rétorqua Charlie en faisant tourner le sien dans sa main.

– Si. Mais cela ne vaut pas le face-à-face. Quand Maman est morte, il s'est passé des choses dont je veux m'entretenir avec elle.

Mary était la seule personne à qui Isla avait envie de raconter toute cette histoire. Elle lui avait expliqué les grandes lignes par téléphone, mais il y avait encore beaucoup à dire.

– Tu peux m'en parler si tu veux.

Isla éclata de rire, surprise.

– Ça t'intéresserait ?

Charlie enroula le câble autour de son téléphone, puis le rangea dans son sac à dos.

– Pourquoi n'essaies-tu pas ? Vas-y.

Isla n'avait pas pensé à expliquer à Charlie la raison de leur détour par le Norfolk, mais pourquoi ne pas la tenir au courant en effet ? Elles allaient être ensemble un moment. Elles quittèrent l'autoroute M11 pour la nationale en direction de Newmarket et Isla commença à relater à Charlie comment la dispute au sujet de la vente de Braemore avait dégénéré, les propos qui avaient été échangés.

– Morag et moi n'avons pas reparlé à Lorna depuis. Mais elle a toujours l'intention de vendre, du moins une partie du terrain. Apparemment, elle en a discuté avec le notaire, qui en a informé Morag, ce qui l'a mise hors d'elle. Je ne sais pas pourquoi Lorna a cette idée en tête, mais rien ne peut être fait tant que le testament n'est pas authentifié.

Charlie se pencha en avant et récupéra son téléphone.

– En fait, tu sais quoi, Mamie ? Cela me fait penser à une cour de récré.

– Oh, fit Isla, décontenancée par cette critique. Tu trouves ?

– Oui. On dirait que tout est parti en vrille, mais vous devriez pouvoir recoller les morceaux. Il suffit de dire les choses.

L'attention de Charlie se tourna vers son écran, sur lequel ses pouces se déplaçaient à toute vitesse.

– Eh bien, oui, je suppose.

Charlie était plus mature qu'Isla ne le pensait. Sa solution était évidente, mais elle ne semblait pas pour autant si facile. Isla avait délibérément éludé son exclusion du testament de May. Elle garderait ce sujet pour Mary, l'unique personne dont elle avait l'assurance qu'elle ne la jugerait pas, la seule à l'opinion de laquelle elle se fiait.

Le reste du trajet se déroula dans un quasi-silence, les seuls sons étant la musique métallique qui s'échappait des écouteurs de Charlie, un léger ronflement ainsi qu'un flux constant de notifications sur son téléphone.

Finalement, elles arrivèrent dans la banlieue de Sheringham, une ville côtière du Norfolk, et s'engagèrent dans l'allée d'une maison très moderne. Isla se gara près d'un garage à pignon blanc. « Vous êtes arrivé à destination », déclara le GPS. C'était la première fois qu'Isla venait là ; cette maison ne ressemblait pas à ce qu'elle avait imaginé pour Mary. Des ailes s'étendaient de chaque côté de la porte d'entrée en verre : celle de gauche était entièrement vitrée, de sorte qu'on pouvait voir le salon et, au-delà, le jardin ; celle de droite était percée de deux fenêtres étroites, l'une au-dessus de l'autre. Très design et en rien comparable à la maison mitoyenne en désordre qu'ils avaient quittée à Londres, dans le quartier de Camden.

– Ouah ! s'exclama Charlie en reprenant vie à côté d'Isla, après s'être assoupie durant la dernière demi-heure. C'est là que vit ton amie ?

Sa main se resserra autour de son téléphone comme s'il s'agissait d'un membre de son corps qu'elle avait peur de perdre. L'anxiété l'emporta sur l'enthousiasme d'Isla.

– On dirait bien.

Isla sortit de la voiture et s'avança dans le gravier jusqu'à la porte d'entrée. Bien qu'elle ait entendu la sonnette résonner à l'intérieur, personne ne vint ouvrir.

– Comment la connais-tu, d'ailleurs ?

– Nous nous sommes rencontrées lors d'une fête d'école quand Helen et Gaby, sa fille, avaient huit ans. Ils habitaient au coin de notre rue à Camden et nous sommes amies depuis tout ce temps.

– Oh, fit Charlie, visiblement peu impressionnée. Ça remonte à loin.

– Ils sont peut-être dans le jardin.

Charlie et Isla se rendirent à l'arrière de la maison où, sur une grande terrasse, étaient disposés en équerre des canapés d'extérieur, séparés par des pots carrés de buis. D'un côté, dans un abri en bois dont une paroi était vitrée, se trouvait très certainement une salle de sport. Il n'y avait personne. S'agissait-il bel et bien de la maison de Mary et George ? À Londres, leur mode de vie était semblable à celui d'Isla : ils géraient les activités des enfants et, lorsque ceux-ci avaient quitté le nid, ils avaient simplement accepté les choses telles qu'elles étaient. Mais ils avaient dû se languir tout ce temps de ce style de vie contemporain et épuré. Quelle différence avec Isla, qui avait emménagé dans sa jolie maison d'Oxford, dans le quartier de Jéricho, et emporté avec elle toutes ses habitudes de rangement négligées.

– Mary m'a dit qu'il y avait une clé sous le gros pot… au cas où elle ne serait pas là.

Elles regardèrent Jock se diriger directement vers le premier canapé. Il le renifla, puis leva la patte et urina dessus.

– Jock ! Oh, zut ! Tu ne peux pas faire ça.

Charlie éclata de rire. Elle déroula un tuyau près de la maison et tendit l'embout à Isla.

– Tiens.

Elle retourna au robinet.

– Prête ?

Isla hocha la tête.

– Oui.

L'eau jaillit avec une telle force que le canapé et Isla furent trempés.

– Flûte ! Pardon.

Charlie avait l'air de s'attendre à des remontrances, les yeux mi-clos, le visage figé, les épaules voûtées.

Mais, une fois qu'Isla se dégagea de la flaque d'eau qui s'était formée, elle ne put s'empêcher de rire tout en essorant l'eau de sa jupe.

– Ça commence bien !

Charlie se détendit visiblement. Peut-être que sa grand-mère n'était pas si terrible après tout.

Elles trouvèrent la clé et entrèrent dans la maison. À peine le seuil franchi, Charlie regarda autour d'elle, les mains sur les hanches.

– Où peut être leur box ? Ils doivent avoir le Wi-Fi, pas vrai ?

– Va savoir. Je suppose que oui.

Elles entendirent une voiture se garer à l'extérieur, le claquement de deux portières, des bruits de pas et la poignée de la porte.

Mary n'avait pas changé. Ses cheveux courts grisonnants étaient lissés en arrière, ce qui accentuait ses traits. Elle était tendance avec son pantalon crème, ses sandales plates brillantes et sa tunique indienne à motifs rose foncé. Pendant qu'Isla serra son amie dans ses bras, un border terrier passa à leurs pieds en direction de Jock.

– Toby ! le mit en garde Mary en s'écartant d'Isla. Je suis vraiment contente de te voir. Ça fait trop longtemps. Laissez-moi d'abord vous montrer vos chambres et vous pourrez vous mettre à l'aise. C'est une si belle journée.

Isla contempla le vaste espace ouvert du rez-de-chaussée, avec des baies vitrées qui s'étendaient sur le mur du fond, depuis le salon jusqu'à la cuisine en passant par la salle à manger. La pièce était blanche et lumineuse, avec un pan de mur fuchsia dans la cuisine. Il y avait aux murs des estampes qu'Isla ne se souvenait pas d'avoir vues dans leur maison de Londres. Dans les coins trônaient des plantes incroyablement verdoyantes dans des pots en céramique. L'intérieur semblait tout droit sorti d'un magazine : splendide au regard mais sans aucune personnalité. N'importe qui pouvait aussi bien vivre ici.

Mary passa son bras autour d'Isla.

– Nous avons tellement de choses à nous raconter.

– Oh oui !

C'était exactement ce qu'Isla attendait avec impatience. Elle ne doutait pas que Mary irait droit au cœur de ses problèmes et lui ferait part de son avis.

*
**

Charlie ne descendit pas de sa chambre immédiatement, et Mary installa Isla sur l'un des canapés d'extérieur avec une bouteille de vin blanc. Elle leva son verre.

– Santé. Avant toute chose, explique-moi comment tu t'es retrouvée avec ta petite-fille sur les bras.

Isla leva les yeux vers la fenêtre de la chambre de Charlie qui, malgré l'intense chaleur estivale, était fermée.

– Je n'aime pas cette expression, même si cela correspond plutôt bien.

Isla raconta brièvement ce qui s'était passé.

– C'est difficile pour Helen et Mike. Je suppose que c'est l'inconvénient des métiers indépendants, avança-t-elle, pour tenter d'excuser ce qu'elle ne pouvait décrire que comme un manque d'attention bénin envers Charlie. Pas assez de temps ou trop de temps, et Charlie en souffrait.

– Mais le côté positif, c'est que tu vas mieux la connaître.

– Franchement ? J'ai l'impression d'être avec une créature débarquée d'une autre planète. Je ne sais jamais si elle va me parler ou si elle va bouder. Et ce maudit téléphone ! Elle ne s'en sépare jamais.

– Mes petits-enfants sont exactement pareils. C'est de l'oxygène pour eux : sans portable, ils meurent.

– Mais elle doit avoir un point faible et, une fois que je l'aurai découvert, je ruserai.

Mary rit.

– Je l'espère pour ton bien. Sinon, la semaine va être longue, dit-elle en étirant ses jambes. Enfin… (Elle but une gorgée.) J'ai été attristée d'apprendre le décès de ta maman.

– Merci. Mais tu ne sais pas tout.

– Raconte-moi.

Mary s'appuya sur le dossier du canapé et écouta Isla lui décrire la soirée de discorde à Braemore. Elle n'omit aucun détail. À la fin de son récit, elle prit son verre et attendit la réaction de Mary. Son amie la fixait, stupéfaite.

– Oh ! là là ! C'est incroyable. Mais pourquoi ?

– C'est ce que je n'arrête pas de me demander. Je pensais pouvoir l'accepter, mais cela me turlupine. Je veux comprendre pourquoi. Du moins, je veux que mes sœurs et moi soyons à nouveau en bons termes.

– Alors, à toi de briser la glace. Plus votre silence durera, plus ce sera difficile.

– C'est ce que je vais essayer de faire.

Isla était contente d'avoir l'approbation de Mary.

– Mais que ta mère fasse une chose pareille... c'est inimaginable. T'a-t-elle toujours traitée différemment ?

– Pas du tout. C'était une super maman. Quand nous étions petites, elle nous emmenait pique-niquer sur la plage, jouait avec nous dans le jardin, apaisait nos querelles, nous aidait à faire nos devoirs et nous lisait des histoires au lit, ce genre de choses. Elle m'a offert mes cinq premières figurines d'animaux à Noël. L'un d'eux était un corgi et je l'ai appelé Elizabeth, comme la reine.

Isla ricana. Sa collection de petits animaux en porcelaine, initiée par ce cadeau, se trouvait désormais au musée de l'Enfance de Fernleith, dont elle était à la tête.

– Non, Maman nous adorait. Mais à mesure que nous avons grandi, elle est devenue plus introvertie, moins tolérante. Surtout avec moi.

– Je me demande pourquoi. Est-ce qu'il y a eu un déclencheur ?

– Pas que je m'en souvienne. Mais quand j'étais adolescente, je ne faisais jamais rien à son gré. Jupe trop courte, trop de maquillage, vulgaire, ingrate, tu vois ?

Mary hocha la tête.

– Mais toutes les mères sont comme ça, non ?

– Oh là ! J'ai eu de grosses disputes avec Helen pour les mêmes raisons, mais c'était différent. Je n'ai jamais cessé d'aimer Helen, alors que je me demande si Maman m'aimait vraiment. Je suppose que son testament prouve le contraire. C'est l'impression que j'avais à l'époque. Je prenais toujours des pincettes avec elle, sans jamais comprendre pourquoi elle était si impatiente avec moi. Nous avons fini par nous éloigner l'une de l'autre. C'était plus facile que d'aller à l'affrontement, mais, avec le recul, je me dis que j'aurais préféré cela. Je ne rentrais à la maison que lorsque j'y étais obligée, en grande partie pour voir Papa. Et puis, après sa mort, je voulais continuer à rendre visite à Aggie, qui avait emménagé à Braemore avec Maman. Quand je venais, Maman et moi nous nous évitions. Je ne me suis pas bien comportée.

Le regret et la tristesse réduisirent Isla au silence.

– Et avec Morag et Lorna ? demanda Mary, intriguée. Son attitude était différente avec elles ?

Isla se reprit.

– Elle était plus tolérante avec mes sœurs.

Des souvenirs lui étaient revenus par flashs au cours des semaines passées. Le premier épisode qui lui laissa penser qu'il y avait un souci était assez négatif. Isla avait quatorze ans.

– Tu es la plus grande erreur de ma vie ! lui avait crié May, sur un ton de frustration, lors d'une dispute sur la longueur d'une jupe qu'Isla avait choisi de porter pour une fête de l'école.

Ce fut sûrement à ce moment-là que le sparadrap qui les maintenait liées commença à se décoller.

Par la suite, May s'était excusée :

– Je n'aurais jamais dû te dire une chose pareille. Tu sais que je ne le pensais pas.

Mais impossible d'oublier de telles paroles. Les bras qui avaient étreint Isla étaient raides et elle avait refusé de céder à leur pression. Être l'aînée et « une erreur » suffisaient manifestement à mériter un traitement différent. Mais quel genre de mère ferait une pareille distinction entre ses enfants, s'interrogea Isla. Elle connaissait si mal sa mère. Et à présent, elle ne pourrait jamais mieux la connaître.

– C'est affreux, déplora Mary en hochant la tête. Quelle famille !

La sienne était très unie ; elle pensait donc que tout le monde devrait connaître le même amour.

– Je vais faire étape chez Morag et Lorna pendant mes vacances. Je veux régler cette pagaille du mieux que je peux. Elles ne se parlent pas, mais Lorna a demandé à l'avocat s'ils pouvaient mettre une partie du terrain en vente. Elle ne renoncera pas, même si le testament n'est pas authentifié et que c'est Aggie qui a le dernier mot. Je ne sais pas pourquoi c'est si important pour elle.

– Peut-être qu'elle a besoin d'argent ?

– Andrew est plein aux as.

Isla s'était demandé plus d'une fois si c'était la raison pour laquelle sa sœur avait épousé cet homme. Son mariage avec un avocat prospère d'une famille locale avait propulsé Lorna dans la bonne société d'Édimbourg. Elle n'avait jamais eu besoin de travailler et elle menait un train de vie aussi épicurien que pourrait le souhaiter toute femme au foyer édimbourgeoise.

Mary eut l'air perplexe.

– Ça ne colle pas alors. Que dirait ta mère ?

– Cela lui plairait sans doute, répondit Isla en baissant la main vers Jock, sorti de la maison pour voir ce qui se passait. Quand nous avons été plus grandes, diviser pour mieux régner était devenu la méthode d'éducation de Maman.

– Elle a bien réussi son coup alors. Mais pourquoi ?

Le soleil se refléta sur le verre de Mary lorsqu'elle le porta à sa bouche.

– Va donc savoir. Je ne cesse de fouiller dans ma mémoire. Peut-être simplement parce qu'elle avait ses préférées et que je n'en faisais pas partie ? Peut-être son côté conservateur qui voyait d'un mauvais œil mon désir d'indépendance et mon départ de la maison pour faire des études de théâtre à Londres ?

– Sauf qu'apparemment, ça avait commencé avant cela. Je l'ai rencontrée seulement au mariage d'Helen et Mike, mais je me souviens qu'elle se tenait à l'écart de tout le monde. J'ai essayé de discuter avec elle, mais elle ne semblait pas intéressée.

– Pas étonnant. J'étais tellement habituée à ce comportement que je n'ai même pas remarqué. Parfois, je me demande si épouser Papa l'a empêchée de mener la vie qu'elle aurait voulue. Mais ils se sont mariés si jeunes, quelle autre vie aurait-ce pu être ? Je ne me souviens pas qu'elle ait mentionné grand-chose d'avant son mariage.

– Le syndrome de l'aînée. C'est sans doute l'explication. En tant que premier enfant, tu as mis leurs nerfs à rude épreuve. C'est beaucoup plus facile pour les enfants suivants.

Isla considéra cette hypothèse.

– Peut-être.

– En as-tu déjà parlé avec Lorna et Morag ?

– J'ai essayé une ou deux fois, mais ça n'a mené à rien. Elles ont seulement dit que j'y accordais trop d'importance, surtout Lorna.

– Tu devrais avoir une discussion avec elles. Si tu ne vas pas au fond des choses maintenant, tu ne le feras jamais.

Cependant, Isla trouvait la confrontation moins aisée que son amie.

Le bruit d'une voiture s'arrêtant de l'autre côté de la maison interrompit leur conversation. Mary enfila ses sandales et se mit debout.

– Ce doit être George.

Toby et Jock trottinèrent jusqu'au coin de la maison pour mener leur enquête.

Quelques minutes plus tard, George sortit de la cuisine, les manches de chemise retroussées, une canette de bière à la main.

Un homme trapu, avec un crâne d'œuf et un sourire qui faisait naître des rides sur son visage bronzé.

– Isla ! Je suis ravi de te voir. Toujours aussi belle, la complimenta-t-il avant de l'embrasser sur la joue. Et cette météo ? N'est-ce pas la meilleure raison au monde d'être venu vivre ici ? L'horizon dégagé, l'air marin. Et une journée « de travail » passée sur un terrain de golf.

George s'assit à côté d'Isla, après avoir déposé un baiser sur le front de Mary.

– J'ai entendu dire que tu avais des soucis.

– Mary t'en a parlé ?

Isla n'aimait pas qu'ils discutent d'elle dans son dos. Elle avait toujours cru que ses échanges avec Mary étaient confidentiels.

– Désolée, articula en silence son amie.

– Toutes mes condoléances, compatit George, puis il but une gorgée de bière. Ma famille est très compliquée. Mon père n'a pas parlé à son frère pendant des années, donc aucun des cousins ne se voit. Enfin… Ce qu'on ne connaît pas ne peut pas nous manquer.

– Ce que tu dis n'est pas très utile, intervint Mary pour faire taire son mari. Pourquoi ne prendrais-tu pas une douche avant le dîner ?

– Bonne idée !

Il sourit à sa femme, puis regarda Isla.

– Je n'ai pas d'autre choix que d'obéir.

– Gros bêta ! lui rétorqua Mary avec une tape sur le bras.

Isla ne connaissait aucun autre couple comme ces deux-là. Quand d'autres se menaient une guerre froide, cédaient sous la pression ou survivaient dans une affection résignée, Mary et George semblaient aussi amoureux que jamais. Isla les considéra avec une certaine perplexité et souhaita être capable d'offrir autant à un homme qu'ils se donnaient l'un à l'autre. En matière de relations, elle s'était toujours retenue, un mécanisme de défense qu'elle avait développé. La carapace qu'elle s'était forgée pour se préserver des affronts de sa mère s'était épaissie après qu'Ian l'avait quittée. Isla ne voulait plus souffrir de la sorte. Quant à ses relations depuis lors et la fin qu'elles avaient connue, la réponse était toujours la même. C'était toujours elle qui y mettait un terme et reprenait son existence solitaire, qu'elle savourait jusqu'à la relation suivante. Même Keith était finalement parti. Ils avaient passé onze ans ensemble, bien qu'il ait toujours gardé sa maison. Un endroit où il pouvait s'échapper et voir ses enfants. Cet arrangement avait semblé leur convenir à l'époque, mais Keith avait fini par trouver ce qu'Isla ne pouvait pas lui donner, cet engagement à cent pour cent, auprès d'une autre femme. Elle admettait son échec – si c'en était bien un –, mais c'était plus fort qu'elle. Se protéger à tout prix. Cependant, maintenant qu'elle avait rencontré Tony, ces barrières tombaient. Peut-être que cette fois…

Chapitre 8

Au grand soulagement d'Isla, Mary avait de la compagnie à offrir à Charlie, qui s'ennuyait à mourir. George et elle avaient déménagé dans le Norfolk pour se rapprocher de leur fille Gaby et de leurs petites-filles jumelles. Celles-ci, à peu près l'âge de Charlie, avaient également leur téléphone greffé à la main et semblaient, avec leurs cheveux longs et leurs petites robes, appartenir à la même tribu. Après des débuts embarrassants pendant lesquels les filles s'étaient jaugées, réticentes à être réunies par leurs grands-parents, elles s'acceptèrent mutuellement. De ce fait, les deux sorties à la plage, les deux pique-niques et le barbecue furent un plaisir, car les adolescentes se détachèrent des adultes et les laissèrent se délasser. Isla observa Charlie, Leila et Samantha partager des écouteurs, chanter les mêmes chansons, échanger sur ce qu'il y avait sur leurs téléphones, se prendre en selfie. Parfois, quand la chaleur devenait trop forte, elles se levaient d'un bond et couraient à grandes enjambées vers la mer afin de se rafraîchir, libres, les cheveux gonflés par le vent ou noués en chignon sur le sommet de leur crâne, entre cris et éclats de rire. Isla était ravie de voir Charlie s'amuser. Mais quand elle devait engager la conversation avec Isla, elle revenait au désintérêt et aux monosyllabes dans le pire des cas.

Pendant deux jours, ils décompressèrent tous ensemble. Avec Gaby, George et les filles, Isla et Mary ne passèrent pas autant de temps seules qu'Isla l'avait espéré. Ce ne fut que lors de leur dernière soirée, lorsque les jumelles avaient emmené Charlie manger dans Sheringham et que George était à l'intérieur, à s'avancer dans son travail pour la semaine à venir, que Mary et Isla se retrouvèrent à nouveau en tête à tête.

Il faisait encore chaud à l'extérieur, le soleil déclinant diffusait une lueur rose dans le ciel. Quelques bougies scintillaient sur la table devant elles. L'odeur du jasmin et des roses flottait dans l'air de la nuit. Mary s'était pelotonnée sur le canapé, les jambes repliées sous elle, un verre de rosé à la main. Elle avait l'air détendue et sereine – ivre de soleil.

– C'est la belle vie ! Il va encore faire une chaleur torride demain.

– Ce coucher de soleil ! se réjouit Isla en levant les yeux.

L'immensité du ciel du Norfolk faisait ressortir leur petitesse sur la planète.

– N'est-ce pas fabuleux ? Je suis tellement contente que nous soyons venus vivre ici. Je n'ai aucun regret.

Songeuse, Mary but une gorgée de son vin.

– J'ai repensé à May. Le fait de ne te laisser rien d'autre qu'un tableau n'a aucun sens. Comment est-il ?

– Il représente trois anges. Il a été accroché dans le bureau de Papa jusqu'à sa mort ; à ce moment-là, Maman l'a remisé au grenier. Quand j'étais enfant, nous le regardions ensemble et il me disait toujours : « Tu es mon petit ange, Isla. »

Ce souvenir lui pinça le cœur.

– C'est mignon. D'après toi, c'est pour cette raison que ta mère pensait que ce tableau avait quelque chose de spécial ?

– Qui sait ? En fait… attends.

Isla alla dans la maison chercher son sac à main. Elle sortit de son portefeuille un morceau de papier plié fragilisé par les ans.

– Je l'ai fait réencadrer juste avant de partir, et les encadreurs ont trouvé cela derrière, expliqua-t-elle, en dépliant la feuille avec précaution. Une autre lettre. Je suppose que ce n'est pas grand-chose.

Elle la passa à Mary qui cherchait déjà ses lunettes de lecture. Elle jeta un coup d'œil à l'écriture ondulante.

– C'est en français. « *Mon cher…* » (Mary hésita.) « *Pour ton anniversaire. Je t'aime de tout mon cœur, pour toujours. Gros bisous. Céleste.** » Mes souvenirs de français du lycée me servent enfin ! Comme c'est romantique. Qui est Céleste ?

– Aucune idée. Ce papier devait être là depuis des années.

Isla replia le mot avec soin, en essayant de ne pas déchirer les plis.

– Tu penses que c'était destiné à ton père ?

Isla rit à cette pensée.

– Non ! Papa et Maman avaient la petite vingtaine quand ils se sont mariés et ils n'ont jamais regardé personne d'autre.

– À ta connaissance.

– C'est vrai. Mais c'est en français et Papa ne parlait que l'écossais.

– À ta connaissance.

– C'est vrai aussi. Mais pour autant que je sache, aucun d'eux n'est jamais allé en France. Ils n'ont jamais évoqué un voyage là-bas. Si Papa y est allé, il devait être très jeune.

– La jeunesse n'empêche pas de tomber amoureux, rétorqua Mary en haussant un sourcil. George et moi nous sommes rencontrés à dix-neuf ans, aussi incroyable que cela puisse paraître. Et regarde Ian et toi.

– Oui, mais on parle de Papa. Un homme honnête et gentil, mais sans la moindre fibre romantique. Il ne pensait pas aux anniversaires de mariage, il oubliait aussi les anniversaires.

Isla ne se souvenait pas d'avoir vu son père offrir des fleurs à May.

– Mais il a dû avoir une vie avant vous. Céleste. Hum. Intéressant.

– Arrête ça ! Ne le saurions-nous pas s'il avait eu une autre vie ?

– Pas nécessairement, répondit Mary, une lueur dans le regard. Les enfants ne sont pas au courant de la moitié de ce qui se passe dans la vie de leurs parents.

– Mais cette lettre doit être bien plus vieille que cela.

Isla remit le mot dans son portefeuille.

– Montre-la à Morag et Lorna. Au cas où elles sauraient quelque chose que tu ne sais pas.

– Tu es la seule à être au courant. Je ne l'ai même pas dit à Tony.

Son nom échappa à Isla. Que penserait-il d'elle, une femme dont la mère refusait de la connaître ? Une femme avec quelques casseroles. *À fuir le plus vite possible.* Elle ne prendrait pas ce risque. Pas encore.

– Qui ça ?

Isla n'avait pas eu l'intention de cacher Tony à Mary, mais elle craignait que parler de lui puisse lui porter malheur. Même si, se rappela-t-elle, elle l'avait dit à Ian. Plus les gens étaient nombreux à être au courant de cette relation, plus celle-ci prenait corps. Jusqu'à présent, elle avait existé dans une bulle privée dont personne n'avait connaissance, et Tony et Isla y avaient été plutôt heureux.

– Ne fais pas ta timide ! Tu devras finir par me le dire. Es-tu retournée sur cette application de rencontres ?

– Plus jamais, répondit Isla, avant de prendre une inspiration. Je l'ai rencontré au café du musée Ashmolean, à Oxford.

– Vraiment ? fit Mary en regardant son amie d'un air incrédule.

– J'y étais pour l'exposition Jeff Koons – qui n'était pas pour moi, soit dit en passant. Ensuite, je suis montée au restaurant pour prendre un petit café. Il m'a demandé s'il pouvait s'asseoir à ma table.

– Jolie approche. On dit que les musées sont le meilleur endroit pour se faire draguer.

– Cela ne m'était encore jamais arrivé et, pourtant, ce n'est pas faute d'avoir essayé ! s'esclaffa Isla. Tu te souviens de cette mauvaise passe après Ian, quand j'étais effrayée à l'idée de vivre toute seule ?

Les premiers temps après son départ avaient été si vides qu'Isla parcourait la National Gallery ou le Victoria and Albert Museum pendant que Helen était chez une amie ; elle ne regardait pas réellement les tableaux et les collections qu'elle aimait tant, mais se demandait ce qu'elle allait faire de sa vie. Elle secoua légèrement la tête pour chasser ces souvenirs.

– Quoi qu'il en soit, nous avons discuté…

– De quoi ? Et à quoi ressemble-t-il ? Je veux tout savoir, dit Mary en se frottant littéralement les mains. As-tu une photo ?

– Il est plus grand que moi, mince, le décrivit Isla en omettant le ventre légèrement rebondi. Assez beau, si on n'a pas de souci avec les fronts dégarnis ! Et il a un sourire doux, un brin de travers.

Elle sortit son téléphone et fit défiler les photos.

– Tiens.

Mary lui arracha le portable des mains et agrandit le cliché pour mieux voir le visage de Tony.

– Hum… Pas mal !

Isla sourit. Tony était pas mal en effet.

– Et de quoi avons-nous parlé ? Franchement, je ne m'en souviens pas – ce qu'il venait de voir au musée, sans doute. De la pluie et du beau temps. Rien d'important.

Isla était trop gênée pour admettre qu'elle était immédiatement tombée sous son charme, pendant qu'il l'interrogeait sur son métier et écoutait ses réponses d'une oreille attentive. Il s'était montré sincèrement intéressé, alors que d'autres rejetaient souvent un musée de l'enfance comme une chose frivole ou sans intérêt.

– Quand je me suis levée pour retourner au travail, il m'a demandé mon numéro.

Isla se souvint comment la main de Tony avait tremblé lorsqu'il lui avait tendu son téléphone pour qu'elle saisisse son numéro. Ce détail l'avait séduite.

– Et ensuite ?

– Il m'a envoyé un texto le soir même pour me dire qu'il avait apprécié de me rencontrer, que ce n'était pas dans ses habitudes d'approcher des inconnues dans les restaurants et qu'il aimerait me revoir. J'ai laissé passer quelques jours…

Mary soupira comme si Isla était un cas désespéré.

– Je ne voulais pas avoir l'air trop enthousiaste, se justifia Isla (même à Mary, elle ne pouvait pas avouer à quel point c'était difficile pour elle d'aller vers un homme). Et puis, je lui ai renvoyé un message. Nous nous sommes retrouvés pour déjeuner et…

Mary changea de position pour se pencher en avant, afin de ne rien manquer.

– Et tu t'es lancée sans hésiter ?

– Eh bien, je ne dirais pas cela, mais…

– Il te plaît ?

Au moins, Mary ne tapa pas dans ses mains cette fois.

– Oui, oui, il me plaît. Mais avec mes antécédents… je ne suis pas sereine.

– Pour l'amour de Dieu. Tu n'as simplement pas eu de chance.

– Pendant une trentaine d'années ?

– Oui, bon, admit Mary – pour une fois, elle n'avait pas d'argument. Vraiment pas de chance ! Parle-moi de lui. Qu'est-ce qu'il fait dans la vie ?

– Il a tenu un gîte en France pendant les dix dernières années, mais lorsque sa femme l'a quitté, il a dû vendre.

Tony avait montré à Isla des photos d'un ensemble de beaux bâtiments en pierre baignés de soleil, autour d'une piscine d'un bleu azur, ceint de champs et de bois. L'endroit avait l'air idyllique.

– Avec toute l'incertitude liée au Brexit, il a décidé de revenir en Angleterre et de repartir de zéro. Il étudie toutes sortes de possibilités et renoue avec les contacts qu'il avait avant de quitter le pays.

C'était ce que Tony avait expliqué à Isla.

– Où habite-t-il ?

– Chez des amis, à Kidlington. Apparemment, ils ont un studio indépendant au-dessus des écuries, c'est là qu'il loge pour le moment.

– Apparemment ? Tu n'y es pas allée ?

Isla se sentit rougir.

– Non. Il vient chez moi. C'est beaucoup plus facile. Il n'a pas à aller au travail le matin, contrairement à moi, donc c'est plus pratique.

Isla avait été surprise par la vitesse à laquelle leur relation s'était développée. Malgré ses réserves à s'engager dans une nouvelle histoire, elle s'était retrouvée à apprécier la compagnie de Tony – sa cuisine aussi. Il aimait plus que tout concocter des repas dans sa cuisine, à partir de ce qu'Isla avait dans ses placards, ou bien il allait acheter les ingrédients qui lui manquaient. Il avait été une bonne oreille quand Isla en avait eu besoin, mais il savait aussi tenir une discussion distrayante et cultivée. Il la faisait rire. Malgré ses efforts pour résister, elle était tombée amoureuse de lui. Si elle ne tentait pas sa chance une fois ou deux à la soixantaine, se dit-elle, il serait bientôt trop tard. Après tout, si Ian en était encore capable, alors elle aussi.

– Quand vous êtes-vous rencontrés ?

– Il y a quelques mois.

La date du 18 février était gravée dans sa mémoire, six semaines seulement avant le décès de sa mère. Isla but une gorgée de vin, puis regarda vers le fond du jardin où la pénombre forcissait.

– Quoi ?! s'exclama Mary, qui s'avança sur son siège de sorte qu'elle était presque sur ses pieds. Tout ce temps et tu n'as pas daigné m'en parler ?

– Si je t'avais vue… T'en parler par téléphone, c'était comme y accorder trop d'importance.

– Oh, voyons. Mais tu l'aimes bien ?

– Il est adorable, très gentil. Nous passons de bons moments ensemble.

Mais était-ce suffisant ?

Mary parut sceptique.

– Tu ne m'as pas l'air très sûre. Es-tu heureuse, au moins ?

Isla réfléchit un instant. Était-elle heureuse ? Que signifiait être heureux ? S'accoutumer à la présence d'une autre personne dans le nid qu'elle s'était confectionné était difficile. Sa maison de Walton Street n'était pas grande, mais convenait parfaitement à elle seule. Elle avait son indépendance, sa liberté, ses habitudes. En fait, elle ne s'était pas rendu compte que c'était des habitudes jusqu'à ce que Tony la taquine parce qu'elle se passait du fil dentaire entre les dents pendant qu'elle faisait bouillir l'eau pour sa première tasse de thé du matin, qu'elle versait le lait sur le sachet de thé avant l'eau chaude, qu'elle mettait son linge à sécher au-dessus de la baignoire ou laissait ses chaussures traîner dans l'entrée. Au début, ces remarques l'avaient contrariée, mais elle s'était efforcée de ne pas en tenir compte. Puis, au fil des dernières semaines, ses habitudes avaient commencé à changer. Après tout, ce qu'elle avait en contrepartie, c'était la compagnie et la chaleur d'un autre corps dans son lit, cette intimité dont elle avait été privée si longtemps, le contact peau à peau. Et le sexe ! Elle s'était résignée à l'idée de ne plus faire l'amour, mais elle avait été surprise par la facilité avec laquelle ils s'abandonnaient à un plaisir partagé, aussi inattendu et régulier. Après la gêne initiale, Isla se rendit rapidement compte qu'elle n'était pas trop vieille pour ces choses-là, finalement.

Mary s'éclaircit la gorge.

– Alors, es-tu heureuse ?

Dans le crépuscule, son amie était pratiquement une silhouette de l'autre côté de la table. Les bougies vacillaient, et la lumière provenait de la Lune et des étoiles.

– Je crois que oui.

– Je sais que tu n'aimes pas t'emballer, mais, même dans ta bouche, ça ne paraît pas très positif.

Isla rit.

– Je me suis mal exprimée, c'est tout. C'est un homme formidable qui veille sur moi et il me faut un peu de temps pour m'y faire. J'ai tellement l'habitude de me débrouiller toute seule.

– Est-ce qu'il va emménager chez toi ?

– Il vit chez moi en ce moment, pendant mon absence. Il s'est proposé de garder un œil sur la maison, d'arroser le jardin, ce qui m'a paru une bonne idée. Je n'ai pas beaucoup réfléchi à l'avenir.

Mensonge, bien entendu. Mais Isla n'était parvenue à aucune conclusion quant à la direction qu'elle souhaitait pour cette histoire.

– La vie est courte, déclara Mary, avec un signe de tête pour souligner le lieu commun. Autant vivre sa vie avant qu'il ne soit trop tard.

– J'aime ma vie et je ne suis pas encore prête à en changer. On se connaît à peine. Mais il a été d'un soutien incroyable à la mort de Maman. J'étais à ramasser à la petite cuillère quand je suis revenue de l'enterrement. Il m'a préparé un grog délicieux et s'est occupé de moi.

– Donc, il est au courant pour ton héritage ? Le tableau ?

Isla secoua la tête.

– Non. J'avais peur que toute cette histoire fasse mélodramatique. Je n'ai rien dit et il a cru que j'avais hérité d'une grosse partie des biens de Maman. Que j'étais anéantie par sa mort, qu'elle et moi ne nous entendions pas, ce que j'essaie de comprendre, et que mes sœurs et moi nous sommes fâchées. Je suppose que je vais devoir tout lui avouer un jour, mais, pour le moment, je ne veux que personne d'autre que toi soit au courant. Je ne veux pas que les gens, et encore moins Tony, s'interrogent et se demandent ce qui ne tourne pas rond chez moi ou ce que j'ai fait pour mériter cela.

Mary se pencha en avant.

– Tu n'as rien fait. J'en suis certaine.

– Mais tu n'en sais rien, et moi non plus.

Chapitre 9

Paris, 1954

May tendit sa Gauloise pour demander du feu. Que diraient ses parents s'ils la voyaient ? Il lui avait fallu du temps pour s'habituer au goût fort de la cigarette qui lui piquait le fond de la gorge, mais Wendy et elle avaient persévéré. Comme elle l'avait fait pour le français. Elle parvenait déjà à se faire comprendre de la plupart des gens et à saisir les conversations rapides et simples ; elle dévorait les romans de l'écrivaine à la mode, Colette.

Quelques semaines seulement après son arrivée, May se sentait déjà parfaitement chez elle à Paris. La boîte de nuit installée dans une cave où elles se trouvaient était petite, chaude et pleine à craquer ; elle avait l'impression que la sueur suintait du plafond bas. Elle n'entendait pas un mot de ce qui se disait à cause de la musique et des voix. Elle était en compagnie de Wendy, Max et Sam, deux Américains qui étudiaient à la Sorbonne et que Wendy avait rencontrés dans le tabac de leur quartier. L'amitié entre May et Wendy s'était épanouie depuis leur première rencontre au parc et les deux jeunes femmes ne se quittaient plus. Wendy ressemblait à May à bien des égards, mais en plus courageuse et plus extravertie. Max et Sam étaient assez différents. Ils étaient effrontés, sûrs d'eux et avaient de l'argent à dépenser sans compter. Chez ces Américains bien nés venus étudier à la

Sorbonne – ces « Amerloques », comme May avait entendu qu'on les surnommait ici –, il y avait un éclat et une extravagance qu'elle n'avait jamais vus chez les garçons qu'elle connaissait en Écosse. Ils avaient du style. Elle était fascinée, attirée par eux comme un papillon de nuit par la lumière.

Max alluma son briquet, et May et lui placèrent leurs mains en coupe. Elle tira sur sa cigarette.

– *Merci**.

Elle souffla un nuage de fumée au-dessus de sa tête. Très Parisienne.

Des papillons s'envolèrent dans le ventre de May quand Max plongea son regard dans le sien.

– Tout le plaisir est pour moi.

Il était si proche, comme s'ils allaient s'embrasser. Puis il se recula, la laissant dans le doute. May lui plaisait-elle ou non ? Elle le regarda se tourner et dire quelque chose à Sam, puis il rejeta la tête en arrière et rit, de sorte que la lumière capta les contours de son visage. Elle résista à l'envie de les caresser.

Max lui tendit la main, et May la prit en frissonnant et le suivit sur la piste de danse. Wendy y était déjà avec Sam. Les pas auxquels May s'était entraînée dans sa chambre en Écosse ne semblaient pas appropriés, aussi imita-t-elle son amie et prit rapidement le rythme. Ils dansèrent jusqu'à ne pratiquement plus pouvoir tenir debout.

Sans Wendy, le séjour de May à Paris aurait été très différent. Elles exploraient la ville ensemble. May s'était émerveillée devant les dômes curieux du Sacré-Cœur de Montmartre, avait grimpé au sommet du plus grand d'entre eux, avant d'explorer les rues alentour, d'admirer les artistes de rue à l'œuvre, de bavarder avec Wendy devant un café ou d'une glace. Elles avaient flâné dans le marché chaotique des Halles, observé les gens depuis un café, acheté un bouquet sur le quai aux Fleurs, regardé les pêcheurs sur les berges et à bord de barques sur la Seine, admiré les gargouilles grotesques accrochées aux hauteurs de Notre-Dame, dont l'intérieur immense les avait impressionnées. Et à présent, elles s'étaient liées d'amitié avec Max et Sam et découvraient une autre facette de la ville, c'était trépidant. Tous les quatre passaient du temps dans les brasseries et les clubs, se prélassaient dans les grands parcs publics, visitaient des expositions au Louvre et au musée du Jeu de Paume, allaient au cinéma où ils avaient vu *L'Air de Paris* (comme toutes les autres femmes du cinéma, May était tombée amoureuse de Jean Gabin).

Tout était merveilleux. Lors de ses mornes années d'école à Dunfermline, May n'avait jamais imaginé qu'elle connaîtrait... cette vie, cette couleur, cette excitation. À l'instar de Dorothée dans *Le Magicien d'Oz*, elle avait franchi une porte qui l'avait propulsée d'une image en noir et blanc terne à un monde flamboyant en Technicolor.

– Tu veux visiter la tour Eiffel samedi ?

Penché vers May, Max criait pour qu'elle puisse l'entendre. Son regard la fit fondre. Yeux bleus, mâchoire carrée, cheveux blonds gominés. Le sourire de Max toucha le cœur de May.

– Je veux bien, oui.

Elle avait le souffle coupé par l'excitation, pourtant consciente qu'elle ne devrait pas paraître trop enthousiaste. Elle ne voulait pas lui donner une fausse idée du genre de fille qu'elle était.

– Quoi ? fit Max, la main sur le bras de May, pour la tirer vers lui. Je ne t'entends pas.

Elle hocha la tête, alors que son ventre tressaillit.

– Oui.

Bien sûr qu'elle en avait envie. La Tour dominait la ligne d'horizon de Paris, mais May ne s'en était pas encore approchée. Quand, sur le chemin du retour, elle évoqua cette invitation à Wendy, celle-ci tapa dans ses mains.

– Un rendez-vous. Je savais qu'il t'aimait bien. Je le savais !

May secoua la tête.

– Non. Il est seulement gentil.

Mais la boule dans son ventre lui fit comprendre qu'il y avait autre chose. C'était une autre facette de la vie parisienne dont elle avait entendu parler.

Mme Dubois s'était révélée être une bonne patronne et avait rapidement fait en sorte que May se sente chez elle. Elle voyait rarement Monsieur, qui partait tôt pour le travail et rentrait souvent tard. Ce que Madame faisait durant la journée était un mystère. Elle sortait beaucoup – pour rendre visite à des amis, supposait May –, toutefois elle avait trouvé le temps de faire visiter le quartier à May. Elle lui avait montré la pâtisserie, la pharmacie (où leur réaction perplexe l'avait déroutée quand elle avait dit « Je suis chaude », avant d'apprendre qu'en français, cela signifiait qu'elle était sexuellement excitée, et non qu'elle avait chaud – *quelle honte !*), le tabac où acheter des cartes postales et la boîte aux lettres jaune la plus proche (leur forme était si drôle !). Tout ce que May voyait était si différent, si amusant. Tant que celle-ci remplissait les termes de leur accord et s'occupait de son fils, Madame ne semblait pas se soucier de ce qu'elle faisait en dehors de ses heures de travail, à condition qu'elle lui indique où elle allait et à quelle heure elle rentrait. Pourvu qu'Émile et elle parlent anglais tous les jours et passent le temps qui leur était imparti ensemble, ils pouvaient faire ce qu'ils voulaient. Quand May faisait le lit d'Émile en portefeuille et qu'il se retrouvait coincé dans le drap, il trouvait la farce hilarante et une amitié commença à se former entre eux, consolidée par les tours de cartes qu'elle avait appris durant son enfance et qu'elle lui enseignait. Ils étaient devenus des habitués du jardin du Luxembourg, le « Luco » comme le surnommaient les Parisiens. Alors que le printemps laissait place à l'été, le parc était davantage fréquenté et May avait fait la connaissance d'autres filles comme elle, engagées pour s'occuper d'enfants ou apprendre le français. Mais c'était de Wendy qu'elle était la plus proche, d'autant que maintenant Max et Sam faisaient partie du tableau.

Lors de ses soirs de congé, pas une seule fois M. ou Mme Dubois n'avait haussé un sourcil lorsque May avait mentionné un club ou un café, alors que ses parents auraient piqué une crise ! Elle imaginait que ses employeurs étaient trop absorbés par leur vie pour se soucier de ce qui se passait dans la sienne. Un jour, en fin d'après-midi, May avait entendu le rire d'un homme provenir de la chambre principale, bien après les deux heures de pause déjeuner où tout Paris semblait déserté. Elle savait que M. Dubois était sorti. Et s'il n'était pas chez lui, ni à son bureau, où était-il alors ? s'interrogea May.

Lorsqu'elle en discuta avec Wendy, son amie rejeta en arrière sa chevelure blonde et rit.

– Quoi ? Tu n'es pas au courant ?

– De quoi ?

– De la tradition française... *Le cinq à sept**.

Ce n'était pas la première fois que Wendy s'étonnait de la naïveté de May.

– De quoi tu parles ? demanda May, qui ne comprenait pas du tout à quoi son amie faisait allusion.

Wendy entreprit de l'éclairer :

– Personne ne réagit quand un homme rend visite à une femme en rentrant du travail, peu importe si l'un des deux est marié. Madame a de la chance. Un mari et un amant le même jour. M. Dubois faisait sans doute la même chose.

May écarquilla les yeux.

– Et toi, tu... ?

Wendy éclata de rire.

– Tu es drôle. Bien sûr que non. Mais je ne dirais pas non à Sam s'il me le proposait.

Et elle, dirait-elle non à Max ? songea May. Elle avait le béguin pour lui. Il était prévenant, amusant et beau. Être en sa compagnie faisait courir en elle toutes sortes de sensations qu'elle n'avait encore jamais ressenties et qu'elle appréciait ; aussi, essayait-elle de trouver des excuses pour être avec lui, et il ne semblait pas s'en soucier.

L'attente jusqu'au samedi parut une éternité à May. Elle retrouva Max devant la station de métro de l'Odéon, sur le boulevard Saint-Germain. Elle portait la nouvelle robe-chemisier à fleurs qu'elle avait achetée avec l'approbation de Wendy, aux fabuleuses Galeries Lafayette, cintrée à la taille par une ceinture rouge. Les seules chaussures qu'elle avait étaient ses chaussures plates confortables, qu'elle avait mises dans sa valise devant l'insistance de sa mère, mais ses finances ne lui permettaient pas d'acquérir une nouvelle paire de chaussures. Elle avait essayé de dompter ses boucles courtes en une coiffure moins volumineuse et plus élégante – en vain.

– Tu es ravissante, déclara Max, avant de l'embrasser sur la joue.

Le pouls de May s'accéléra devant ce compliment et la familiarité du jeune homme.

– Tu n'es pas mal non plus.

May apprécia l'effort qu'il avait fait : un pantalon beige, une chemise blanche à manches courtes, ouverte au col, et des mocassins marron. Il écarta ses cheveux de son visage, laissant apparaître la petite tache de naissance rouge sur son front.

– Je n'ai jamais pris le métro.

May tenta de masquer son appréhension. Wendy l'avait effrayée avec des histoires de vols et d'agressions.

Max lui prit les deux mains.

– Viens avec moi… Je vais t'emmener dans les profondeurs, dit-il avec un grand sourire. C'est très dangereux, mais je te protégerai.

La taquinait-il ?

– Tout va bien, la rassura-t-il pendant qu'ils descendaient les marches.

May était nerveuse, à cause de ce qu'elle avait entendu sur les dangers du Paris souterrain, mais Max les guida avec aisance, tout en discutant, afin d'apaiser May. Ils ressortirent indemnes au Champ-de-Mars.

– *Et voilà* !*

Il ouvrit les bras comme un magicien qui venait de faire sortir la tour Eiffel de son chapeau. Il se pencha et murmura :

– Je t'avais bien dit que je te protégerais, non ?

May sentit le souffle de Max sur sa joue et leurs têtes se touchaient pratiquement.

Ils remontèrent le quai Branly jusqu'au pied de la Tour. De près, celle-ci ressemblait à un Meccano géant qui se dressait dans le ciel, beaucoup plus grande que May ne l'avait jamais imaginée. Le treillis métallique était peint en un brun rougeâtre, offrant une incroyable prouesse d'ingénierie. May était pantoise.

Max lui attrapa la main.

– Et maintenant, accroche-toi bien : nous allons en faire l'ascension !

– Vraiment ?

Comment était-ce possible ? Tout excitée, May suivit Max jusqu'à la billetterie. Pendant qu'il prenait les billets pour l'ascenseur, elle acheta deux cartes postales, une pour ses parents et une pour Aggie, parmi la sélection qui ornait la vitrine de la boutique de souvenirs, à droite de l'entrée. Elle les écrirait quand elle regagnerait le calme de sa chambre.

– Savais-tu qu'Eiffel s'est construit un appartement secret au sommet ? lui raconta Max, de retour avec deux billets dans la main.

– Allons-nous monter tout là-haut ? demanda May, les paumes moites.

– On verra.

Max lui reprit la main et la mena à l'ascenseur, sans lui laisser le temps de changer d'avis.

Rien dans la vie de May n'arrivait à la hauteur de cet instant dans cette cabine d'ascenseur. Elle admira la vue par les fenêtres à claires-voies pendant qu'ils montaient à un rythme régulier – d'abord le premier étage, puis le deuxième, de plus en plus haut au-dessus de la ville. Lorsque l'ascenseur s'immobilisa dans un soubresaut, ils sortirent et regardèrent par-dessus la balustrade les personnes microscopiques qui marchaient d'un pas rapide en contrebas. May contempla le panorama qui s'étendait devant eux, tout éblouie. Des milliers de toits gris étaient séparés par le dédale de rues, interrompu par la verrière de la gare Saint-Lazare et le toit de cuivre vert de la Madeleine. Les vitres étincelaient au soleil et, sur le sol, les voitures se déplaçaient telles des fourmis courant d'une fourmilière à l'autre.

– Voilà Notre-Dame, dit Max en pointant le monument.

– Où ça ? demanda May, qui suivit la direction donnée par le doigt de Max. Le cœur de Paris, commenta-t-elle joyeusement.

Ils prirent l'un des télescopes à la suite d'un couple qui s'éloignait et continuèrent à identifier les principaux édifices de Paris : le palais de Chaillot, le Sacré-Cœur, l'Opéra, les bateaux-mouches sur la Seine, l'Arc de triomphe, les Invalides… – jusqu'à ce qu'ils aient nommé tout ceux qu'ils avaient reconnus.

Ils étaient proches l'un de l'autre ; May peinait à respirer à cause de l'excitation. Max passa son bras autour de ses épaules et la fit venir contre lui. Elle se détendit dans son étreinte. Sa journée était parfaite… Sa semaine était parfaite… Sa vie était parfaite. Elle n'avait jamais connu quelqu'un comme lui. Oubliés les garçons d'Écosse. Ils n'avaient rien de l'assurance et de l'énergie de Max. Ils ne connaissaient pas des endroits tels que celui-ci.

– Souvenirs ! cria un homme, qui apparut en haut des marches avec un ensemble de tours Eiffel miniatures.

– *M'sieur**, l'interpella Max afin de lui en acheter une. Pour toi, dit-il en l'offrant à May avec un geste théâtral. En mémoire d'une matinée fabuleuse.

May prit la petite tour et la glissa dans son sac, comme si c'était l'objet le plus précieux qu'on lui ait jamais confié.

Après ce jour, Max et May passèrent autant de temps ensemble que possible. May comptait les heures jusqu'à leurs retrouvailles, peu concentrée sur ses cours de français, ou le cherchant du regard quand elle était au jardin du Luxembourg avec Émile. Chaque fois qu'elle ne travaillait pas ou n'était pas à ses cours de français, elle retrouvait Max, parfois seule, parfois avec Wendy et Sam. Ils flânaient dans Paris, exploraient la capitale. Malgré l'Occupation allemande, la ville avait été épargnée par la guerre et reprenait vie avec détermination. Ils traînaient chez les bouquinistes de la Rive gauche, parcourant les livres et les estampes. La librairie préférée de Max était *Le Mistral*, rue de la Bûcherie, où ils passaient des heures, plongés dans des livres, et où Max repérait d'éminents écrivains en visite. C'était le cœur du Paris bohème, et May en faisait partie.

– Un jour, mes livres seront sur ces étagères, déclarait Max avec envie.

May lui pressait la main pour lui témoigner son soutien.

Ils s'exclamaient devant les chiots et les chatons du marché aux animaux, où de petits oiseaux en cage de toutes les couleurs attendaient sur des perchoirs d'être amenés dans un foyer et accrochés à une fenêtre. Ils s'asseyaient aux terrasses des cafés, passaient des heures autour d'une même tasse de café, à discuter encore et encore et même à s'embrasser. Ils apprirent tout l'un de l'autre et, peu à peu, May tomba amoureuse.

Elle écoutait les récits de Max sur son enfance heureuse dans le Wisconsin, sur son arrivée à Paris avec son frère Walt qui était rentré chez lui quelques mois plus tôt, car il avait le mal du pays et n'arrivait pas à apprendre le français. Mais Max était resté, obnubilé par son rêve de devenir écrivain, de fréquenter le *Café de Flore*, la *Brasserie Lipp* et *Les Deux Magots* avec les grands écrivains du moment, d'être internationalement reconnu pour son talent. Parfois, il lisait à haute voix un extrait de ce qu'il avait écrit et May admirait outrageusement ces textes sans bien comprendre le message qu'essayait de faire passer Max. Il se perdait en méandres philosophiques, noyés dans une prose regorgeant de métaphores et de mots que May entendait pour la première fois.

Un soir, ils étaient dans un café et mangeaient des œufs en cocotte, quand Max lui prit la main sur la table. May attendit qu'il prenne la parole.

– Je me suis dit que nous pourrions passer quelques jours en Bretagne, sortir de la ville, proposa-t-il en haussant les sourcils d'un air interrogateur.

Rien que tous les deux ! L'enthousiasme fut la réaction immédiate de May, mais une once de prudence s'ensuivit, alors que les avertissements de sa mère à propos des hommes résonnaient dans sa tête.

– Oh, je ne sais pas. Il faut que je demande à Madame.

Il n'y avait nul autre endroit où May aimerait davantage être et Madame ne pouvait pas lui refuser quelques jours de congé.

– Nous ne serons pas seuls, ajouta Max. Je voulais demander à Sam et Wendy de nous accompagner. Wendy et toi pourrez veiller l'une sur l'autre.

May s'esclaffa.

– Je pense que nous sommes assez grandes pour nous gérer toutes seules !

L'idée de quitter la ville quelque temps, en compagnie de ses amis, était palpitante.

Aussi, quelques week-ends plus tard, Max conduisit May, Wendy et Sam en Bretagne dans la Renault 4CV verte qu'il avait empruntée à un ami. Leur lieu de villégiature, sur la côte sud, était un paradis apparemment préservé par la guerre, avec de petites criques rocheuses abritées par des pins, où l'eau turquoise venait lécher le sable blanc.

Ils prirent deux chambres, une pour Wendy et May et une pour les garçons, dans un hôtel familial local, modeste dans sa décoration mais chaleureux dans son accueil. May sut immédiatement qu'ils passeraient un bon moment. Ce qui se vérifia. Ils occupèrent leurs journées à visiter la région, à s'étendre sur des plages baignées de soleil ou à se promener sur les sentiers côtiers, où ils croisèrent quelques aigrettes ou cormorans. May se sentait extrêmement détendue, savourant ce moment avec Max. Chaque jour semblait les rapprocher. Elle aurait voulu que leur séjour ne se termine jamais.

Lors de la dernière soirée, ils dégustèrent un dîner simple composé de truite au bleu et de pommes de terre, arrosé d'un bourgogne rouge.

– May, Wendy, sans vous, notre été aurait totalement différent, déclara Max.

– On fait ce qu'on peut, rétorqua Wendy, l'air satisfaite.

May ne réagit pas, mais apprécia la chaleur que les paroles de Max lui procuraient. Il lui toucha le bras, ce qui la fit frissonner de plaisir.

– C'est vrai.

– L'inverse est vrai aussi, affirma May, avant de déposer un baiser sur la joue de Max.

– En souvenir, dit-il en décollant l'étiquette de la bouteille de vin, qu'il embrassa puis remit à May.

Sur le moment, ce geste parut à May le plus romantique du monde.

Peu de temps après, Wendy et Sam se retirèrent.

– L'air de la mer m'a épuisé, déclara Sam en adressant un signe de tête à Wendy.

– J'ai trop bu et je veux profiter de notre dernière journée demain, indiqua Wendy d'une voix un brin bredouillante.

Lorsqu'ils atteignirent la porte du petit salon, Wendy se retourna et fit un clin d'œil à May. Cette dernière était tellement absorbée par sa conversation avec Max qu'elle ne chercha pas à interpréter cette œillade.

– Je monte dans une minute, dit-elle, puis elle reporta son attention sur Max, qui lui expliquait comment il voulait se rebiffer contre les plans de son père pour qu'il rentre au pays et travaille dans le secteur automobile.

– Mon père a créé l'entreprise à partir de rien et il veut maintenant que Walt et moi la reprenions. Mais je vais rester à Paris. J'envoie des articles que j'écris sur Paris à un journal du Wisconsin. S'ils les publient, mon père pourrait comprendre à quel point l'écriture me tient à cœur.

– Puis-je les lire ?

L'enthousiasme de Max était contagieux et May se sentait insipide à côté de lui. Tout ce qu'elle avait, c'était l'ambition de son père pour elle, qui consistait essentiellement à se débarrasser d'elle. Un mariage ou un travail dont elle ne voulait pas à Londres. Ce qu'elle désirait, c'était rester à Paris avec Max. Sa rencontre avec lui changeait tout. Il avait apporté une bouffée d'oxygène dans son monde hermétique. Même si elle ne saisissait pas tout à fait ce qu'il écrivait, avec lui tout était possible.

– À notre retour, peut-être.

Max bâilla.

May craignait qu'il ne se rende compte qu'elle n'appréciait pas son travail autant qu'il l'aurait souhaité. Quand ils rentreraient à Paris, elle redoublerait d'efforts.

– Allons nous coucher.

Max se mit debout et tendit la main à May pour l'aider à se lever. Sa tête tournait, elle avait trop bu. Ils montèrent les escaliers sur la pointe des pieds, en gloussant et en essayant de ne réveiller personne. Quand ils atteignirent le palier, ils s'embrassèrent longuement pour se souhaiter bonne nuit, avant de regagner leur chambre respective. May sentit la chaleur de la main de Max, qui glissait sous son chemisier et remontait dans son dos. Il la pressait contre le mur, son corps dur contre le sien. Elle n'avait jamais rien ressenti de tel, cette étincelle électrique entre eux. Elle savait qu'elle ne devrait pas laisser les choses aller trop loin, mais elle se perdait dans cette ivresse de désir. Au moment où elle s'arrêta pour reprendre son souffle, les mots de sa mère lui vinrent à l'esprit : « Les garçons ne veulent qu'une chose, May. Si tu le leur donnes, cela ne peut que mal finir. »

May s'efforça de s'écarter de Max.

– Qu'est-ce qui ne va pas ?

Il recula, l'air inquiet.

– Je ne devrais pas, répondit May, le visage brûlant. Je dois aller me coucher.

Or, tout ce qu'elle désirait était de retomber dans les bras de Max et l'embrasser. Elle leva les yeux vers lui, se noya dans son regard et s'avança d'un pas. « May... » Sa mère était de retour.

La main tremblante, May enfonça sa clé dans la serrure et essaya de la tourner, mais la porte resta fermement close. Elle refit une tentative, dans l'espoir de pouvoir se précipiter dans la chambre, puis elle se fit la réflexion que la porte devait être verrouillée de l'intérieur. Elle entendit un rire étouffé qui ressemblait à celui de Wendy. Ce fut alors seulement qu'elle comprit. Wendy et Sam étaient dans la chambre. Ensemble. Et elle aurait beau frapper frénétiquement à la porte, ils ne lui ouvriraient pas.

– On dirait que nous n'avons pas le choix.

Max était de l'autre côté du couloir, la porte de la chambre qu'il partageait avec Sam ouverte. Son sourire était engageant, complice, sa tête penchée sur le côté.

– Je suppose que non.

May n'avait pas envisagé que leur week-end prendrait cette tournure. Comme elle avait été bêtement naïve ! Mais comme elle avait envie de suivre Max. Elle s'avança vers lui et entra dans sa chambre, le cœur battant.

Max alluma les lampes de chevet, tandis que May examinait la pièce. La chambre était identique à la sienne : murs blancs, jolis rideaux à fleurs, commode en pin, cintres sur les patères au dos de la porte. Il n'y avait nulle part où dormir à part le lit ou le sol. Que devrait-elle faire ? Elle n'avait pas d'autre choix sinon que de réveiller les autres résidents pour essayer d'accéder à sa chambre avec plus d'insistance. Elle s'approcha de Max et crut entendre le grognement désapprobateur de sa mère ; elle n'y prêta pas attention cependant.

– Assieds-toi, l'invita Max en tapotant le lit à côté de lui ; il regarda May avec un tel désir qu'elle se sentit défaillir. Je veux seulement te prendre dans mes bras.

Elle lui obéit et observa la main de Max remonter le long de sa cuisse, sous sa jupe. Elle ferma les paupières alors qu'elle éprouvait un désir qui lui était inconnu.

– Je ne ferai rien que tu ne veuilles pas, je te le promets.

En sécurité dans ses bras, May embrassa Max en retour et s'abandonna aux sensations qui la parcouraient. Quand bien même elle essaierait, elle n'arriverait pas à résister. Après tout, elle aimait cet homme. Et cet homme l'aimait. Elle donnerait tort à sa mère. Max prendrait soin d'elle désormais. Son avenir était assuré.

Chapitre 10

Leicestershire (centre de l'Angleterre), 2019

Au moment où Isla et Charlie atteignirent l'autoroute M1, une odeur nauséabonde emplit la voiture.

– Oh non ! Qu'est-ce que c'est ?

Charlie retira un écouteur de son oreille et Isla entendit les notes métalliques de la musique que sa petite-fille écoutait. Elle se pinça le nez avec son autre main.

– On dirait du chou pourri, mais en pire.

– J'ai bien peur que ce soit Jock, admit Isla, qui baissa sa fenêtre pour laisser entrer un peu d'air, les gaz d'échappement et le bruit de la circulation. Je t'avais prévenue.

– Jock ! se plaignit Charlie, qui se retourna vers le vieux chien innocent à l'arrière. Ça pue.

– C'est un aléa du voyage.

Isla se concentra pour doubler quelques camions.

– J'aimerais bien avoir un chien.

C'était la première tentative de conversation de Charlie depuis qu'elles avaient quitté la maison de Mary et George. Après les au revoir dits et une fois le moteur en route, elle s'était immédiatement assoupie, et sa tête cognait de temps en temps contre la vitre.

– Même un qui pète, ça m'irait.

Isla avait décidé de laisser l'initiative de la conversation à Charlie. Cela lui convenait bien de conduire en silence ou avec la radio allumée. Mais faire des jours suivants une réussite était de sa responsabilité, aussi baissa-t-elle la radio (toujours Radio 4) et sauta sur cette ouverture.

– Quelle race aimerais-tu ?

L'écouteur pendait autour du cou de Charlie.

– Je ne sais pas. Un chien de taille moyenne… Un cockapoo comme celui de mon amie Molly. Il est très gentil.

– Nous en connaissons un roux, très mignon, Barney. Pas vrai, Jock ? Nous le croisons au parc presque tous les matins. Il est adorable.

– Je préférerais un noir et je l'appellerais Nancy. Mais Maman ne voudra jamais. Trop contraignant…

Charlie remit son écouteur et fit défiler l'écran de son téléphone. Leur brève interaction était presque terminée.

– Qu'est-ce que tu écoutes ? demanda Isla qui éleva la voix pour se faire entendre.

– Billie Eilish. Elle est géniale.

Charlie chanta quelques vers.

– Sympa, déclara Isla, même si les paroles lui semblèrent lugubres. Continue d'écouter. Le trajet va être long, et j'ai la radio.

Elle se remémora ces interminables trajets jusqu'en Écosse quand elle rendait visite à ses parents et que la circulation était dense à l'occasion des fêtes de Noël ; elle se disputait sur le choix de la station de radio avec Helen, et des fréquences dont elle n'avait jamais entendu parler faisaient saigner ses oreilles jusqu'à ce qu'elle ne puisse plus le supporter.

– C'est tellement vieux jeu, Mamie. Tu as des podcasts ?

– Je n'ai pas le réflexe. Radio 4 me va bien.

– Tu devrais essayer. Je te montrerai une autre fois.

Écouteur renfoncé dans l'oreille. Conversation terminée. Isla jeta un coup d'œil à sa petite-fille, remarqua son vernis à ongles, d'un bleu si foncé qu'il tirait sur le noir, écaillé sur un doigt. Sur son front et le côté de son visage, elle avait une éruption de boutons, davantage visible ce jour-là car elle n'avait pas eu le temps de se maquiller. Isla reporta son attention sur la route, augmenta le volume de la radio et écouta avec un découragement croissant les actualités dominées par le Brexit, ponctuées par les notifications du téléphone de Charlie.

*
**

– Pourquoi tu t'arrêtes ? s'enquit Charlie en levant les yeux alors qu'elles quittaient l'autoroute vers une station-service.

– Jock a besoin de se dégourdir les pattes et je ne suis pas contre un café. Tu viens ? Tu n'es pas obligée.

– Oui, je viens.

Charlie attrapa son sac à dos noir et sortit de la voiture, portable à la main. Isla se demanda si l'ablation chirurgicale des téléphones se pratiquait désormais.

– Je vais me prendre quelque chose à manger, expliqua-t-elle en indiquant la station d'un signe de tête.

– D'accord. Je te retrouve là-bas ?

Pendant qu'Isla promenait Jock dans le carré d'herbe râpé réservé aux chiens et aux pique-niqueurs téméraires, elle réfléchit à leur destination. Elle avait été soulagée que Morag, qui prenait vite le feu aux poudres, accueille plutôt bien la nouvelle qu'elles venaient à deux.

– Plus on est de fous, plus on rit. Au moins, tu as une petite-fille ! Je suis curieuse de voir à quoi ça ressemble. La dernière fois que je l'ai vue, elle avait environ dix ans.

Isla se dit que Morag serait peut-être soulagée de ne pas avoir de petits-enfants quand elle reverrait Charlie, mais elle chassa cette pensée en retournant à la voiture. Elle donna à boire à Jock, avant de le faire remonter à l'arrière.

Un an plus tôt, Morag avait épousé Louise, sa partenaire de longue date. Pouvoir se promettre fidélité publiquement, devant tous leurs amis, avait été l'occasion d'une fête délirante et excentrique chez elles, à laquelle Isla avait adoré participer. Lorna, cependant, avait été notablement absente.

– Elle était invitée, mais elle a annulé à la dernière minute, parce qu'elle ne se sentait pas bien. Du moins, c'est ce qu'elle m'a dit.

Isla et Morag connaissaient toutes les deux la chanson. Lorna avait invoqué la plus piètre des excuses pour manquer une journée qui comptait tant pour Morag et Louise. Elle n'avait pas caché sa gêne quand Morag avait révélé son homosexualité. À cette époque, Morag faisait des études de vétérinaire à l'université de Birmingham, suffisamment loin de chez elle pour pouvoir vivre avec sa petite amie du moment sans critique de la part de ses parents. Il s'avéra que Lorna était celle qui avait le plus de mal à accepter l'orientation de sa sœur. Quelque part au plus profond de son âme chrétienne, avoir une sœur lesbienne ne passait pas. May et Lorna s'étaient montrées froides lorsqu'elles avaient appris la sexualité de Morag, tandis qu'Isla et leur père avaient fêté cette nouvelle avec elle.

– Sois fière de ce que tu es, avait-il affirmé, à la surprise de tous. Sois heureuse. C'est tout ce que je veux pour toi.

May n'avait rien dit, s'était contentée d'un sourire de félicitations crispé. Non pas qu'elle désapprouvait, mais elle n'avait pas la générosité d'esprit de David. Elle était gênée par quelque chose qu'elle ne comprenait pas réellement et s'inquiétait de ce que ses amis penseraient, qu'ils puissent la juger. Lorna n'avait pas cette excuse.

– C'est possible encore de nos jours. Incroyable, avait déploré Morag, incrédule et déçue.

L'héritage de May était ce qui avait le plus mis à l'épreuve la relation entre les trois sœurs. Aucune excuse, ni aucun mot amical n'avaient été échangés depuis. Quand Isla avait contacté ses sœurs pour leur demander si elle pouvait venir chez elles et leur expliquer ses intentions, l'accueil avait été tout au mieux tiède.

– Ne nous sommes-nous pas déjà tout dit ? lui avait rétorqué Morag. Mais je comprends que tu aies besoin d'en savoir plus sur Maman… Je t'aiderai si je peux. Quand veux-tu venir ?

Lorna ne prit pas la peine de mâcher ses mots.

– Je pensais avoir clairement fait comprendre que je ne voulais plus avoir affaire à aucune de vous.

– Oh Lorna, voyons. N'en fais pas des tonnes. Ce n'est pas parce que nous ne sommes pas d'accord sur l'avenir de la maison que nous devons briser la famille.

– Pourquoi pas ?

– Parce que nous n'avons plus que nous.

Il y eut un moment de silence.

– Bon, d'accord, s'il le faut. Je ne suis pas sûre que nous ayons quoi que ce soit à nous dire, mais, d'accord, viens avant la fête d'Aggie.

Isla était nerveuse à l'idée de voir ses sœurs, mais… tout reposait sur ses épaules. La présence de Charlie lorsqu'elle rendrait visite à Morag pourrait faciliter les choses.

Et puis, il y avait tante Aggie. Qu'est-ce qu'elle ne disait pas ? D'après ce que savait Isla, leur tante se construisait déjà une nouvelle vie, avec ses amis qui la soutenaient. Quand elle lui téléphonait, Aggie était toujours occupée ou sur le point de sortir, et n'avait jamais le temps de discuter. Au moins, les sœurs n'avaient pas de souci à se faire pour elle. Cependant, Isla était déterminée à la faire parler de son enfance. Si quelqu'un pouvait lui raconter la vie de May, c'était bien Aggie.

L'intérieur de la station-service était un mélange de bruit et de luminosité, un haut lieu du consumérisme. Isla se rendit à la cafétéria, où elle acheta un café crème et un croissant, puis à la maison de la presse et au *McDonald's*, à la recherche de Charlie. Il y avait plein d'autres adolescentes au style vestimentaire presque identique, mais pas celle qu'elle cherchait. Elle trouva un siège et se demanda où Charlie avait pu aller. Et si elle avait fait du stop jusqu'à la gare la plus proche, pour pouvoir retourner à Londres auprès de ses amis ? Alors que l'imagination d'Isla fusait, elle leva les yeux et aperçut sa petite-fille venir vers elle. Son petit haut était extrêmement court, et son jean noir si moulant qu'on aurait pu le croire peint sur sa peau. Isla remarqua deux jeunes hommes se donner un coup de coude et dire quelque chose tout en fixant Charlie. Chaque courbe de son corps était parfaitement dessinée. Isla voulut les interpeller, mais comment était-ce possible sans mettre sa petite-fille dans l'embarras ?

Charlie s'assit en face de sa grand-mère, sans se rendre compte de la légère agitation dont elle était la cause, et lui tendit sa tasse noire réutilisable.

– Tu n'en as pas ? Tu devrais en avoir une, Mamie.

– Je ne vais dans les cafétérias que quand je conduis. Et c'est un gobelet en carton. Alors, je vais le jeter au recyclable.

Au moins, elle pourrait montrer à sa petite-fille qu'elle agissait pour sauver la planète. Au moins, elle était sensibilisée à cette problématique.

– C'est du plastique à usage unique, désapprouva Charlie. Franchement, tu devrais te procurer un gobelet fabriqué à partir de tasses à café recyclées. C'est important.

Isla était ravie de voir Charlie se passionner autant pour un sujet.

– D'accord. Si je te donne l'argent, tu pourrais peut-être m'en acheter une.

– Oui, bien sûr, répondit Charlie, qui ouvrit son sac à dos et en sortit une pomme. Tu en veux une ?

– Non, merci.

Isla fit un petit tas des miettes de son croissant dans son assiette, soudain gênée par son alimentation et son attitude laxiste envers la planète. En dépit de ses bonnes intentions depuis qu'elle avait regardé *La Planète bleue* de David Attenborough, elle n'avait fait aucun effort supplémentaire pour mettre sa pierre à l'édifice, à part le tri sélectif, et encore quand elle y pensait. Elle se demanda pourquoi elle ne le ferait pas. Quand elle était jeune, elle avait supplié toute sa famille de lire *Printemps silencieux* de Rachel Carson et, pendant une brève période, elle s'était considérée comme une écologiste. Que s'était-il passé ? Son énergie de jeunesse pour changer le monde s'était éteinte depuis longtemps, à sa honte. Peut-être que Charlie et elle avaient quelque chose en commun après tout ?

– Écoute, se lança Isla – le moment semblait approprié. Je sais que tu n'es pas ici de ton plein gré, mais essayons de faire en sorte que cela fonctionne dans notre intérêt à toutes les deux.

– Ouais, d'accord.

Charlie n'écoutait qu'à moitié pendant qu'elle écrivait activement un message. Isla avait envie de lui crier : « Pose ce fichu téléphone et écoute-moi. » Au lieu de cela, elle opta pour une approche plus stratégique.

– Helen m'a expliqué pourquoi tu n'étais pas à l'école.

– Ah oui, ça.

Mais Charlie ne mordit pas à l'hameçon.

– Si tu veux en discuter, parler de ce que tu ressens… je serais ravie de t'écouter.

Si Isla traitait sa petite-fille comme une adulte, peut-être se comporterait-elle comme telle.

Charlie sourit à son écran.

– C'est bon. Je vais bien.

Elle ne daigna même pas lever la tête.

– D'accord. Je te retrouve à la voiture alors.

En se rendant aux toilettes pour dames, Isla se demanda pourquoi elle avait le sentiment de ne pas maîtriser la situation comme elle le devrait. Était-ce dû à l'imprévisibilité déconcertante de Charlie ? Celle-ci était si pleine de surprises qu'Isla ne savait jamais à quoi s'attendre.

Chapitre 11

Paris, 1954

– Enceinte ?

Wendy répéta ce mot en criant, puis jeta un coup d'œil aux tables environnantes pour vérifier si quelqu'un l'avait entendue. Installées à la terrasse de leur café préféré, *Au Bon Coin*, May et Wendy attendaient que l'un des serveurs en chemise blanche leur apporte leur Coca-Cola, lorsque May annonça la nouvelle.

– C'est impossible !

Bien que May ait fait la plus fracassante des annonces, la vie se poursuivait autour d'elles comme si de rien n'était. Les gens assis à côté d'elles continuaient de bavarder, les serveurs se faufilaient entre les tables, des verres de bière et des tasses de café en équilibre sur leur plateau.

May ne parvint pas à contenir ses larmes.

– Je dois l'être, oui, admit-elle, puis elle se pencha au-dessus de la table et continua en baissant la voix : Ça fait deux fois que je n'ai pas mes règles. Et mes seins…

Elle posa la main sur le devant de son chemisier blanc cintré, à l'endroit où ses seins la picotaient.

– Deux fois ! Pourquoi n'as-tu rien dit plus tôt ? Depuis quand ?

L'inquiétude de Wendy ne faisait que renforcer l'anxiété de May.

– Depuis la Bretagne.

Elle lut sur le visage de Wendy que celle-ci avait compris. La réalité de la situation frappa May d'autant plus durement.

– Je ne m'en suis pas inquiétée jusqu'à maintenant. Je n'ai jamais été très régulière.

Cependant, la jeune femme en savait assez pour reconnaître certains signes.

– En as-tu parlé à Max ?

May secoua la tête, attristée.

– C'est Max ?

La question de Wendy choqua May.

– Bien sûr ! Tu me prends pour…

– Non, pas du tout. Il faut que tu lui dises. Le plus vite possible.

May ne savait pas comment elle pourrait le lui annoncer. L'été avait été si parfait jusqu'à présent. Cette nouvelle marquerait la fin de tout. Jamais elle n'avait imaginé pouvoir trouver un tel bonheur avec une personne. Et Max – si beau, si drôle, si intelligent, si aimant. Chaque jour, elle comptait les heures jusqu'à leurs retrouvailles. La nuit, dans son lit, elle repensait à ses baisers, à ses paroles, à ce qu'ils avaient fait ensemble. Le frisson qu'elle ressentait en étant avec lui était tempéré par un grand sentiment de sécurité. C'étaient leurs années de jeunesse et elle ne voulait pas les gâcher.

– Il n'a pas utilisé de préservatif ? l'interrogea Wendy, choquée par cette légèreté. Je m'assure toujours que Sam en mette un.

– Je ne savais pas. Je ne me souviens pas. Et de toute façon, ça n'a plus d'importance maintenant.

May ne raconta pas à Wendy qu'elle avait été malade deux matins de suite et avait intercepté le regard soupçonneux de Mme Dubois, en sortant de la salle de bains.

– *Comment ça va** ? lui avait-elle demandé, en posant une main légère mais rassurante sur l'épaule de May.

Pendant un instant, May avait été tentée de tout lui avouer, puis elle avait pensé qu'elle perdrait son travail, que ce serait la fin de sa relation avec Max, qu'elle devrait rentrer en Écosse, où l'attendrait la honte. Non, elle devait régler cette histoire toute seule.

– Je vais très bien, avait-elle répondu d'un ton vif. Nous allons au zoo avec Amaury et Wendy aujourd'hui. Les garçons veulent voir les éléphants.

Madame lui avait souri.

– Vous êtes si bonne avec lui. Mais vous êtes sûre que vous êtes assez en forme pour sortir ? Vous êtes pâle.

– Je vais bien, vraiment. Merci.

Malgré les nausées qui lui montaient à la gorge, May était parvenue à regagner sa chambre. Et c'en était resté là.

Se confesser à Wendy avait rendu la situation bien plus réelle. Comment May avait-elle pu se fourrer dans ce pétrin, alors que sa mère l'avait si souvent mise en garde contre les hommes ? Au moment précis où elle était si heureuse et que tout allait si bien. Elle ne pouvait pas rentrer chez elle. Elle ne pouvait pas le dire à ses parents. Ils la mettraient à la porte. Et leur colère… Elle frémit à cette seule pensée…

– Tu dois lui en parler immédiatement. Il fera ce qu'il faut, affirma Wendy, très sûre d'elle. Il t'aime. Sam et lui sont des garçons bien. Il ne te laisserait pas… Eh bien, qu'est-ce qui pourrait t'arriver ? Il connaît les conséquences. Quand le revois-tu ?

– Ce soir.

May fit tourner sa tasse de café sur sa soucoupe. « Il fera ce qu'il faut. » Le mariage. Or Max n'était pas à Paris pour se trouver une femme. Il était là pour tomber amoureux, pour être écrivain, pour vivre tout le charme romantique euphorisant que Paris avait à offrir. May faisait partie de ce scénario, mais pas pour le museler avec un bébé brailleur. Non, ce n'était pas ce qu'il désirait. Au fond de son cœur, May savait que c'était la vérité. Mais si Max l'aimait autant qu'elle l'aimait, peut-être que Wendy avait raison – elle devait s'accrocher à ce mince espoir.

– Tu dois le lui dire ce soir, affirma Wendy, catégorique, certaine que c'était la solution.

– C'est ce que tu ferais toi, parce que tu veux épouser Sam.

Wendy secoua la tête et ses boucles s'agitèrent.

– Et alors ? Tu ne veux pas épouser Max ?

Bien sûr que May en avait envie.

– Max n'est pas Sam. Il aime sa liberté. Il aime Paris.

– Il t'aime.

– Vraiment ?

Mais l'aimait-il assez ? May ne pouvait qu'attendre.

Ce soir-là, elle patienta jusqu'à ce qu'Émile s'endorme pour pouvoir sortir. Elle essaya de discipliner la courte frange qu'elle avait coupée récemment, de mettre un peu de fard à joues et le rouge à lèvres rouge orangé que Max aimait bien. Sa robe à fleurs pêche était corsetée et le jupon ample ; ses nouvelles chaussures avaient un petit talon pour la grandir un peu. May ouvrit la porte du salon où Mme Dubois faisait du petit-point. Elle fredonnait sur l'un de ses disques de jazz qui tournait sur le gramophone. Elle leva les yeux lorsque May entra dans la pièce.

– Oh, vous êtes adorable. Cette robe vous va bien.

– Merci, Madame. Je dois retrouver Max à la *Brasserie Lipp,* près du *Café de Flore.*

Il y avait là un grand écrivain qui, aux yeux de Max, était un vrai monument littéraire. Mais avant de lui adresser la parole, il estimait devoir d'abord gagner ses galons d'écrivain. Ils passaient lentement devant le *Café de Flore*, pour essayer d'y repérer l'un des mastodontes de la littérature qui le fréquentaient. Un jour où ils avaient rendez-vous avec des amis, Max était certain d'avoir reconnu Jean-Paul Sartre et Simone de Beauvoir. Il avait parlé d'eux toute la soirée. La *Brasserie Lipp* était suffisamment proche pour avoir le sentiment d'évoluer dans cet univers sans réellement en faire partie.

May sentit le regard pertinent de Madame sur elle.

– Y a-t-il quelque chose dont vous aimeriez me parler ?

May se figea et posa une main sur son ventre. Madame avait deviné. Ce n'était pas possible !

– Non, répondit fermement la jeune femme. Il n'y a rien.

Max saurait quoi faire. C'était suffisant. Certains de ses amis avaient dû être dans la même situation et trouver une solution. Personne d'autre n'avait besoin d'être au courant.

Chapitre 12

Derbyshire (centre de l'Angleterre), 2019

Après avoir quitté l'autoroute, elles commencèrent à grimper les monts du Derbyshire, et Isla relâcha son emprise autour du volant. Comme elles étaient en avance, elle choisit la route la plus longue, *via* la nationale A515 en direction de Monyash. Sous le grand ciel bleu, le paysage qui s'étirait de part et d'autre de la route était sublime : des champs à perte de vue, séparés par des murets de pierres grises, ponctués çà et là par un corps de ferme et ses dépendances ; des bosquets d'arbres et, bien sûr, des animaux au pâturage. Isla devait reconnaître qu'elle retardait leur arrivée. Elle était nerveuse à l'idée de revoir Morag, la première fois depuis cette fameuse soirée. Organisé autour de sa place centrale, le village de Monyash était joli sous le soleil, mais Isla ne pouvait s'empêcher de penser à quel point ce devait être morne en plein hiver. Elles retrouvèrent la campagne verdoyante et son humeur s'améliora.

– N'est-ce pas magnifique ?

Depuis leur arrêt, Charlie avait gardé la même position pendant presque tout le trajet : penchée sur son petit écran, ses pouces ne s'arrêtant jamais, fredonnant des bribes de chansons.

– Hum ?

– Regarde dehors. Nous ne sommes plus sur l'autoroute, lui lança Isla en tapant des doigts sur le volant.

– J'ai l'impression d'entendre Maman.

Néanmoins, Charlie cessa ce qu'elle faisait et leva les yeux un instant. Isla ne prêta pas attention à la pique.

– Qu'est-ce que tu fais ?

Ce qu'il y avait sur son téléphone faisait rire Charlie.

– TikTok. Regarde ces deux personnes qui dansent. Elles sont monstrueuses.

Isla aperçut du coin de l'œil le téléphone rose.

– Je ne peux pas regarder pendant que je conduis. Qu'est-ce que c'est ?

Charlie soupira.

– De courtes vidéos. C'est drôle.

– Tu me montreras plus tard, quand nous ne serons plus en voiture. Nous sommes presque arrivées.

Isla avait envie de connaître ce qui avait une telle emprise sur sa petite-fille.

– Elles ne vivent pas en ville ? demanda Charlie, un brin d'inquiétude dans la voix.

– Non, mais pas loin. Ne juge pas trop vite. Ça pourrait te plaire.

Cependant, Isla craignait que ce soit peu probable.

– Est-ce qu'elles ont des animaux ?

Charlie se remit à faire défiler son écran. Il ne fallait pas qu'elle rate quoi que ce soit.

– Des chiens, des chats, des cochons, des poules. Tu vas voir tout à l'heure.

Isla sentit Charlie se redresser à côté d'elle.

Se succédèrent rapidement une série de notifications.

– Tu ne peux pas les désactiver ? Ce son me rend folle.

Cette addiction au téléphone, c'était trop. Toutefois, songea Isla, comme elle aurait détesté se retrouver avec sa grand-mère au lieu de finir l'année scolaire avec ses camarades. Mais à qui la faute ?

– Je me demande comment va Maman.

Le GPS choisit ce moment pour annoncer qu'elles étaient arrivées à destination. Isla s'arrêta dans le virage face à la barrière d'un champ. Aucune maison en vue. Jock se redressa, espérant la liberté qui allait de pair avec la fin du trajet. De l'autre côté de la clôture, deux vaches les regardèrent en clignant de leurs énormes yeux, avant de reprendre leur broutage.

– Pourquoi on s'arrête ?

– Ce ne doit pas être là, commenta Isla qui ne reconnaissait rien. Maudit GPS. Ceci dit, je suis arrivée par un autre chemin la dernière fois.

– Est-ce que tu as entré le bon code postal ? Maman s'est trompée une fois et nous nous sommes retrouvées à des kilomètres de notre destination.

Désespérée par les lacunes de ses aînés, Charlie se moqua légèrement de sa grand-mère.

– Mais oui, bien sûr.

Isla était certaine d'avoir été assez précise. Néanmoins, elle retapa le code postal, après l'avoir vérifié sur son téléphone, et le GPS prit vie : « Continuez sur la route… »

– Tu vois, dit Charlie, avec un petit sourire suffisant.

– Tout le monde aurait pu faire cette erreur, se défendit Isla, agacée de l'avoir commise.

Non loin de Bakewell, Isla reconnut enfin l'entrée de la maison. Elle demanda à Charlie d'aller ouvrir le portail d'une longue allée bordée d'arbres. Celle-ci descendait du sommet d'une colline, avant de virer à droite. Devant elles s'érigeait une imposante maison en grès. Elles passèrent une grille qui empêchait le bétail de rentrer et franchirent un large portail qui donnait sur une cour de ferme. Droit devant, se trouvait la maison et, sur la gauche, des écuries où deux chevaux observaient leur arrivée, les oreilles dressées. Aux murs de briques des appentis situés en face étaient accrochées des potées de géraniums rouges.

Sortant de nulle part, un chien de berger noir et blanc se rua vers elles en aboyant, suivi d'un golden retriever moins énergique.

– Voilà ta réponse, déclara Isla.

Morag ouvrit la porte d'entrée, un tablier avec les mots « Fée du logis » par-dessus son jean et son chemisier ample. Son appréhension semblait aussi grande que celle d'Isla. Néanmoins, cette dernière se força à sourire. Elle pouvait y arriver.

Morag leva la main en guise de salutation, et un Jack Russell se faufila à toute vitesse entre ses jambes. Dès la portière de la voiture ouverte, Isla et Charlie furent envahies par les chiens, qui sautaient, reniflaient, léchaient, aboyaient, leur queue fouettant leurs pattes.

– Doucement, cria Morag depuis le seuil de la porte. Au pied.

Les chiens revinrent immédiatement vers elle en courant.

Isla laissa Jock se joindre à la meute. Il hésita, passa sa truffe par la portière, jaugea durant une seconde la situation, puis sortit de la voiture d'un bond. Après s'être tournés autour et s'être reniflés, les quatre chiens s'élancèrent ensemble, tout en dessinant des cercles sur eux-mêmes et en aboyant.

– Vous avez fait bonne route ?

Morag traversa la cour, ses *Birkenstocks* claquant contre la plante de ses pieds. Isla et elle eurent un moment d'hésitation avant de se prendre dans les bras.

– Très bien. Ça fait plaisir de te voir.

Isla sentit une partie de la tension qui l'habitait disparaître. Tout se passerait bien.

– C'est réciproque, affirma Morag avec le sourire. Tu dois être Charlie.

De l'autre côté de la voiture, l'adolescente observait les chiens. Elle hocha la tête et souleva son téléphone pour les prendre en photo.

– Oui.

Puis elle prit un selfie avec la bouche en cul-de-poule, avec les chiens en arrière-plan. Elle rit lorsque le plus petit chien fit un cercle trop serré et tomba.

– Voici Titch, Shep et l'autre, c'est Red. Mais rentrez d'abord. Je vais vous faire visiter la maison et vous pourrez rencontrer la petite troupe. Louise est partie voir les chevaux : Bonny a pouliné avant-hier. Mais elle va bientôt revenir.

Avec un regard plein d'intérêt, Charlie ouvrit la portière arrière de la voiture et prit leurs bagages sur la banquette.

– Vous avez un poulain ?

– Oui. Tu pourras aller le voir dans un instant.

Morag les conduisit dans le large vestibule dallé et monta directement à l'étage, vers un palier moquetté moins spartiate. Laissant Charlie s'installer dans sa chambre après lui avoir demandé de « descendre dans cinq minutes », Isla suivit sa sœur à l'arrière de la maison vers sa chambre.

– Désolée pour le désordre. Nous nous servons de cette pièce un peu comme d'un débarras, mais j'ai fait de mon mieux pour la ranger.

Isla considéra la pile chancelante de cartons dans un coin et les livres empilés sur la coiffeuse.

– Ça me fait penser à Maman. Tu te souviens comme elle nous cassait toujours les oreilles à toutes les deux pour que nous rangions notre chambre ? Celle de Lorna était toujours très bien rangée. Tu ne trouves pas que c'était bizarre ?

– Qu'est-ce qui était bizarre ?

– Lorna a toujours été différente de nous. Ordonnée, organisée, tout ça. Tu te rappelles quand elle avait bien plié toutes ses affaires sur la plage et…

– Et qu'un chien est venu faire pipi dessus ?

Cette anecdote familiale, l'une de leurs préférées, les fit éclater de rire.

– Mais vous vous ressemblez toutes les deux !

Enfant, Isla avait adoré se démarquer de ses sœurs.

– Oui. Tu as eu de la chance, tu as hérité des gènes de Papa. J'aurais adoré être rousse.

– C'est blond vénitien, en vérité !

Cette protestation typique de leur père les fit rire à nouveau. La glace entre elles fondait incontestablement.

À y regarder de plus près, Isla remarqua un peu partout des éraflures, de la poussière sur les meubles. Quoi qu'en dise Morag, la vision du ménage de ses sœurs et la sienne avaient toujours été très différentes. Contrairement à Morag, Lorna était en effet une maniaque du rangement, tandis qu'Isla se situait entre les deux, entre le TOC et la négligence totale. Elle contourna une pile de tableaux adossés au mur.

– C'est charmant. Qui se soucie de quelques cartons quand on a une vue pareille ?

Depuis la fenêtre, on ne voyait que des champs, des vaches qui s'abritaient à l'ombre des arbres, des canetons dans la mare aux canards.

– Merci d'avoir été gentille avec Charlie. C'est un peu difficile tout ça.

– Quelle personne saine d'esprit emmènerait une adolescente en vacances avec elle ?

– Helen ne m'a pas laissé le choix. Elle a une occasion en or pour un travail de scénariste, elle a dû partir aux États-Unis.

– Tu n'as jamais su lui dire non, fit remarquer Morag avec le sourire. Écoute, je ne sais pas quels sont vos projets, mais nous avons pensé que Charlie pourrait passer une journée au cabinet avec Louise. Histoire de l'occuper, et ça nous permettra de discuter. Car nous devons parler.

Une note d'urgence s'était immiscée dans la voix de Morag.

– Moi aussi, je veux discuter. Je pensais que je me résoudrais à accepter la décision de Maman, mais je n'y arrive pas.

– Ça ne m'étonne pas. Je n'arrête pas d'y penser, moi aussi.

– Je dois comprendre pourquoi elle m'a laissé ce tableau et rien d'autre. Nous devrions pouvoir en découvrir plus sur elle. Je veux savoir qui elle était et ce qu'elle allait écrire dans cette lettre qu'elle n'a jamais terminée.

– Tu t'y prends un peu tard ! Tu aurais dû avoir ces conversations avec elle avant sa mort, déclara Morag, puis elle fit une pause, en se rendant compte qu'elle avait été trop brusque. Désolée, mais, franchement, je ne sais pas comment je peux t'aider…

Elle se tapota la tempe comme si une ampoule s'était allumée.

– À moins qu'il y ait quelque chose dans cette boîte à chapeau que j'ai rapportée la dernière fois.

– Quelle boîte à chapeau ? demanda Isla, dont l'intérêt fut immédiatement piqué.

Morag parut mal à l'aise.

– Après ton départ, Aggie m'a dit que je pouvais prendre quelques-uns des vieux vêtements de Maman pour notre fête de village. Louise et moi avons encore hérité du stand braderie ! Je regardais dans son armoire quand j'ai trouvé cette boîte à chapeau au fond. Elle est remplie de babioles, je me suis dit que ça avait l'air intéressant. J'avais l'intention d'étudier son contenu, mais je n'ai pas encore trouvé le temps.

– Nous pourrions le faire ensemble.

Isla était excitée. Cette boîte pourrait-elle renfermer des réponses à ses nombreuses questions ? C'était une piste.

– Bien entendu. Je l'ai rangée dans le grenier avec tous mes autres projets pour les mauvais jours et qui ne se font jamais, au final.

– Pourrions-nous y jeter un œil maintenant ?

Peut-être l'objet de cette boîte pourrait-il aider Isla.

– Oui, répondit Morag, avec un haussement d'épaules. Attends.

À l'extérieur de la chambre, elle prit une perche appuyée contre le mur et s'en servit pour ouvrir la trappe du grenier. Une échelle s'ouvrit.

– Ça me fait penser au film *L'Échelle de Jacob* !

Morag rit en grimpant les échelons.

Isla entendit sa sœur dire « La voilà », juste avant de redescendre, tenant dans ses mains une boîte à chapeau à l'ancienne : à rayures noires et blanches, ceinte d'un large ruban rouge délavé, avec écrit dessus *Adairs*, le magasin familial.

– Voici ce que j'ai récupéré. Retournons en bas. Je vais nous faire une tasse de thé et nous pourrons l'ouvrir.

– Qu'est-ce que c'est ? demanda Charlie qui sortait de sa chambre à cet instant.

Isla lui expliqua pendant qu'elles descendaient toutes ensemble. Dans le salon, elles attendirent que Morag prépare le thé.

– Assieds-toi, Mamie. On dirait un lion en cage, à faire les cent pas comme ça, se plaignit Charlie, dont le téléphone rose lui apportait déjà suffisamment de distraction.

Isla évita une pile de magazines d'équitation et faillit trébucher sur une vieille selle qui traînait par terre derrière une chaise.

Enfin, Morag revint, posa le plateau sur le pouf effiloché, poussant du pied une paire de baskets pour les cacher dessous. Après avoir servi le thé et une fois Isla confortablement assise, Morag défit le ruban qui maintenait en place le couvercle de la boîte à chapeau.

– C'est parti !

Chapitre 13

Isla passa son doigt sur le couvercle de la boîte à chapeau, sur un mot inscrit à la main. L'encre était jaunie par les ans.

– Regarde : « Paris ».

Elle ouvrit la boîte et jeta un coup d'œil à l'intérieur : un méli-mélo d'objets qui avaient dû rester là des années.

– J'aurais aimé que tu me préviennes que tu avais cette boîte.

– Mais vous ne vous adressiez plus la parole, fit remarquer Charlie. Alors pourquoi Morag t'en aurait parlé ?

– Exactement. Merci, Charlie, dit Morag en lui adressant un sourire reconnaissant. Pourquoi l'aurais-je fait ? Et je t'en parle maintenant. Pour être franche, rien dedans ne m'a paru particulièrement important.

Charlie attrapa une miniature en métal de la tour Eiffel et la brandit.

– J'ai la même. Je l'avais rapportée d'un week-end à Paris avec Maman. Nous sommes montées au sommet de la Tour. C'était génial.

– Paris. Tu savais qu'elle y était allée, Isla ? demanda Morag, qui se bascula en arrière sur son siège et laissa Charlie et Isla fouiller.

Isla prit dans ses mains une boîte de bonbons en métal, dont le bruit indiqua qu'elle n'était pas vide.

– Non, absolument pas.

Charlie était penchée par-dessus l'épaule de sa grand-mère, pendant qu'elle ouvrait le couvercle, et soufflait dans son cou. La boîte était remplie de boutons, dont certains étaient accrochés par lots à une petite carte.

– Ouah ! Ces boutons *vintage* sont vraiment cool, s'exclama Charlie en s'emparant de la boîte. Tu pourrais relooker certains de tes vieux vêtements avec.

– Je ne veux rien relooker, merci, rétorqua Isla, qui récupéra la boîte et passa la main dans les boutons. Remarque, ils sont magnifiques.

Elle souleva un ensemble de six boutons noirs en verre à plusieurs facettes, qui brillaient à la lumière.

– Tu pourrais en mettre trois sur chaque épaule de ton pull noir. Cela lui donnerait une autre allure.

– Peut-être.

– Est-ce que je peux les prendre si tu n'en veux pas ?

Charlie porta ensuite son attention sur une petite boîte en cuir éraflé. Elle appuya sur un bouton pour ouvrir le couvercle : il était doublé d'un velours bleu foncé et contenait une paire de petits ciseaux, avec des lames en forme de bec d'oiseau, ainsi que trois petits outils, dont deux avaient des manches en nacre.

– Ouah ! C'est pour la couture ?

Morag lui prit la boîte et examina son contenu à la lumière.

– Sûrement. Quand Maman reprisait un accroc, on le voyait à peine. Ce qui est difficile à faire. Elle nous a toutes appris à tricoter aussi. Mais je n'ai jamais eu le coup de main.

– Voici un menu. Regardez. *Foie de veau. Côtelettes. Steak frites. Le Notre-Dame**, lut Isla.

La carte était jaunie sur les bords et présentait quelques taches de nourriture ou de vin. Isla parcourut tout le menu.

– Maman a bel et bien dû aller à Paris. Mais pourquoi ne l'a-t-elle jamais évoqué ? Lorsque je devais partir en voyage scolaire là-bas, elle aurait pu m'en parler plutôt que d'essayer de me dissuader d'y aller. Tu te souviens, Morag ? Elle disait « Cette affreuse cuisine française » ou « J'ai entendu dire qu'ils ne savent pas du tout faire le thé ». Papa s'était opposé à elle et elle était furieuse. Je n'ai jamais compris. Une fois, Ian et moi lui avons proposé de nous accompagner pour un week-end prolongé et elle a refusé.

Le refus de May résonna dans les oreilles d'Isla : « Je n'ai aucune envie de traverser la Manche. »

– Et un béret ! s'exclama Morag en sortant le couvre-chef noir délavé qu'elle mit de biais sur sa tête. *Très chic, non** ?

– Absolument pas, rétorqua Isla en tendant la main pour tenter de récupérer le béret. Il sent l'oignon.

– Dans ton imagination.

Morag l'agita sous le nez de sa sœur, avant de le lui donner.

– Et une marionnette… Mais les fils sont tout emmêlés, dit Charlie qui la sortit et la pendit devant elles. Regardez ! C'est Pinocchio. Pourquoi aurait-elle gardé une marionnette d'enfant ?

Elle posa le jouet sur la table pour tenter de le démêler.

– Et une boîte faite de coquillages. Je me souviens d'en avoir vu dans le même style en Bretagne.

Isla ouvrit la boîte et découvrit l'étiquette d'une bouteille de vin tout enroulée. Elle essaya de la dérouler, mais elle était raidie par les ans.

– Et des cartes postales, ajouta Isla qui disposa la petite collection en une pile ordonnée. Voyons voir. Certaines sont vierges, comme celle de la tour Eiffel, mais celle-ci… « Madame est très gentille, et je m'entends mieux avec Émile maintenant. Nous habitons en face du jardin du Luxembourg (cherchez-le sur une carte). Paris est une belle ville. Tendres pensées, May »

Isla inclina la carte vers la lumière afin de lire le cachet de la poste.

– Mille neuf cent cinquante quelque chose. Maintenant, nous avons la certitude qu'elle est allée à Paris.

– Mais pourquoi n'en a-t-elle jamais parlé ? Pourquoi garder cela secret ?

– Si elle n'y est pas restée longtemps, peut-être qu'elle a oublié ? De quoi te souviens-tu de ta folle jeunesse ? dit Morag en prenant une autre carte postale. Regarde. Le Sacré-Cœur. « Aggie, J'aimerais que tu fasses la connaissance de Max. C'est un apollon. Ne dis rien à Papa et Maman. »

– Jamais je n'oublierais une chose comme d'être allée à Paris dans les années 1950. La guerre était terminée depuis peu et Maman était une jeune femme. Cela a dû être une expérience incroyable. Et qui est Max ?

– Il faudra que tu demandes à tante Aggie. Tu vas bien lui tirer quelques vers du nez.

– Elle est très évasive quand j'essaie de lui demander quelque chose au téléphone. Elle fait comme si elle n'entendait pas ou trouve une excuse. Peut-être que ce sera différent en face à face.

– Mais avant que tu n'ailles là-bas, nous devons parler de Braemore, déclara Morag en enroulant le ruban rouge autour de ses doigts.

– Oh. Que dire ? Tout ceci m'intéresse davantage, comme en apprendre plus sur Maman, affirma Isla tout en désignant la boîte à chapeau. Et trouver une explication à son testament.

– Où êtes-vous ? les interrompit la voix de Louise en provenance de la cuisine.

– Par ici, lui cria Morag.

Louise apparut, l'air épuisée, mais toujours souriante, une tasse de thé à la main. Sa salopette en jean était sale, elle avait ce qui semblait être des traces de sang sur les bras, et ses cheveux s'échappaient d'un chignon lâche.

– Mince, ça fait du bien ! La journée a été longue, mais le poulain va bien sauf qu'il n'a pas de nom. Tu peux aller le voir, si tu veux, dit Louise à Charlie, qui continua de fouiller la boîte à chapeau.

Elle s'arrêta, une photographie dans la main, sans se rendre compte qu'on lui parlait.

– Est-ce que c'est elle ?

– Charlie, s'il te plaît ? la tança Isla, impatiente.

– Oh, moi ? Oui.

Le temps d'un instant, Charlie eut l'air de vouloir dire autre chose, puis se repencha sur le cliché.

– Oui, bien sûr.

– Nous avons pensé que tu aimerais venir au cabinet avec moi, ou même me suivre pendant ma tournée, expliqua Louise qui s'assit avec un soupir d'épuisement.

– Vraiment ?

Charlie leva les yeux alors que l'enthousiasme transperçait son indifférence habituelle.

– Merci, répondit Isla à la place de sa petite-fille.

Elle la fusilla du regard comme pour lui inculquer un semblant de bonnes manières.

Charlie fronça les sourcils.

– Oui, merci. J'aimerais vraiment.

Elle tendit le cliché à Morag.

– C'est bien Maman. Regarde. Avec qui est-elle ? On dirait une jeune Marilyn Monroe.

– Comme elles ont l'air heureuses. Tu as vu comment elle regarde la personne derrière l'objectif ?

– Max ? Une question de plus pour Aggie.

– Je reviens dans un instant, déclara Charlie avant de quitter la pièce, son téléphone à la main.

– Qu'allais-tu dire à propos de Braemore ?

Isla ne manqua pas le regard échangé entre sa sœur et son épouse.

– Quoi ?

– C'est Lorna. Elle fait pression sur Aggie pour vendre, expliqua Morag, qui regonfla un coussin et le cala derrière elle. C'est totalement déplacé.

– Même si c'est vrai, que puis-je y faire ?

– Aggie m'en a parlé. Elle était bouleversée. Apparemment, un promoteur est intéressé par le pré. Il a fait une offre coquette. Lorna veut qu'Aggie accepte. Elle pourra continuer à vivre à Braemore.

– Cela ne me concerne plus dorénavant, déclara fermement Isla, malgré sa tristesse. Dire que leur maison de famille était devenue un tel sujet de discorde !

May avait tout fait pour provoquer cette situation. Avait-elle su qu'un promoteur rôdait ?

– Pourquoi cela te dérange-t-il autant, de toute façon ?

– Parce que c'est notre maison. Je sais que c'est sentimental, mais je ne supporte pas l'idée qu'elle soit détruite ou mise en vente. Et parce que nous ne savons pas ce qu'Aggie fera dans son testament. Tu pourrais en hériter d'une partie.

Isla rit.

– Je ne crois pas, non.

Elle se souvint de leur mère étendue dans une chaise longue à côté de leur père, sur la terrasse en pierre de Braemore, mince dans une robe rayée, les cheveux maintenus en arrière par un foulard, la tête renversée par le rire. « Imagine, David. Un jour, nous ne serons plus là et les filles posséderont cet endroit. » Que s'était-il passé pour qu'elle change d'avis ?

– Quoi que Maman ait fait, Braemore fera toujours partie de toi. Tu as grandi là-bas, nom d'un chien. La maison de notre famille sera divisée en parcelles si Lorna parvient à ses fins. Imagine deux ou trois résidences de standing juste à côté ! C'est elle qui a dû renseigner le promoteur.

– Mais tu n'as aucune preuve, lui rappela Louise.

– Je n'ai pas besoin de preuve. Je la connais. Qu'est-ce qu'elle mijote ? Isla, tu es la seule à pouvoir l'arrêter.

– Moi ?

Isla reposa le cliché de May et de son amie dans la boîte.

– Qui d'autre ?

– Elle doit avoir besoin d'argent. Mais pour quelle raison ? Andrew est riche.

Outre son poste lucratif dans l'un des meilleurs cabinets d'avocats d'Édimbourg, il avait reçu un bel héritage à la mort de ses parents, étant fils unique. Lorna n'avait jamais manqué de rien, de ce point de vue-là.

– Mais tu dois te soucier d'Aggie. C'est toi qui es la plus proche d'elle. On la force à faire quelque chose contre son gré et ce n'est pas bien. Tu peux l'aider à tenir tête à Lorna.

– Je me soucie d'Aggie, mais quand je l'appelle, elle ne veut jamais me parler.

Depuis le testament de May, c'était comme si sa tante avait pris ses distances. Isla pensait que c'était parce qu'elle était gênée d'avoir reçu sa part à sa place. Pourtant, elle ne formula jamais rien de tel. Cette attitude ne lui ressemblait pas du tout. Isla connaissait Aggie et l'aimait comme une seconde mère, aussi était-elle décontenancée et chagrinée.

Avant d'emménager avec May, Aggie avait vécu dans un grand appartement à Édimbourg, qui surplombait le parc des Meadows ; merveilleusement indépendante et incroyablement glamour, elle travaillait au Lyric Theatre. Pour Isla, cet appartement avait constitué un refuge merveilleux loin des différends familiaux, et Aggie l'avait toujours accueillie à bras ouverts. L'appartement regorgeait d'objets qu'elle avait accumulés au cours de sa carrière : des affiches de théâtre ornaient les murs, les programmes des nombreux spectacles auxquels elle avait assisté ou participé s'empilaient sur les étagères. Elles s'asseyaient devant la cheminée et faisaient griller des guimauves, ou dégustaient des pancakes dégoulinant de beurre, pendant qu'Aggie la régalait d'histoires de sa jeunesse, lorsqu'elle s'était enfuie à Londres et que sa tante Jess l'avait présentée à un régisseur qui lui avait confié son premier emploi.

– Ce furent les jours les plus heureux de ma vie, disait-elle, d'un air rêveur. Loin de chez moi, à exercer un métier que j'adorais. Nous faisions tout à l'époque : trouver les accessoires, peindre le décor, souffler le texte aux comédiens – tout ce qu'il y avait à faire. Un jour, quand je...

Et Aggie partait dans l'un de ses souvenirs décousus à propos d'un acteur ou d'un autre avec qui elle avait travaillé. Très différente de sa sœur, May avait eu, pour autant que le sache Isla, une jeunesse beaucoup plus sage qu'elle semblait préférer oublier.

– En fait, j'ai aussi interrogé Aggie à propos de Maman, déclara Morag, interrompant les pensées d'Isla. Tu n'es pas la seule à vouloir une explication.

Isla fut immédiatement sur le qui-vive.

– Et ?

– Et rien, répondit Morag qui haussa les épaules comme pour s'excuser. Elle est partie dans une digression à propos d'une mauvaise réplique soufflée à Alec Guinness.

– Oh, encore cette histoire !

Les deux sœurs échangèrent un sourire complice ; elles avaient entendu les anecdotes d'Aggie sur le théâtre des centaines de fois.

– Mais elle doit être au courant pour Paris. Nous savons maintenant que Maman y est allée. Et puis, il y a le tableau et la lettre qui y était cachée. Il doit y avoir un lien.

Isla avait le sentiment de détenir des informations précieuses, sans toutefois saisir leur valeur.

– Pas nécessairement.

– Mais c'est probable.

Isla avait les idées confuses au sujet des quelques faits qu'elle savait à propos de la jeunesse de sa mère. Et, à présent, il fallait y ajouter Paris. La réponse qu'elle cherchait devait se trouver là quelque part.

– Alors, c'était avant sa rencontre avec Papa ?

– Ils ne se sont pas rencontrés au cours d'une fête à Édimbourg ? Tu devras interroger Aggie après quelques verres de gins, lorsque sa garde sera baissée.

– As-tu déjà vu une photo de leur mariage ?

Tandis que les parents d'autres amis exhibaient le plus beau jour de leur vie dans leur salon, Isla ne se souvenait pas d'avoir jamais vu un cliché des noces de ses parents.

– Elle avait une toute petite photo en noir et blanc d'eux à Gretna.

– Ils se sont mariés dans ce village ? Pourquoi ? J'aurais cru qu'ils auraient organisé une cérémonie très chic, étant donné que Papa était un Adair.

– Papa cachait peut-être son jeu et était plus romantique que nous ne le pensons ? avança Morag, qui de toute évidence n'y croyait pas plus qu'Isla.

– Mais rien de tout cela n'explique pourquoi Maman m'a mise de côté.

Isla n'aimait pas cette impression de rancœur.

– J'ai interrogé Donaldson à ce sujet.

– Tu as aussi parlé avec l'avocat ? Pourquoi n'y ai-je pas pensé ?

Isla s'était tellement efforcée dans un premier temps de chasser sa mère de son esprit qu'elle n'avait pas songé à tout. Et puis, May avait refusé de la laisser tranquille.

– J'ai pensé que Maman lui avait peut-être dit quelque chose.

– Et ? demanda Isla en se penchant en avant.

Morag taisait-elle la réponse depuis le début ?

– Le secret professionnel, bla-bla-bla... Mais il m'a quand même raconté qu'il lui avait fait remarquer qu'elle t'avait oubliée et lui avait demandé si c'était délibéré. Apparemment, elle lui a répondu que c'était en effet le cas et qu'il était trop tard pour donner une explication.

– Bon sang, qu'est-ce que ça signifie ? Pourquoi trop tard ? Pour expliquer quoi ?

– Je n'en sais rien. C'est comme la lettre que tu as trouvée dans sa chambre…

– A-t-il dit autre chose ?

Morag secoua la tête.

– J'ai bien peur que non. Après cela, j'ai eu l'impression de m'adresser à un mur.

– Je vais découvrir le fin mot de l'histoire, affirma Isla en joignant les mains. Je vais trouver la réponse.

– Je sais. Et je ferai tout pour t'aider.

Chapitre 14

Ce soir-là, Morag et Isla n'eurent pas beaucoup l'occasion de reparler de May, ni de Braemore. Les quatre femmes mangèrent ensemble dans la cuisine. Cette pièce, grande et agréable, était le cœur de la maison, avec son piano *Aga* crème et son vaisselier garni de porcelaine, de courriers et de prospectus pour des événements locaux. Au centre trônait une longue table en chêne. Avant le dîner, Isla avait aidé à débarrasser les restes du dernier repas et s'était occupée des courses qui n'avaient pas été rangées. À une extrémité de la pièce se trouvait une cheminée flanquée de deux fauteuils défraîchis, dont l'un était occupé par un chat de la maison.

Leur conversation tournait presque exclusivement autour des animaux, en grande partie pour susciter l'intérêt de Charlie. Le stratagème avait fonctionné. Une lueur nouvelle pétillait dans le regard de la jeune fille. Elle avait pris des photos de tout ce qu'elle avait vu à la ferme, mais surtout du poulain brun. Ses jambes grêles se terminaient par des chaussettes blanches et, sur son front, une étoile blanche était dessinée. Charlie l'avait observé, émerveillée de le voir chercher son équilibre et se nourrir goulûment. Elle avait suggéré de l'appeler Écho et ce nom avait séduit Louise.

– C'est parfait. Ça lui va comme un gant.

Charlie était ravie que sa proposition soit retenue. Dans la grange, elles trouvèrent une portée de chatons nés quelques semaines plus tôt : d'adorables petites boules de poils noires et blanches qui trottinaient en évitant tout contact humain. Louise finit par en attraper un sur une botte de foin et le donna à Charlie, qui le berça comme si elle n'allait jamais le laisser partir.

– Peux-tu nous prendre en photo ? demanda-t-elle en tendant son téléphone. Son cœur bat à mille à l'heure.

Elle caressa la petite tête d'un doigt pendant qu'Isla les photographiait.

À la fin du dîner, Isla était épuisée et heureuse de remettre la conversation pesante au lendemain.

Enfin seule, elle décida de rappeler Aggie. Il était suffisamment tard pour que sa tante pense qu'il puisse s'agir d'une urgence et donc réponde au téléphone. Stratagème qui fonctionna !

– Tante Aggie !

– Nom d'un petit bonhomme, bichette. Qu'est-ce qui se passe ? Il est vingt-deux heures trente.

– Rien du tout. Ne t'inquiète pas. Je veux seulement te poser des questions sur Maman.

Il y eut un silence à l'autre bout de la ligne, aussi Isla poursuivit-elle.

– Je suis chez Morag. Cette boîte à chapeau qu'elle a prise était remplie de souvenirs d'un voyage que Maman a fait à Paris il y a des années. A-t-elle été envoyée là-bas pour parfaire son éducation ? Il doit y avoir un lien avec le tableau qu'elle m'a légué. Parce que j'ai trouvé une lettre au dos, écrite en français. Qu'est-ce que tu sais ?

– Oh, c'était il y a si longtemps, ma puce.

Faux-fuyant typique.

– Tu te souviens où Papa et Maman se sont rencontrés ?

– C'était il y a une éternité ! Mais oui, elle est allée à Paris quand elle avait à peu près vingt ans, je crois. J'ai quelques-unes de ses cartes postales quelque part.

– Il y en a dans la boîte.

– Ah bon ? fit Aggie, d'un ton troublé. J'ai dû les lui rendre alors. Est-ce que je t'ai dit que j'avais trouvé les lettres que Michael Caine m'a écrites ? Il était un amour. Il…

– Montre-les-moi quand on se verra la semaine prochaine.

Si Isla ne coupait pas tout de suite court à cette histoire, elles resteraient au téléphone pendant des heures.

– Que faisait Maman à Paris ?

– Elle s'occupait d'un petit garçon. Je ne me souviens pas de son nom.

Isla entendait pratiquement les rouages s'actionner dans son cerveau.

– Qui était Max ?

– Ah oui, il y avait un Américain. C'est comme ça qu'il s'appelait ?

– Est-ce que Maman et lui ont eu une histoire ?

Isla sentit qu'Aggie avait commencé à jouer la montre ; par conséquent, elle répéta la question.

– Oh, Dieu seul le sait, ma puce. C'était il y a trop longtemps, et il est très tard.

– Je suis désolée. J'aurais dû attendre.

Sentant qu'elle avait fait une avancée, Isla mit fin à la conversation. Un Américain… Pourquoi Aggie se souviendrait-il de lui s'il n'était pas important ? Mais important à quel point ? Isla pelait peu à peu les couches de la vie de sa mère, mais elle n'avait toujours pas la moindre idée de ce qu'elle trouverait au cœur.

La seule autre personne à qui elle mourrait d'envie de parler était Tony. Il serait peut-être intéressé par ses maigres découvertes à propos de May. Cependant, elle devait garder à l'esprit qu'il ne savait pas qu'elle avait été exclue du testament, elle lui avait seulement parlé de la dispute et de son désir de mieux connaître sa mère.

– J'étais sur le point de me coucher, déclara Tony. Tout va bien ici. Tu n'as pas de souci à te faire.

– Je ne m'inquiète pas.

Ce n'était pas tout à fait exact. Sa maison lui manquait.

– Je voulais seulement entendre ta voix.

– Et maintenant que tu l'as entendue, que vas-tu faire ? dit-il avec un petit rire.

– Mieux dormir.

– Alors, je suis content que tu aies appelé, parce que moi aussi je vais mieux dormir. Est-ce que tout va bien ?

– Je démêle les nœuds petit à petit. Nous avons trouvé une boîte à chapeau pleine de souvenirs d'un voyage que ma mère a fait à Paris dans les années 1950. Je t'en dirai plus quand nous nous verrons. Qu'est-ce que tu as fait ces derniers jours ?

– J'essaie d'avancer sur certains sujets que j'ai sur le feu, et on dirait que l'un d'eux est sur le point de porter ses fruits.

– C'est super.

Isla était contente pour Tony. Avoir un travail lui apporterait une certaine sécurité qu'il n'avait pas connue depuis son retour au Royaume-Uni.

– De quoi s'agit-il ?

– Je préfère ne rien te dire pour le moment, j'ai peur que ça porte malheur. Mais je pense que ça te plaira. Moi, ça me plaît. Ça me permettra de te rembourser ce que je te dois.

– Je ne veux pas que tu t'inquiètes pour ça.

– Mais si. Je tiens précisément le compte.

Isla n'en avait pas fait autant. Elle faisait confiance à Tony.

Ils discutèrent un petit moment, mais quand elle éteignit enfin la lumière, elle ne dormit pas mieux du tout. Elle ne put s'empêcher de penser à Braemore. Pourquoi May avait-elle divisé le bien de la sorte, et pourquoi Lorna désirait tant les convaincre de vendre ? Morag avait raison. Même si Isla ne prenait pas part à la décision, elle détestait l'idée que leur maison de famille soit vendue en lots, au point de faire disparaître toute l'histoire familiale qui lui donnait son charme.

Elle pensa à ses sœurs. Au fil des ans, leurs différences s'étaient, bien entendu, accentuées. La passion de Morag pour les animaux n'avait jamais faibli durant tout ce temps. À l'âge de sept ans environ, elle avait installé sa clinique vétérinaire dans l'ancien abri de jardin, où elle gardait toutes sortes d'oiseaux et d'animaux blessés qu'elle trouvait dans les champs, jusqu'à ce qu'ils aillent mieux. Le taux de mortalité avait été élevé. Il y avait un petit cimetière pour animaux au bout du jardin, où des funérailles étaient régulièrement organisées, avec Morag comme maîtresse de cérémonie.

En tant que benjamine, Lorna avait toujours voulu être la patronne. Rien n'allait si les choses n'étaient pas faites à sa façon. Au début, Isla et Morag s'étaient pliées à sa volonté, car elle était la plus jeune et c'était la solution de facilité. Jusqu'au jour où Pluton, un pigeon avec une aile blessée, s'était échappé du cabinet de Morag et avait été tué par le chat.

– Tu l'as laissé sortir exprès ! hurlait Morag, un torrent de larmes coulant sur son visage.

– Mais non, rétorquait Lorna d'un ton dédaigneux.

Cependant, Isla avait aperçu sa petite sœur ouvrir la porte de la cage et s'en aller, cinq minutes à peine après que Morag eut bu le restant de limonade maison, sans en laisser pour ses sœurs. La vengeance de Lorna pouvait être prompte et cruelle.

Après cet épisode, Morag et Isla cessèrent de se laisser marcher sur les pieds, mais souvent, lorsqu'elles tenaient tête, May intervenait et prenait la défense de sa benjamine. Lorna avait grandi avec l'habitude d'obtenir ce qu'elle voulait, aussi Isla savait qu'elle ne renonçait pas facilement quand quelque chose se mettait en travers de son chemin.

Quant à Isla… elle était la bizarre, obnubilée par ses collections (œufs d'oiseaux, fleurs séchées, coquillages). Elle se réjouissait d'être seule pour les trier, les étiqueter, les ranger dans l'armoire à plans d'architecte que son père avait déniché pour elle. Elle se tenait à l'écart des disputes qui éclataient entre ses deux sœurs.

« Sainte-nitouche », la raillaient ses jeunes sœurs, qui se liguaient contre elle lorsqu'elle préférait aller de son côté plutôt que de se joindre à une farce qu'elles avaient imaginée. La dynamique entre les trois fillettes devint de plus en plus compliquée et changeante au gré des allégeances. Et Isla avait été le vilain petit canard (avec ses cheveux roux, ses taches de rousseur et ses grandes dents) qui s'était mué en mannequin (de courte durée) et en actrice (tout aussi brièvement).

L'idée de retourner à Braemore faisait naître tout un lot de questionnements : leur enfance avait-elle réellement été aussi idyllique qu'Isla l'avait décrit à Mary ? Ou lui donnait-elle une tournure plus positive qu'elle ne le méritait ? Isla repensa aux sautes d'humeur inexplicables de May, même lorsqu'elles étaient petites, ce qui avait conduit son père à des silences résignés et à s'isoler dans son bureau. C'était lui qui avait toujours fait preuve d'une bonté impartiale envers ses filles : il leur glissait une sucrerie interdite, leur rapportait un petit cadeau de ses voyages d'affaires occasionnels, était toujours prêt à leur dire un mot gentil.

Quand Isla eut huit ans, son père lui apprit à lire l'heure, puis lui offrit une montre pour Noël.

– Tu ne peux pas lui donner une montre, protesta May. Et Lorna et Morag ?

– Elles ne savent pas lire l'heure, répondit-il, un nuage de fumée s'échappant de sa bouche vers le plafond. Quand elles y arriveront…

Isla s'était rengorgée comme un paon en raison de sa prouesse.

– Ce n'est pas le propos. Je la garde jusque-là.

May glissa la montre dans la poche de son tablier et, malgré les protestations de David, ne la lui rendit pas. Isla avait couru dans sa chambre en larmes, ce qui n'avait nullement adouci le cœur de sa mère ; May resta fidèle à sa parole.

Toutes les aventures des trois sœurs s'étaient déroulées dans le vaste jardin où, pendant les vacances d'été, elles montaient des pièces de théâtre au sommet d'une butte. Leurs parents et amis d'une patience à toute épreuve formaient un public attentif et enthousiaste, assis sur de vieux transats ou des tapis sur la pelouse. Lorna était toujours la metteuse en scène et la vedette de leurs pièces. Isla était systématiquement choisie pour les rôles masculins à cause de sa taille et courait dans tous les sens, car elle était le larbin soumis aux caprices de Lorna. « Trouve-moi une laisse. » « Apporte-moi une taie d'oreiller bleue. » Une fois, elle avait demandé à Isla de voler un foulard sur la corde à linge de leurs voisins.

– Il me le faut pour Juliette. Elle en a des centaines. Elle ne remarquera jamais qu'il a disparu.

Bien entendu, la voisine l'avait remarqué et Isla avait endossé la responsabilité. Elle s'en fichait à cette époque. C'était comme ça. Elle voulait être aimée de ses sœurs, et si Lorna était contente, qu'il en soit ainsi.

Qu'était-il arrivé à Isla et ses sœurs ?

Plus elles grandissaient, plus leur père semblait se replier sur lui-même, et plus leur mère devenait soupe au lait. Quand la colère de May n'était pas dirigée contre David, c'était Isla qui en était la cible. « Tu n'imagines pas sortir dans cette tenue ? » Combien de fois lui avait-elle répété cette phrase ? « Va te changer. »

« C'est du maquillage ? demandait-elle en se penchant pour vérifier. Va tout de suite retirer ça. Tu as l'air vulgaire. »

« Cette coiffure ne te va pas. »

Leur père intervenait par un « May, tu ne crois pas que tu es un peu dure ? », puis il cédait quand elle lui répondait sèchement : « Je sais ce qui est le mieux pour elle. »

Mais le mal était fait.

La carapace d'Isla s'était peu à peu endurcie afin que sa mère ne puisse plus l'atteindre. Depuis cette époque, elle se réfugiait dans cette carapace dès qu'il le fallait. Quand Ian était parti. Quand Keith et elle avaient rompu. Quand Helen avait quitté le nid et ne la rappelait pas.

Isla sourit en s'imaginant en tortue. Quand la situation devenait trop difficile, elle se retirait dans sa carapace où rien ne pouvait la toucher. Rien, sauf sa mère, qui s'était surpassée cette fois.

Chapitre 15

Louise et Charlie revinrent de leur matinée à la clinique vétérinaire. L'adolescente avait la tête remplie de tout ce qu'elle avait vu.

– Il y avait un chien qui avait avalé beaucoup de cailloux. J'ai vu la radio et Louise va devoir l'opérer.

Louise éclata de rire.

– Morton a amené l'un de ses chiens de berger, expliqua-t-elle à Morag, qui servait des bols de soupe de légumes maison. Il n'avait aucune idée de ce qui le perturbait, mais la réponse a été évidente dès que je l'ai palpé. Je lui ai quand même fait passer une radio pour être sûre.

– Et il y avait un cochon d'Inde énorme qui en fait était une femelle enceinte. Et un chat avec une oreille coupée à cause d'une bagarre. Puis nous sommes allées rendre visite à une vache... Pouvons-nous aller voir Écho ?

Isla échangea un sourire avec sa sœur par-dessus la tête de Charlie. La joie de Charlie justifiait totalement sa décision de l'emmener en voyage. Elle avait hâte de le raconter à Helen.

– Bien sûr. Il faut que j'aille voir comment il va, de toute façon. On ira manger après.

Louise s'attabla, coupa plusieurs tranches de pain puis les distribua.

– Je me suis dit que nous pourrions aller à Haddon Hall cet après-midi, déclara Isla, qui s'était fixé la tâche impossible de rendre cette proposition aussi excitante que l'aventure du matin.

Sa petite-fille ne quitta pas des yeux son téléphone.

– Charlie !

Celle-ci leva la tête.

– Oui ?

– Que penses-tu d'aller à Haddon Hall cet après-midi ? C'est un château.

Le visage de Charlie exprimait parfaitement son désintérêt pour cette suggestion. Elle retourna à son téléphone, ses cheveux formant un rideau autour de son visage.

– Je me suis dit que ça pouvait t'intéresser comme tu études l'histoire, tenta Isla, mais cet argument était encore plus rebutant. Je veux le visiter depuis des lustres.

– Pourquoi n'iriez-vous pas vous promener sur le sentier Monsal ? Vous pourriez prendre les chiens avec vous, suggéra Louise en tirant ses cheveux en une épaisse queue-de-cheval.

Charlie se redressa.

– On peut ? Je préfère.

– Oui.

Isla était déçue que son plan échoue, mais elle aimait mieux qu'elles fassent une activité qu'elles apprécieraient toutes les deux.

– Vous pouvez prendre le quatre-quatre, vous aurez de la place pour tout le monde.

Isla inspira profondément. *Du calme*, se dit-elle. *Reste calme. Tu peux encore arranger les choses pour cette semaine. Il suffit de trouver le bon moment.*

– D'accord, nous ferons ça.

Après le déjeuner, Charlie et Isla s'en allèrent avec les chiens entassés à l'arrière de la voiture. Mais après avoir traversé Bakewell avec ce véhicule auquel Isla n'était pas habituée, l'ambiance était devenue franchement glaciale. Quelque chose sur le téléphone de Charlie semblait l'avoir démoralisée.

– Quel est le problème ? demanda Isla en tentant de paraître la plus détendue et la plus désintéressée possible.

– Rien. Juste un message stupide…

Les mots de Charlie se transformèrent en un marmonnement imperceptible.

– C'est-à-dire ?

Isla en savait assez sur le harcèlement en ligne pour s'inquiéter. Si c'était de cela qu'il s'agissait, elle devrait en informer Helen.

– Rien.

– Je parie qu'ils n'ont pas passé la journée avec un vétérinaire, eux.

Le regard exaspéré qu'aperçut Isla lui fit comprendre ce qu'ils pouvaient en penser.

– Bien sûr que non.

Comment une adolescente de quatorze ans pouvait-elle instiller autant de mépris dans une phrase ?

– Ils traînent ensemble à Londres. Personne n'en a rien à faire de ce que je fais.

– C'est ce qu'ils ont dit ?

Isla jeta un coup d'œil à Charlie, dont le menton tremblotait.

– Oh, Charlie, la consola Isla, qui posa sa main sur la jambe de sa petite-fille. Ne fais pas attention à eux. (C'était si facile à dire.) Ce qu'on fait est beaucoup mieux, argumenta Isla, tout en stationnant la voiture sur une place, consciente que ce n'était nullement mieux. Viens.

Isla se souvint d'Helen, qui était rentrée de l'école en larmes après que deux filles, qu'elle considérait comme ses amies, lui avaient jeté des cailloux. Isla ne se rappelait plus tous les détails, mais elle s'était battue bec et ongles pour sa fille (bien que celle-ci l'ait suppliée de ne rien faire) et avait contacté les parents et l'école jusqu'à ce qu'on finisse par le croire ; la meneuse avait été expulsée et l'intimidation avait pris fin. Isla ferait la même chose pour Charlie si besoin.

Une fois libérés, les chiens sautèrent de la voiture, excités par la perspective d'une promenade. Charlie resta sur son siège, penchée sur son téléphone, pour envoyer un message à quelqu'un quelque part. Isla désirait l'aider, mais elle ne voulait pas intervenir et accroître le fossé entre elles.

Quand Charlie sortit enfin, l'air morose, Isla eut envie de lui faire un câlin. Elle fit un pas vers elle et manqua de se faire culbuter par Jock et Red. L'enthousiasme des chiens égaya Charlie, qui se mit à courir après eux.

Titch, Shep et Red savaient exactement où ils allaient et se précipitèrent sur le côté de la jolie gare de style victorien.

– Tu es sûre que c'est bien là ? cria Charlie par-dessus son épaule, alors qu'elle suivait les chiens à l'arrière du bâtiment, où un large chemin remplaçait l'ancienne voie ferrée.

Isla la rattrapa et huma l'odeur âcre du cerfeuil sauvage qui poussait sur le bas-côté.

– On dirait bien.

Isla se demandait comment elle pouvait pousser Charlie à se confier sur ce qui la troublait.

Durant leur promenade, Charlie tapait dans des cailloux pour que Titch coure après.

– Louise m'a dit qu'il y avait un concours canin demain. Est-ce qu'on peut y aller ?

– Oui, à une condition. J'aimerais que nous soyons franches l'une envers l'autre.

– Comment cela ? Qu'est-ce que j'ai encore fait ? rétorqua Charlie, immédiatement sur ses gardes.

– Rien du tout. Je pense seulement que nous devrions instaurer des règles pour les prochains jours.

– Des règles… marmonna Charlie.

– Oui, des règles, répéta Isla, prise d'une détermination nouvelle pour faire fonctionner leur relation. Alors je vais être franche avec toi. Aucune de nous ne s'attendait à se retrouver dans cette situation, et je comprends que tu préférerais largement être avec tes amis chez toi. Mais c'est toi qui as tout gâché, pas vrai ?

– Ce n'était pas de ma faute.

Charlie donna un coup de pied dans un caillou sur le bord du chemin, et Titch se rua à sa poursuite.

– Une fois, ça passe. Mais deux fois ?

– Pourquoi personne ne veut me croire ?

Le sentiment d'injustice de Charlie était sincère et presque convaincant. Helen employait exactement le même ton autrefois.

– Écoute. Ce n'est pas à moi de juger. C'est le rôle d'Helen et Mike. Ce que je veux dire, c'est que nous n'avons pas vraiment choisi d'être en vacances ensemble…

– Tu ne veux pas plus de moi qu'eux.

Isla fut atterrée par cette remarque.

– Mais bien sûr que je veux de toi, et tes parents aussi. Mais j'aimerais que nous profitions des deux prochains jours. Ou du moins que nous fassions de notre mieux.

– J'ai apprécié d'aller au cabinet avec Louise, affirma Charlie sur la défensive.

– J'ai vu ça et je suis contente, mais ce n'était pas avec moi. Alors j'ai réfléchi…

Elles s'arrêtèrent afin de laisser passer une famille chancelante sur leurs vélos.

– Jock ! Au pied !

Le vieux labrador revint immédiatement, les trois autres chiens dans son sillage. Isla et Charlie les attrapèrent par le collier et se décalèrent dans l'herbe grasse en attendant le passage des cyclistes.

Charlie était silencieuse, se préparant manifestement à un ultimatum qu'elle devrait endurer.

– D'accord, déclara Isla une fois qu'elles reprirent leur marche. Voici mes règles. Pour chaque chose que je veux faire et que tu ne veux pas, nous en ferons une que tu veux faire et moi non.

Charlie leva la tête, le regard plus brillant.

– Donc, genre je peux faire des choses dont j'ai envie ? Vraiment ?

– Oui, mais nous devons être honnêtes l'une envers l'autre. D'accord ?

L'optimisme brûlait en Isla. L'idée qui lui était venue au petit matin était peut-être ingénieuse.

– D'accord. Alors, on peut aller au concours canin ?

– Exactement. Je n'ai pas particulièrement envie d'y aller, mais… si tu viens à Haddon Hall, alors oui, nous irons. Qui sait, nous pourrions avoir une bonne surprise et passer un agréable moment toutes les deux.

Le scepticisme de Charlie était probablement salutaire.

– Et… mon autre règle, commença Isla – c'était celle qui l'inquiétait le plus. Tu laisses ton téléphone de côté pendant les repas.

Allait-elle trop loin ?

– Quoi ?! s'exclama Charlie, entre incrédulité et indignation.

Isla dut s'empêcher de rire quand elle vit la tête que Charlie faisait. Exactement celle qu'elle avait anticipée.

– Mais quelqu'un pourrait m'envoyer un texto.

– Je suis sûre qu'ils pourront attendre ta réponse une demi-heure. (*Ce n'était sans doute pas vrai, mais juste.*) Je ne pense pas que ce soit beaucoup demander.

Elles continuèrent de marcher dans le silence, le chemin les menant sous un vieux pont routier. Isla craignait d'avoir aggravé les choses entre elles.

Charlie s'exprima enfin.

– Donc, moi aussi, je peux établir des règles ?

Pourquoi pas ?

– Oui. Tu penses à quoi ?

– Je vais y réfléchir. Je te le dirai bientôt.

– Très bien. Pendant que tu réfléchis, pourquoi ne me raconterais-tu pas ce qui s'est passé à l'école ?

Les arbres sur leur gauche s'éclaircirent pour révéler des prairies et, au fond, le vert foncé d'une forêt.

– D'accord, voici la règle numéro une : interdiction de parler comme Maman.

Isla rit.

– Ça me va. Mais j'aimerais quand même que tu m'expliques.

– Pff… D'accord, je vais te raconter.

Charlie tira sur une grande herbe, puis se pencha pour donner une tape à Titch et lui remettre une friandise qu'elle sortit de sa poche.

– Mon amie Emily a organisé une fête chez elle, alors que ses parents étaient partis dans leur maison de campagne. Son frère était là, et cela ne le dérangeait pas. Une fille a apporté de l'herbe. Et comme j'étais présente, mon nom a aussi été donné à l'école. Une mère s'est plainte. Celle qui avait apporté l'herbe a été renvoyée et nous, les autres, avons été exclues temporairement. Maman était furieuse. Injustice de merde.

– Charlie !

L'adolescente agita son index devant sa grand-mère.

– Tu viens d'enfreindre la première règle. J'ai eu l'impression d'entendre Maman. C'est quoi le gage ?

Isla ricana.

– Celle qui enfreint la règle fait plaisir à l'autre. Que dis-tu d'une glace ?

Elles avaient atteint une ancienne gare, celle de Hassop d'après le panneau, qui avait été transformée en un café-boutique florissant. D'un commun accord, elles attachèrent les chiens à une balustrade et entrèrent à l'intérieur. Dès lors, la promenade devint un plaisir. Après les aveux de Charlie, Isla s'ouvrit à son tour aux questions de sa petite-fille.

– Je ne comprends pas pourquoi tu penses que le séjour de ta mère à Paris a un lien avec son testament. Elle était jeune à l'époque.

– Je sais. Ce n'est qu'une intuition, à cause de ce tableau qu'elle m'a laissé et dans lequel était caché un mot en français. Je ne peux pas m'empêcher de penser que tout est lié d'une manière ou d'une autre.

– Cela me semble un peu tiré par les cheveux, si tu veux mon avis.

– Peut-être… Mais c'est tout ce que j'ai pour le moment.

Isla et Charlie parcoururent un long chemin : elles passèrent devant une autre gare désaffectée, des aires de pique-nique, des maisons avec des gens qui discutaient dans leur jardin. Elles traversèrent un long tunnel sale et humide, qui débouchait sur un grand viaduc à la vue imprenable sur la campagne vallonnée. Au moment où elles revinrent enfin à leur voiture, une trêve avait incontestablement été négociée.

Cependant, quelques instants après avoir fermé la portière passager, le téléphone de Charlie était sorti et elle était retournée dans son univers. Isla ne pouvait rien dire sans enfreindre les nouvelles règles. Elle était déterminée à respecter sa part du marché.

Chapitre 16

À la surprise d'Isla, Charlie honora leur accord en venant sans son téléphone au dîner et se joignit à la conversation, sans se renfrogner dès que sa grand-mère ouvrait la bouche. Morag et Louise étaient douées pour la faire sortir de sa coquille et pour – peut-être était-ce le secret – la traiter en égale.

– As-tu un petit ami, Charlie ?

Louise ne leva pas les yeux de son assiette pour poser cette question. Isla n'aurait jamais osé.

Charlie rougit.

Non.

– C'est le début, j'imagine. Tu en auras, si tu tiens de ta grand-mère, commenta Morag en inclinant la tête vers Isla.

– Attends. C'est un peu exagéré, rétorqua Isla, les joues cramoisies.

Mais la curiosité de Charlie fut piquée. Elle posa ses couverts et regarda Morag.

– Qu'est-ce que tu veux dire ?

– Ta grand-mère était un bourreau des cœurs dans sa jeunesse.

Morag fit un large sourire, pour railler délibérément sa sœur et la mettre au défi de la faire taire.

– Tu es vraiment obligée ? s'indigna Isla, qui aurait volontiers étranglé Morag.

– Vraiment ? demanda Charlie avec une incrédulité absolue.

– Pas tant que ça, répondit Isla, en lançant des éclairs à Morag.

Elle n'avait pas envie de s'étendre sur le sujet, puis elle s'interrogea : n'était-ce pas exactement l'attitude qu'avait eue sa mère ? May avait falsifié son passé auprès de ses filles, comme si sa vie avant leur naissance avait à peine existé.

– Disons simplement alors qu'elle s'est bien amusée.

Morag croisa les bras sur sa poitrine et s'appuya contre le dossier de sa chaise, satisfaite d'avoir jeté un pavé dans la mare.

Isla reposa soigneusement son couteau et sa fourchette dans son assiette, de façon parallèle.

– Je n'ai rien fait que personne d'autre ne faisait à l'école d'art dramatique dans les années 1970.

Cette période de sa vie avait été agréable, même si elle avait sonné le glas de son ambition.

– Tu voulais être actrice ? Je ne le savais pas.

À présent, Charlie était intéressée.

Isla céda.

– Oui. C'est Aggie qui m'a transmis le virus.

– Elle a joué dans beaucoup de pièces de théâtre à l'école, l'encouragea Morag.

– Oui, mais quand je suis entrée à l'université, je me suis rendu compte qu'être bonne à l'école ne suffisait pas. Il y avait des gens qui étaient bien plus talentueux que moi. Mais j'ai continué parce que je ne savais pas quoi faire d'autre.

– Et à cause de Robbie, ajouta Morag.

– Oh, bon sang !

Isla n'avait pas repensé à Robbie Jennings depuis des années, le premier garçon avec qui elle avait couché et qui avait fait son coming out peu de temps ensuite. À l'époque, cette nouvelle avait porté un coup au moral d'Isla et avait fait d'elle la cible de nombreuses railleries.

– Et puis, elle a rencontré ton grand-père.

– Je suis sûre que cela n'intéresse pas beaucoup Charlie.

Ces jours semblaient si lointains, mais Isla se souvenait de son grand émoi lorsqu'elle avait vu Ian pour la première fois, avec ses longs cheveux tombant sur le col de la cape en velours noir qu'il portait toujours : déjà ridiculement théâtral.

– Si, ça m'intéresse, protesta sa petite-fille.

– J'ai les vieux albums de Maman et je suis pratiquement sûre qu'il y a une photo de vous deux dedans.

Morag se leva pour aller les chercher.

– En parlant d'hommes... Tu vois quelqu'un en ce moment ? demanda Louise, en regardant Isla d'un air curieux – tout comme Charlie.

Isla se sentit à nouveau rougir.

– Euh...

– Tu vois quelqu'un ?

Morag parvenait à peine à contenir sa curiosité lorsqu'elle revint à table avec un grand album de photos, à la couverture bleue délavée.

– Enfin. Est-ce qu'il est bien cette fois ?

– Tu me fais passer pour une sorte de... je ne sais quoi.

Morag et Louise ne voyaient-elles pas qu'Isla était gênée d'aborder ce sujet devant Charlie ?

– Ne sois pas stupide, continua Morag qui ne tint absolument pas compte du regard torve de sa sœur. Alors ?

– Je ne sais pas, finit par céder Isla. Il est sympa. Je suis... Euh...

– Il est plus sympa que Papy ?

Charlie ne quittait pas sa grand-mère des yeux.

Morag la serra dans ses bras.

– Il n'y a pas beaucoup d'hommes plus sympa qu'Ian. Il n'avait tout simplement pas l'étoffe d'un bon mari.

– Pourquoi cela ?

Oh ! là là !

– Eh bien, je suis mal placée pour te répondre, déclara Morag, qui sourit à Louise de l'autre côté de la table. Mais je pense qu'Isla peut t'expliquer.

– Cette conversation est stupide, affirma Isla pour tenter d'y mettre un terme.

– Non, protesta Charlie. Je veux savoir.

Isla se souvint à nouveau de la réticence agaçante de May au sujet de son passé. « *Pas maintenant, ma puce. Ce n'est pas intéressant.* » Ou « Tu ne veux pas savoir », « Je ne me souviens pas. » Elle chassait toutes les questions comme des mouches irritantes.

Isla ne voulait pas être cette femme. Si Charlie montrait de l'intérêt, Isla devrait lui fournir des explications.

– Ian était meilleur acteur que moi et une occasion d'aller à Hollywood s'est offerte à lui.

Elle préféra pour le moment ne pas mentionner Anna Frank, l'actrice qui était partie quelques jours avant Ian. Elle lui avait envoyé des messages urgents chez eux, pour lui faire savoir à quel point il lui manquait et l'assurer des perspectives que son agent lui garantissait. Il avait laissé quelques-unes de ses lettres dans leur porte-lettres où Isla les avait trouvées. À cette époque, leur couple battait de l'aile, à cause de l'apparente indifférence d'Ian à l'égard de leur vie de famille. Sa carrière passait avant tout. Sa décision d'aller à Los Angeles avait été le coup de grâce. Les lettres n'avaient fait que confirmer ce qu'Isla savait déjà : Helen et elle se porteraient mieux sans lui. Mais elle ne voulait pas que Charlie ait une mauvaise image de son grand-père.

– Helen avait environ dix ans, alors nous avons décidé qu'elle et moi resterions en Angleterre pendant qu'Ian tenterait sa chance là-bas. À cette époque, je m'étais réorientée et je travaillais pour une salle de vente aux enchères. J'aimais bien plus ce métier que la comédie. L'idée était que nous le rejoignions dès qu'il serait prêt.

Isla ne tint pas compte du sourcil arqué de Morag face à des propos qu'elle savait inexacts.

– Comme cela n'a pas fonctionné pour Ian, il a fini par revenir. Mais nous nous étions éloignés l'un de l'autre et nous avons décidé que la meilleure chose pour nous trois était de rester amis et de vivre séparément. Je n'étais plus actrice et la vie de bâton de chaise ne me semblait pas idéale pour Helen.

– Et tu t'en es très bien sortie, commenta Morag, accordant enfin son soutien à sa sœur. Regardez ! dit-elle en tendant l'album photo ouvert. Vous jouiez dans *Le Songe d'une nuit d'été*.

– Fais-moi voir, demanda Charlie, la main tendue vers l'album. Ouah ! C'est vraiment toi, Mamie ?

Isla regarda le cliché : elle était délicate et jolie, ses cheveux roux retenus par une couronne de fleurs.

– Je devais acheter ces maudites fleurs au marché tous les matins et faire la couronne moi-même.

Elle savoura ce souvenir. Sur la photographie, sa main était tendue vers Robbie, son Obéron, brun et hirsute, ses yeux plissés fixés légèrement au-dessus de l'épaule d'Isla. Elle se rappelait très bien ce spectacle. Après la représentation, ils étaient allés au pub, où elle l'avait surpris dans un coin en train d'embrasser Anton Speight, qui incarnait le roi. Deux beaux jeunes hommes dont personne n'avait soupçonné l'homosexualité. Isla se demanda ce qu'ils étaient devenus.

– Et là, c'est Ian, indiqua Morag, interrompant le fil des pensées d'Isla.

– Fais-moi voir.

Le doigt de Charlie plana au-dessus de la page jusqu'à ce qu'il atterrisse sur son grand-père, un jeune aussi glorieux que tous les autres, à genoux devant Isla et Robbie.

– Il jouait Grain de moutarde, déclara Isla. Ces costumes étaient affreux. Les collants d'Ian étaient si petits que la fourche lui arrivait pratiquement aux genoux ; il passait la moitié du spectacle à les remonter.

Charlie rit.

– Et ça ?

Isla s'en souvenait comme si c'était hier.

– *Week-end* de Noel Coward, c'était notre dernière année. Nous venions de saluer le rappel et nous quittions la scène quand Ian m'a appelée et m'a demandée en mariage devant toute la troupe. Je ne savais même pas que Maman avait cette photo.

Non seulement elle la possédait, mais elle l'avait mise dans un album comme si elle était fière de sa fille.

– C'est tellement romantique, commenta Louise en se servant une autre cuillerée de charlotte aux fraises. C'est mieux qu'un bar à vins après une journée d'agnelage !

Morag et Louise échangèrent un sourire.

– Tu n'étais pas gênée ? demanda Charlie, captivée.

– J'étais morte de honte. Mais j'étais aussi aux anges.

Isla se souvenait encore de ce sentiment d'impatience fébrile quand Ian s'était agenouillé et qu'elle avait compris ce qui se passait. Alors que l'ensemble des comédiens et de l'équipe attendaient la réponse d'Isla, elle écarta tout doute. Elle était follement amoureuse d'un homme qui l'adorait, et le fut jusqu'aux dix ans d'Helen. S'il avait eu des aventures avant Anna Frank, elle avait simplement fermé les yeux sur ce qu'elle ne voulait pas savoir, jusqu'à ce qu'elle n'en puisse plus.

– Voici le mariage, indiqua Morag après avoir feuilleté quelques pages pour trouver la photographie en question.

Isla se rendit compte qu'elle appréciait cette incursion dans le passé. Elle n'avait pas vu ces images depuis des années.

– Mamie ! Mais comment étais-tu habillée ?!

– C'était très à la mode à l'époque, je te ferai savoir. *Biba* était le magasin de référence.

Isla et Bea, son amie et témoin, avaient acheté sa robe, après avoir passé la première partie de la journée déguisées en trolls à un salon, pour vendre du matériel de cuisine – une mission que leur avait trouvée une agence de publicité. Ian était parti en tournée pour *Boeing Boeing*, aussi avaient-elles fait un détour en rentrant par Kensington High Street. Bea avait poussé Isla à feuilleter *Biba,* après que celle-ci avait admis ne pas avoir réfléchi à sa tenue de noce : « Il n'y a pas de meilleure occasion que son mariage pour se faire belle. » Après avoir déniché la robe, les deux amies se rendirent au marché de Kensington en quête de henné. Sur la photographie, les cheveux d'Isla étaient très roux. Ian avait déniché une veste de smoking en velours vert foncé dans les costumes de sa compagnie ; Isla ne l'avait jamais vu aussi élégant. Ils avaient été très heureux ce jour-là. Avec six amis, ils avaient fait la fête après leur mariage civil dans le quartier londonien de Camden. Le soir, ils s'étaient effondrés dans leur appartement, et n'avaient pas quitté leur lit pendant les deux jours suivants, ne vivant que de café, de tartines et d'amour.

– Ce sont vos parents ? demanda Charlie en désignant l'homme et la femme debout de part et d'autre du couple.

David était élégamment vêtu et regardait Isla avec une immense fierté. May était coiffée d'un petit chapeau qui ressemblait à une coquille et recouvrait son chignon soigné. Son visage, orienté face à l'objectif, suggérait qu'elle était impatiente que la séance photo se termine.

– Était-ce de la vraie fourrure ?

– Tout le monde en portait à l'époque.

Isla regarda l'étole de vison que sa mère arborait à la moindre occasion – un trophée d'être l'épouse du propriétaire du grand magasin *Adairs*. May avait tenu à la porter ce jour-là, malgré le temps clément de septembre. Elle l'avait enroulée autour d'elle comme si c'était la cape d'invisibilité de Harry Potter, cachant sa robe boutonnée à jupe ample. Isla n'avait jamais envisagé les choses sous cet angle : peut-être que May n'avait pas du tout été froide et distante avec Mary, mais qu'elle était timide, gênée d'être mise en avant. Peut-être y avait-il une facette d'elle qu'Isla n'avait jamais essayé de comprendre, mais qu'elle pouvait apprendre à mieux connaître désormais ?

– As-tu toujours ta robe, Mamie ? l'interrogea Charlie, pleine d'espoir.

– Je l'ai donnée à une amie après avoir eu Helen, je ne rentrais plus dedans.

– Oh, les cheveux de Papy ! s'exclama Charlie en passant son doigt sur la photographie.

Les boucles brunes d'Ian qui tombaient sur ses épaules lui donnaient une allure très différente de l'homme qu'il était aujourd'hui.

– Et voici une photo de toi enceinte.

Morag avait avancé dans le temps et trouvé un cliché d'Isla : à huit mois de grossesse, elle faisait du yoga dans le jardin de Braemore. Cette visite avait été désastreuse : May était restée pratiquement tout le temps dans sa chambre, aussi Isla avait passé la majeure partie de son séjour dans l'appartement d'Aggie, tout en se demandant comment elle pouvait arranger la situation avec sa mère. Son père lui avait assuré que May souffrait d'une migraine, que cela n'avait rien de personnel. Mais au fond d'elle, Isla sentait qu'il y avait autre chose. Pour une raison ou pour une autre, sa mère ne voulait pas la voir enceinte, heureuse.

– Et regarde celle-là, Maman avec Helen.

Elles posaient avec raideur devant l'objectif, May à genoux tendant la main pour attraper le ballon que lui offrait sa petite-fille. Elles étaient dans le jardin de Braemore. L'expression de joie sur le visage de sa mère, tourné vers Helen, était quelque chose qu'Isla avait oublié. Les choses n'avaient donc pas toujours été aussi invariablement difficiles que dans sa mémoire. Isla avait enterré les bons souvenirs quelque part sous les mauvais.

– Ça suffit, décréta-t-elle en prenant l'album pour le fermer. Nous avons compris l'idée générale.

Elle se replongerait dans l'album une fois seule dans sa chambre, afin de se remémorer ce qu'elle avait traversé pour en arriver à la situation actuelle.

– Je ne savais même pas que tu avais ces photos.

– Nous en avons parlé quand nous étions à Braemore, nous étions convenues que je garderais les albums jusqu'à ce que l'une de vous les veuille. Donc je les ai pris.

– Et celui-là, qu'est-ce que c'est ? s'enquit Charlie avec un autre album dans les mains qu'elle ouvrit.

– De l'histoire ancienne, lui répondit Morag. C'est nous à Sandgreen.

La petite photographie en noir et blanc montrait trois fillettes qui grimpaient sur leur mère amusée.

– Tu devais avoir environ huit ans, Isla. Oh regarde, c'est Maman et moi.

Morag désigna une photographie de May qui tenait dans ses bras un bébé potelé au sourire radieux.

– Que nous est-il arrivé ?

Isla ne put s'empêcher de reposer cette question.

– Vous avez grandi, suggéra Charlie.

Les deux sœurs éclatèrent de rire.

– Ça, nous l'avons fait ! Oh, regarde-nous avec Lorna.

Dans leur maillot de bain en nylon élastique, elles posaient à côté d'un énorme château de sable, dont chacune des tours était décorée avec des coquillages et des algues. Isla et Morag brandissaient leur pelle, triomphantes, tandis que Lorna construisait la dernière tour, en offrant un sourire hystérique à l'objectif.

– Et voici le chalet.

– Vous passiez vos vacances là-bas ? demanda Charlie en étudiant la cabane en bois délabrée, avec un toit en auvent. Ça a l'air minuscule.

– C'était assez grand pour nous. Et le chalet donnait sur la plage. J'y vais la semaine prochaine, pour voir ce que c'est devenu.

– J'aimerais pouvoir t'accompagner, déclara Morag. Mais le devoir me retient ici.

– En parlant de devoir, je vais voir comment va Écho. Tu veux venir, Charlie ? proposa Louise en repoussant sa chaise.

– Non, je vais rester ici.

Charlie était debout, et Isla remarqua qu'elle avait porté sa main à la poche de son jean, qui contenait son téléphone. Elle s'était bien tenue ce soir.

– Est-ce que je peux regarder *Love Island* ?

Isla appela Jock et se dirigea vers la porte donnant sur le jardin en compagnie de Louise, pendant que Morag montrait à Charlie comment se servir de la télévision.

Chapitre 17
Paris, 1954

May était très nerveuse durant son trajet jusqu'à la *Brasserie Lipp*, où elle devait retrouver Max. Elle fut ravie que l'établissement soit peu fréquenté ce soir-là. Les miroirs derrière les banquettes en skaï rouge agrandissaient la pièce. Des vases de fleurs et des figurines ébréchées décoraient l'étagère placée entre le miroir et le haut de la banquette. Max était déjà là à l'arrivée de May, au centre de la pièce, le dos tourné, un verre de vin rouge et du pain croustillant devant lui.

Son reflet dans le miroir était pensif. May sentit les papillons habituels qui s'agitaient dans son ventre dès qu'elle le voyait. Les contours du visage de Max étaient désormais aussi familiers à May que les siens. Elle connaissait exactement le bleu de ses yeux, le petit grain de beauté sous son menton, la cicatrice près de son oreille droite qu'il avait héritée d'un accident de scooter. Elle connaissait tout de lui. En passant près du chariot à fromages, elle porta sa main à la bouche, prise d'un haut-le-cœur. D'habitude, elle aimait cette odeur mais, ce soir, elle la rendit malade.

Même lorsqu'elle avait fait ses adieux à sa tante Jess à la gare Victoria, au moment de monter à bord du train pour venir seule à Paris, elle ne s'était pas sentie aussi nerveuse qu'en cet instant présent. Max se tourna et la regarda se faufiler entre les tables, puis se glisser sur la chaise rembourrée face à lui. Elle lissa la jupe de sa robe pour éviter de la froisser.

– Tu es magnifique ce soir. J'ai commandé du vin.

Max avait l'air nerveux également, comme s'il avait pressenti l'annonce de May.

Un serveur remplit aussitôt son verre.

– Pourrais-je avoir de l'eau ?

La dernière chose dont elle avait envie était l'odeur ou le goût du vin.

Max lui servit de l'eau, tout en se concentrant sur son geste. Cela laissa le temps à May d'étudier le visage qu'elle connaissait si bien, les cheveux blonds de part et d'autre de sa raie, les yeux qui la regardaient sous ses cils d'une façon qui la faisait se sentir toute chose. Ce jour-là, Max et May étaient d'humeur plus sombre que d'habitude, comme s'ils ruminaient des pensées graves.

– Il faut qu'on parle.

– Il faut qu'on parle.

Après avoir dit exactement la même chose au même moment, ils eurent l'air surpris, puis ils rirent, gênés.

Max tendit le bras par-dessus la nappe blanche pour prendre la main de May.

– Je suis désolé.

Il retourna la main de May et passa doucement son doigt sur les lignes de sa paume.

May expira. Tout allait bien se passer.

– Toi d'abord, l'invita Max en serrant légèrement ses doigts.

– Non, toi. J'insiste.

De cette façon, elle pourrait faire comme si rien n'avait changé un peu plus longtemps. Elle pouvait faire perdurer quelques instants encore ce qui serait bientôt le passé. Quand ce serait son tour de parler, tout deviendrait différent.

– Si tu insistes, je ne peux pas refuser.

Max sourit presque, avant de baisser les yeux sur la table. De sa main libre, il rassembla les miettes de pain en un petit tas bien net sur la nappe blanche.

– C'est difficile. Je ne m'attendais pas à ressentir ça.

Il marqua une pause.

Les espoirs de May grimpèrent en flèche. Une demande en mariage résoudrait tout. Mais était-ce la solution qu'elle souhaitait ? Une vie avec lui. Oui, ça l'était. Elle n'avait aucun doute à ce sujet. De toute façon, quel choix avait-elle ? Elle but une gorgée d'eau pour calmer son estomac, alors que ses pensées s'emballaient.

– Je suis tellement content que nous nous soyons rencontrés et tu sais à quel point je suis fou de toi.

Max s'éclaircit la gorge et mit sa main dans la poche de sa veste.

Le cœur de May battait aussi vite que si elle avait traversé tout Paris en courant, sans s'arrêter. Max ne l'entendait-il pas cogner contre ses côtes ?

– Je n'oublierai jamais ces derniers mois.

– Moi non plus.

May s'autorisa uniquement ces trois mots, de peur que sa voix déraille.

– Et je ne veux pas que ça se termine.

Enfin, Max la regarda, de ses yeux calmes alors qu'il maîtrisait ses sentiments. Elle retourna sa main et serra la sienne. Son cœur battait plus vite qu'elle ne le croyait possible.

C'était le moment.

Avait-il choisi la bague lui-même ? Qu'avait-il choisi ?

May savait exactement quelle serait sa réponse.

Max sortit sa main de sa poche. Et un paquet de Gauloises.

– Mais je n'ai pas le choix. Après tout ce que je t'ai dit sur mon envie de rester à Paris, d'être écrivain ici et nulle part ailleurs, je sais que ça va te surprendre, mais… je rentre chez moi.

À cette annonce, May eut l'impression de recevoir un coup de pied dans le ventre.

– Aux États-Unis ?

Ces mots lui nouèrent la gorge.

Max hocha la tête, incapable de regarder May.

– Je suis désolé, répéta-t-il.

– Quand ? parvint-elle à formuler.

Ses pensées se précipitaient trop vite dans son esprit pour qu'elle puisse leur donner un sens.

– Demain.

– Demain !

May eut le souffle coupé. En prenant la cigarette que Max lui offrait, elle en fit tomber deux autres sur la table. Elle le laissa les ramasser.

– Mais pourquoi… Je ne comprends pas.

– Papa m'a écrit il y a un mois. Si je ne prends pas cet avion, il me coupe les vivres. Je n'ai pas le choix.

– Tu le sais depuis tout ce temps et tu ne m'as rien dit ? Tu ne pensais pas que tu me devais bien ça ?

L'incrédulité, la colère et le bouleversement faisaient rage en May. Était-il déjà au courant lors de leur week-end en Bretagne ? Ce n'était pas possible.

Un couple à la table voisine se retourna pour voir d'où provenaient ces éclats de voix. May fit signe au serveur qui arrivait derrière Max avec leurs omelettes et leurs frites de repartir.

Max la regarda droit dans les yeux, impénitent.

– Je ne pouvais pas. Je suis désolé. J'ai laissé une fille derrière moi. June, c'est son nom. Quand je suis parti, j'ai dit que je reviendrais, et mes parents et elle m'attendent.

– Et tes ambitions littéraires ?

Max haussa les épaules.

– Ce n'était qu'une lubie. Une toquade de jeunesse. J'ai toujours su au fond de moi que je n'y arriverais jamais. Parfois, il faut renoncer à ses rêves.

– Et moi alors ? Je croyais que tu m'aimais…

Que devenait leur histoire ? Et le rêve de May ?

– Je t'aime. Je t'aimais. Mais tout a changé. Tu peux sûrement le comprendre. Nous nous sommes amusés, je sais que c'est vrai. Mais c'est tout ce que c'était, non ? Un moment d'amusement.

Max souffla une volute de fumée au-dessus de la tête de May et lui adressa un sourire pour l'encourager à acquiescer.

– Mais je pense être enceinte.

Ces mots sortirent à toute vitesse. Pendant un instant, May vit le visage de Max changer – non pas vers l'inquiétude qu'elle avait espérée, mais vers la surprise et la colère.

– Quoi ?! s'exclama Max qui retira sa main et la passa dans ses cheveux. Tu en es sûre ?

– Je n'ai pas encore vu de médecin, mais je suis sûre d'être enceinte, oui.

Cette nouvelle le ferait sûrement changer d'avis.

– Ce n'est pas possible. J'ai fait très attention.

Il la dévisagea avec une expression qu'elle ne lui avait jamais vue : du dédain, de l'aversion, de la peur.

– Si c'est un stratagème pour me forcer à rester ici, c'est peine perdue.

May balaya la brasserie du regard : les miroirs, les verres étincelants, le linge de table blanc qu'elle aimait tant, puis elle reporta ses yeux sur Max.

– Je pourrais venir avec… commença-t-elle, avant de se souvenir de June.

– Avec moi ?

Il termina sa phrase à sa place, comme s'il était étonné qu'elle fasse une pareille suggestion. Il eut un petit rire.

– Cela n'a aucune chance de fonctionner. Comme je l'ai dit, on s'est amusé, mais c'est terminé maintenant. Je pars quoi qu'il arrive.

– Et moi ?

– C'est à toi de voir, ma chérie.

Max baissa les yeux, incapable de soutenir le regard de May.

Elle repoussa sa chaise, qui racla le carrelage.

– Je ferais mieux d'y aller.

Elle enfonça ses ongles dans la paume de sa main, la douleur l'empêchant de pleurer. Elle ne voulait pas que Max voie à quel point elle était bouleversée. Elle n'avait plus qu'une seule personne dont se soucier désormais. Un seul avenir.

Une lueur de regret traversa le visage de Max.

– Ne pars pas.

Pendant une seconde, May fut tentée de rester. Puis tout ce qu'il lui avait dit lui revint violemment à l'esprit et elle se souvint qu'elle s'était fait avoir.

– Pourquoi rester ? demanda-t-elle, avant de sortir un mouchoir de son sac et de se moucher. Je n'aurais jamais cru que tu pouvais être aussi insensible. Je pensais que nous nous aimions. Quelle imbécile je fais.

Max tressaillit comme si elle l'avait giflé.

– Je t'écrirai.

– Non. Je ne lirai pas tes lettres.

Subitement, May vit le vrai visage de Max : un riche Américain gâté avec une vision romantique qui ne signifiait rien. Quel esbroufeur. Il suffisait que son père lève le petit doigt pour qu'il accoure. Et une fille l'attendait dans le Wisconsin. June. Bonne chance à elle.

Étrangement, May trouva en elle une force inattendue en dépit de la douleur écrasante qui lui coupait pratiquement le souffle, sans laquelle elle n'aurait jamais été capable de rentrer chez elle. Elle retourna à l'appartement au radar, sans se rendre compte de ce qui se passait autour d'elle, essayant de comprendre ce qui venait de se produire. C'était sa faute si elle était tombée enceinte. Ce n'était pas comme si elle n'avait pas été prévenue. Boire plus que de raison et faire confiance à Max l'avaient menée à sa perte.

Elle n'avait pas la moindre idée de ce qu'elle ferait pour le bébé, ni de l'endroit où elle trouverait de l'aide, mais plusieurs choses étaient évidentes à ses yeux. Maintenant qu'elle avait vu Max sous son vrai jour, elle ne voulait pas de lui, ni de son argent. Elle valait mieux que ça. De même, elle ne pouvait pas rentrer chez elle et affronter la déception de ses parents, ni le scandale local que son état provoquerait. Elle devait rester à Paris. Elle devait trouver un moyen de s'occuper du bébé. Elle devrait trouver un moyen de sauver son âme, car personne ne le ferait à sa place.

Chapitre 18

Derbyshire, 2019

Lorsque Charlie émergea enfin le lendemain matin, elle était plus indifférente que jamais. Son téléphone plaqué devant sa bouche, elle participait à une conversation animée. Avachie contre les meubles de cuisine, elle croisa une ou deux fois le regard d'Isla avant de détourner les yeux.

– Ce dernier couple. Je ne pensais pas qu'elle le laisserait tomber… Oui. Non, il est canon, mais, elle, elle est…

Isla cessa d'écouter. Au lieu de cela, elle regroupa les céréales, les tartines grillées (froides) et la confiture sur un côté de la table, en espérant que Charlie se souvienne de leur accord concernant les repas. Finalement, l'appel prit fin et Charlie vint s'asseoir avec toute l'énergie d'une personne qui venait de courir un marathon.

– Bon ! fit Isla en tentant d'être joviale, mais elle s'exprima plutôt comme un professeur. Haddon Hall. Prête ?

Charlie tira les céréales vers elle, puis attrapa son téléphone. Plusieurs fins bracelets en argent et un tissé qu'Isla n'avait pas encore remarqué glissèrent le long de son bras.

– Les règles, lui rappela-t-elle.

Elle ravala une remarque sur le short en jean de Charlie, si court que les poches en dépassaient et qu'on voyait pratiquement ses fesses.

– Oh, crotte, marmonna Charlie, avec une telle irritabilité qu'Isla n'eut pas besoin d'entendre les mots pour saisir l'idée.

Néanmoins, le téléphone disparut dans une poche.

– Du thé ? lui proposa Isla comme s'il n'y avait pas de souci.

– S'il te plaît.

Charlie étala du miel sur une tranche de pain grillé. Elles ne parlèrent pas pendant quelques minutes, tandis que Charlie mangeait sa tartine, avant de s'en servir une autre. Puis elle rompit le silence.

– Mamie, as-tu vraiment un petit ami ?

– Eh bien, oui.

La curiosité de Charlie mettait Isla mal à l'aise.

– Pourquoi n'est-il pas avec toi alors ? demanda Charlie, avant de croquer avidement dans le dernier morceau de sa tartine.

– Il n'est pas très intéressé par mes soucis avec Maman et, puis, il a des choses à régler. Mais il va venir ce week-end.

Isla se sentit rougir.

– Ah bon ? fit Charlie, l'air à présent réellement intéressée. Quand ? Est-ce que je vais le rencontrer ?

– Il arrive à Preston quand je te mettrai dans le train pour rentrer. Je ne sais plus s'il arrive avant ton train ou pas, donc peut-être.

Isla n'avait pas prévu de présenter Tony si rapidement à sa famille.

– Oh.

Une sonnerie poussa Charlie à sortir son téléphone, elle effaça la notification, avant de le ranger aussitôt.

– Comment est-il ?

– Il est grand. Gentil. Drôle, parfois.

Et il m'a sortie de mon célibat endurci, m'a rappelé à quoi pouvait ressembler la vie.

Mais Charlie avait déjà perdu tout intérêt.

– Pouvons-nous d'abord aller au concours canin ?

Isla ne put s'empêcher de sourire.

– Non. Nous allons aller à Haddon Hall pendant que c'est calme. Et nous passerons l'après-midi au concours. Voilà. Une chose chacune.

– Le concours va te plaire, soutint Charlie, mais elle n'insisterait pas davantage.

– Et le château pourrait te plaire. Allons-y.

– Accorde-moi une minute.

Charlie prit son thé, un froncement de sourcils si profondément gravé sur son front qu'Isla ne put s'empêcher de sourire.

*
**

Bien plus tard que prévu, elles empruntèrent un pont en arche qui menait au château de Haddon Hall. Charlie s'assit sur le muret, tint son téléphone à bout de bras et fit la moue en regardant l'objectif.

– Insta, dit-elle, en guise d'explication.

Isla comprit mais, en tant que personne qui avait réussi à vivre sans réseaux sociaux, à part Facebook de temps à autre, elle n'en saisissait pas réellement l'intérêt.

– Il faudra que tu me montres comment cela fonctionne.

Elle s'intéressait au monde secret de Charlie et de ses amis.

– Plus tard.

Déclic de l'appareil. Pouces.

Elles traversèrent la cour aux pavés inégaux et franchirent une porte d'entrée entourée de rosiers grimpants. À l'intérieur, la demeure était fraîche et sombre. Elles flânèrent dans les cuisines de style Tudor, admirant les grandes cheminées et touchant les plans de travail en pierre frais.

– Je préférerais avoir un piano de cuisson, trancha Charlie.

Dans la salle de banquet, Isla désigna des chaînes et un cadenas fixés au mur.

– Regarde ça ! Si quelqu'un buvait trop ou pas assez, on l'attachait là et on lui versait à boire par sa manche.

Peu impressionnée, Charlie refit sa queue-de-cheval.

Alors qu'elles déambulaient dans les pièces, Isla sentit Charlie s'intéresser aux chiens peints au plafond du salon, aux vitres tordues dans la grande galerie, au bas-relief en plâtre dans la chambre qui représentait Orphée apprivoisant les animaux. Isla veilla à ne pas discourir trop en longueur, se rappelant son ennui quand ses parents la traînaient dans des châteaux. Mais Charlie écoutait ses explications. Lorsqu'elles parvinrent aux jardins en terrasses, Isla laissa sa petite-fille s'asseoir dans l'herbe et musarder sur son téléphone. Pendant ce temps, elle se promena et glana des idées pour son jardin : les énormes pavots dentelés, les roses anciennes qu'elle n'avait encore jamais vues, les bordures de fleurs sauvages, le mélange et les associations de couleurs et de plantes.

– On a presque fini, indiqua Isla en venant s'asseoir à côté de sa petite-fille.

Les abeilles bourdonnaient dans la lavande derrière elles.

– Imagine à quoi devait ressembler la vie ici.

En contrebas, s'étendaient des prairies humides, un ruisseau traversé par un pittoresque pont de pierre voûté et, au-delà, un bois.

Charlie fixait la couverture du guide.

– Bizarre.

Elles restèrent assises un moment jusqu'à ce qu'Isla se lève.

– Nous devrions avancer. Un petit coup d'œil à la chapelle, et nous aurons terminé.

Avec un soupir qui exprimait son extrême souffrance, Charlie suivit sa grand-mère. Dans la minuscule chapelle, Isla ne put s'empêcher de poser la main sur la magnifique effigie d'un jeune garçon au repos. Le marbre était froid au toucher.

– Qui est-ce ?

Charlie, qui se tenait à la porte de la chapelle (près de la sortie), vint à côté d'Isla.

– Il est mort quand il avait neuf ans, lut Isla. Sa mère était une sculptrice amateur, son chagrin était si grand qu'elle a passé les trente années suivantes à réaliser cette sculpture. Tu imagines ?

– Maman ne ferait jamais une chose pareille.

Cette note de vulnérabilité s'était échappée des apparences je-m'en-foutistes.

Isla passa son bras autour de Charlie.

– Mais si, tu sais.

– Elle ne pourrait pas écrire ses scénarios si elle se mettait à faire ça, s'exprima Charlie avec résignation et rancœur, avant de repousser sa grand-mère.

Le bref moment d'intimité était révolu.

– Je me demande comment elle va.

– Et s'ils veulent qu'elle aille vivre aux États-Unis un certain temps ?

Charlie faisait tourner son téléphone dans ses mains.

– Ils ne le feront pas, répondit Isla, qui n'avait même envisagé cette perspective. Sa place est ici, avec Mike et toi.

– Mais il n'est jamais là.

– À cause de son travail de cameraman. Pas parce qu'il veut être loin de chez lui.

Helen ne voyait-elle pas à quel point leurs fréquentes absences peinaient leur fille ? Isla devrait-elle se blâmer ? Elle avait tant désiré être différente de sa mère, être aussi présente et aimante que possible pour sa fille ; à présent, Helen semblait suivre l'exemple de May. Mais essayer d'en discuter ne servirait à rien, Isla le savait d'expérience.

– Je suis sûre qu'elle n'accepterait pas. Il y a trop de choses auxquelles elle tient ici. Et tu en fais partie.

– D'accord, fit Charlie, nullement convaincue.

– Il est temps d'aller au concours canin. Tu veux prendre Jock ?

Charlie se dérida.

– Oui.

– Alors, nous ferions mieux d'aller le chercher.

*
**

Toutes les races possibles de chiens avaient été rassemblées sur le terrain d'exposition. Des épagneuls fougueux tiraient sur leur laisse, de maigres lévriers avaient le port altier, des labradors reniflaient autour des poubelles, pleins d'espoir. Isla repéra deux spinones au poil hirsute (sa race préférée), de la bave aux babines.

– Mamie, regarde ! s'exclama Charlie, en pointant un basset dont le long ventre frottait pratiquement le sol.

Elle rit, puis son attention fut attirée par un groupe de beaux setters anglais et irlandais.

Le soleil brillait sur des tentes remplies de gens désireux de passer un bon après-midi. Les stands de bière faisaient un tabac, tandis que les files d'attente s'étiraient devant les camionnettes de restauration. L'atmosphère était survoltée, bruissante de bavardages et de la musique d'une fanfare. Quelques haut-parleurs crachaient des annonces, auxquelles personne ne semblait prêter attention.

Des étals vendaient de la nourriture pour chiens et tout ce dont un animal de compagnie pouvait avoir besoin, des associations de protection animale essayaient de soutirer de l'argent aux gens. L'odeur de la friture et de la barbe à papa flottait dans les airs.

– Regarde ces hot-dogs longs comme le bras ! Ils ont l'air déments.

Aussi, un hot-dog dans les mains, Isla et Charlie se placèrent au bord d'un des terrains de concours. Elles observèrent les chiens aller chercher des objets, des courses de terriers et de chiens de chasse, des courses d'obstacles, des tests d'agilité et des concours de beauté. Charlie adorait le spectacle et ne cessait de pointer du doigt les différents chiens, de les encourager, de prendre des photos.

Isla regardait à moitié ce qui se passait sur la piste et rêvassait à moitié, aussi elle ne remarqua pas Jock se rapprocher puis bondir…

– Jock ! C'est mon déjeuner !

Trop tard. La saucisse était engloutie. Charlie rit aux éclats.

D'un côté, Isla lui fut reconnaissante, car elle put sortir son téléphone et photographier un élégant lévrier noir qui venait de remporter le concours de rappel. Charlie lui prit son portable.

– Tu pourrais mettre ça sur Instagram. Regarde.

Ses pouces s'agitèrent et, quelques minutes plus tard, Isla avait un compte Instagram, avait posté trois photographies et était abonnée à quatre personnes. Morag, à sa grande surprise, en faisait partie. Ian aussi. Et Helen. Ainsi que Diane, sa voisine.

– Tu en auras bientôt plein d'autres, affirma Charlie d'un ton confiant, avant de retourner à son téléphone. Je t'avais dit que je te montrerais.

– Est-ce que j'en veux réellement plein d'autres ?

Isla se dit que non, mais peut-être qu'elle publierait quelques photographies supplémentaires et verrait ce qui se passerait. Elle s'assit et fit défiler le fil d'Ian, curieuse de voir ses publications. Toujours en rapport avec le théâtre, souvent nombrilistes, les clichés montraient Ian au travail et des affiches des spectacles auxquels il avait assisté et qu'il recommandait. Isla « aima » un ou deux de ses posts, comme Charlie le lui avait expliqué. Pendant une pause entre les concours, elle fit ce qu'elle avait juré de ne pas faire et consulta ses e-mails.

Maman,

Je suis désolée de ne pas t'avoir donné plus de nouvelles. C'est compliqué de téléphoner à cause du décalage horaire. Comment ça se passe avec Charlie ? J'espère qu'elle ne te pose pas trop de problèmes.

As-tu le fin mot de l'histoire concernant le testament de Mamie ? J'ai beaucoup pensé à elle, pour essayer de comprendre, mais j'ai l'impression que je ne l'ai jamais réellement connue. Je suppose que nous habitions trop loin l'une de l'autre.
Los Angeles est une ville extraordinaire – je n'y vivrais pas, mais les réunions que j'ai eues sont très prometteuses. Affaire à suivre.
Bisous
Helen

Qu'entendait-elle par « affaire à suivre » ? Elle était censée rentrer dans quelques jours. Parmi ses autres e-mails, Isla en remarqua un du musée, mais l'ignora. Elle s'était promis de ne consulter ses e-mails professionnels que le soir, quand elle était seule. Elle quitta l'application et se tourna vers Charlie. Elle avait vu des couples dans des restaurants, assis en silence, chacun absorbé par son écran. C'était exactement ce que Charlie et elle étaient en train de faire. Isla rangea son téléphone.

Quand elle était enfant, la famille était obligée de s'asseoir à table et de discuter. Que ça leur plaise ou non.

– À toi de commencer, Isla. Qu'as-tu fait aujourd'hui ? demandait son père par-dessus ses lunettes et il écoutait, n'autorisant aucune interruption.

Ils parlaient de leur journée, des actualités internationales, des dernières nouvelles de leurs amis. Leur père les questionnait (« Pensez-vous que les hommes devraient aller sur la Lune ? »), toujours intéressé, cherchant toujours à obtenir ce qu'il voulait entendre (« Imaginez-vous un jour voir la personne à qui vous parlez à l'autre bout du fil ? », « Pensez-vous que c'était la bonne chose à faire ? »). May écoutait aussi, mais ne supportait jamais les conversations qui s'éternisaient, aussi hâtait-elle le repas quand elle en avait assez. « David ! Vraiment ! » Isla entendait encore aujourd'hui les doigts de sa mère tapoter sur la table.

Son téléphone sonna à l'arrivée d'un SMS. Elle le sortit de sa poche. Ian.

Tu m'espionnes maintenant ?! Qu'est-ce que ce sera ensuite ?

Elle ne put s'empêcher de sourire.

Sérieusement, je pensais à la fête d'Aggie quand j'ai vu que tu me suivais sur Insta, ça m'a décidé. Ces idiots ne m'ont pas retenu pour le rôle et, comme j'adorerais revoir Aggie, je viens. Je me suis dit que je pourrais arriver quelques jours en avance et te retrouver. Et puis, je pourrai passer un peu de temps avec Charlie. Ça te fera une pause.

Une pause ! C'était la première fois qu'il se proposait de l'aider. Il devait vraiment être désœuvré. Pas de travail. Pas de quatrième épouse. Mais estimait-il lui aussi que les vacances d'Isla pouvaient être interrompues à volonté ? Il ne venait à l'idée de personne qu'elle pourrait avoir envie d'être seule ? Isla lui répondit aussitôt.

Charlie prend le train vendredi à Preston pour rentrer, donc elle ne sera pas là. Je ne sais pas où je serai ensuite.

C'était faux.

On se voit à Édimbourg. Ta première ex-femme

Non, mais !

Isla leva les yeux. Charlie fixait deux chiens avec de longues dreadlocks blanches et tapotait sur son téléphone.

– Des komondors, dit-elle avec autorité.

– Ils doivent mourir de chaud, commenta Isla en donnant une tape à Jock. Estime-toi chanceux, mon vieux.

Comme le chien haletait bruyamment, Isla sortit une bouteille d'eau et une gamelle de son sac en bandoulière.

Isla n'avait jamais vu Charlie aussi détendue. Elle pouvait voir son visage grâce à ses cheveux attachés en queue-de-cheval. Elle lui rappela Helen, quand Isla l'emmenait au théâtre et qu'elle était captivée par le spectacle.

– Quoi ?

Tout à coup, Charlie redevint cette adolescente qui défiait Isla d'un regard noir.

– Rien.

– Tu me fixais.

– Mais non, se défendit Isla, qui n'en avait pas eu l'intention. Je pensais à notre programme des prochains jours.

Qu'allaient-elles bien pouvoir faire ? Ces quelques demeures et jardins qu'Isla avait repérés sur son trajet et qu'elle avait hâte de visiter étaient clairement à oublier. Elle toucha dans sa poche sa carte de membre du National Trust, qui lui donnait accès à des sites d'intérêt patrimonial.

– Tu pourrais me mettre dans un train pour que je rentre. Ellie dit que je peux dormir chez elle.

Charlie fit un signe de tête vers son téléphone. C'était donc cela qu'elle faisait : trouver du soutien. Ainsi, elle n'avait pas tout le monde à dos. Au moins, était-ce une bonne nouvelle.

– Tu imagines ce que dirait Helen si je faisais ça ?

Charlie haussa un sourcil pour reconnaître la pagaille qui pourrait s'ensuivre. Isla serait accusée de ne pas respecter les décisions d'Helen, de s'ingérer dans ses affaires. Helen était susceptible au sujet de ses lacunes potentielles en tant que parent et, par conséquent, elle défendait ses décisions bec et ongles.

– On en a vu assez, non ? suggéra Isla, qui tuerait pour une douche et une tasse de thé.

– Oui, répondit Charlie, qui regarda autour d'elle avant de se lever. Et puis, j'aimerais voir si tu arrives à avoir le fin mot de l'histoire.

– Tu dis ça d'un ton très sérieux.

– Mais ça l'est, n'est-ce pas ? Pour toi, du moins.

– Oui, tu as raison. C'est sérieux.

Alors qu'elles retournaient à la voiture, Charlie marchait quelques pas derrière Isla, comme si elle ne voulait pas être vue avec sa grand-mère. Cela ne dérangeait pas Isla. Si Charlie préférait garder un peu ses distances, qu'il en soit ainsi.

Chapitre 19

Ce soir-là, Morag et Louise emmenèrent Isla et Charlie admirer les « *well dressings* » à Youlgrae : des décorations florales autour de puits, typiques de la région.

– Ça va te plaire, s'adressa Louise à la jeune adolescente.

– Ah bon ? dit Charlie qui faisait passer la traversée du parking pour un effort titanesque.

À l'ombre de l'un des contreforts de l'église, elles trouvèrent le premier puits décoré. Des pétales de fleurs, des coquilles d'œufs, des brins de paille, des grains de café et d'autres matériaux naturels avaient été enfoncés dans de l'argile, pour former une image de la taille d'une grande porte.

– C'est extraordinaire, déclara Isla, qui s'approcha autant qu'elle le put pour apprécier la complexité de l'œuvre.

Charlie aussi s'était penchée par-dessus la barrière, puis elle se redressa.

– Et que fait-on de la destruction de la forêt tropicale, commenta-t-elle, comme si les autres ne pouvaient pas comprendre. J'ai vu un documentaire sur le sujet. Ils défrichent les forêts pour planter des palmiers à huile. L'habitat naturel des orangs-outans s'en trouve détruit et ils n'ont nulle part où se réfugier.

Les trois femmes dévisagèrent Charlie.

– Ils utilisent de l'huile de palme dans tous ces produits, poursuivit Charlie en indiquant les illustrations qui encadraient l'image principale. Mais regardez ce qui arrive à la nature. Vous voyez ? « Nous sommes les feuilles d'un même arbre », lut Charlie au-dessus de l'image représentant une main humaine serrant celle d'un singe.

Isla était fière que sa petite-fille soit au courant de la situation et, plus important encore, s'en préoccupe.

– Est-ce qu'il y en a d'autres ? s'enquit Charlie qui se dirigeait déjà vers la rue principale.

Les trois femmes échangèrent des regards. Elles s'étaient attendues à ce que l'adolescente se soumette à la visite à contrecœur. Au lieu de cela, elles remontèrent ensemble la pittoresque rue principale et admirèrent chaque *well dressing*.

– Lis ça, Mamie ! cria Charlie à Isla, qui observait Jock saluer un chien de berger. Regarde ! C'est important. Il y a même une référence au discours de Greta. Tu l'as déjà entendu ?

– Euh, pas en entier, mais je connais l'idée générale, déclara-t-elle, honteuse de ne pas avoir pris en considération la jeune Suédoise qui militait pour la défense du climat et de l'environnement, Greta Thunberg.

Mais si cette jeune fille avait réussi à convaincre Charlie et ses amis de se soucier de l'environnement, peut-être Isla aurait-elle dû y prêter plus d'attention, lui accorder plus de crédit. Après tout, elles n'étaient pas si différentes. En décembre 1982, un groupe d'amies et Isla s'étaient rendus à Greenham Common en camionnette, afin de rejoindre des femmes du monde entier et former une chaîne humaine autour de la clôture d'enceinte de cette base aérienne. Ian avait décrié la protestation de ces femmes comme une perte de temps, ce qui n'avait fait que renforcer la détermination d'Isla d'aller ajouter sa voix à celle des autres.

– Liberté, murmura-t-elle en répétant le cri de ralliement. J'ai manifesté moi aussi, à mon époque, expliqua-t-elle en réponse à l'expression perplexe de Charlie. Nous étions terrifiés par la perspective d'une guerre nucléaire. Des milliers de femmes ont campé autour d'une base aérienne pour protester contre le stockage de missiles nucléaires, certaines pendant des mois, et dans des conditions très difficiles. J'y suis allée pour deux, trois jours. Ian était tellement gêné que je participe au mouvement.

– Et est-ce que la manifestation a porté ses fruits ?

– À de multiples égards.

Isla se remémora la boue, le froid, l'odeur de feu de bois et de la nourriture, les lumières, la police, les femmes et l'extraordinaire sentiment de camaraderie autour d'un objectif commun. Oui, chacun devrait agir selon ses convictions pour faire de la planète un monde meilleur.

Charlie s'était déjà éloignée, peu intéressée par une manifestation qui remontait à la nuit des temps. Peu désireuse de cette exposition. Isla tira Jock pour rejoindre Charlie, près d'une pancarte à côté du dernier *well dressing*, érigé devant la porte d'une chapelle méthodiste.

– Celui-ci parle du changement climatique. Regarde ! Cela représente tout ce que nous devrions faire. Isoler les maisons, recourir à l'électricité verte, manger des fruits et légumes locaux. Lis le message.

Charlie prit une photographie de l'explication, puis quelques selfies devant la décoration florale qui illustrait l'évolution de la Terre depuis sa création jusqu'à sa destruction par l'humanité. En bas, en pétales rouges, était écrite une citation du Livre de Malachie : « Car le jour vient, ardent comme une fournaise. »

– Quand nous rentrerons, je te réciterai le discours de Greta.

Charlie sortit de l'enclos paroissial en courant, derrière Jock. Isla l'observa. C'était une fille pleine de surprises.

Elles trouvèrent une table à la terrasse d'un pub et y attachèrent les chiens. Morag alla au comptoir acheter leurs consommations. Isla ajusta le parasol pour qu'elles soient à l'ombre. Autour d'elles, les tables étaient occupées par des gens baignés de soleil qui venaient là pour conclure leur samedi. Les joues rouges, les membres bronzés, tout le monde s'amusait. Elles étaient à peine installées quand le bipeur de Louise sonna. Elle sortit son téléphone pour appeler le cabinet, écouta et raccrocha.

– On dirait que la vache laitière de John Barker souffre d'une cétose : anorexie sélective et baisse de la production de lait, expliqua Louise en regardant Morag pour obtenir son assentiment. Je suis de garde, alors je ferais mieux d'aller voir. Je suis désolée d'interrompre la fête.

Résignée, Morag repoussa son panaché.

– J'ai l'habitude. Oui, tu as sans doute raison.

Quand elles rentrèrent à la maison, Louise repartit avec le quatre-quatre, après leur avoir précisé de ne pas l'attendre pour manger :

– Je ne sais pas du tout combien de temps cela va durer.

– Quand je travaillais aussi à temps plein, nous nous voyions à peine, raconta Morag alors qu'Isla et elle commençaient à préparer des lasagnes aux légumes sur la table de la cuisine.

– À quoi ressemble la vie de vétérinaire ? s'enquit Charlie, qui leva la tête des courgettes qu'elle était en train d'émincer (Morag l'avait rattrapée au moment où elle se dirigeait vers sa chambre pour l'embaucher).

– C'est un métier très difficile. Mais satisfaisant. Tu es tentée ?

Morag passa quelques aubergines à Isla.

– Peut-être.

Charlie examina une mèche de ses cheveux, à la recherche de pointes fourchues.

– Eh bien, tu as le temps de réfléchir à ce que tu veux faire, déclara joyeusement Morag. Tu devrais songer à t'amuser pour le moment.

– Je m'amuserais si j'étais chez moi, rétorqua l'adolescente, l'air complètement blasée.

– Charlie !

Juste au moment où les choses semblaient si bien aller.

– Je te comprends, compatit Morag. Moi non plus, je ne voudrais pas être coincée ici avec nous et préférerais fêter la fin de l'année avec mes amis. Qu'est-ce qu'ils font, eux ?

– Ils font des soirées, décompressent, ce genre de choses.

Charlie rassembla les tranches de courgettes en un tas, en raclant le couteau sur la planche.

Isla savait aussi l'attrait d'être avec sa bande d'amis, des gens du même âge, avec les mêmes goûts et qui parlaient le même langage. C'était ce qui l'avait ancrée dans un monde où elle n'avait pas encore trouvé sa place. Dans ces sables mouvants de l'adolescence, les choses évoluaient si vite. Isla s'en souvenait. Avec sa jeunesse étriquée en Écosse, où les pubs n'ouvraient pas le dimanche et fermaient à vingt-deux heures, il n'y avait nulle part où aller, à part chez soi et ses parents n'étaient pas favorables à ce que ses amis viennent à la maison. Et, en journée, il n'y avait pas de centre commercial, pas de cafétéria, peu de magasins et certainement pas de maquillage pour une fille de quatorze ans – du moins pas devant les parents.

« Isla ! entendit-elle la voix de sa mère. Va te laver la figure ! Tu ne vas pas sortir comme ça. »

Le passé appartenait incontestablement à un autre univers.

– Tu te rappelles quand tu as répondu à cette annonce de l'*Evening News* pour être mannequin ? demanda Morag, dont la question sortait de nulle part.

– J'ai fait ça ?

– Oui ! Tu n'as pas pu oublier. Bryony et toi avez été priées de vous rendre dans une chambre d'hôtel pour qu'on vous « voie », raconta Morag, en mimant des guillemets. Vous leur aviez dit que vous aviez dix-huit ans.

Un déclic se fit dans la mémoire d'Isla. Elle visualisa le hall sombre de l'hôtel, la chambre où elles s'étaient fait prendre en photo. Il n'y avait qu'un « cadreur » et un « directeur artistique » qui leur avaient suggéré de défaire un bouton de plus. Tout avait été affreusement louche, mais à la fois excitant, alors qu'on faisait miroiter aux deux jeunes femmes un tout nouvel avenir.

– Oh ! là là ! J'avais totalement oublié. J'ai menti quand je suis rentrée à la maison et Maman était hors de ses gonds. Du coup, elle a essayé de m'interdire le voyage scolaire à Paris, mais Papa s'est interposé.

– Il a toujours été indulgent avec toi.

– Encore Paris, dit Charlie. C'est un peu un leitmotiv.

– Maman en avait tellement après moi ensuite.

C'était comme si la mémoire d'Isla s'éclaircissait enfin. Ce moment avait constitué un point tournant dans sa relation avec sa mère. Malgré cette première tentative contrecarrée, Isla avait pris la décision de quitter la maison dès qu'elle le pourrait ; l'attitude de May envers elle s'était durcie, elle ne cessait de lui mettre des bâtons dans les roues. Une scène en particulier revint à l'esprit d'Isla : May était dans le salon de Braemore, debout près de la cheminée, et se disputait avec leur père. Ils ne savaient pas qu'Isla les écoutait derrière la porte entrouverte : « Nous n'allons pas lui dire pourquoi. C'est son côté français qui la pousse à croire qu'elle peut faire ce qu'elle veut. »

Puis silence. Que cela signifiait-il et pourquoi Isla s'en souvenait-elle maintenant ? Elle s'efforça de se rappeler ce qui s'était déroulé ensuite, mais en vain.

– Tu te souviens que Maman disait que j'avais un côté français ?

– Tu rêves ! s'esclaffa Morag. Non ! Voilà que tu te joues des films.

Peut-être était-ce vrai…

– Où est cet album ? s'enquit Charlie, après avoir terminé la tâche qu'on lui avait confiée.

– Dans le salon. Tu peux le prendre, lui répondit Morag, qui indiqua la pièce avec une cuillère en bois avant de la replonger dans sa béchamel.

Charlie ouvrit l'album sur la table de la cuisine. De petites photographies carrées en noir et blanc des trois sœurs dans le parc avec leurs parents, et un petit chien blanc.

– Est-ce que c'est toi ?

Isla jeta un œil.

– Oui, avec Milou. C'était un vrai roquet. Maman était la seule qu'il appréciait.

– Parce qu'elle lui donnait à manger, précisa Morag en enfournant la plaque de légumes.

Charlie passait son doigt sur les photos de cette page.

– Est-ce que c'est elle ?

Elle montra leur mère, assise droite comme un i. Ses cheveux étaient ondulés, dégagés de son visage maigre et elle portait une robe-chemisier à boutons, avec un large revers.

– Jolie robe.

– Hum. Elle prenait soin de son apparence, mais elle n'a jamais eu le panache de tante Aggie.

– Elle a l'air sérieuse.

– C'était Papa le plus drôle des deux.

– À t'entendre, on croirait que Maman était une femme horrible, rétorqua Morag.

– D'accord, je retire ce que j'ai dit. Elle pouvait être drôle et aimante, mais je me souviens davantage des mauvais moments. Cela doit vouloir dire quelque chose.

– À propos de toi, peut-être. Elle nous emmenait au théâtre, où Aggie nous faisait faire une visite particulière. C'est comme ça que tu as eu envie de faire du théâtre. C'est pour cette raison qu'elle appréciait autant Ian. Ton grand-père était un vrai cabotin et un charmeur, Charlie. Ce qui a totalement séduit Maman.

– Mais elle avait un caractère tellement explosif si on faisait une bêtise. Papa était d'un tempérament beaucoup plus facile.

Isla hocha la tête alors que Charlie montrait une photo d'un homme à l'air doux, avec une moustache, un sourire satisfait et une pipe à la main.

– Tu as toujours été sa préférée. Et cela rendait Maman furieuse, relata Morag qui sortit une bouteille de vin du réfrigérateur. Je pense qu'il est l'heure de l'apéritif, non ? Tu étais l'aînée bien sûr. Peux-tu attraper le tire-bouchon dans ce tiroir ?

– J'aurais aimé avoir un frère ou une sœur, se lamenta Charlie qui ouvrit le réfrigérateur et se servit une canette de Coca.

– Tu dis ça parce que tu n'en as pas. Mais franchement, être le petit dernier, c'est du gâteau parce que tout le monde est gaga de toi. Être l'aîné aussi, ajouta Morag en jetant un coup d'œil à Isla, parce que tu es le chef et tu as tous les privilèges en premier. Mais si tu es au milieu comme moi, c'est difficile. C'est l'amour vache en permanence.

– Oh les violons, mima Isla, ce qui fit rire Morag et Charlie.

– Mais bon… Lorna ne nous a pas adressé la parole depuis des mois. Elle est têtue comme un âne.

Morag s'absolvait de tout reproche.

– Mamie m'a dit la même chose de toi, intervint Charlie, qui décapsula sa canette et un peu de Coca se mit à mousser.

Morag déchira un sachet de pâtes.

– Oh, vraiment ?

– Ne commence pas, la mit en garde Isla, qui aurait aimé pouvoir étrangler Charlie. Je ne valais pas mieux.

Sauf que ce n'était pas vrai. Qui des trois avait essayé de jeter des ponts ?

– Pardon.

Charlie comprit l'allusion et passa rapidement à la page suivante de l'album.

– Est-ce encore Sandgreen ?

Isla alla regarder par-dessus l'épaule de sa petite-fille.

– Oui. Même Maman était détendue quand nous étions là-bas.

Elle la revit en maillot de bain, allongée sur une chaise longue, un gin-tonic sur la petite table de pique-nique à côté d'elle, avec leur père vêtu de sa chemise colorée à manches courtes et d'un short. Parfois, ils résolvaient les mots croisés ensemble, ce qu'ils ne faisaient jamais à la maison. Parfois, ils jouaient aux cartes. Les trois filles étaient sans doute sur la plage, à jouer avec leurs copains d'été, à construire des barrages, escalader les rochers, pêcher des crevettes ou ramasser des coquillages.

– C'est Lorna dans ce maillot de bain rouge. Elle ne l'a porté qu'une seule fois.

– Lorsqu'elle est sortie de l'eau, le haut était tout distendu.

– Et le frère de Janet, Tommy, que Lorna aimait bien, a tout vu.

– Elle était morte de honte et n'osait plus le regarder.

Charlie souriait, soit à l'histoire, soit au plaisir que les deux femmes avaient à la raconter.

– La pauvre. Je n'aurais pas su où me mettre.

– Et toi, Charlie ? Il y a quelqu'un qui te plaît ? l'interrogea Morag en levant son verre de vin. Quelqu'un de l'école ? Était-il à la fameuse fête ? ajouta-t-elle, en oubliant qu'elle avait reçu la stricte consigne de ne pas en parler.

– Non.

Charlie leva brusquement la tête. Elle regarda d'abord Morag sous l'effet de la surprise, puis Isla quand elle comprit sa trahison. Elle rougit et ses yeux s'emplirent de larmes.

– Tu étais obligée de lui dire, Mamie ?

– Seulement parce qu'elle m'a demandé pourquoi tu étais venue en vacances avec moi. Je ne pouvais pas lui mentir.

– Et pourquoi pas ?

Charlie dit cela comme si c'était la chose la plus naturelle au monde et qu'elle ne pouvait pas comprendre pourquoi sa grand-mère ne mentirait pas.

– De toute façon, ce ne sont pas tes affaires.

Charlie tenait fermement l'album entre ses mains, dont les jointures devinrent blanches.

– Calme-toi. Je posais simplement la question, tempéra Morag en tendant la main à Charlie, qui lui repoussa le bras. Si tu ne veux pas en parler, ce n'est pas grave.

– Bon sang, laissez-moi tranquille.

Charlie se leva d'un bond et quitta vivement la pièce. Elles l'entendirent courir dans les escaliers et faire claquer la porte de sa chambre.

– Désolée, s'excusa Morag avec une grimace.

– Je vais monter.

Isla se leva à contrecœur. Elle avait cru que ses jours de négociation avec une adolescente récalcitrante étaient révolus depuis longtemps et la dernière chose dont elle avait envie était de les revivre. En même temps, elle compatissait avec Charlie.

Morag leur versa un autre verre à toutes les deux.

– Non. Laisse-la bouder. Sa réaction était inutile. Elle aurait très bien pu me rembarrer.

– Elle n'a que quatorze ans, ne l'oublie pas.

– C'est vrai. J'ai tendance à l'oublier avec ses vêtements et son maquillage. Tu devrais lui interdire d'ailleurs.

– Ce n'est pas à moi de le faire.

Le téléphone d'Isla interrompit leur conversation. Comme ce fut le nom d'Ian qui apparut sur l'écran, elle répondit.

– Bonjour.

– Inutile d'avoir l'air si méfiante. Ce n'est que moi.

– Je sais que c'est toi, mais pourquoi ?

Isla remarqua que l'intérêt de Morag était piqué, bien qu'elle le cache en se concentrant sur ses préparatifs avec davantage d'énergie.

– Que veux-tu ?

– Ce n'est pas très aimable. Peut-être que je veux simplement entendre ta douce voix.

– Ian… s'impatienta Isla avec un ton d'avertissement.

Morag leva les yeux, intriguée.

– D'accord. Je sais que tu m'as dit de ne pas venir, mais des vacances en Écosse me rappelleraient le bon vieux temps.

– Je ne sais pas d'où tu sors cette idée, mais nous n'allons pas passer des vacances en Écosse ensemble. Nous nous verrons chez Aggie. Prends le train pour Édimbourg et je te verrai là-bas.

Il n'y avait qu'une seule façon de s'adresser à Ian : avec fermeté.

– Peut-être que je pourrais venir plus tôt, juste pour voir Charlie.

– Ian, non. Je te l'ai dit, je la mets dans le train vendredi. Après ça, j'ai des projets et je suis désolée, mais il n'y a pas de place pour toi. Ils sont assez compliqués comme ça. On se verra à Édimbourg.

Isla savait par expérience que si elle ne tuait pas fermement l'idée dans l'œuf, Ian se ferait tout mielleux pour la convaincre.

– Eh bien, ne me reproche pas d'avoir essayé.

Heureusement, la défaite était une chose qu'il acceptait sans sourciller.

Quand Isla raccrocha, Morag mit ses mains sur ses hanches.

– Bravo.

– Comme il peut être exaspérant ! Je ne serai jamais débarrassée de lui. Je ne veux pas qu'il me gâche les vacances, lui aussi.

Et pourtant, Isla n'était pas certaine de vouloir se débarrasser de lui. Elle appréciait qu'il soit sa bouée de sauvetage en cas de tempête. Elle ressentait pour son ex-mari une profonde affection qui ne disparaîtrait jamais, elle le savait bien.

Chapitre 20

La brise apporta le parfum musqué du rosier Rambling Rector par la fenêtre de la chambre. Flânant sur sa tablette, Isla consulta ses e-mails professionnels. Sa maison d'Oxford et son poste à la tête du musée de l'Enfance de Fernleith lui avaient apporté la sécurité et le bonheur qu'elle désirait. Penser au musée la transportait vers un endroit heureux, entourée de souvenirs de son enfance et de celle d'autres personnes, cette période de la vie où l'avenir n'était qu'espoir et possibles.

Alors qu'elle parcourait ses messages, il y en avait un de Heather, sa directrice adjointe au musée, pour la rassurer que tout allait bien.

> *J'ai reçu une lettre d'une femme qui souhaite faire don de deux poupées de Käthe Kruse. Apparemment, elles ont besoin d'une petite restauration ; elles datent des années vingt. Incroyable ! J'ai fixé un rendez-vous pour que vous la rencontriez à votre retour.*

Isla ressentit ce même soupçon d'excitation qui s'enflammait toujours lorsqu'un objet notable était confié au musée. Elle connaissait les poupées auxquelles Heather faisait référence : elles avaient été fabriquées à l'origine par une Allemande qui souhaitait créer une poupée la plus réaliste possible, à la place des modèles en porcelaine rigides courants à l'époque. Si elles étaient dans un état correct, elles apporteraient sans conteste quelque chose à leur collection de poupées. C'était le genre de rendez-vous qu'on attendait avec hâte.

Ensuite, l'e-mail de Heather abordait quelques questions mineures, rien qui ne nécessitait l'intervention d'Isla. Alors qu'elle poursuivait sa lecture, son téléphone sonna à nouveau. Helen. Plus que deux jours à tenir.

– Salut Maman. Comment ça va ? Isla percevait une excitation dans la voix de sa fille qui devait présager d'une bonne nouvelle.

– Bien. Nous…

Isla s'allongea sur son lit, se préparant à raconter leur journée afin de tranquilliser sa fille, elle n'avait pas de souci à se faire – du moins pas beaucoup. Peut-être devrait-elle lui faire part de ses inquiétudes quant au cyberharcèlement, même si Charlie n'en avait pas reparlé.

Cependant, Helen avait d'autres projets pour leur conversation.

– J'ai eu le job !

– Oh ! Ce n'est pas vrai ? Félicitations !

Isla était très fière de sa fille.

– Ils ont adoré ce que j'ai fait et ils m'ont demandé de… commença Helen avant de s'interrompre.

Isla devinait que la suite n'allait pas lui plaire.

– Ils m'ont demandé de rester une semaine de plus pour que je puisse rencontrer l'équipe de production. Je ne pouvais pas refuser.

Isla devina la suite.

– Donc…

Elle n'avait pas besoin de réfléchir longuement à sa réponse.

– Est-ce que tu pourrais garder Charlie avec toi ? Je sais que c'est beaucoup te demander…

En effet, ça l'était.

– Je ne peux pas. Je suis désolée, mais un ami me rejoint le jour où je dois mettre Charlie dans le train.

Isla était impatiente de retrouver Tony. Elle ne voulait rien gâcher de leur week-end en amoureux. Même si son voyage commençait à produire des résultats, certes frustrants, passer du temps avec lui permettrait à Isla de déconnecter et se détendre – le clou de ses vacances.

– Qui ça ? l'interrogea Helen, immédiatement curieuse.

Isla hésita. Elle préférerait ne pas introduire Tony dans leur vie par téléphone.

– Personne que tu connaisses. Quelqu'un que j'ai rencontré récemment.

– Maman ! Pas un homme ? demanda Helen, qui n'attendit pas la réponse. Oh ! là là !, comme c'est excitant. Tu n'en as jamais parlé. Qui est-ce ? Il te plaît ?

Ce n'était pas la question méfiante d'une fille jalouse, mais d'une fille pleine d'espoir. Helen avait compris depuis longtemps que le caractère de son père faisait de lui un compagnon impossible. Tout ce qu'elle voulait, c'était que sa mère trouve le bonheur avec quelqu'un.

– Oui.

– Mais tu l'aimes bien ?

Isla marqua une pause avant de répondre.

– Oui.

Mais « bien aimer » était-ce réellement ce qu'elle voulait dire ?

– C'est fabuleux. Je suis contente pour toi. Quand pourrai-je le rencontrer ? Tu ne m'as même pas dit son nom. Depuis combien de temps tu le connais ?

Isla éclata de rire, ravie devant l'enthousiasme de sa fille.

– Eh bien, tu ferais mieux de revenir en Angleterre si tu veux le rencontrer !

Elle lui raconta l'histoire de leur rencontre fortuite au musée Ashmolean et ce qui s'était passé depuis.

– Il est chez toi pendant ton absence ? (Enfin, une note de doute s'immisça.) Tu es sûre que c'est raisonnable ? Après tout, tu ne le connais pas depuis très longtemps.

Isla sourit alors que les rôles entre mère et fille s'inversaient ; c'était Helen qui s'inquiétait pour elle, pour une fois.

– Mais je le connais. Ne t'en fais pas. C'est bien que quelqu'un occupe la maison.

– Et pour Mamie ? Comment ça se passe ? As-tu découvert quelque chose ?

– J'ai l'impression d'avoir mis le doigt sur quelque chose. J'espère que Janet, Lorna et Aggie m'aideront davantage. Je sais que Maman a travaillé à Paris avant de rencontrer Papa.

– Et tu crois qu'il pourrait y avoir un lien avec le tableau ?

– Peut-être. Mais ça n'explique pas qui est Céleste, ni même si Maman la connaissait. Et pourquoi me laisser cet objet ? Si elle essayait de me faire passer un message, il est sacrément opaque.

Puis Isla se rappela ce souvenir qui lui était revenu : « C'est son côté français. » Quel pouvait être le sens de cette phrase ?

– Tu vas y arriver, j'en suis sûre.

Isla entendit une sonnette à l'autre bout du fil.

– Écoute, je dois y aller. Vas-tu garder Charlie alors ?

C'était comme si une partie de leur échange n'avait pas eu lieu.

– Non, je ne peux pas. Il faut que tu demandes à l'un de tes amis, insista Isla.

Helen ne devrait pas s'attendre à obtenir tout le temps ce qu'elle voulait.

– Nous en avons déjà parlé, rétorqua Helen de façon plus sèche, sa bulle d'excitation américaine éclatée, son intérêt pour la vie amoureuse de sa mère mis de côté.

– Charlie m'a dit qu'elle pouvait aller chez Ellie.

– D'après elle. Mais quand j'ai contacté la mère d'Ellie, elle n'était pas au courant. Et elle m'a dit qu'ils hébergeaient déjà un ami. Personne ne peut prendre Charlie, soit ils partent en vacances, soit ils ne veulent pas d'elle. Et Mike ne revient pas de son tournage avant encore une semaine. Tu le sais.

Une fois de plus, Helen mettait Isla dans une position impossible. Bien entendu, Isla pouvait persister dans son refus. Bien entendu, elle pouvait insister pour avoir les vacances qu'elle s'était prévues. Mais Charlie dans l'histoire ? Helen attendait une percée professionnelle comme celle-ci depuis des années. Qui était Isla pour la gâcher ? Pourtant, elle était censée passer ces quelques jours en amoureux avec Tony. Mais franchement, quelle importance quand ils avaient le reste de la vie devant eux ?

Isla appréciait le mystère, mais maintenant il lui semblait que leur histoire prenait un tour particulier pour tous les deux. Dès lors, il faudrait bien que sa famille fasse la connaissance de Tony, un jour ou l'autre. Même si elle aimait l'idée de garder Tony rien que pour elle, elle aimait aussi l'idée de l'exhiber, de voir à quel point tout le monde l'apprécierait également. Peut-être devrait-elle simplement accepter l'inévitable. Tony comprendrait qu'elle n'avait pas le choix.

Dans son oreille, Helen lui répétait pourquoi cette mission était cruciale pour elle, depuis combien de temps elle attendait une telle occasion et ne pouvait pas la gâcher. Isla pouvait sans doute comprendre.

Et en effet, Isla comprenait.

À la fin de leur conversation, Helen était calmée et Isla agacée contre elle-même, en partie pour avoir cédé une fois de plus, mais surtout parce qu'elle préférerait se réjouir de passer du temps avec sa petite-fille plutôt que de le déplorer. Comment une adolescente de quatorze ans pouvait-elle la mettre si mal à l'aise ?

De toute façon, Isla avait accepté, aussi devrait-elle s'en accommoder. Helen devait se charger de l'annoncer à Charlie, et Isla à Tony.

À l'autre bout du fil, Isla entendit de la musique, des gens qui discutaient.

– Où es-tu ?

– Dans un bar avec des amis. Est-ce que je peux te rappeler ?

– Une autre pinte ? demanda une voix de femme.

Isla regarda sa montre. Vingt-deux heures trente. Elle voulait lui apprendre la nouvelle au plus vite pour qu'il ait le temps de se faire à l'idée.

– Ce n'est pas vraiment urgent, mais..., insista Isla du ton le plus détendu possible. Je voulais seulement te prévenir qu'en fin de compte, Charlie sera toujours avec moi quand tu arriveras.

Elle entendit quelqu'un près de Tony rire bruyamment, mais lui demeura muet.

– Tony ?

– Je croyais que tu la mettais dans un train, rétorqua-t-il, perplexe. Qu'est-ce qui s'est passé ?

Elle l'imaginait en train de frotter son doigt sous son œil gauche, manie qu'il avait quand il envisageait les conséquences d'une décision.

Isla lui expliqua rapidement, mais elle devinait qu'elle ne bénéficiait que d'une moitié de son attention.

– Bien sûr, je préférerais que nous ne soyons que tous les deux...

– Je suis sûr que ça ira. Je dois te laisser. (Tony baissa la voix.) Je suis avec des amis pour discuter du projet d'affaires dont je t'ai parlé.

– Et ?

– Ce n'est qu'un dîner, mais j'ai bon espoir... Écoute, on en rediscute demain. Mais je suis sûr que tout ira bien. J'aimerais faire la connaissance de ta petite-fille.

Quelle chance Isla avait. Elle devait aimer cet homme pour avoir accepté avec une telle sérénité les changements de plan pour leurs premières vacances communes. Elle appellerait l'hôtel dès la première heure pour leur demander une deuxième chambre. Et s'ils n'en avaient pas ? Elle devrait trouver un autre endroit. Mais ce ne serait pas pareil. C'était cet hôtel que Tony avait choisi.

Au moins, Helen et Isla avaient une relation qui leur permettait d'être ouvertes l'une envers l'autre. Helen pouvait la solliciter. Isla pouvait dire non. Même s'il n'en fallait pas beaucoup pour qu'elle change d'avis dès qu'il était question de Charlie. Helen savait que sa fille était le point faible de sa mère. Les pensées d'Isla se portèrent à nouveau sur May. Si seulement elles avaient su se parler, comme leur relation aurait pu être tout autre. Elle ressentit un pincement au cœur qui lui coupa pratiquement le souffle. Qu'avait-elle fait de mal ? Qu'avait-elle fait pour que sa mère se retourne contre elle ?

Sans réfléchir, Isla chercha sur Google « Paris dans les années 1950 » et cliqua sur « Images ». Un monde en noir et blanc qui avait l'air si éloigné du sien apparut. Un homme déposant un baiser sur la joue d'une femme souriante. Un étal de fruits sur un marché avec une autre femme embrassée passionnément. Des enfants débraillés qui jouaient dans les rues. Deux religieuses qui poussaient une charrette de provisions. Des bâtiments en ruines et des rues désertes. Des voitures anciennes. Des mannequins dans d'élégantes robes sur mesure au coin des rues, sur des marches ou devant des cafés. Isla se souvenait de May, typiquement écossaise, sans une once de la romance et du glamour qui ressortaient de ces images. Pour autant qu'Isla la connaissait, sa mère avait été une femme au foyer ordinaire, concentrée sur sa famille et sa maison. De temps en temps, elle se mettait sur son trente et un, mais pas avec l'élégance gracile des femmes qu'Isla voyait sur l'écran de son téléphone. Elle avait du mal à imaginer May dans ce monde d'antan. Comment avait-elle bien pu s'intégrer dans un lieu aussi différent de l'Écosse où Isla et ses sœurs avaient grandi ?

Chapitre 21

Paris, 1954

Seule et enceinte à Paris. La force intérieure que May avait trouvée lorsqu'elle avait appris le départ de Max et s'était rendu compte qu'il n'était pas l'homme qu'elle croyait s'était muée en chagrin et en déception. Ces sentiments la submergeaient quand elle s'y attendait le moins. Elle n'avait plus eu de ses nouvelles. Wendy lui avait raconté qu'il avait définitivement quitté Paris comme il le lui avait annoncé, pour retourner dans le Wisconsin auprès de sa petite amie et de bonnes perspectives d'emploi. Il n'avait pas envoyé de message à May, ni de lettre ; rien. Bien entendu, Max n'avait pas laissé seulement May derrière lui. Il l'avait abandonnée avec un problème qu'elle ne savait comment résoudre.

Quand elle était avec Émile, elle devait faire comme si de rien n'était. De même, lors de ses cours de français, elle s'asseyait à sa table habituelle et s'éclipsait à la fin pour n'avoir à discuter avec personne. Elle évitait Mme Dubois, en se retirant dans sa chambre dès qu'elle avait du temps libre. May restait assise des heures durant sur le bord de son lit, à fixer les abeilles de ses rideaux. À l'extérieur, le soleil de fin d'été brillait, et May le remarquait à peine. Tout ce sur quoi elle parvenait à se concentrer était sa crainte de ce que l'avenir lui réservait, sa désolation d'avoir perdu Max, sa honte et son désarroi face à sa situation délicate.

Elle avait toujours imaginé qu'un jour, elle serait mariée et aurait une famille. Elle voulait des enfants plus que tout, mais pas comme ça, seule dans une ville étrangère. Elle se voyait chez elle en Écosse après ses aventures, mariée à un Écossais avec des enfants – deux filles, aimerait-elle.

L'avortement était illégal (elle avait entendu de terribles mises en garde – sa mère y avait veillé – concernant les faiseuses d'anges et les femmes qui n'avaient pas survécu pour témoigner), mais garder le bébé était inimaginable. Comment s'en sortirait-elle toute seule ? Si elle rentrait chez elle pour trouver de l'aide, ses parents la renieraient, son père serait déçu et triste que ses projets pour sa fille tombent à l'eau, et sa mère serait furieuse. Si elle avait le bébé, comment vivrait-elle ? Elle n'aurait pas assez d'argent pour louer un appartement, aussi petit soit-il. Comment mangerait-elle ? Comment le bébé grandirait-il ? Non ! C'était impossible.

Wendy aidait un peu May et voulait demander conseil à toutes leurs connaissances, mais May l'en empêcha. La honte était trop grande. Elle refusait de devenir un objet de dégoût ou de pitié. Elle avait besoin d'une personne à qui ouvrir son cœur et en qui elle pouvait avoir confiance, sans que le monde entier soit au courant de son malheur. Ces pensées tournaient sans cesse en rond dans sa tête et la paralysaient. Pendant ce temps, l'heure tournait et rendait la nécessité de prendre une décision d'autant plus urgente. À moins que Max ne revienne à la rescousse de May. Mais à mesure que les jours s'égrenaient, cette très mince lueur d'espoir s'envolait.

Peu de temps après le départ de Max, Mme Dubois coinça May alors qu'elle rangeait la chambre d'enfant, pendant qu'Émile était à l'école. Madame était à cheval sur l'ordre ; May avait reçu la consigne stricte de tout remettre en place dès que le garçonnet quittait l'appartement. Elle ne pouvait pas s'absenter pour ses cours tant qu'elle n'avait pas accompli cette tâche.

Madame resta dans l'embrasure de la porte une minute ou deux, à observer May. Celle-ci sentait ses yeux transpercer son dos. Enfin, Madame s'exprima :

– *May, ma chérie**. Je pense que nous devons avoir une discussion.

– À propos de quoi ?

May fut immédiatement sur la défensive. Si Madame la renvoyait, que deviendrait-elle ? Où irait-elle ?

Wendy lui avait clairement fait comprendre qu'elle ne pouvait pas l'aider :

– Mme Fougère n'aime pas que j'invite du monde à l'appartement, donc je ne pourrais pas t'héberger. Tu le sais. Peut-être que je pourrais t'aider en te donnant un peu d'argent pour que tu puisses rentrer chez toi.

Même Wendy semblait se laver les mains du sort de May, ce qui ne faisait qu'accroître son sentiment de solitude.

May devrait rentrer chez elle. Or, c'était impossible.

– À propos de votre état.

Madame avait les yeux rivés sur May, son expression était douce. Elle porta la main à la lavallière de son chemisier en soie.

May s'efforça de paraître totalement innocente.

– Que voulez-vous dire ?

Elle s'était demandé si Madame avait deviné, puis s'était persuadée que ce n'était pas possible, puisque rien n'avait été dit.

Mme Dubois entra dans la chambre et s'assit sur le fauteuil, en relevant un peu sa jupe crayon noire. Elle croisa les jambes dans un bruissement de nylon.

– Allons. Je suis une femme et je remarque ce genre de choses. J'ai entendu vos nausées et je vous ai vue ne pas manger. Je pense que vous êtes *pregnant* ? Est-ce que je me trompe ?

Elle lissa ses cheveux noirs, attachés étroitement en chignon de ballerine sur sa nuque.

May secoua la tête, tandis que des larmes coulaient sans retenue sur ses joues. À quoi bon le nier désormais ? En même temps, son secret dévoilé, elle éprouva un immense sentiment de libération. Elle devait aborder la réalité de front et prendre une décision, pour le meilleur ou pour le pire.

Madame sortit de sa manche un mouchoir de dentelle qu'elle tendit à May. Celui-ci était à peine assez grand pour éponger les larmes de May ou pour qu'elle se mouche. Mais le soulagement de pouvoir se confier était aussi énorme que sa crainte des conséquences de son aveu.

– J'ai raison alors, affirma Madame, dont le visage anguleux s'adoucit. Qui est le père ?

May essaya de chasser l'image de Max de sa tête. Mais le désir qu'elle nourrissait pour cet homme refusait de le laisser partir. Elle l'imagina à la *Brasserie Lipp* où ils s'étaient vus pour la dernière fois, au sommet de la tour Eiffel, allongés dans son lit en Bretagne, avec ce sourire sur ses lèvres. Elle connaissait chaque partie de son corps et ne les oublierait jamais. Elle ne retrouverait plus jamais quelqu'un comme lui.

– Max, l'Américain. Mais il est rentré dans son pays, comme le lui a ordonné son père. Nous ne nous reverrons plus jamais. Une fille l'attend là-bas. Il ne m'en avait rien dit.

May s'effondra en se rappelant comment Max avait trahi sa confiance.

– *Pff ! Les Américains** *!* s'indigna Madame, en pinçant les lèvres de dégoût. Et le bébé ? Vous voulez le garder ?

Madame était on ne peut plus directe. Elle était assise, droite comme un piquet, son expression pensive en attendant la réponse de May.

– Si je le garde, peut-être que Max reviendra… tenta la jeune femme, dont la voix faiblit.

– Que nenni ! s'exclama Madame en levant les mains en l'air, détruisant ce rêve. Je vous le redemande : voulez-vous garder l'enfant ?

– Comment pourrais-je ?

May se remit à sangloter, et Madame sortit un deuxième mouchoir d'une poche.

– Dans ce cas, vous devez me laisser vous aider. Je sais que ce n'est pas ce que vous voulez, mais nous devons agir maintenant, avant qu'il ne soit trop tard.

Madame se frotta les mains comme si tout était décidé, puis se leva et quitta la pièce.

May vécut les jours suivants dans un brouillard. Elle s'efforça d'avoir le même comportement que d'ordinaire, pendant que Madame consultait un ami de la famille, un médecin de ville, et arrangeait tout pour elle.

– Vous ne devez parler de tout cela à personne, *ma chérie**. Cette procédure est illégale en France et toute personne prise en flagrant délit est sévèrement punie. Mais Bernard le fera pour nous, et je le paierai.

– Mais pourquoi ? demanda enfin May. Pourquoi prenez-vous ce risque pour moi ?

Malgré un désir profond de garder le bébé – son premier enfant –, c'était la seule voie qui s'offrait à elle, à moins qu'elle ne veuille dériver au gré des flots. Des deux options qui se présentaient à elle, celle-ci exigeait une bravoure qu'elle ne possédait pas.

Madame joignit les mains sur ses genoux, veillant à ne pas froisser son chemisier de mousseline, ni sa jupe. Sa tête était inclinée sur le côté, son regard perçant fixé sur May.

– Parce que j'ai été jeune moi aussi et j'ai commis une erreur, comme vous. Quelqu'un m'a aidée à l'époque, donc je connais votre situation. Je sais à quel point vous êtes effrayée. Je sais aussi que vous redoutez la réaction de vos parents. Et, pour dire vrai, je pense que nous sommes à blâmer lorsqu'ils vous ont confiée à nous. Peut-être aurions-nous dû mieux veiller sur vous en échange de vos bons services. Alors, je vais m'occuper de vous à présent.

– Comment pourrai-je jamais vous remercier ?

Les obstacles qui se profilaient semblaient insurmontables aux yeux de May.

– Ce n'est pas la peine, répondit Madame avec un haussement d'épaules. Vous êtes si bonne avec notre petit garçon.

C'était la première fois qu'elle adressait un tel compliment à May et, malgré la gravité de la situation, la jeune femme rayonnait de joie.

– J'aime travailler ici, dit-elle, la gorge nouée. J'aime beaucoup Émile.

– Et vous continuerez à travailler ici. Notre arrangement tient toujours. Je dirai à tout le monde pendant quelques jours que vous avez une intoxication alimentaire, puis vous reprendrez le travail.

Madame hésita, le temps de réfléchir à ses prochaines paroles.

– Ce n'est pas un crime d'aimer un homme, vous savez. Mais vous devez être plus prudente à l'avenir.

Quinze jours à peine après le départ définitif de Max, le bébé était lui aussi parti. À l'exception du médecin, les seules personnes qui connaîtraient jamais son existence étaient May, Madame et Wendy. Toute cette histoire était terminée. La procédure avait été rapide. Madame avait accompagné May au cabinet du médecin. Le costume impeccable et la moustache de cet homme lui donnaient l'air d'Hercule Poirot, avait pensé May. Il était vif et neutre, avait mené May à l'antichambre où il avait opéré en présence d'une infirmière (sa femme). Même si May se sentait honteuse et idiote, allongée devant lui, il ne l'avait pas jugée et s'était contenté d'accomplir la mission qu'il avait acceptée.

Le soulagement immédiat de May fut considérable. Les conséquences de sa terrible erreur de jugement avaient été réglées. Elle était libérée.

Enfin... pas totalement. D'autres sentiments apparurent, faisant tomber toutes les barrières de May au point de l'assiéger. Le chagrin. La culpabilité. L'anxiété.

Qu'avait-elle fait ?

Madame était gentille et laissait May faire le peu dont elle était capable (autant dire rien les premiers jours). Elle avait hâte de retrouver Émile et son cours de français. Elle pensait que s'occuper l'aiderait à oublier. Mais comment le pourrait-elle ? Elle avait perdu le seul homme jamais aimé, ainsi que l'unique lien qui la reliait à lui. Le bébé était la seule chose qu'elle aurait aimée sans réserve, s'il avait eu la chance de voir le jour. May s'efforçait de faire bonne figure, mais Max et son bébé la hantaient partout où elle allait, quoi qu'elle fasse. Elle songea à écrire à Max, mais elle n'avait pas son adresse. Non pour lui dire ce qui s'était passé, mais pour voir s'il y avait la moindre chance qu'il lui revienne. S'ils pouvaient avoir un avenir ensemble, après tout. Puis elle se ravisa, soulagée de ne plus jamais le revoir. « La vie telle qu'elle aurait pu être » était la pensée qui l'accompagnait en chaque instant de sa journée. Même Wendy et Sam ne parvenaient pas à lui remonter le moral. Ils essayaient pourtant.

– Viens boire un café avec nous. Et manger un de ces croissants que tu aimes tant.

Leur présence ne faisait que rappeler à May ce qu'elle avait perdu. Aussi se mit-elle à aller seule au Luco. En se détournant des allées principales, elle découvrit des zones moins fréquentées, où elle croiserait rarement du monde. S'asseoir et admirer une statue, ou simplement regarder le ciel à travers les branches des arbres était reposant et lui permettait de mettre de l'ordre dans ses pensées. Elle réfléchissait à ce qu'elle avait perdu et à ce qu'elle ferait quand elle rentrerait dans son village. Elle était contente de rester à Paris, mais elle ne s'y sentait pas chez elle. La magie avait disparu. De temps en temps, elle levait les yeux et Max marchait vers elle, avec un grand sourire, un signe de la main pour la saluer. Le cœur de May s'accélérait jusqu'à ce qu'elle se rende compte qu'elle l'avait confondu avec quelqu'un d'autre.

Un jour, assise près de la fontaine baroque Médicis, elle fixait la grotte avec sa statue de Polyphème, prêt à lancer un rocher sur son rival Acis, allongé en dessous en compagnie de Galatée. Devant eux s'étendait un bassin tout en longueur, dans lequel s'ébattaient les canards, dont deux cancanaient et se disputaient un morceau de pain.

– Puis-je prendre cette chaise ?

May n'avait pas remarqué le jeune homme coiffé d'un béret noir, sa main sur le dossier de la chaise à côté de la sienne. Il parlait français avec un accent curieux qui suggérait que lui aussi était étranger.

– Bien sûr.

May décala sa chaise pour lui laisser plus d'espace.

– Merci.

Lorsqu'il s'assit, un journal plié qui dépassait de la poche de son veston tomba par terre. Ils se penchèrent en même temps pour le ramasser et faillirent se cogner la tête. Ils se regardèrent et rirent.

May devina qu'il était un peu plus âgé qu'elle, beau à sa manière, avec des cheveux auburn ébouriffés, des lunettes à monture sombre et un visage amical. Sa chemise bleu foncé était boutonnée jusqu'au col, sous un pull à col en V, gris et froissé. Son pantalon avait l'air usé, avec une tache de peinture sur la cuisse droite.

– Vous êtes anglais ? lui demanda-t-elle en désignant l'exemplaire du *Times* dans sa main.

– Écossais, si ça ne vous fait rien.

La mélancolie de son sourire se reflétait dans son regard.

– Pas du tout. Je suis moi-même de Dunfermline.

– Vraiment ?! Vous êtes la première personne que je rencontre de chez moi.

La façon dont il prononça « chez moi » résonna en May, à la fois mélancolique et dédaigneuse. Le jeune homme arborait un air de tristesse ou de regret, May ne saurait dire exactement. Elle se demanda quelle pouvait être son histoire.

– Je m'occupe d'un petit garçon ici et je prends des cours de français. J'habite là-bas, expliqua-t-elle en montrant la direction de l'appartement.

– Ah oui ?

Il lui tendit la main pour la saluer. Sa paume était ferme dans la main de May, ses doigts courts et propres.

– David Adair. Je travaille ici, dans l'import-export. Ce n'est pas très intéressant. Je suis venu à Paris en pensant que la vie serait très différente. J'avais de tels rêves et projets et... Eh bien, la vie est différente, mais pas comme je l'espérais. Pas du tout même.

Il ouvrit son journal et le replia pour pouvoir le lire plus aisément. Leur conversation était terminée.

– D'accord.

May accepta que le sujet soit clos. En dehors de leur pays d'origine, ils ne devaient pas avoir grand-chose en commun. De plus, elle n'avait aucune envie de commencer à discuter avec une personne qu'elle ne connaissait ni d'Ève ni d'Adam. Encore moins un homme. Elle n'y était nullement prête. Elle retourna à ses pensées et tenta de ne pas prêter attention à cet homme, malgré le bruissement des pages qu'il tournait.

Finalement, il se leva pour partir.

– Au revoir, dit-il en inclinant la tête, puis il redressa son béret. Peut-être nous reverrons-nous.

– Peut-être, répondit-elle machinalement.

Son histoire avec Max lui avait appris tout ce qu'elle avait besoin de savoir sur les hommes. Pour une fois, sa mère avait eu entièrement raison. May garderait ses distances et se méfierait d'eux jusqu'à ce qu'elle les connaisse bien. Toutefois, n'avait-elle pas cru connaître Max mieux que quiconque ?

Quelques jours plus tard, May relata cette rencontre à Wendy. Sur l'insistance de son amie, elle avait finalement accepté de la voir ; aussi s'étaient-elles retrouvées après ses cours, avant la sortie de l'école. Pendant que May remuait le sucre dans son café allongé, elle écoutait Wendy lui raconter tout ce qu'elle avait fait et vu.

– Et tu ne croiras jamais ce qu'elle a dit ensuite…

May appréciait énormément la compagnie de Wendy et son intérêt passionné pour la vie. Comme elle avait été idiote de s'en être privée si longtemps.

– Tu vois, dit Wendy après avoir écouté l'histoire de May. Tu vas bientôt te faire de nouveaux amis. Sors avec nous demain. Nous allons dans un restaurant vietnamien que Sam a découvert près du boulevard Saint-Michel.

– Non, je…

May s'interrompit. Une pensée la frappa comme la foudre. Wendy avait raison de l'encourager et May avait tort de refuser chaque fois. Sa camarade finirait par ne plus rien lui proposer, et qui pourrait le lui reprocher ? Personne ne voulait fréquenter un rabat-joie. S'il y avait bien quelque chose qui permettrait à May de traverser cette mauvaise passe, c'était ses amis. Elle ne pouvait pas se morfondre éternellement et la vie devait continuer. Ce qu'elle avait vécu l'avait anéantie, mais avait le mérite de lui avoir ouvert les yeux. Personne d'autre n'avait besoin de savoir ce qu'elle venait de traverser. Elle se reprendrait et ferait de son mieux. Elle avait la chance d'avoir une amie qui se souciait d'elle.

– Oui, accepta May. Oui, ça me plairait bien.

Chapitre 22

Lancashire (nord-ouest de l'Angleterre), 2019

Il était tard dans l'après-midi quand Isla s'arrêta à la station-service sur l'autoroute M61. Charlie se déconnecta de son téléphone et regarda autour d'elle comme si elle venait de s'éveiller au monde.

– Où sommes-nous ?

– Nous venons seulement de passer Bolton, il nous reste encore de la route.

– Pourquoi t'arrêtes-tu alors ?

Charlie réprima un bâillement et claqua des dents.

– Jock a besoin de faire pipi, et moi de me dégourdir.

Isla ouvrit la portière de la voiture et sortit ses jambes. Ses genoux étaient raides et elle ressentit une légère douleur dans le bas du dos. Quand son corps avait-il commencé à s'opposer si vigoureusement au traitement qu'elle lui accordait ? Elle redoutait de devoir se plier à nouveau à la tyrannie des horaires de cours de Pilates, malgré ses promenades quotidiennes au parc avec Jock, qu'il pleuve ou qu'il vente.

Un bourdonnement régulier des voitures qui roulaient en trombe provenait de l'autoroute.

Isla laissa Jock sortir par l'arrière, attrapa son collier alors qu'il passa à ses pieds en grommelant, avant d'attacher sa laisse. Elle étendit ses bras vers le ciel et se pencha d'un côté, puis l'autre. Charlie l'observait depuis la voiture.

– Tu viens ? lui demanda Isla d'une voix forte, tout en désignant un carré d'herbe.

Charlie fit non de la tête, enfonça ses écouteurs l'un après l'autre dans ses oreilles et se mit à dodeliner du chef au rythme de la musique.

– Ça me va, dit Isla à voix haute. Tu viens, mon chien. Nous allons faire le tour du terrain.

Une fois sur la pelouse, Isla défit la laisse de Jock afin qu'il puisse aller renifler à son gré. Sans Charlie pour l'entendre, Isla sortit son téléphone. Elle devait prévenir Lorna de la présence de sa petite-fille. Sa sœur n'aimait pas les surprises. Et pourtant, ce fut Isla qui fut étonnée par la sérénité avec laquelle Lorna accueillit la nouvelle.

– Ce sera amusant de la voir. Ça fait une éternité. (Au moment où elle était sur le point de paraître amicale, elle changea de ton.) D'après ce que j'ai compris, tu as posé des questions à Aggie sur Papa et Maman.

– Elle t'en a parlé ?

– Je suis allée la voir l'autre jour, pour l'aider à faire du tri dans les affaires de Maman.

Mais encore ? se demanda Isla, toutefois ce n'était pas le moment d'évoquer la vente de la maison. Elles ne feraient que se disputer. Non. Pour une fois, elle se montrerait plus diplomate.

– Oui. J'essaie de découvrir l'histoire qui se cache derrière le tableau qu'elle m'a laissé. Je t'expliquerai quand on se verra. As-tu trouvé quelque chose d'intéressant ?

– Seulement les vieux passeports de Papa, qui étaient rangés dans le dernier tiroir du bureau. Je ne me souviens pas du tout que les parents aient voyagé, mais le premier passeport indiquait qu'il est allé en France.

– Vraiment ?

Le rythme cardiaque d'Isla s'accéléra. La coïncidence était trop grande.

– Oui, il y était en 1953. Aggie me les a pris des mains avant que je puisse voir autre chose.

Un an avant que May n'ait envoyé ces cartes postales à sa famille.

– Jock ! cria Isla, qui se rendit compte soudain que son chien cherchait à passer sous la clôture vers la route. Je vais devoir te laisser, Lorna. Jock veut se faire tuer. On en reparle quand on se verra.

Isla raccrocha et courut attraper son chien par le collier, juste avant qu'il ne s'échappe et se jette sous un camion. Où avait-elle eu la tête de le détacher ?

Lorsqu'elle retourna à la voiture, Isla se sentait beaucoup mieux et pleine de nouvelles résolutions. Dorénavant, elle ne s'opposerait pas à ce que Charlie charge constamment son téléphone pour pouvoir écouter sa musique, même si Isla n'avait plus que six pour cent de batterie. Elle ne se plaindrait pas non plus des bribes de chansons non identifiables que Charlie fredonnait, oubliant qu'elle n'était pas seule. Elle ne se plaindrait plus des notifications incessantes. Et elle résisterait à la tentation de bloquer les mains de Charlie qui tapotaient sur le rythme de la musique. Non, Isla écouterait Radio 2, 3 ou 4 de son côté et continuerait de conduire. Elles pourraient essayer de discuter à un autre moment. Elle allait faire preuve de toute la zénitude dont elle était capable. Voyager avec Charlie rappelait à Isla ses trajets en voiture avec ses parents, quand sa mère refusait de les laisser mettre Radio 1, ses sœurs et elle entassées sur la banquette arrière alors qu'ils faisaient route vers le sud de l'Écosse. Privées de cette possibilité, elles se donnaient des coups de coude et se pinçaient jusqu'à ce qu'une chamaillerie éclate ; leur mère se fâchait par-dessus le morceau classique qu'elle écoutait et leur criait de se taire et de bien se tenir.

Isla tourna la clé de contact, mais le seul bruit fut un clic : pas le ronron d'un moteur. Ni à la deuxième… ni à la troisième tentative. Isla tapa le plat de sa main sur le volant.

– Mince ! Titine, tu ne peux pas me faire ça !

– Quel est le problème ?

– Aucune idée. Ce n'est pas mon fort.

Comment la voiture pouvait-elle laisser tomber Isla à ce moment-là, sur un parking d'autoroute perdu, à des kilomètres de leur hôtel bon marché à Preston ? Que cela arrive devant sa maison, soit, mais là…

Les coudes sur le volant, Isla mit sa tête dans ses mains.

– Ne me dis pas que tu pleures ?

L'inquiétude de Charlie était mêlée à une légère panique.

Isla releva la tête.

– Mais non. Je me demande ce qu'il faut faire, bordel.

– Mamie !

– Oui, bon, ce n'est pas vraiment un gros mot. Ou alors, tu n'as encore rien entendu. Je vais aller à la station-service, voir si quelqu'un peut nous aider. Reste avec Jock.

Isla ne fut pas surprise d'apprendre qu'aucun mécanicien n'était présent. En retournant à la voiture, elle remarqua que le motel était « fermé pour rénovation ». Elle était dépitée.

Quand elle revint sur le parking, Charlie n'était pas dans la voiture et le capot était relevé. *Charlie !* Isla courut le restant du chemin et trouva sa petite-fille qui observait le moteur par-dessus l'épaule d'un inconnu.

– Charlie ?

– Quoi ? Ce monsieur était à côté de la voiture, alors je lui ai demandé s'il pouvait nous aider.

L'homme se redressa en s'essuyant les mains. Il avait la trentaine, au jugé ; son large sourire se transforma en grimace lorsqu'il secoua la tête :

– Je ne peux rien pour vous, j'en ai peur. Je pense que c'est le démarreur.

– Je ne sais même pas ce que c'est.

– Il faut aller au garage, à mon avis, ajouta l'homme en haussant ses épaules musclées.

Oh, bon sang, elles étaient coincées. Elles auraient dû prendre la route plus tôt.

– Est-ce qu'il y en a un dans le coin ?

– Je ne suis pas d'ici, répondit l'homme en glissant le dos de sa chemise dans son bermuda bleu foncé. Mais ils devraient pouvoir vous renseigner à la station-service.

– Ou nous pouvons chercher sur Google, intervint Charlie, en brandissant son téléphone, confiante.

Avec le soutien d'Isla et malgré quelques interruptions, elle prit les choses en main et un taxi arriva rapidement. Il les conduisit au *Dragon and Maid*, un joli pub situé dans le village le plus proche.

Lorsque le gérant apprit leur situation, il appela le garagiste du coin, « un vieil ami ». Celui-ci accepta de venir chercher la clé de la voiture et d'aller la récupérer à la première heure le lendemain matin, pour rendre service, à un prix d'ami bien entendu. En outre, Isla devrait régler les frais de stationnement pour la nuit.

– Nous avons du monde ce soir, indiqua le tenancier du pub. La rénovation du motel nous profite bien.

Il remit à Isla une clé ainsi que le code du Wi-Fi. En suivant ses instructions, Isla et Charlie prirent les escaliers, s'engagèrent dans un couloir tortueux et arrivèrent face à une porte qu'Isla ouvrit. La pièce était meublée d'un lit à deux places, d'une commode sur laquelle étaient posées une télévision et ses télécommandes, d'un fauteuil et d'une table d'appoint.

Isla et Charlie échangèrent un regard.

– Il n'y a qu'un seul lit, commenta Charlie en laissant tomber son sac à dos dessus, avant de s'affaler.

– Je vais aller leur demander une autre chambre.

Il était hors de question qu'Isla dorme dans le même lit que sa petite-fille. Elle posa dans un coin la panière de Jock qu'elle avait rapportée de la voiture.

– C'est ça ou rien, annonça Isla à son retour. Nous allons devoir nous en accommoder.

Isla fit de son mieux pour ne pas laisser transparaître sa déception.

Les murs gris clair étaient éraflés par endroits, et le mobilier vert avait connu des jours meilleurs, mais au moins la chambre semblait propre. Près de la fenêtre, un fauteuil qui n'avait pas l'air confortable permettait d'admirer le jardin animé du pub. Isla ouvrit la fenêtre pour laisser échapper la vieille odeur de bière, mais se trouva à la place envahie par l'odeur de viande grillée qui provenait du barbecue en contrebas. Toutes les tables du jardin étaient occupées, les verres tintaient, la fumée de cigarette s'envolait dans le vent, des enfants criaient et couraient dans tous les sens dans l'aire de jeux.

Charlie se redressa sur un coude, d'un air défiant.

– On fait quoi ?

– Bonne question. Nous n'allons pas manger avant deux bonnes heures, non ? Et je n'ai vu nulle part où aller dans le village. Il n'y a qu'une seule rue. On pourrait aller se promener ou lire ?

Charlie filmait Jock qui tournait dans sa panière avant de se coucher.

– Je ne crois pas, non.

– Pourquoi cela ?

Elles n'avaient pas d'endroit où sortir, personne pour qui se faire élégantes.

– Il faut bien qu'on fasse quelque chose. Tu as des suggestions ?

Isla rêvait de s'allonger sur son lit et de lire. Au calme. Toute seule. Un effluve de porc rôti à la broche pénétra dans la pièce.

– Qu'est-ce que tu fais ?

– TikTok.

Comme si cette réponse expliquait tout. Une fois de plus.

– Montre-moi.

À contrecœur, Charlie se redressa pour laisser de la place à Isla et tint son téléphone de sorte qu'elles puissent toutes les deux voir une fille danser. Ensuite, deux filles allongées sur le dos jonglaient avec des ballons de football au rythme de la musique. Puis une personne ne parvenait pas à faire danser son chien avec elle. Le tout accompagné d'une musique électronique métallique. *Euh, pourquoi ?* Toutes ces vidéos semblaient totalement inutiles à Isla.

– Je pense que c'est un truc de jeunes.

– Mmm, fit Charlie, indifférente.

Le silence tomba pendant qu'Isla préparait deux tasses de thé. Elle en posa une sur la table de chevet de Charlie et l'autre sur la sienne. Pile au moment où elle ouvrit son livre, Charlie lâcha son téléphone.

– Je pourrais te maquiller. Te faire toute jolie. Je maquille Maman parfois et elle m'a piqué plein d'idées.

– Vraiment ?

Le désir tacite qu'Isla perçut dans la voix de Charlie attira son attention.

– Nous pourrions le faire l'une pour l'autre.

Mais Charlie, qui s'attendait à un refus, se résignait déjà.

– D'accord, accepta Isla, relevant le défi. Montre-moi ce que tu sais faire.

Son livre pouvait bien attendre.

– Sérieusement ?

– Oui ! Vas-y.

Isla avait du démaquillant. Qu'avait-elle à perdre ?

Installée dans le fauteuil, elle patienta pendant que Charlie vidait sur le lit le contenu d'une trousse de maquillage ridiculement surdimensionnée et réfléchissait aux produits qu'elle allait utiliser.

– Il faudrait que je tire tes cheveux en arrière, mais je ne retrouve pas mes pinces à cheveux, dit Charlie tout en fouillant dans sa trousse.

– Un bonnet de douche ?

Isla se rendit dans la salle d'eau : il y avait une corbeille avec du gel douche, du shampoing et un bonnet de douche. Elle ouvrit le sachet et mit le bonnet avant de se rasseoir. Elle se sentit nue et vulnérable devant le petit sourire concentré de Charlie.

– La base d'abord.

L'adolescente prit un tube et exprima une noix sur le dos de sa main.

– Tu n'auras pas la main trop lourde, hein ? En général, je mets directement le fond de teint, s'inquiéta Isla, bien qu'elle soit ravie de voir Charlie aussi absorbée.

– Mamie ! Laisse-moi faire à ma façon. Si tu n'aimes pas, tu pourras le retirer après.

Charlie appliqua la base sur le visage de sa grand-mère.

– D'accord, je me laisse faire.

Inutile qu'Isla évoque ce qu'elle avait appris sur le maquillage lors de sa brève carrière de mannequin pour gagner de l'argent. Comment May avait détesté que sa fille s'engage dans cette voie. Alors qu'Isla avait cru que sa mère serait fière de sa débrouillardise pour s'assumer financièrement, celle-ci était furieuse.

« T'exhiber de la sorte. Tu mérites mieux que cela. » Sa répugnance pour le tournant qu'avait pris la vie d'Isla cingla au téléphone. « Pourquoi ne peux-tu pas être comme Morag et faire une bonne carrière ? » Comme May avait été comblée par la vocation de sa cadette. En ce qui concernait Lorna, son métier de secrétaire et son mariage convenable étaient satisfaisants. Pendant qu'Isla se remémorait cette conversation, elle se souvint également comment l'affection de sa mère, déjà tiède, était devenue froide. Leur relation ne s'en remit jamais. Mais pourquoi ?

– Où est ton maquillage ? Je pourrais peut-être m'en servir.

Isla sursauta en revenant au présent. Elle sortit sa trousse de maquillage, gênée par son aspect souillé, et renversa son contenu sur le lit.

– C'est tout ?

– Je n'ai pas besoin de grand-chose, rétorqua Isla pour défendre son régime minimaliste.

Charlie choisit le fond de teint luxueux qui valait une petite fortune, qu'Isla avait acheté sur un coup de tête après avoir lu un article dans l'un des suppléments du dimanche.

– Je vais m'en servir. J'ai vu Kylie Jenner l'utiliser. Sur son vlogger, ajouta aussitôt la jeune fille, convaincue de la nécessité d'une explication. Elle fait partie de la famille Kardashian.

– Je sais qui c'est. Je ne vis pas au Moyen Âge. Je suis au courant de ce qui se passe.

Isla entendit un reniflement derrière sa tête.

– Ah bon ?

– Oui !

Isla se détendit et laissa Charlie faire.

– Je vais mélanger ces deux fonds de teint.

– Les mélanger ? Vraiment ?

– Mamie ! houspilla Charlie. Tu pourrais mieux prendre soin de ta peau. Tu n'as pas de crème hydratante à part celle-ci ? demanda-t-elle en jetant le pot de *Nivea* d'Isla sur le lit.

– Elle a toujours été efficace sur moi.

– Hum. Depuis le Moyen Âge ! s'esclaffa Charlie. Maintenant, place à l'anticernes.

Isla sentit comme des pointillés sous ses yeux et perçut une odeur de chocolat dans l'haleine de Charlie. Cette séance qu'Isla avait cru durer dix minutes s'étira en plus d'une demi-heure de conseils, de préparation et d'application : ses sourcils furent crayonnés et structurés avec du gel, ses paupières soumises à un éventail de bruns et d'ocres. Sentir les doigts de quelqu'un sur son visage – pour lisser, tapoter – était agréablement apaisant. Elle ferma les yeux et laissa sa petite-fille continuer, tout en écoutant ses explications d'une oreille.

À un moment, Isla rouvrit les paupières et vit Charlie s'approcher d'elle avec un petit instrument de torture médiéval.

– Un recourbe-cils. Ça change tout, affirma Charlie en fermant la pince.

Isla eut un mouvement de recul, mais le recourbe-cils fut tout de même appliqué sur sa paupière droite.

– Ouille !

Puis sur la gauche.

Charlie se recula pour contempler son œuvre.

– Est-ce que je peux voir ? lui demanda Isla, interrompant le fredonnement de Charlie. Y a-t-il un miroir ?

– Pas encore. Laisse-moi terminer d'abord. Place au contouring, annonça Charlie en s'armant d'un pinceau et de poudre.

Isla ferma les yeux, pendant qu'elle sentait un pinceau après l'autre parcourir ses joues, la touche de mascara, un crayon dessiner le contour de ses lèvres et, enfin, la pointe d'un rouge à lèvres.

Charlie retira le bonnet de douche et ébouriffa les cheveux d'Isla.

– Sympa, claironna-t-elle d'un air satisfait. Va t'admirer dans la glace.

– D'accord, je suis prête.

Profonde inspiration. Dans le miroir au-dessus du lavabo, Isla vit quelqu'un la fixer : c'était elle sans être elle.

– Charlie ! C'est incroyable. Je n'ai jamais été aussi belle.

Au lieu des sourcils épais, des pommettes brillantes et des lèvres exagérées qu'Isla redoutait, ses traits étaient subtilement rehaussés, ce qui la faisait paraître plus jeune, moins fatiguée. Elle était fascinée, captivée par la sensibilité de sa petite-fille.

– Où as-tu appris à faire ça ?

Charlie haussa les épaules, en regardant le sol.

– Sur Internet. On peut, genre, tout apprendre en ligne.

– Eh bien, tu es sacrément douée pour ça.

– À ton tour, Mamie.

Isla avait oublié cette partie du marché.

– Tu es sûre ? Je ne serai pas aussi bonne que toi.

Mais Charlie était déjà dans le fauteuil, bonnet de douche vissé sur la tête.

– Tu peux essayer. Fais bien disparaître mes taches de rousseur.

– Laisse-moi faire à ma façon, dit Isla en répétant les mots de Charlie.

Elle étudia la gamme déconcertante de produits cosmétiques devant elle et se demanda par où commencer.

– Si le résultat ne te plaît pas, tu pourras toujours l'enlever.

Elles échangèrent un grand sourire.

Isla se rendit rapidement compte que ses produits de maquillage ne suffiraient pas, aussi se mit-elle à fouiller dans les accessoires de Charlie.

– Allez, l'encouragea sa petite-fille, concentrée sur les photographies qui défilaient sur son écran. Regarde ça.

Elle s'arrêta sur l'image d'une fille qui semblait être de son âge.

– Tu vois : tout est dans les yeux et les lèvres.

– Laisse-moi faire.

Isla opta pour la base dont Charlie s'était servi sur elle. Ce produit lui semblait un bon point de départ.

– Qu'est-ce que tu fais ? demanda-t-elle à Charlie qui se prenait encore en selfie.

– Les flammes.

Comme si cette réponse voulait tout dire. Charlie reposa son téléphone quand Isla se mit à appliquer la base.

– C'est-à-dire ?

Isla étudia les fonds de teint, en se demandant lequel choisir. Elle releva les yeux à temps pour apercevoir l'habituelle expression exaspérée de Charlie.

– Tu envoies une photo tous les jours à un ami et lui doit t'en renvoyer une… (Elle s'interrompit pendant que ses pouces se déplaçaient sur l'écran)… le plus longtemps possible.

– Et si tu arrêtes ?

– Tu risques de perdre un ami.

– C'est un peu extrême, non ?

Quelle perte de temps mystérieusement idiote.

Charlie haussa les épaules.

– Regarde, dit-elle en tendant son téléphone. Tu vois ce nombre, cinquante-deux ? C'est le nombre de jours depuis lequel Tilly et moi tenons, expliqua Charlie avec un véritable sentiment d'accomplissement.

Adolescente, Isla se souvenait d'avoir été tout aussi obnubilée, mais par ses collections. Elle avait délaissé les fleurs pressées et les œufs d'oiseaux de son enfance pour ses précieux coquetiers, boules à neige et figurines d'animaux en porcelaine. Ordonnancer et compléter ses collections lui permettait d'occuper ces heures fastidieuses de l'adolescence, où l'on est trop âgé pour vouloir rester à la maison et trop jeune pour sortir.

Charlie avait la même peau pâle que Helen, avec les mêmes taches de rousseur sur l'arête de son nez. Avec un maquillage judicieux, Isla pourrait le faire paraître plus fin.

– Lève la tête si tu veux que je te maquille.

Charlie appuya sa tête contre le fauteuil et tint son téléphone haut devant elle. Le silence de la concentration était ponctué par l'obturateur de l'appareil photo.

– Charlie ! s'impatienta Isla, qui lui plaqua le bras sur les cuisses. Je ne peux pas y arriver avec ton bras entre ton visage et moi.

– Oh, d'accord, céda Charlie qui ferma les yeux.

Isla s'exécuta rapidement, en reproduisant ce qui avait, pensait-elle, été les choix de Charlie : elle prit le fard à paupières pailleté, lui dessina les sourcils jusqu'à ce qu'ils ressemblent à ceux de Frida Kahlo. Peut-être un peu trop, mais c'était la mode, non ? Elle s'inspirait à la fois de ses lointaines années de mannequinat et de ses lectures dans les magazines.

– Ouvre les yeux.

Isla choisit un mascara. Charlie tressaillit lorsque la brosse manqua de peu son œil.

– Tu veux m'éborgner ou quoi ?

– Mais non.

Isla reprit son geste, moins assuré que la première fois. Enfin, son œuvre était terminée.

– C'est bon ! Redresse-toi, lui commanda Isla, qui fit un pas en arrière, prête à admirer. Oh !

Elle avait eu la main un peu plus lourde qu'elle ne l'aurait voulu.

Charlie se leva d'un bond du fauteuil pour aller dans la salle de bains.

– Mamie ! C'est horrible. Regarde ce que tu as fait avec l'eye-liner !

– Ce n'est pas si mal.

Mais Isla éclata de rire en regardant Charlie se pencher vers le miroir pour examiner de près son maquillage.

– J'ai essayé.

– Qu'as-tu fait à mon nez ?

Isla s'approcha de l'embrasure de la porte.

– Je ne peux pas aller dîner comme ça.

Charlie attrapa sa trousse de toilette et son démaquillant.

– Mes sourcils ! dit-elle en se mettant à rire à son tour. Tu devrais regarder des tutos sur Internet.

– Peut-être que je le ferai. Mais c'est difficile de maquiller quelqu'un d'autre.

Isla estimait devoir justifier son échec.

– Je voulais dire pour toi. Tu es superbe comme ça. Tu as seulement besoin d'un peu de pratique.

Charlie avait raison. Isla n'était pas du tout gênée d'aller dîner dans cet état. En fait, elle songeait même à trouver une tenue élégante assortie à son maquillage. Pendant que Charlie retirait les tentatives de relooking de sa grand-mère, Isla enfila son pantacourt en lin gris, un chemisier blanc et des sandales.

– Tu as l'air cool, fut le verdict de Charlie.

– Tout comme toi.

Isla ne serait pas gênée par la jupe très courte de Charlie. Si sa petite-fille était à l'aise dans cette tenue, Isla le serait aussi.

Elles laissèrent la chambre en désordre, fermèrent la porte à clé et descendirent dîner.

Chapitre 23

Isla n'avait pas aussi mal dormi depuis sa brève liaison avec Chris, un professeur d'histoire à l'université un peu plus âgé qu'elle, qui ronflait toute la nuit comme un trombone. Les rares fois où il s'arrêtait, il faisait violemment tanguer le lit en se levant pour aller aux toilettes et de même en se recouchant. Isla s'était juré de ne plus jamais coucher avec un homme souffrant de problèmes de prostate naissants, bien qu'à son âge cela puisse limiter ses options. Jock avait eu un reniflement régulier, ponctué de gémissements bruyants lorsqu'il pourchassait des lapins dans ses rêves. Ajouté à cela la bagarre constante de Charlie de son côté du lit, Isla avait somnolé par intermittence, jusqu'à ce que quelqu'un se mette à déplacer les poubelles et à faire du ménage sous leur fenêtre. Impossible dès lors pour elle de se rendormir. Mais, au moins, Isla eut enfin l'occasion de lire son livre.

Lorsqu'elle arriva au garage, situé dans un virage au bout de la rue principale, ils avaient récupéré sa voiture à la station-service et le mécanicien en bleu de travail travaillait déjà dessus.

– Paul du pub a dit que vous en aviez besoin de toute urgence, alors voilà. Ce ne devrait pas être long.

Isla hocha la tête. Elle n'allait pas penser à ce que Charlie et elle auraient fait si elles avaient été coincées dans ce village plusieurs jours, en attendant la réception d'une pièce détachée. Les séances de maquillage avaient leurs limites. Elles arriveraient désormais à temps à Preston pour le train de Tony. Penser à lui fit bondir le cœur d'Isla.

Pendant la réparation de la voiture, Isla promena Jock dans des prairies, dans un petit bois où le soleil perçait à travers les branches et le long d'un ruisseau qui babillait vers le village. Une matinée d'été parfaite. Tandis que Charlie dormait encore (il n'y avait aucune raison de la forcer à sortir du lit ce matin-là), Isla profita de l'occasion d'être seule. La veille, les progrès dans leur relation avaient duré quelques heures, notamment pendant leur dîner de porc rôti à la broche trop cuit et de petits feuilletés rassis, jusqu'à ce que quelque chose sur le téléphone de Charlie la trouble à nouveau. Elle n'avait pas voulu donner d'explication, mais elle s'était tournée de son côté du lit, dos à Isla, et n'avait plus parlé avant de s'endormir. En un clin d'œil, elles étaient de retour à la case départ.

Qu'est-ce que Charlie allait penser de Tony ? Isla était déterminée à ne pas faire toute une histoire de leur rencontre. Elle se demanda comment Charlie pourrait voir Tony. L'apprécierait-il ? Bien sûr qu'il l'apprécierait ; c'était un homme gentil et il supporterait les humeurs de sa petite-fille. Plus que tout, Isla voulait qu'ils s'entendent bien.

Elle appela Jock, qui cessa de fureter dans un terrier de lapin et revint au trot jusqu'à sa maîtresse. Elle chercha une friandise dans sa poche.

– Manger ! C'est tout ce à quoi tu penses ?

Elle lança un demi-biscuit en l'air qu'il happa au vol.

Et Lorna ? La voir serait délicat. Néanmoins, Isla était contente de lui rendre visite. Lorna n'aurait sûrement pas accepté sa venue si elle n'avait pas elle-même désiré arranger la situation entre elles. Mais si elle avait une autre idée en tête ? Isla n'en serait pas surprise ! Le problème majeur était évidemment l'avenir de

Braemore. Et si Lorna attendait d'Isla qu'elle persuade Aggie de vendre sa part ? Si Aggie écoutait quelqu'un, c'était bien Isla, elles le savaient toutes. Si leur tante acceptait la vente, Morag devrait céder et s'y résoudre. Isla était perplexe. Pourquoi Lorna imaginerait-elle que sa sœur prendrait part à cette querelle après que May l'eut déshéritée ? Même Lorna devait pouvoir comprendre la réticence d'Isla d'être impliquée dans cette histoire.

Cependant, Lorna avait toujours aimé leur maison de famille et, jusqu'à présent, de toutes, c'était elle qui en avait la vision la plus romantique. Elle ne pouvait pas vouloir que les enclos des chevaux cèdent la place à des constructions modernes qui assiégeraient la vieille bâtisse et lui ôteraient son cachet. Plus Isla y songeait, plus elle était déroutée.

Elle ramassa un bâton et le lança à Jock, qui alla le chercher d'un pas tranquille, davantage pour le plaisir de sa maîtresse que pour le sien. Lorsqu'il parvint au bâton, le chien le renifla, avant de s'éloigner.

– Oh, voyons, Jock ! N'as-tu rien appris ?

Isla questionnerait Lorna à propos de May – c'était ce qu'elle attendait avec le plus d'impatience. En tant que benjamine, Lorna avait toujours été la plus proche de leur mère. Lorsque Morag et Isla revenaient d'une activité ensemble, elles trouvaient leur mère et leur sœur en train de préparer un gâteau, de faire de la broderie ou du tricot, tout en riant. Isla leur avait toujours envié cette proximité qu'elle avait perdue.

Mais Lorna était lunatique, prompte à se défendre contre ses sœurs aînées pour tout ce qu'elle considérait comme un affront. Elle était convaincue qu'elles la méprisaient, ce qui était à l'origine de la moindre divergence entre elles. Or Morag et Isla avaient des souvenirs tout à fait différents.

Après le départ de la maison d'Isla, Lorna et Morag étaient redevenues proches. Cependant, la première avait embrassé Jimmy, le petit-ami de l'époque de la seconde, et tout avait basculé. Morag l'avait appris par une amie qui les avait surpris au dernier rang du cinéma *Dominion* : assez loin de chez eux pour penser passer incognito. Lorna n'avait aucune excuse. La relation des deux sœurs s'en trouva gravement altérée, même si Morag avait finalement été contente de savoir à quel point Jimmy était un goujat peu digne de confiance. Ce qui se confirma un an plus tard lorsqu'il quitta Lorna cruellement. Mais le mal était fait.

Les histoires de famille…

May avait-elle réellement affirmé qu'Isla avait un côté français ? Cette dernière aimait l'idée qu'elle puisse avoir des ancêtres français et qu'elle en avait hérité un gène ou deux. May avait pratiquement effacé sa jeunesse dès qu'elle avait rencontré David. C'était du moins l'impression qu'Isla avait. Pour ses filles, la vie de May avait commencé au moment de son mariage. Contrairement à leurs grands-parents paternels, les parents de May, Nana et Bon-Papa, avaient été tenus à distance, ce qui devint encore plus facile quand son père était décédé et que sa mère était partie vivre à Inverness. Mais à la connaissance d'Isla, ils étaient des Écossais pur jus.

S'il y avait un lien français quelque part, personne ne l'avait jamais mentionné. Tout en suivant le chemin forestier tacheté de lumière, Isla sourit à cette idée qu'un couple aussi ordinaire que ses parents ait pu avoir une histoire familiale secrète quelque peu exotique. C'était tellement improbable ! Aggie devait bien être au courant.

Et le tableau ? Quel était le lien ? Peut-être avait-il été transmis de génération en génération à la famille Adair et que personne n'était au courant. Céleste pouvait-elle faire partie de la famille ? Ou connaissait-elle un de ses membres ? À son retour chez elle, Isla pourrait l'apporter à un commissaire-priseur pour qu'il la renseigne sur le peintre.

– Jock ! Au pied.

Le cri d'Isla détourna le chien de son reniflage d'un terrier de lapin. Il trottina jusqu'à sa maîtresse, puis reprit son chemin en flairant à travers les bois.

D'ici peu, Charlie et Isla seraient de nouveau sur la route.

*
**

– On est bientôt arrivé ?

Cette question fut suivie d'un soupir d'agonie, et Charlie retira ses écouteurs qu'elle laissa tomber sur ses genoux.

– Non.

Isla resserra ses mains autour du volant. Depuis son réveil, Charlie était d'une humeur massacrante et sautait à la gorge d'Isla à la moindre occasion. Pourtant, elle n'ouvrait pratiquement pas la bouche ! Dans la boîte à gants, elle prit un bonbon dans le paquet de Mentos qu'Isla rangeait là.

– J'en veux bien un, s'il te plaît.

Isla garda les yeux sur la route, mais elle entendit le grognement mécontent, le clic de la boîte à gants et la déchirure du papier. Une main apparut dans sa vision périphérique avec un bonbon blanc dans sa paume. Isla le prit.

– Merci.

Elle était consciente que Charlie remuait sur son siège, replaçait ses jambes autour du sac à dos dont elle ne se séparait pas. Isla devrait peut-être refaire une tentative.

– Que s'est-il passé hier soir ?

– Quoi ? rétorqua Charlie, qui n'appréciait clairement pas la question.

– Hier soir sur ton portable. Tu as eu l'air contrariée.

– Rien.

Une lueur rose attira l'attention d'Isla, Charlie avait repris son téléphone.

Isla pouvait aussi jouer à ce petit jeu. Consciente que si elle insistait, elle n'arriverait à rien, elle se concentra sur le dépassement d'un camion.

– Savais-tu que les chevaux peuvent dormir couchés et debout ?

Quoi ?!

Isla regarda sa petite-fille du coin de l'œil, qui pour sa part fixait le paysage.

– Pratique, répondit-elle, prise à contre-pied par le brusque changement de sujet.

– Savais-tu que leur squelette se compose d'environ deux cent cinq os ? Combien en avons-nous ?

Aussi vite que le soleil avait disparu la veille au soir, il réapparaissait après la tempête.

– Aucune idée.

Isla osait à peine parler au cas où il se cacherait à nouveau.

– Deux cent six. Et pourtant, nous avons une silhouette totalement différente. Étrange, non ?

– Oui, pas faux. Je n'y avais jamais réfléchi. Mais maintenant que tu le dis…

– Savais-tu qu'un escargot peut dormir trois ans et qu'une limace a quatre nez ?

– D'où sors-tu tous ces trucs ? Non, je ne le savais pas.

– Je viens de le lire sur Internet.

Charlie remit ses écouteurs.

Ce fut la fin de leur conversation jusqu'à leur arrivée à la gare de Preston. Isla conduisait ; quant à Charlie, elle dormait ou s'occupait, fredonnant parfois, réagissant aux notifications de son portable. Isla trouva une place sur le parking au bas de la colline, à côté de la gare. Lorsque Isla coupa le moteur, Charlie se redressa sur son siège et fourra son téléphone dans son sac à dos.

Alors qu'elles s'avançaient vers l'entrée de la gare, Charlie repéra une enseigne de vêtements dans le centre commercial d'en face.

– On peut y aller ? demanda-t-elle en tendant la laisse de Jock à Isla. Juste un coup d'œil…

Isla consulta sa montre.

– Pas le temps. Nous irons après avoir retrouvé Tony. Je suis sûre que ça ne le dérangera pas.

– Je pourrais y aller pendant que tu vas le chercher ?

Deux jeunes hommes passèrent et se retournèrent pour regarder Charlie. Isla avait tellement été pressée de partir qu'elle n'avait pas prêté attention à sa tenue, mais elle se rendait compte à présent que son haut était à peine convenable. Tout comme son short. Et son maquillage.

– Non. Nous pourrions nous perdre. (Isla vit Charlie se refermer.) Imagine ce que dirait Helen.

La tentative d'humour d'Isla tomba à plat. Sa petite-fille boudait.

Elles passèrent par une entrée latérale, Charlie quelques pas en arrière, ses tongs claquant sur le sol. Isla vérifia sur l'écran des arrivées que le train était à l'heure. Elles prirent la passerelle couverte et descendirent les marches jusqu'au quai.

– Je suppose que je n'ai pas le droit d'aller m'acheter un KitKat ?

– Ne dis pas de sottises. Bien sûr que tu peux y aller.

Isla était habituée désormais aux regards exaspérés de Charlie. Pendant qu'elle l'attendait, elle observa une mère avec un enfant en bas âge qui la fixait.

– Isla !

Elle reconnaîtrait cette voix entre mille. Elle se tourna et aperçut Tony marcher vers elle, un large sourire sur son visage. Cela faisait longtemps qu'elle n'avait pas été aussi heureuse de voir quelqu'un. Elle eut l'impression que ses genoux allaient se dérober. Tony semblait revenir de la Côte d'Azur, avec une chemise blanche ample à col Mao, les manches retroussées, rentrée dans un pantalon de toile beige ; des lunettes de soleil obscurcissaient ses yeux qu'Isla savait souriants. Il portait un grand sac fourre-tout noir qu'il jeta par terre dès qu'il arriva au niveau d'Isla.

– Enfin.

Elle sentit l'odeur de son après-rasage habituel alors qu'il l'enlaça. Comme c'était bon d'être de nouveau dans ses bras. Au moment où elle pencha la tête en arrière pour l'embrasser, Tony s'écarta.

– Ah ! Tu dois être Charlie.

– Hein, hein !

La bouche de l'adolescente était trop pleine de KitKat pour qu'elle puisse parler, mais elle serra au moins la main tendue de Tony. Isla remarqua que sa petite-fille le jaugea du regard, se demandant qui était cet homme dans la vie de sa grand-mère. Cette réserve ne durerait pas.

– Il y a un air de famille.

– Je ne crois pas, non, rétorqua Charlie après avoir avalé sa bouchée.

– Oh ! fit Tony, surpris par l'hostilité de Charlie. Salut Jock.

Il se pencha pour donner une tape au vieux chien, mais un grognement sourd le contraignit de retirer sa main comme s'il venait de se brûler.

– Jock ! Arrête ça ! lui intima Isla en le fouettant doucement avec la laisse. C'est quoi ton problème ?

Charlie prit la laisse et retourna vers la voiture avec le chien qui trottait docilement à côté d'elle.

– Je ne suis pas sûr qu'on soit parti du bon pied, commenta Tony, en lissant ses cheveux grisonnants sur ses oreilles.

– N'y fais pas attention. Laisse-lui le temps, suggéra Isla en passant son bras dans celui de Tony. Je suis contente que tu sois là.

À la voiture, il tendit la main pour qu'Isla lui remette la clé.

– Je vais prendre le volant.

Isla ouvrit le coffre pour les bagages de Tony.

– Non, ça va. Vraiment.

Il lui prit tout de même la clé.

– Laisse-moi conduire. Tu sais, les routes de campagne. Sois ma passagère, dit-il en riant. Et toi, poursuivit-il en se tournant vers Charlie, j'ai peur que tu doives monter à l'arrière avec les valises.

– Mais je…

– Ne t'en fais pas, Charlie. On changera de place la prochaine fois.

Isla ne voulait pas de problèmes. Tout ce qu'elle désirait, c'était qu'ils passent quelques jours agréables ensemble. Chacun d'eux pouvait y mettre du sien.

Charlie les foudroya du regard, puis jeta son sac à dos sur la banquette arrière et monta dans la voiture. Elle passa ses doigts à travers la grille qui séparait la banquette arrière du coffre pour grattouiller l'oreille de Jock. Il gémit de plaisir.

– Ceinture de sécurité, déclara Tony.

Surprise par son ton, Isla le regarda alors qu'il réglait le rétroviseur. Il lui fit un clin d'œil. Elle sortit les Mentos et se tourna pour en offrir un à Charlie. Le regard qu'elle reçut en retour était noir. Isla n'en tint pas compte.

– Tu as l'adresse ? demanda Tony qui tourna la clé dans le contact et se dirigea vers la route principale pendant qu'Isla lançait Google Maps sur son téléphone. J'espère que l'hôtel sera bien.

– En tout cas, ils ont été très serviables pour trouver une chambre à Charlie. Et ça a l'air magnifique.

Isla s'enfonça dans son siège, pour tenter de se détendre. Ces quelques jours ne devaient pas tourner au vinaigre – quoi qu'il en coûte.

Chapitre 24

Peu après avoir quitté la périphérie de la ville, Tony, Isla et Charlie se retrouvèrent en pleine campagne, sur des routes étroites, où des murs de pierres sèches délimitaient des champs parsemés de moutons, avant de laisser place au loin aux collines et aux pinèdes. Tony était détendu (Isla le devinait à sa façon de tenir le volant, au tapotement de ses doigts) et il se mit à raconter ce qu'il avait fait pendant son absence.

– J'ai nettoyé à fond la bicoque.

– La bicoque ? C'est de ma maison que tu parles.

– Je plaisante, dit-il en tapotant la cuisse d'Isla. J'essayais seulement de t'aider.

Mais elle ne voulait pas de l'aide de Tony, ni de qui que ce soit. Sa maison était parfaitement à son goût.

– Je ne me sens pas bien.

Les mots venant de l'arrière furent étouffés par la main de Charlie sur sa bouche.

– Tiens bon encore quelques minutes. Nous sommes bientôt arrivés, indiqua Tony en regardant Charlie dans le rétroviseur.

– Non, je me sens vraiment mal.

Isla se tourna : Charlie était blême, recroquevillée en avant.

– Tony ! Arrête la voiture !

– Où ? Il n'y a pas de…

– Arrête-toi !

Alors qu'il se déporta à l'entrée d'un champ, Isla bondit en marche hors de la voiture. Elle ouvrit la portière de Charlie. Il était temps ! Au moment même, la jeune fille se pencha et vomit dans le porte-gobelet entre les deux sièges avant. Tony retira sa main du levier de vitesse, mais pas assez rapidement.

– Mince !

Il la considéra comme s'il avait été contaminé !

Isla prit le bras de Charlie pour la guider hors de la voiture.

– Il y a peut-être des mouchoirs dans la boîte à gants, lança-t-elle.

Sur la terre défoncée et sèche, Charlie se plia en deux et vomit encore une fois. Isla lui tenait les cheveux et avait une main sur son dos. Elle entendit la boîte à gants s'ouvrir puis se refermer.

– Je n'en vois pas.

Tony s'extirpa de la voiture et s'essuya la main sur l'herbe.

– Aïe ! Zut ! Je me suis fait piquer par une guêpe ! s'exclama-t-il en secouant la main. Bon sang !

Mais Charlie s'était reprise, bien qu'encore livide.

– Je suis toujours malade à l'arrière. J'ai essayé de te le dire…

– Mais je ne t'ai pas écoutée. Je suis sincèrement désolée, ma puce.

Accueillir Tony et s'assurer de son bien-être avaient absorbé Isla au point d'en avoir oublié ses priorités.

– Tu peux monter à l'avant.

Ce n'était pas ainsi qu'Isla avait envisagé les choses, serrée à l'arrière de la voiture entre deux valises et le souffle parfumé à la viande de Jock par-dessus son épaule.

Tony se tenait la main et jurait dans sa barbe.

– Montre-moi ton doigt. Tu vas bien ? lui demanda Isla par-dessus le toit brûlant de la voiture.

– On ne peut mieux ! Elle ne pouvait pas attendre ?

Son doigt devait lui faire un mal de chien, pour qu'il s'exprime aussi sèchement.

– Quand on est malade, non, on ne peut pas attendre.

– Désolé. Tu as raison.

Tony sauta en rond, le visage crispé de douleur, tout en secouant la main.

– Peux-tu conduire pour la fin du trajet ? Ça me fait un mal de chien.

Ils remontèrent tous à bord de la voiture qui empestait le vomi.

– Il doit bien y avoir un mouchoir quelque part ?

Tony dut se plier en deux pour grimper à l'arrière.

Jock aboya.

– Jock ! Arrête ça ! Je ne sais pas ce qui lui prend.

Isla fouilla dans son sac et en sortit un petit paquet qui contenait un seul mouchoir. Elle tenta tant bien que mal de nettoyer le porte-gobelet.

Le reste de leur court trajet s'acheva les fenêtres grandes ouvertes, dans un silence ponctué de halètements de douleur venant de l'arrière. Charlie avait ses cheveux sur une épaule ; Isla put voir son visage reprendre des couleurs.

Ils finirent par arriver devant un grand manoir de pierre, en retrait de la route, en arrière d'une petite pelouse, avec des fenêtres à meneaux qui brillaient au soleil. Sur un mur de côté blanchi à la chaux, un panneau indiquait *The Inn at Whitewell.* Au-dessus de la porte blanche, ouverte de façon accueillante, un drapeau anglais s'était enroulé autour de la hampe. Sur la droite, un massif d'hortensias cachait le mur de pierre.

– C'est splendide. Comment as-tu fait pour trouver cet endroit ? demanda Isla à Tony.

Cet établissement était largement un cran au-dessus de l'hôtel dans lequel Isla et Charlie venaient de passer la nuit. Elle s'inquiéta un instant du coup de chauffe de sa carte de crédit, mais c'était l'accord qu'ils avaient passé : Tony choisissait le lieu, Isla régalait.

– Grâce à des amis. Et Google. Je voulais un endroit particulier pour nous deux.

Et il le serait. Leurs premières vacances ensemble.

Leurs premières vacances avec Charlie.

Isla se retourna sur son siège et remarqua que Tony s'écartait au maximum de Jock et couvrait son nez avec sa main.

– Qu'est-ce que tu lui donnes à manger ? se plaignit-il avec une grimace. On peut sortir ? S'il te plaît ?

– Oh ! La sécurité enfant. Pardon.

Isla se leva d'un bond pour lui ouvrir la porte.

Alors qu'ils se dirigeaient vers l'auberge, Tony devança Isla et Charlie de quelques pas, leurs bagages dans les mains. Isla trottina pour le rattraper.

– Je sais que ça n'a pas très bien commencé…

– Les choses ne peuvent qu'aller en s'améliorant.

– Tu t'habitueras à Charlie.

– J'en suis certain, affirma Tony sans paraître convaincu.

Ils suivirent un couloir au dallage irrégulier jusqu'à la réception, où se trouvait une cave à vins extrêmement bien fournie. Avec les meubles anciens, les peintures, les trophées de chasse, l'ambiance était résolument celle d'une maison de campagne détendue. Quelques chiens sortirent de derrière le comptoir, avant d'y retourner. L'endroit était animé par des bavardages assez forts : promeneurs, pêcheurs, à en juger par les cannes appuyées contre le mur, et d'autres qui passaient simplement du bon temps. Isla s'y sentit tout de suite à l'aise. Ils récupérèrent rapidement leurs clés et on leur indiqua un dédale de couloirs et d'escaliers à emprunter pour rejoindre leur chambre.

Un lit à baldaquin occupait la majeure partie de la pièce ; le même joli tissu à fleurs avait été utilisé pour le couvre-lit, la tenture du baldaquin et les rideaux. Un immense miroir dominait le mur au-dessus d'un petit bureau et d'une chaise. La salle de bains était tout en marbre noir, le comble du chic moderne. Isla se jeta sur le lit, ce qui fit tomber par terre les coussins à fleurs.

– Je pourrais rester ici tout le week-end, sans jamais quitter la chambre.

Le plaisir d'Isla fit rire Tony. Il s'assit sur la banquette au bout du lit.

– Regarde-moi cette vue.

– Sauf qu'il y a Jock à promener – et il y a Charlie aussi, bien sûr.

Grâce à une annulation de dernière minute, Charlie avait obtenu une chambre mansardée ; elle avait insisté pour s'y rendre toute seule.

La vue depuis la fenêtre s'étendait sur des champs dans lesquels paissaient des vaches, sous un soleil éclatant. Les bois à gauche menaient à une ferme lointaine, au pied d'une colline. Le paysage était incroyablement bucolique et tellement plus vert qu'Isla ne l'avait imaginé. Une flambée avait été préparée dans la cheminée – il ne suffisait plus que de craquer une allumette.

Tony vint s'allonger à côté d'Isla. Il lui toucha la joue. Elle pouvait sentir son souffle sur son visage, sentir le bonbon qu'il avait sucé dans la voiture. Elle se releva.

– Je ferais mieux d'aller voir si tout va bien pour Charlie.

Il soupira, se résigna et alla s'avachir sur le canapé.

– Si le devoir t'appelle… Je t'attends là.

Tony retira ses chaussures et releva les jambes.

– On croirait entendre un jeune premier ! Je reviens.

Isla était gênée à l'idée de faire l'amour en présence de Jock.

– Tu as intérêt.

Dans les couloirs, Isla s'arrêta pour admirer quelques-uns des nombreux cadres, avec Jock sur ses talons. Elle frappa doucement à la porte de Charlie.

– Tout va bien là-dedans ?

La porte s'ouvrit et Isla pénétra dans une chambre plus petite, mais tout aussi luxueuse et confortable que la sienne, même si la fenêtre donnait sur la rue.

– Regarde la salle de bains !

Aussi propre et moderne que la leur.

– Ouah !

En voyant le visage de sa petite-fille, Isla était ravie de lui faire ce plaisir.

Elles s'assirent sur le lit ensemble, Charlie caressait le couvre-lit en brocart rouge.

– Il y a un petit défaut cependant : il n'y a pas de réseau ! déplora Charlie comme si elle annonçait une catastrophe nationale, en jetant son téléphone sur l'oreiller.

– Mais au moins il y a le Wi-Fi.

Charlie grommela.

– Je sais que c'est un peu difficile pour toi.

– Non, rétorqua l'adolescente en levant brusquement la tête. Je vais bien.

– Je pense que Tony et toi allez bien vous entendre.

– Il ne m'aime pas, affirma Charlie d'un ton très définitif.

– Mais si. Il ne s'attendait pas à ce que tu lui vomisses dessus, c'est tout.

Charlie foudroya sa grand-mère du regard.

– Il aurait dû s'arrêter plus tôt.

– Oui, c'est vrai. Je suis d'accord. Mais viens te promener avec nous, c'est très joli dehors. Tu pourras faire sa connaissance.

Isla comprit que c'était sans espoir. Charlie s'était fait son opinion. Cela prendrait du temps. Peut-être plus qu'ils n'en avaient.

Sa petite-fille secoua la tête.

– Non. C'est bon. Je vais rester ici.

– Mais qu'est-ce que tu vas faire ?

– Prendre un café, répondit-elle en désignant d'un signe de tête la machine *Nespresso*. Regarder la télévision. Écrire à mes amis. M'occuper de Jock.

– Je me disais que Jock pourrait venir avec nous. Il a besoin d'exercice.

– Oh, s'il te plaît. Il est heureux ici.

Jock était allongé sur le côté du lit comme s'il y était né. Et puis, Isla adorerait avoir l'occasion d'être seule avec Tony, comme ils l'avaient initialement prévu.

– D'accord. Il pourra se promener demain. Si tu es sûre de ne pas vouloir venir. On se retrouve en bas pour le dîner à dix-neuf heures trente ?

– OK d'accord !

Persuadée que Charlie serait beaucoup mieux dans sa chambre, Isla retourna dans la sienne, auprès de Tony. Ayant perdu Jock resté auprès de sa petite-fille, Isla avait également perdu ses inhibitions.

– Je lui ai dit que nous allions nous promener, mais…

Tony attira Isla sur le lit à côté de lui, elle se roula dans ses bras et son ventre se mit à palpiter.

*
**

Ils ne sortirent que quelque temps plus tard. La chaleur de la journée était moins intense lorsqu'ils se mirent enfin en chemin, après avoir écouté les conseils du réceptionniste. Ils passèrent à côté de l'ancienne église paroissiale et suivirent les panneaux du sentier jusqu'à des pierres de gué dans la rivière. Ils rirent en sautant d'une pierre à l'autre, puis ils tournèrent à droite pour longer le cours d'eau, repassèrent devant l'auberge sur la rive opposée. Ils croisèrent des vaches qui broutaient béatement et atteignirent un banc qui surplombait l'eau où barbotait un couple de canards.

– Asseyons-nous ici, lui proposa Tony en prenant la main d'Isla. N'est-ce pas parfait ? Rappelle-moi où tu vas ensuite. J'aurais aimé pouvoir venir avec toi.

– Oh non, crois-moi ! Déjà, Charlie sera avec moi. Et ensuite, je rends visite à Janet, une ancienne amie d'enfance ; tu mourrais d'ennui avec nous. Après, nous irons chez ma plus jeune sœur.

– Tu n'as pas renoncé alors ?

Tony avait été assez indifférent aux talents d'enquêtrice d'Isla lorsqu'elle l'avait informé de ses lents progrès.

– Je suis plus déterminée que jamais. Je veux découvrir qui était ma mère.

– Tu ne crois pas que le mot du tableau était adressé à ton père ?

Isla éclata de rire.

– À Papa ?! Si tu l'avais connu, tu ne dirais jamais une chose pareille. Moins romantique que lui, ça n'existe pas.

– Peut-être avec toi, sa fille. Mais supposons que quelqu'un lui ait offert ce tableau. Cela pourrait dater d'avant sa rencontre avec May.

– Non, affirma Isla, plutôt certaine d'elle. Ils l'auraient dit. De toute façon, il ne parlait pas français. Le papier était si friable que je suis sûre que c'est plus vieux que lui.

– Eh bien, si tu en es sûre.

Tony laissa une fourmi grimper sur un brin d'herbe puis sur son doigt, avant de l'écraser.

– Je ne suis sûre de rien, se lamenta Isla en secouant la tête.

Tony se mit debout et tendit ses mains à Isla pour l'aider à se relever. Tandis qu'ils admiraient le magnifique paysage, il passa son bras autour de sa taille.

– Mais tu es contente que nous soyons venus ici ?

– Oui, ça, j'en suis sûre.

Isla enroula son bras autour de Tony et l'embrassa sur la joue. Elle ne s'était pas sentie aussi à l'aise avec un homme depuis très, très longtemps.

De retour à l'hôtel, ils prirent une douche et se changèrent, avant de s'installer à une table sur la terrasse ensoleillée à l'arrière de l'hôtel, qui donnait directement sur la rivière et les champs au-delà.

– Un gin-tonic ?

Tony appela un serveur pour prendre leur commande.

– Je me demande pourquoi ta mère t'a laissé ce tableau en particulier. Un tableau et ta part de tout le reste, déclara Tony, en prenant une poignée de cacahuètes qu'il fourra dans sa bouche. Je n'aurais jamais cru me retrouver au bras d'une femme riche !

Il faudrait qu'Isla le lui dise. Au moins, le moment semblait approprié.

– Ce n'est pas le cas. Je ne t'ai pas raconté toute l'histoire. Je ne suis pas riche du tout. Ma mère ne m'a rien laissé d'autre.

Voilà, c'était dit. Isla se sentait mieux d'avoir tout révélé à Tony.

– Comment ça, rien ?

Avec son ongle, Tony décoinça des morceaux de cacahuètes entre ses dents de devant et les mangea.

– Rien. Je ne sais pas pourquoi. C'est ce que j'essaie de découvrir, à vrai dire.

– Pourquoi ne m'as-tu rien dit ?

– Parce que j'étais gênée. Parce que j'imaginais que tu penserais que quelque chose devait clocher chez moi. C'était peut-être stupide.

– Oui. Je suis content que tu me l'aies dit, se réjouit Tony, avant de fixer le plafond comme s'il pensait à autre chose. C'est la première fois que j'entends parler d'une telle histoire. Comme c'est cruel… Donc, tu as appris que ta mère est allée en France. Et le mot du tableau est en français…

– Oui, mais elle y est restée peu de temps, et c'était avant qu'elle ne rencontre Papa. Le tableau aurait pu appartenir à quelqu'un d'autre avant eux.

– Tu as des informations à ce sujet ?

– Non, répondit Isla, qui sirota son verre, puis sourit. Qu'est-ce que c'est ? L'Inquisition espagnole ?

– J'essaie seulement de t'aider. Tu n'as pas l'air d'être allée très loin dans tes recherches.

– Je suis plus loin qu'au début, rétorqua Isla, avant de lever son verre. Santé ! Aux amours passées !

– Et aux actuelles, ajouta Tony en trinquant avec Isla. D'ailleurs, où est ta petite-fille lunatique ?

– Charlie, tu veux dire, le reprit Isla, avec une attitude protectrice. Elle ne désire pas plus être ici plus que toi tu ne souhaites sa présence, alors sois indulgent.

Tony jeta les mains en l'air, niant l'accusation.

– Je vais aller la chercher.

Il parut déçu. Alors qu'Isla retourna dans l'hôtel, elle prit la résolution de ne pas répondre aux taquineries. Elle s'arrêta pour examiner un énorme brochet empaillé dans un cadre, ses yeux vitreux regardant droit devant, sa mâchoire ouverte. Isla prit son portefeuille dans son sac et en sortit le mot pour le relire.

– Qui étais-tu, Céleste ? Et qui as-tu aimé ? murmura-t-elle. Cet amour était-il réciproque ? Je te le souhaite.

Quand Isla frappa à sa porte, Charlie ne répondit pas. Isla redescendit. Alors qu'elle traversait le bar, un vieux labrador noir semblable à Jock attira son attention. Mais il n'était pas seul. Isla se rendit compte que l'objet de l'adoration du chien était Charlie, juchée sur un tabouret de bar à côté de deux jeunes hommes en bermuda et polo. Ils se ressemblaient comme deux gouttes d'eau, avaient des cheveux bruns, une grande bouche et une allure sportive. Charlie portait l'une de ses robes les plus courtes et les plus jolies. Elle avait tressé ses cheveux sur les côtés et les avait noués derrière sa tête. Comme d'habitude, son maquillage était parfait.

– Charlie ! Je me demandais où tu étais passée.

Jock remuait frénétiquement la queue tout en reniflant la main de sa maîtresse.

– Tu te joins à nous ?

Mince ! Elle s'était exprimée comme une pom-pom girl trop enthousiaste.

– Nous avons fait une belle promenade.

Du calme, Isla.

– Oh, bon sang !

Ces mots furent assez clairement audibles malgré la salle bondée.

– Salut, dit Isla en s'adressant aux deux hommes, sans parvenir nullement à se calmer. Je suis Isla, la grand-mère de Charlie.

S'il était possible d'entendre des yeux levés au ciel, elle était certaine de l'avoir fait à l'instant même.

L'un des jumeaux tendit la main pour serrer celle d'Isla.

– Ellis, se présenta-t-il, avant de désigner son frère, et Peter Booth. Nous séjournons aussi dans cet hôtel. Nous avons rencontré Charlie dehors.

– On lui a sauvé la vie, tu veux dire, intervint Peter.

– Je l'aurais vu, s'indigna Charlie. Il a pris le virage trop vite.

– Tu as failli te faire renverser ?!

Helen ne pardonnerait jamais cet incident à Isla si elle venait à l'apprendre. Et qu'est-ce que Charlie faisait dehors d'ailleurs ?

– Ce n'était qu'un cycliste, expliqua Ellis d'un ton dédaigneux.

– J'avais sorti Jock, déclara Charlie, en faisant la moue. Je voulais seulement rendre service.

Isla eut la gorge nouée. Elle aurait dû insister pour garder Jock avec elle.

– Bref, personne n'a été blessé, et nous sommes venus ici boire un verre.

Peter indiqua d'un signe de tête les deux canettes de bière blonde et la bouteille de jus de fruits posées sur le bar. Au moins, Charlie avait opté pour une boisson sans alcool.

– Merci de l'avoir sauvée alors, déclara Isla, qui feignit une sérénité qu'elle ne ressentait pas, avant de décrocher la laisse de Jock du tabouret de bar. Charlie, tu te joins à Tony et moi maintenant que nous sommes rentrés ?

– Faites sans moi. Je suis en train de boire un jus d'orange.

– Tu peux le prendre avec toi, lui fit remarquer Peter. Nous allons retrouver nos parents, indiqua-t-il en faisant un geste vers ce qui ressemblait à une salle privée. Noces d'argent. Pas d'échappatoire possible. Peut-être à plus tard.

Isla aurait pu embrasser ce jeune homme ! Charlie et les jumeaux riaient comme s'ils partageaient une blague secrète qui impliquait leur supériorité incontestable sur les adultes. Isla conduisit Jock vers la terrasse, confiante que Charlie les suivrait. Elle ne se retourna pas pour voir son expression. Elle n'avait pas besoin de faire un grand effort d'imagination pour savoir à quoi elle ressemblait.

Chapitre 25

Charlie ne pipa pratiquement pas mot du dîner. Elle commanda une assiette de légumes mais, à part cela, sa conversation ne s'étendit pas au-delà de rares monosyllabes. Apparemment, elle songeait à devenir végétarienne. Tony n'était guère mieux. La présence de Charlie semblait le réduire au silence. Aussi Isla se retrouva-t-elle à faire la conversation et tenta désespérément de combler les blancs et de détendre l'atmosphère en racontant leur séjour chez Morag, les animaux, le château de Haddon Hall, le concours canin, tout ce qui lui passait par la tête. Charlie ne participa pas à la discussion comme Isla l'avait espéré, pas même pour rire aux plaisanteries d'autodérision de sa grand-mère. Quant à Tony, il ne semblait guère intéressé, ne l'interrompant qu'occasionnellement avec un « Hum », ou un « Ah ah ». Au fil de la soirée, Isla se servit un verre de vin puis encore un autre, et sa colère s'enflait. Passe encore l'attitude de Charlie – elle avait le droit d'être une adolescente butée comme tous ses semblables. Mais Tony ! Malgré un mauvais départ, il n'avait aucune excuse.

Pendant qu'Isla épluchait son poisson, elle était consciente que Charlie regardait Tony s'attaquer à son carré d'agneau de pré-salé comme si elle observait un cannibale dévorer sa victime. Dans le même temps, elle mangeait du bout des dents son assiette de légumes. Isla finit par ne plus le supporter.

– Si aucun de vous ne fait d'effort, je pense que je vais aller me coucher et prendre un dernier verre dans ma chambre. J'attendais mieux de vous.

Isla se leva, tira sur sa robe qui lui collait aux jambes à cause de la chaleur, déçue que tout se passe si mal.

Tony lui attrapa la main.

– Ne sois pas stupide. Nous sommes simplement fatigués. Pas vrai, Charlie ?

Il attendit que l'adolescente lève le regard ; elle avait les yeux baignés de larmes et rebaissa la tête vers ses genoux.

– Ouais.

Isla s'en voulut aussitôt. Peut-être en attendait-elle trop de Charlie. Tout en considérant sa petite-fille avec inquiétude, elle se rendit compte que son attention était un peu trop portée sur ses cuisses.

– Tu es sur ton téléphone ?

Charlie fit non de la tête, tout en passant sa main droite de ses genoux à sa poche, et Isla aperçut une lueur rose sans équivoque.

– Non.

– Quel était notre accord ?

Isla bouillonnait de colère.

– Peu importe, marmonna Charlie de sorte qu'Isla l'entendit à peine.

– Est-ce qu'il s'est passé quelque chose ?

Isla n'avait aucun moyen de pénétrer dans le monde de Charlie. Si celle-ci n'y mettait pas du sien, elle ne pourrait pas l'aider.

– Oh, allez, Charlie. Fais un petit effort. C'est tout ce que je te demande.

C'était comme si Tony n'était pas là, bien qu'Isla sente sa main serrer sa cuisse lorsqu'elle se rassit. Sa manière de s'excuser et de l'assurer de son soutien. Isla ne pouvait pas laisser Charlie dans cet état.

– Qu'est-ce qui s'est passé ?

– Rien.

Charlie planta sa fourchette dans sa dernière carotte et la fourra dans sa bouche. Elle poussa un énorme soupir comme si c'était la fin du monde.

Comprenant qu'elle n'arriverait à rien si elle persistait, Isla changea de sujet.

– Que dites-vous d'un dessert ? Et si on faisait tous un effort ?

– D'accord ! accepta Tony. Je suis désolé, j'avais la tête ailleurs. Que diriez-vous de partager une assiette de fromage ? Et un verre de porto ?

Charlie renifla, mais s'éveilla suffisamment pour commander une glace à la framboise et à la fleur de sureau.

– Bon… dit Tony comme s'il était sur le point de faire une annonce importante.

Elles le regardèrent, en expectative, Isla enfin reconnaissante qu'il vienne à la rescousse et réagisse, même à contrecœur.

– Que faisons-nous demain ?

Était-ce vraiment le mieux qu'il avait à offrir ? Charlie poussa un long soupir et examina le plafond comme si elle préférait être ailleurs qu'assise à la même table qu'eux.

– Si la météo est comme aujourd'hui, nous pourrions faire une longue promenade en emportant un pique-nique, proposa Tony avant de boire d'une traite le restant de son vin.

– Je suis sûre qu'on peut trouver d'autres idées, si celle-ci ne te plaît pas, suggéra Isla à Charlie en se rappelant l'enfer des randonnées avec ses parents, dans l'espoir de susciter chez sa petite-fille un soupçon d'intérêt. Veux-tu boire autre chose ?

– Mais je croyais que ce que tu…

Tony tambourina ses doigts sur le bord de la table.

– Il fait très chaud, déclara enfin Charlie. Combien de kilomètres ?

Elle faisait un effort, son regard ne se portant que sur Isla, jamais sur Tony.

– D'après les prévisions, il fera plus frais demain, les informa Tony. Nous pourrions demander à l'hôtel un panier pique-nique. Nous pouvons marcher doucement.

– Mamie ?

Charlie ignora Tony et jeta un coup d'œil vers le bar. Les jumeaux n'étaient pas réapparus.

– Décidons demain matin.

Comment Isla allait-elle négocier la paix entre ces deux-là ?

Après le dîner, ils regagnèrent directement leur chambre. Tony devança Isla pendant qu'elle disait bonsoir à Charlie.

– Est-ce que ça va ? Tu avais l'air vraiment troublée.

Charlie secoua la tête.

– Tous mes amis sont à une fête ce soir. Et ils sont tous allés voir un film que je voulais voir. Certains d'entre eux se sont moqués de moi parce que je suis en vacances avec ma grand-mère. Ils disent que ça craint.

– Sérieusement ? s'offusqua Isla, furieuse. Qu'est-ce qu'ils en savent ? Il se trouve que je suis la meilleure compagnie qu'on pourrait souhaiter. Tu n'as qu'à leur dire ça !

Cette repartie valut à Isla un sourire larmoyant. Toutefois, elle savait qu'il n'y avait rien de pire que de rater des occasions, d'autant plus quand on désirait par-dessus tout être ailleurs.

– Ne t'inquiète pas. Nous essaierons de trouver une activité qui nous plaît à tous les trois demain.

– Ça m'est égal. Tony ne veut pas que je sois avec vous.

– Charlie ! Je t'ai déjà dit que c'était faux. Il faut seulement que tu fasses plus d'efforts.

– Et lui alors ? Est-ce qu'il te plaît vraiment, Mamie ?

Elles se regardèrent un moment. Isla contrôlait sa colère. Charlie sortit sa clé de la poche de sa robe et la tourna dans ses mains.

– Je demandais comme ça.

– Je ne comprends pas pourquoi tu continues à aller sur les réseaux sociaux si ça te perturbe autant.

Isla se pencha pour embrasser sa petite-fille sur la joue, mais Charlie s'écarta et Isla la manqua.

Aussi rapidement, l'adolescente se ravisa et embrassa sa grand-mère.

– Bonne nuit, Mamie. Tout ira bien.

Sur ces mots, elle tourna les talons.

*
**

– Enfin seuls !

Tony alla se brosser les dents.

Isla ne put s'empêcher de penser qu'un homme d'un certain âge se préparant au coucher était fondamentalement peu sexy. Entre ses dents, ses pieds, sa toilette et le pomponnage de ses cheveux, il y passait plus de temps qu'Isla. Tony n'était pas particulièrement vaniteux, mais apparemment sa personne l'occupait beaucoup !

Derrière lui, Isla contemplait son reflet par-dessus son épaule et attendait les papillons habituels dans son ventre, mais ils ne vinrent pas. Elle posa sa main sur son épaule pour que Tony se retourne face à elle. Elle se lança.

– Je sais que Charlie est difficile, mais ce serait super si tu pouvais te forcer un petit peu. Pour moi, l'implora Isla, même si elle ne devait pas être obligée de le formuler.

Tony plissa le front.

– Je suis désolé. Je pensais faire ce qu'il fallait. Je ne suis pas habitué aux adolescentes, je suppose, marmonna Tony avec sa brosse à dents dans la bouche. Mais c'est quoi tout ce maquillage et cette jupe ? On dirait une prostituée russe.

Tony cracha dans le lavabo et se rinça la bouche.

Isla lui gifla le bras.

– Mais non, voyons ! C'est juste une adolescente de quatorze ans qui est perdue. Elle veut être considérée comme une adulte bien qu'elle soit encore une enfant. Ne me dis pas que tu n'en as jamais rencontré auparavant.

Isla ouvrit le minibar et en sortit une mignonnette de cognac.

– Pas comme elle.

Tony déposa ses vêtements sur une chaise sous la fenêtre ouverte, enfila un T-shirt en plus de son boxer et se mit au lit, la télécommande de la télévision en main.

– Allons-nous trouver un film ? demanda-t-il en parcourant les chaînes. Mais oui, d'accord, c'est noté. Je ferai de mon mieux.

– Merci. Je sais que ce n'est pas ce que nous avions prévu, mais nous pouvons toujours nous amuser. Tu n'as pas été beaucoup mieux qu'elle jusque-là et, toi, tu n'as pas la jeunesse comme excuse !

Isla but une gorgée de cognac et ferma les yeux à la brûlure qu'elle ressentit dans sa gorge. Quand elle les rouvrit, Tony riait aux éclats.

– Qu'y a-t-il de si drôle ?

– Toi. Tu es drôle. Oh, viens ici, dit-il en rejetant les draps. Ne gâchons pas les choses, et je vais essayer. Promis.

Isla commença à se déshabiller et sentit l'air chaud de la nuit sur sa peau. Par la fenêtre ouverte, elle entendit une chouette.

– Tu as entendu ?

– Quoi ?

– Entendre une chouette la nuit est de mauvais augure.

– Oh là là ! Je me suis acoquiné avec une sorcière.

Tony fit mine de crier, puis ricana.

– Ferme-la, idiot.

Isla s'allongea dans le lit et se cala dans le creux du bras de Tony. Sa tête posée sur son torse, elle percevait les battements de son cœur.

– Ce n'est qu'une superstition. Tu n'aurais pas aimé avoir des petits-enfants ? Tu dois avoir de la famille quelque part.

Le côté du visage de Tony qu'Isla apercevait était évasif. Il s'essuya le front du revers de la main.

– Non. Je sais ce que tu dois penser, mais je te l'ai dit : mes parents sont morts depuis longtemps et je n'ai ni frères et sœurs, ni cousins. Il n'y avait que moi.

– Mais tu as été marié.

– Deux fois, mais je n'ai jamais eu d'enfants.

Sa voix n'était teintée d'aucun apitoiement. Il présentait simplement les faits.

– La plupart de mes amis avaient des enfants, mais nous nous sommes éloignés parce que nous avions de moins en moins de points communs. Eileen et moi avons essayé, mais le destin en a décidé autrement. C'est pour cette raison que les adolescents me sont des créatures totalement étrangères.

Tony sourit avant d'embrasser Isla sur le front.

Tous deux arrivaient dans cette nouvelle relation avec un long passé et Isla mourait d'envie d'explorer celui de Tony et d'en apprendre le plus possible sur lui. Elle désirait le connaître mieux que quiconque.

– Qu'est-ce qui lui est arrivé ? À la femme qui voulait avoir des enfants avec toi.

– Eileen ? Nous avons suivi des chemins différents, répondit-il pour clore le sujet. Ensuite, j'ai épousé Angie ; j'avais la quarantaine, alors il était trop tard pour avoir des enfants. Il y a sept ou huit ans, nous sommes partis vivre en France pour prendre un nouveau départ. Nous avons racheté un gîte, mais il s'est avéré qu'elle a préféré notre maçon français à moi. Lorsqu'ils ont emménagé ensemble en Gironde, j'ai continué de m'occuper du gîte seul. Mais, comme tu le sais, tout est devenu trop lourd à gérer et j'étais inquiet à cause du Brexit, donc j'ai vendu et me voici de retour pour repartir de zéro.

Tony continua à présenter les faits sans aucune émotion. Isla se demanda quel chagrin il dissimulait et elle lui serra la main.

– Je suis désolée.

– Ne le sois pas. Une touche féminine est nécessaire pour ce genre d'affaires.

– Oh, je t'en prie ! Ne me dis pas que tu es aussi rétrograde ! Mais je t'aime quand même.

Isla se figea. Ce mot lui avait échappé. Le cognac lui avait délié la langue.

– Tu n'es pas trop mal toi-même.

Au grand soulagement d'Isla, Tony fit comme si de rien n'était.

Mais cette phrase était bien sortie de quelque part. Isla aimait-elle cet homme ? Était-ce réellement ce qu'elle éprouvait pour lui, qu'elle ne le connaissait que depuis quelques mois ? Ce n'était pas la passion de jeunesse qu'elle avait ressentie pour Ian, ni l'abandon hésitant qu'elle avait connu avec Keith. C'était une tout autre sensation qui la faisait se sentir en sécurité, choyée. Mais était-ce de l'amour ?

Tony éteignit sa lampe de chevet et se retourna pour faire face à Isla. Il fit glisser ses mains sur son corps, la touchant, la caressant, ses lèvres douces contre les siennes.

Au lieu de s'interroger davantage sur ses sentiments (à quoi bon ?), Isla s'abandonna au moment.

Quand ils se réveillèrent le lendemain matin, la vague de chaleur était passée. Une pluie torrentielle s'abattait d'un ciel impitoyable et sombre. Isla observa les plantes de la terrasse se faire fouetter par les éléments, la pluie rebondir sur les pavés. De l'autre côté de la rivière, le bétail s'était abrité sous un arbre aux larges frondaisons, dans l'attente d'une éclaircie.

Une promenade était hors de question.

Charlie ne descendit pas pour le petit-déjeuner et Isla ne la réveilla pas. Jock s'en chargerait quand il aurait faim ou un besoin pressant. Il ne la laisserait pas l'ignorer. Aussi, Tony et Isla se firent plaisir avec un délicieux petit-déjeuner : du muesli et de l'églefin poché pour elle, et un petit-déjeuner à l'anglaise pour Tony avec des tartines grillées, des œufs, du bacon... Il avait hésité.

– Oh, vas-y, fais-toi plaisir, l'avait encouragé Isla. C'est moi qui paie, souviens-toi.

– Eh bien, dans ce cas... Et puis, nous sommes en vacances. On s'en fiche des glucides aujourd'hui, affirma-t-il en se tapotant le ventre.

Alors qu'ils étaient en pleine partie de backgammon, Charlie apparut enfin. Isla aperçut Tony jeter un coup d'œil à son jean déchiré, dont on pouvait se demander comment les pièces tenaient encore ensemble. Elle s'attendit à ce qu'il fasse une remarque, mais, au lieu de cela, il dit :

– Bonjour, Charlie ! Étant donné le temps épouvantable, la balade est annulée. Veux-tu manger quelque chose ? Les saucisses sont succulentes.

Tony faisait des efforts.

Charlie tira sur la tresse épaisse qui tombait sur son épaule droite.

– Je ne mange pas de viande. Je te l'ai dit.

– Ah, oui, c'est vrai.

Tony ne se découragea pas et lui recommanda le reste du menu, pendant que Charlie jouait avec les oreilles de Jock, sans répondre.

– Je crois que le service du petit-déjeuner est terminé, intervint doucement Isla. Et il faudrait sortir Jock. Je vais lui faire faire un petit tour dans la rue.

– Je viens avec toi, dirent Tony et Charlie à l'unisson.

– Non. Restez ici. Je n'en ai pas pour longtemps.

Peut-être les laisser ensemble pourrait-il s'avérer fructueux ?

– Je viens.

Tony repoussa sa chaise. Sa veste se prit dans le plateau de backgammon et toutes les pièces se retrouvèrent par terre.

– Mince !

– Du pain grillé, ça me va, déclara Charlie.

Isla attrapa sa cape de pluie derrière elle, prit la laisse dans la main de sa petite-fille et s'en alla rapidement, après s'être emparée d'un parapluie près de la porte d'entrée. Elle n'était pas loin quand elle entendit des pas derrière elle. Elle se tourna et aperçut Tony qui courait vers elle, voûté sous un parapluie.

– Tu n'aurais pas dû partir aussi vite.

Il sauta par-dessus une flaque d'eau, en prenant soin de ne pas mouiller ses chaussures en daim marron.

– Il le fallait pour Jock. C'était urgent.

– On dirait que le temps ne va pas s'éclaircir de sitôt.

Tony hésita, clairement partagé entre tenir compagnie à Isla et bousiller ses chaussures. Les souliers l'emportèrent.

– On se retrouve dans une minute.

Un déluge de pluie tombait sur son parapluie. Derrière le mur de l'hôtel, un chapiteau avait été monté pour un mariage – pauvres mariés, par un temps pareil ! Isla enjamba un muret pour prendre un chemin qui longeait la route, en veillant à ne pas trébucher sur les racines des arbres qui affleuraient au sol. Ils arrivèrent à ce qui ressemblait aux vestiges d'un vieux pont. Isla regarda de l'autre côté de la rivière, puis se retourna.

– Ça suffit, mon vieux. Le temps est trop mauvais pour continuer. Peut-être que Charlie et Tony s'adressent la parole à l'heure qu'il est.

Quand Isla revint, Charlie était à table, entourée des restes de son petit-déjeuner.

– Ils ont eu pitié de moi.

Elle termina la dernière bouchée de sa tartine.

Tony était introuvable.

– On reste ici toute la journée ?

Charlie avait l'air si optimiste qu'Isla fut tentée d'autoriser sa petite-fille à rester dans sa chambre avec la télévision et son téléphone. D'un autre côté, elle ne voulait pas qu'elle se sente davantage mal aimée ou délaissée.

– Pourquoi n'irions-nous pas à Clitheroe ? Et manger là-bas ? Et faire les boutiques ? suggéra Isla.

À ce moment précis, Tony réapparut ; il avait changé de chaussures, remarqua-t-elle. Son visage et celui de Charlie lui firent comprendre ce qu'ils pensaient de cette idée.

– Pourquoi ne pouvons-nous pas simplement nous détendre ici ? proposa Tony. Ce n'est pas la peine de chercher à tout prix à nous divertir. Il y a tout ce dont nous pourrions avoir besoin ici.

Pour la première fois, Charlie eut l'air d'être d'accord avec Tony.

– Super. Je serai dans ma chambre, si ça te va, Mamie. Il y a quelque chose que je meurs d'envie de faire, indiqua-t-elle avant de se lever pour les quitter. Tu viens, Jock ?

Le chien leva les yeux à la mention de son nom et, la queue frétillante, il suivit la jeune fille.

– Amour intéressé, commenta Isla, en songeant au paquet de biscuits ouvert dans la chambre de Charlie.

– Ça n'en est pas moins de l'amour, fit remarquer Tony. Viens ici, dit-il en l'invitant vers un canapé libre. Je suis tellement content de t'avoir rencontrée.

Il déplaça les coussins pour faire de la place à Isla. Ils prirent les journaux, en mettant de côté quelques magazines de pêche, et commencèrent à les feuilleter, assez à l'aise l'un avec l'autre. Ils ne ressentaient pas le besoin de combler le silence. Finalement, Tony prit la parole.

– En fait, se lança-t-il, il y a quelque chose dont j'aimerais te parler.

– Tu me fais peur.

Elle espérait ne pas être allée trop loin la veille.

– Non, ne t'en fais pas, la rassura-t-il en riant. Je viens de recevoir un e-mail. Tu te souviens que j'avais cette réunion l'autre soir quand tu m'as appelé ? Eh bien, cela a fonctionné. On m'a demandé de me lancer dans une affaire avec un ancien collègue. Nous avons travaillé ensemble à GSK, l'entreprise pharmaceutique, et je l'ai contacté à mon retour de France, à tout hasard.

– Je savais que tu trouverais rapidement quelque chose, s'exclama Isla, enthousiaste, ravie d'avoir vu juste. Qu'est-ce que c'est ? Un petit hôtel, un peu comme le gîte ? Dans quel coin ?

Elle se tut. Si jamais Tony partait à l'autre bout du pays, que deviendrait leur relation ?

Tony leva les deux mains pour stopper le flot de questions.

– Oh non. J'en ai fini avec l'hôtellerie. Ce projet est différent et beaucoup plus excitant. Et utile aussi. Don veut développer une solution alternative écologique aux emballages de supermarché.

Isla regarda Tony avec incrédulité.

– Est-ce que tu t'y connais ?

Il sourit.

– Pas beaucoup mais, crois-le ou non, il veut que je sois le cerveau de son activité. Nous allons reprendre une petite entreprise d'emballage durable. Don a déjà fait cela avec beaucoup de succès. Écoute.

Tony poursuivit en expliquant comment ils produisaient des emballages alimentaires dégradables à partir entre autres d'algues.

– C'est novateur. Je peux te montrer leur site Internet.

– Mais pourquoi toi ?

Isla ne comprenait pas ce que Tony pouvait apporter à l'entreprise, aux yeux de Don.

– Tu doutes de moi ?

La déception de Tony était manifeste.

– Bien sûr que non. C'est juste que je ne savais pas que tu avais ce genre d'expérience.

N'avait-il pas insinué qu'il avait mené une existence au jour le jour ?

– Je t'ai sûrement raconté que, quand Angie et moi sommes allés en France, j'ai renoncé à un bon poste (par bon, je veux dire bien payé) dans le secteur de l'emballage alimentaire ?

– Non, tu ne m'en as pas parlé.

Isla s'en serait souvenue.

– Angie m'a persuadé que nous aurions un bien meilleur mode de vie si nous abandonnions tout et allions vivre en France. Je suppose qu'elle a eu ce qu'elle voulait en fin de compte.

– Mais tu es retombé sur tes pieds.

Isla ne pouvait s'empêcher de penser que ce nouveau travail pourrait impressionner Charlie.

– Oui, c'est vrai, admit-il avec un large sourire. Je n'en reviens tout simplement pas que ce soit arrivé.

– C'est une excellente nouvelle. Je suis tellement contente.

Elle l'était sincèrement. Bien qu'il ne l'ait jamais dit, Isla devinait à quel point Tony était abattu dans sa recherche d'un travail. Ce poste allait tout changer.

– Il n'y a qu'un seul hic…

Tony prit la main d'Isla et appuya sur la pulpe de ses doigts un à un, d'un air pensif.

– Qu'est-ce que c'est ?

Ce serait dommage que ses espoirs soient anéantis au moment où il reprenait confiance en lui.

– Il veut que j'investisse dans l'entreprise – évidemment, si je veux y jouer un rôle actif et être pleinement récompensé. Le retour sur investissement devrait être considérable, sinon je n'y songerais même pas. Mon souci, c'est que mes économies sont immobilisées sur un compte de placement, donc je dois obtenir un prêt et/ou trouver des investisseurs, car Don a besoin de l'argent immédiatement, afin d'accélérer les choses. C'est ce que je vais faire la semaine prochaine, pendant que tu seras en Écosse : lever des fonds.

Aucun d'eux ne s'exprima pendant qu'Isla assimilait toutes ces informations. Elle n'avait jamais vu Tony aussi animé. Cette entreprise signifiait évidemment tout pour lui et lui redonnait de l'assurance, après des mois de recherche d'emploi.

– Mais je ne comprends pas pourquoi Don veut que tu investisses si rapidement.

– C'est un peu un hasard, en fait. Il avait un associé qui a dû se retirer, parce qu'on lui a diagnostiqué un cancer de l'œsophage. Sale nouvelle, ajouta-t-il avec une grimace. Par conséquent, Don cherchait quelqu'un pour le remplacer depuis quelques mois… et je suis arrivé au bon moment. Si l'accord se fait, il devra signer rapidement, car les autres personnes ont la bougeotte. Sinon, ils chercheront quelqu'un d'autre.

– Cela semble une fabuleuse entreprise. Qui a un sens, en plus.

Isla n'avait pas assez l'esprit d'entreprise pour comprendre les tenants et aboutissants de devenir associé, mais si une occasion nous plaisait, pourquoi ne pas la saisir ? C'était pour cette raison que Heather et Isla formaient une excellente équipe au musée : Heather s'occupait de la comptabilité, tandis qu'Isla gérait les collections et organisait les animations pour enfants.

– Oui, ça l'est, et je suis convaincu que nous pouvons développer ce qui existe déjà et vraiment faire fructifier l'affaire.

Comment Tony pouvait-il passer si prestement de propriétaire de gîte à sauveur de la planète ? Ce brusque changement de cap fit comprendre à Isla qu'elle le connaissait peu.

– Mais comment vas-tu trouver l'argent ?

Tony se frotta les mains.

– J'ai quelques idées, et je suis sûr que tous les gens qui verront les chiffres voudront aussi une part dans la société. Franchement, il faudrait être idiot pour ne pas le faire. Donc je ne suis pas très inquiet.

Isla pensa à ses économies qui attendaient sa retraite, mises de côté pour rembourser son prêt immobilier et pour les voyages qu'elle souhaitait accomplir. Dans un futur assez proche désormais. Si May lui avait légué une part du domaine, sa sécurité financière pour son avenir serait plus grande – exactement comme Tony l'avait imaginé. Aussi, gonfler la cagnotte par un investissement astucieux serait dans son intérêt. Mais il parlait de trouver des associés, pas des gens comme elle.

– Sur quelle somme tables-tu ?

– Seulement vingt mille dans un premier temps. Cela pourrait être un prêt personnel à mon nom, mais si quelqu'un veut investir dans l'entreprise, et je pense que cela se produira… Don sera aux anges. Il sait que je suis à la hauteur. Laisse-moi au moins te montrer le site Internet.

Tony revint avec son ordinateur portable avant même qu'Isla n'ait eu le temps de remarquer qu'il avait quitté la pièce. Il l'alluma, se rendit sur le site et commença à expliquer leurs projets ; son enthousiasme était contagieux. Isla sentait les possibilités résonner dans ses veines.

– C'est fantastique.

Tony se tourna vers Isla, son visage rayonnait.

– Tu le penses vraiment ?

– Absolument.

– Ta confiance dans ce projet signifie beaucoup pour moi.

– Pourquoi n'y croirais-je pas ? En fait, je pourrais peut-être te prêter de l'argent ou investir ?

– Tu ferais ça ? Mais ce n'est pas du tout ce que je voulais insinuer.

Il posa l'ordinateur portable sur la table et Isla aperçut ses yeux briller.

– Je te dois tellement déjà. Je ne peux pas te demander…

De rares fois, Isla lui avait prêté de l'argent quand il avait besoin d'aller au distributeur, ou avait payé un repas. Cela ne la dérangeait pas. Quand cette activité serait sur les rails, il la rembourserait.

– C'est différent. Ce n'est pas toi qui me le demandes, c'est moi qui te le propose.

Tony eut l'air pensif.

– Non, non. Je ne peux pas te laisser faire ça. C'est trop risqué.

– Mais tu viens de passer un temps fou à me démontrer que ce n'était pas risqué. J'ai besoin de gagner de l'argent ces prochaines années et j'aimerais m'impliquer dans cette aventure avec toi. Je veux le faire.

Et Charlie verrait cette action d'un bon œil, qui plus est. C'était la pierre à l'édifice d'Isla pour sauver la planète, ainsi qu'une porte vers un nouvel avenir pour Tony et elle.

– Tu ne veux pas que j'essaye d'abord mes autres pistes ?

Isla entendit l'espoir dans la voix de Tony.

– Non. J'ai pris ma décision. Je vais faire le virement tout de suite. Ce ne devrait pas être un souci. À qui je l'adresse ?

Cet investissement compenserait son absence d'héritage. Isla ne comptait pas sur cet argent, mais Tony lui offrait là une belle occasion.

– Pourquoi ne me le transfères-tu pas et je m'occuperai du reste pour toi ? Je vais l'annoncer à Don. Il sera ravi. Il faut que tu le rencontres vite.

Tony se pencha pour embrasser Isla. Puis il s'éloigna. Isla entendit un cri de joie provenant de l'embrasure de la porte.

– Merci. Je ne m'attendais vraiment pas à ce que tu fasses ça. Tu ne le regretteras pas, je te le promets.

– J'espère bien !

Isla sentit à cet instant une bulle chaude de bonheur éclater en elle.

Chapitre 26

Quand Charlie descendit enfin au bar, Isla la fixa, stupéfaite. Les pointes de ses cheveux étaient teintes d'un violet foncé qui s'estompait vers les racines, au niveau de son menton.

– Ça te plaît ?

Charlie tourna la tête d'un côté puis de l'autre, afin de faire apprécier toute l'étendue de son œuvre.

Isla changea rapidement d'avis. Cette coiffure était… gaie !

– En fait, oui. Mais je ne le ferais pas sur moi.

Charlie rit.

– Si seulement j'avais pu ! Je meurs d'envie de faire ça depuis des années, mais Maman me l'a toujours défendu !

Isla eut un pincement au cœur.

– Et qu'est-ce qui a changé ?

– Tu n'es pas aussi stricte qu'elle.

À cette réponse, Isla devait-elle se sentir mieux ou moins bien ?

– De toute façon, je peux toujours faire partir la teinture à l'eau ou me couper les cheveux. Tu veux bien me prendre en photo, Mamie ? demanda Charlie en tendant son téléphone à Isla.

– Encore ?

– Oui. Je veux qu'Alice et que Tilly voient mes cheveux et où je suis.

Elle inclina la tête sur le côté et pinça sa bouche en cul-de-poule.

– Cette pose ne te va vraiment pas.

Isla attendit que sa petite-fille prenne une autre expression.

– Tu parles encore comme Maman. Règle brisée, affirma-t-elle d'un air triomphant. Quel est le gage ? En tout cas, j'aime bien. Regarde !

– Une partie de backgammon ?

Isla avait appris à Charlie à jouer pendant des vacances en famille quelques années plus tôt.

Charlie jeta un coup d'œil par la fenêtre. La pluie s'était réduite à une bruine persistante.

– Il n'y a rien d'autre à faire de toute façon.

Alors qu'elles s'installaient pour une partie, avec des tasses de thé et des parts de gâteau (le gage), avec au milieu de la génoise une bonne dose de crème et de confiture (ce qui mérita aussi une photographie), Isla déclara :

– Je dois te raconter ce que j'ai fait. Je pense que tu seras contente.

Plus que tout, Isla voulait l'approbation de Charlie pour son implication dans cette nouvelle entreprise et, par extension, qu'elle ait une meilleure image de Tony. Cependant, à mesure qu'elle lui expliquait, elle vit Charlie afficher une mine étonnée, et Isla se demanda dans quoi elle venait de s'embarquer.

C'était comme si elle entendait sa famille entière la juger.

May : « Tu connais à peine cet homme. J'espère que tu ne commets pas une grave erreur. »

Son père : « Si c'est ce que tu veux, je te soutiendrai, mais… »

Morag : « Est-ce que tu ne devrais pas au moins prendre des renseignements avant de t'engager ? »

Lorna : « Oh, Isla. Est-ce bien raisonnable ? »

Isla avait-elle agi de manière inconsidérée ? Elle s'en fichait. Elle voulait soutenir Tony, et l'occasion était parfaite. En outre, Isla avait besoin de se constituer un pécule pour ses vieux jours.

Certes, elle avait pris une décision hâtive, mais à quoi bon vivre si on ne pimentait pas la vie de temps en temps avec un peu de spontanéité et de risque ? Isla était ravie de voir Tony réussir et l'entreprise se développer. Elle avait hâte de rencontrer Don et d'en savoir plus.

– Mamie ! Cela me semble un peu fou, grimaça Charlie. Peut-être dans le bon sens.

– Mais pourquoi ? Je croyais que tu serais la première à penser que c'était une bonne idée.

Isla était déçue de ne pas avoir le soutien de sa petite militante écologiste. Elle fit sauter son pion noir de deux cases, puis de six, et retira l'un des blancs de Charlie du plateau.

– Eh bien, l'idée semble bonne.

Charlie riposta en bloquant Isla de son côté.

– Alors quel est le souci ?

Isla lança maladroitement les dés et l'un d'eux jaillit de la boîte. Charlie s'empressa de le ramasser.

– Peu importe. J'ai entendu Tony parler quand tu te préparais pour le déjeuner. Il a dit qu'il ferait récupérer « la table, etc. » mardi, rapporta-t-elle en mimant des guillemets, et il a donné ton adresse. Est-ce que tu déménages ?

Isla fronça les sourcils, puis éclata de rire.

– Tu as dû mal comprendre.

– Mais tu habites là-bas, non ?

Charlie lança les dés et déplaça ses pions. Le jeu avançait trop vite au goût d'Isla.

– Mais lui aussi en ce moment, annonça Isla, qui se sentit rougir en se demandant ce que Charlie pouvait bien penser d'elle. Il doit se débarrasser d'une partie de son fouillis.

Elle n'était pas fière de l'accueil qu'elle avait réservé aux quelques affaires que Tony avait apportées, mais la maison d'Isla était petite et… et puis c'était la sienne. S'il avait compris le message, c'était tant mieux. Elle l'en apprécierait d'autant plus.

– Même la peinture que tu as récupérée à Braemore ?

Isla cessa de secouer les dés.

– Charlie, arrête !

La jeune fille eut l'air dubitative. Elle sortit son dernier pion de son camp.

– Si tu veux… J'espère qu'il ne s'en débarrassera pas, tout de même !

– Arrête ça !

Le lancer d'Isla ne lui permit pas de faire sortir sa dernière pièce de son point de départ.

– Pourquoi es-tu si déterminée à penser du mal de lui ?

– Mais non, répondit Charlie en secouant vivement les dés. Je sais juste ce que j'ai entendu. C'est tout.

Un double six vida son côté du tablier.

– En deux parties gagnantes ?

– D'accord.

Mordre à l'hameçon de Charlie ne ferait qu'empirer les choses.

– Puis-je me joindre à vous ?

Tony était arrivé discrètement derrière elles sans qu'elles ne s'en aperçoivent. Il posa ses mains sur l'épaule d'Isla, ses doigts passèrent autour de son cou et appuyèrent sur sa clavicule.

– J'aimerais que tu n'arrives pas dans mon dos à pas de loup comme ça, dit-elle en souriant à Tony.

Il remarqua les cheveux de Charlie.

– Mais qu'est-ce que tu as fait ?

– Ça ne te plaît pas ? lui demanda Isla.

– Pas vraiment.

Isla avait envie de le tuer. Encore une fois, pourquoi ne pouvait-il pas faire un effort ?

– Moi, j'aime bien. C'est joli.

– Je remonte. Je vais voir ce que raconte Tilly.

Charlie quitta la table.

– Tu n'es pas obligée…

Isla ne voulait pas qu'elle parte.

– Je sais. Mais j'aime bien être dans ma chambre.

– Moi aussi, j'aime bien quand elle est dans sa chambre, dit doucement Tony une fois Charlie partie. J'aime t'avoir pour moi tout seul.

– Nous avons tout le temps. Étais-tu obligé de manquer autant de tact ?

– Pardon. Mais franchement… Elle est horrible.

– Elle est jeune. Donne-lui une chance. Tu ne devineras jamais ce qu'elle s'est mis dans la tête.

Isla plaça les pions pour une nouvelle partie.

– Quoi ?

Tony fit glisser son doigt sur la main d'Isla.

– Elle est convaincue que tu vends certains de mes meubles.

Cette idée était tellement ridicule qu'Isla ne put s'empêcher de rire.

Le doigt s'arrêta.

– Où diable a-t-elle eu cette idée ?

– Elle t'a entendu au téléphone.

Tony lissa son sourcil de sa main.

– Quand ? Isla, ça doit s'arrêter.

– Pendant que je me préparais pour le déjeuner.

Le visage de Tony s'éclaircit.

– Oh ça ! Elle a tout compris de travers. Je vais devoir t'expliquer maintenant. Je voulais te faire une surprise en faisant restaurer ta table en chêne.

Isla aimait sa table avec toutes ses éraflures et toutes ses marques, liées à son long usage.

– Tu n'as pas besoin de faire ça. Ça me plaît qu'elle ait une histoire.

– Tant mieux que Charlie m'ait entendu alors, rétorqua Tony qui fit claquer ses doigts. Il est encore temps d'annuler. Je vais le faire maintenant.

Isla l'observa quitter le bar, tout en cherchant un numéro sur son téléphone avant de le plaquer contre son oreille.

Il revint avec le sourire.

– C'est bon. Ils l'ont bien pris. Mais je suis déçu parce que c'était un cadeau que je voulais te faire après tout ce que tu as traversé. Maintenant grâce à Don, je peux me permettre de te faire plaisir.

– Ce n'est pas la peine. Tu en as fait plus qu'assez.

– Je vais trouver une autre idée. Mais pour le moment, je vais te battre à plates coutures, affirma Tony en se rasseyant devant le plateau de backgammon. Et puis, si jamais la pluie cesse, nous pourrons aller nous promener.

Le reste de leur séjour se passa de façon relativement paisible. Tony et Charlie gardaient leurs distances et Isla n'essayait pas d'aller contre cela. Elle s'était résolue à ce qu'ils ne trouveraient pas de terrain d'entente. Quoi que Tony fasse ou dise, Charlie trouvait à redire. Pourtant, elle ne s'exprimait pas beaucoup, mais un haussement de sourcil, un claquement de langue suffisaient.

Le temps s'était amélioré et ils purent remettre leurs vêtements d'été. Ils en vinrent toutefois à regretter la pluie. Le dimanche, il fit trop chaud pour toute activité. Ni Tony ni Isla n'avaient envie de visiter la région, ils étaient contents d'être à l'hôtel et Charlie semblait s'y être adaptée également, surtout quand les jumeaux lui proposèrent de l'emmener pêcher pendant quelques heures. Ils revinrent bredouilles, mais Charlie rayonnait. Isla la surprit en train de prendre un selfie à côté du brochet empaillé. Cette pose la fit sourire.

Lors de leur dernière soirée, Tony et Isla étaient au lit quand elle dit :

– J'adorerais rester ici plus longtemps. Rien qu'une journée suffirait.

Ils étaient allongés l'un en face de l'autre, la tête sur leur coude.

– Je dois retourner voir Don.

La réponse de Tony déçut Isla, mais elle n'y prêta guère attention.

– Bien sûr. Tu devrais avoir reçu le virement d'ici là. Tu me raconteras comment ça se passe ?

Soudain, Tony entoura Isla de ses bras et la couvrit de baisers. Elle avait l'impression d'avoir à nouveau la vingtaine, enivrée d'amour.

– C'est si généreux de ta part, ma chérie. Je suis ravi que nous participions ensemble à cette aventure.

« Ma chérie ».

– Tu as du pain sur la planche toi aussi, lui rappela Tony en s'écartant d'elle.

Elle soupira. Ce week-end lui avait presque fait oublier ses dilemmes familiaux. Mais elle était plus déterminée que jamais à aller au fond des choses.

– Si seulement je pouvais trouver la clé de toute cette histoire. Il doit bien y en avoir une.

***

Isla finit de charger la voiture pendant que Charlie se prélassait près de la portière. Tony s'installa au volant. L'odeur de vomi était toujours prégnante, mais Charlie sortit un vaporisateur de son sac et pulvérisa du parfum à l'intérieur.

– C'est mieux.

– Pouah ! Qu'est-ce que c'est ?

Tony agita la main devant son nez.

– L'odeur est plutôt forte, ajouta Isla qui sentit l'ambiance changer.

– *Bare Vanilla*, répondit Charlie, clairement agacée qu'ils n'aiment pas la fragrance. C'est une brume pour le corps de *Victoria's Secret*.

Le ton de Charlie suggérait que ce parfum était des plus désirables.

Tony toussa et baissa sa vitre.

– Eh bien, j'aurais aimé qu'elle n'embrume pas mon corps. Isla, monte, sinon je vais rater mon train.

– Ce n'est pas si mal, commenta Isla pour tenter d'apaiser les tensions.

– Tu vas voir une fois à l'intérieur de la voiture, rétorqua Tony en passant la marche arrière. Je recule pour que tu puisses monter plus facilement.

Tony recula, alors que Charlie n'était pas complètement à l'intérieur.

– Hé ! Attends.

Elle rentra en arrière et se cogna la tête contre le montant, claquant la portière pour que celle-ci ne heurte pas la voiture voisine. Au même moment, elle fit tomber son téléphone et le pneu avant roula lentement dessus. On entendit un craquement.

– Nooon !

Le gémissement fut assez fort pour que Tony freine brusquement.

– Recule encore un peu ! cria Isla qui avait tout vu.

Charlie était au bord des larmes.

– Qu'est-ce qui s'est passé ? demanda Tony en se penchant à la portière.

Pendant qu'Isla le lui expliquait, Charlie, interloquée, était à quatre pattes et attendait que Tony fasse marche arrière pour qu'elle puisse récupérer son téléphone.

– C'est bon ? s'enquit Isla.

– Bien sûr que non ! hurla Charlie, blême de colère. Il vient de rouler dessus ! Regarde !

Elle tendit son portable à Isla. L'écran était tout craquelé.

– Peux-tu l'utiliser ?

– Non ! Bien sûr que non !

– Ce n'est pas la fin du monde, déclara Tony qui sortit de la voiture pour venir voir. Tu peux faire changer l'écran. Facile.

Charlie fit un pas en arrière, le visage furibond.

– Où ça ? s'énerva-t-elle en regardant autour d'elle. Là-bas ? demanda-t-elle en indiquant l'autre côté de la pelouse. Oh ! Il ne semble pas y avoir de réparateur. Tu en vois un, toi ?

– Ça suffit ! Je suis désolé, mais c'était un accident. Ce n'est pas moi qui ai fait tomber ton téléphone.

– Non. Mais c'est toi qui as roulé dessus.

Le visage de Charlie était écarlate, ses yeux brillaient de larmes.

– Du calme, dit-il en levant les mains pour se défendre. Ça te fera du bien de t'en passer un peu.

Isla avait envie de frapper Tony. Il savait combien le portable de Charlie était important pour elle. Elle passa son bras autour des épaules de Charlie et sentit qu'elle tremblait.

– Je suis sûre que nous trouverons un réparateur à Preston, intervint Isla. On va régler ça, ne t'inquiète pas.

Comment Tony pouvait-il la laisser tomber de la sorte ?

– Pouvez-vous s'il vous plaît monter dans la voiture ? s'agaça Tony près de la porte du conducteur, en regardant sa montre.

Ses doigts tapotaient le toit avec impatience.

Le regard qu'échangèrent Isla et Charlie en disait long. Ce serait bientôt terminé.

Isla baissa sa vitre dans l'espoir que l'odeur persistante de *Bare Vanilla* et de vomi s'estompe. Tony fit de même.

Ni Tony ni Charlie ne prononcèrent un mot durant le trajet jusqu'à la gare. Le « Vas-y doucement » d'Isla alors qu'il dévalait les routes de campagne tomba dans le vide. Elle comprenait qu'il était contrarié, mais les tuer tous n'arrangerait pas la situation.

Charlie s'était tassée contre la portière, pour s'éloigner le plus possible de Tony. Tout rapprochement entre eux deux était désormais impossible. La campagne défilait dans un flou trop rapide pour qu'ils l'apprécient, et ils parvinrent bientôt dans la périphérie de Preston.

À la gare, Tony bondit hors de la voiture, attrapa son sac sur le siège arrière et courut devant Isla comme s'il avait hâte de partir. Charlie et Jock restèrent dans la voiture. Quand Isla rattrapa Tony, il comparait l'heure à sa montre avec le tableau des départs.

– Ouf, il a dix minutes de retard. Je suis désolé, ma chérie, s'excusa-t-il auprès d'Isla.

– C'est moi qui suis désolée ! Le week-end n'a pas été ce que nous avions prévu.

Elle se garda de faire remarquer qu'il aurait pu prendre le train suivant…

– Je suis tendu à cause d'un rendez-vous que j'ai cet après-midi. J'avais peur de le rater, se justifia-t-il comme s'il avait lu dans les pensées d'Isla. Je ferai en sorte de me rattraper auprès de Charlie.

Avec un certain soulagement, Isla vit le train s'arrêter devant eux.

Tony ramassa son sac et ouvrit la porte du compartiment. Isla lui toucha le bras, désirant un dernier câlin avant son départ. Il se tourna pour la regarder avec une expression qu'elle ne reconnut pas, un peu comme s'il ne savait pas qui elle était. Mais très vite réapparut le visage de l'homme qu'elle connaissait et aimait.

– Ce n'était pas si mal, dit-il avec le sourire.

– C'est vrai, admit Isla en passant son bras autour de la taille de Tony. Et nous recommencerons.

Tout irait bien. Elle ferait cet effort.

Ils s'embrassèrent rapidement, et Isla se rappela que, lorsque les choses allaient bien avec Tony, elles allaient excellemment bien pour elle.

Il monta à bord du train juste avant le coup de sifflet et, dans un long soupir, le train se mit en branle et prit peu à peu de la vitesse. Tony se pencha par la vitre et agita la main jusqu'à ce qu'ils quittent la gare.

Quand Isla revint à la voiture, Charlie souriait.

– On peut y aller maintenant ?

– Oui. Prochain arrêt : l'Écosse.

– Non, prochain arrêt : le réparateur de téléphone. S'il te plaît.

– Bien sûr. Comment ai-je pu oublier !

Isla fut surprise de sentir qu'un poids l'avait quittée, comme si tout allait bien à nouveau dans le meilleur des mondes. Au moins, quand Charlie et elle étaient toutes les deux, Isla était plus à l'aise.

Elles prirent un café dans le centre commercial de Fishergate pendant qu'un réparateur remplaçait l'écran du portable. Charlie était ravie d'être de retour dans un *Caffè Nero*, assise sur un canapé en cuir marron cabossé, avec un cappuccino dans sa tasse, contente d'avoir gagné des points de fidélité. Elle regardait les gens passer devant les grandes baies vitrées. Sans téléphone pour se distraire, elle n'eut pas d'autre choix que de parler à Isla.

– Quel moment du week-end as-tu préféré ?

Tout en disposant les boissons et les parts de gâteau sur la petite table ronde, Isla commença le jeu auquel Helen et elle se prêtaient toujours sur la route du retour des vacances.

– Être dans ma chambre avec la télé et Jock. Nous avons regardé presque tout *Sex Education* sur Netflix, déclara-t-elle comme si c'était une fierté.

Elle goûta son *latte* au pain d'épices et un sourire illumina son visage.

– Qu'est-ce que dirait ta mère ?

Isla aurait peut-être dû établir des règles de visionnage. Elle savait que Helen était assez stricte concernant ce que Charlie regardait. Mais comment faisait-elle pour la surveiller ? Oh, pour l'amour du ciel ! Elles étaient en vacances. Charlie était heureuse. Peu importait !

– Oh, je le lui ai dit.

– Vous vous êtes parlé ?

Isla n'avait pas rappelé Helen. Elle avait eu la tête ailleurs.

– Elle m'a envoyé un mail. Elle a obtenu le poste et elle fait la connaissance de toute l'équipe, expliqua Charlie d'un air peu ravi, pendant qu'elle remuait le sucre dans son café. Elle adore Hollywood !

– Mais c'est bien, non ? C'est même génial ! Tant mieux pour elle.

– Je suppose, sauf qu'elle sera fourrée là-bas tout le temps.

– Mais non. Elle fera du télétravail, et ne devra peut-être y aller que de temps en temps. (Isla n'avait aucune idée de ce qu'elle avançait, mais elle voulait remonter le moral de sa petite-fille.) Et si elle va là-bas, tu pourras toujours venir vivre avec moi, travailler au musée et gagner de l'argent.

Charlie se dérida.

– Vraiment ?

– Pourquoi pas ? Tu pourrais être à l'accueil, j'en suis sûre. Et quel a été le pire moment des vacances jusque-là ? demanda Isla, désireuse de jouer le jeu jusqu'au bout. La panne de voiture pour moi.

– Être malade dans la voiture, répondit Charlie, en prenant sa tasse entre ses mains. Et Tony.

Elle baissa les yeux et la voix de sorte qu'Isla l'entendit à peine.

– Pourquoi ? l'interrogea sa grand-mère, dont l'agacement menaçait de déborder. C'est un homme adorable. Si tu avais fait plus d'efforts, tu t'en serais peut-être rendu compte.

Charlie parut sceptique.

– Si tu le dis. J'ai fait des efforts.

– J'aurais aimé que tu en fasses davantage. Je l'aime bien. Il me rend heureuse, et ça devrait te suffire.

– Je ne lui fais pas confiance, affirma Charlie qui essuya la moustache laiteuse laissée par sa boisson chaude. C'est dit.

Son franc-parler était choquant et blessant.

– Eh bien, tu devrais. Tu as entendu une conversation et tu l'as mal interprétée. Il me préparait une surprise – que j'aurais détestée certes. Grâce à toi, j'ai pu l'arrêter à temps. À part ça, tu lui en as fait voir de toutes les couleurs ce week-end. Et puis tu lui as vomi dessus.

Isla reposa sa tasse sur sa soucoupe.

Il y eut un silence stupéfait. Quelques secondes plus tard, les deux femmes se mirent à rire, doucement au début, puis à gorge déployée.

Chapitre 27
Paris, 1954

Alors que l'hiver étreignait la ville de Paris, de moins en moins de gens fréquentaient le Luco. Toutefois, les mères et les nounous venaient toujours avec leurs enfants emmitouflés dans des manteaux, des chapeaux et des gants. Parfois, un auxiliaire de vie poussait un fauteuil roulant dans lequel était installé un patient bien couvert, afin de profiter de l'air frais et mordant. Les arbres tendaient leurs branches squelettiques vers le ciel, tandis qu'à leurs pieds, les parterres de fleurs semblaient mornes et vides. Wendy et May étaient toujours des habituées du parc, elles y retrouvaient souvent d'autres amis qu'elles s'étaient faits. Après tant de mois, Émile et Amaury, le garçon que gardait Wendy, étaient également devenus de bons amis et couraient volontiers ensemble, s'inventant des jeux, se cachant de leur nounou. Wendy et May se promenaient dans les différentes zones du parc, pour chercher les garçons, tout en se racontant les dernières nouvelles. Wendy était un moulin à paroles, toujours prête à rapporter un commérage, ou à évoquer sa relation avec Sam qui gagnait en intensité.

– Il dit qu'il m'aime, expliqua Wendy, qui joignit les mains comme si elle était le sujet d'une peinture préraphaélite. Il a même suggéré que j'aille aux États-Unis avec lui. Tu imagines ?

May éprouva un pincement au cœur de jalousie. Si seulement Max lui avait fait cette proposition, tout aurait pu être très différent.

– Je me demande ce que devient Max.

Wendy rejeta ses boucles en arrière.

– Ne pense plus à lui. Il n'en vaut pas la peine.

Cette réaction était typique de Wendy, une jeune femme qui ne vivait que dans l'instant présent, une optimiste invétérée. Le passé était à oublier. Elle avait rejeté Max dès que la grossesse avait été réglée et pensait clairement que May devrait en faire de même.

Or ce n'était pas aussi facile pour May. Malgré tout ce qui s'était passé, Max continuait de hanter ses rêves. Dans ses fantasmes, il changeait d'avis, revenait en France pour les emmener, son bébé et elle, vers une Amérique idéale, où ils verraient la vie en rose. Max serait enfin un écrivain à succès et ils vivraient dans une maison en bois blanc, où elle s'occuperait de leur famille parfaite et de leurs deux enfants. Ils auraient évolué dans un univers de films hollywoodiens, de Coca-Cola, dansé le rock sur Bill Haley and the Comets, mangé des steaks et des crumbles aux pêches – toutes ces choses dont elle avait entendu parler.

Un midi, entre la fin de son cours de français et le moment où elle devait aller chercher Émile à l'école, May se rendit seule dans le parc pour se préparer à affronter l'énergie débordante du garçon. Cet après-midi-là, ils devaient visiter le Parc zoologique – c'était la récompense d'Émile pour avoir rangé sa chambre. Il mourait d'envie de revoir les éléphants d'Asie. En attendant, marcher permettait à May de se vider la tête, l'aidait à réfléchir et offrait une coupure nette entre un aspect de sa vie et un autre. Elle appréciait d'avoir ce temps pendant lequel elle pouvait songer à ce qui lui était arrivé et à ce qu'elle ferait à l'avenir. Jusqu'à présent, aucune de ses réflexions n'avait résolu le problème. Elle resterait chez les Dubois jusqu'au printemps, à la fin de son année, mais elle n'avait rien prévu pour la suite. Ses parents s'attendaient à ce qu'elle rentre et pensaient à l'envoyer à Londres chez sa tante Jess, mais Paris avait envoûté May. Elle n'était pas prête pour le moment à quitter la ville et les amis qu'elle s'y était faits.

Bien qu'elle ait repris sa vie en main et ait noué de nouvelles amitiés parmi ses camarades de cours, Wendy restait la personne dont elle était la plus proche. May s'était volontairement mise en retrait, se tenant à l'écart de toute amitié profonde et en particulier des sollicitations des hommes qu'elle avait rencontrés depuis que Max l'avait si gravement meurtrie. Elle étudiait les gens comme si elle venait d'une autre planète, pour tenter de comprendre ce qui les poussait à adopter tel comportement plutôt qu'un autre. Elle observait les amoureux s'embrasser dans le parc du Luxembourg. Comment savaient-ils s'ils pouvaient se faire confiance ? Peut-être qu'ils ne le savaient pas. Peut-être qu'on ne pouvait pas attendre cela d'une relation. May n'imaginait pas refaire confiance à quelqu'un. Elle doutait même de Wendy parfois. Après tout, si celle-ci avait confié à May son intention de coucher avec Sam cette nuit-là en Bretagne, May aurait peut-être réfléchi à deux fois avant d'accepter ce voyage. Mais il était possible que Wendy n'ait rien planifié et ait agi spontanément, en réaction à ses sentiments. C'était du moins ainsi qu'elle avait présenté les choses lorsque May lui avait demandé des explications.

Alors qu'elle s'approchait des jardins à la française et du plan d'eau devant le palais du Luxembourg, elle se souvint de sa première venue ici. Comme elle était innocente à l'époque, comme elle avait envie de croquer la vie à pleines dents et débordait d'enthousiasme. Elle n'aurait jamais imaginé tout ce qui lui était arrivé depuis (s'éprendre de cette ville éblouissante, tomber amoureuse de Max) ; ni que tout ce qui lui procurait autant de bonheur s'écroulerait. Quelle personne différente, plus prudente, était-elle devenue !

La journée était fraîche et bleue. May fit signe à Camille, une camarade de ses cours de français. Elles s'assirent sur l'un des bancs en pierre, et le froid sous leur séant les fit tressaillir. Alors qu'elles discutaient de leur dernier devoir, le regard de May fut attiré par un homme assis un peu plus loin. Il fixait le vide, son béret incliné comme le portaient les Français, la partie inférieure de son visage masquée par son cache-nez bleu marine. L'homme au journal. Elle reconnaîtrait ces cheveux avec ce béret n'importe où.

Camille remarqua que May regardait cet homme.

– Je l'ai déjà vu ici. Il vient seul et a toujours l'air très triste. Je parie qu'il n'est pas très amusant.

Elle avait raison. Il avait l'air malheureux. Lorsqu'il jeta un coup d'œil dans leur direction, May lui fit un petit signe de la main. Elle imagina qu'il se demanda qui était-ce, avant de se rappeler leur brève rencontre : la première compatriote qu'il croisait à Paris. Il aperçut May, la reconnut et, à la grande surprise de la jeune femme, il détourna la tête.

– Tu le connais ? l'interrogea Camille, avide de commérages.

– Pas vraiment. Je lui ai parlé une fois.

Pendant que May expliquait cette rencontre à Camille, elle jeta des regards furtifs vers le jeune homme, en se demandant quelle pouvait bien être son histoire, ce qui l'avait amené ici, pourquoi il était toujours seul. Elle aimait qu'ils soient tous les deux originaires d'Écosse. Dans une ville étrangère, ce point commun était comme un lien.

Les jours suivants, May aperçut cet homme à deux reprises, toujours seul, assis sur le même banc, dégageant la même impression de tristesse. Elle allait systématiquement dans la direction opposée, curieuse mais intimidée, refusant de se faire avoir. La troisième fois, cet homme avait la main posée sur le manche d'un landau, qu'il poussait d'avant en arrière, encore et encore. Sans réfléchir, elle s'approcha de lui.

– Nous nous sommes déjà rencontrés, vous vous souvenez ? Je viens de Dunfermline.

– Bien sûr, répondit-il avec un sourire morne. Je me souviens.

– Est-ce que c'est votre bébé ?

Alors que May se pencha au-dessus du landau, la sensation insupportable de perte s'abattit sur elle. Le petit bébé la regarda, emmitouflé de telle sorte que seuls étaient visibles sa bouche délicate en bouton de rose, son nez parfait et ses joues rebondies. Ses yeux étaient clos, il dormait. C'était ce à quoi May avait renoncé. C'était ce qu'elle avait tué. Toute l'émotion qu'elle avait contenue depuis l'avortement remonta brusquement à la surface.

– Oh.

Ce mot sortit dans un souffle.

Elle désirait le bébé qu'elle n'aurait jamais, pleurant à nouveau son absence.

– Éloïse, dit l'homme, inconscient des émotions qui remuaient May.

– Elle est belle.

May brûlait de lui demander pourquoi il était seul avec elle. Pourquoi n'était-il pas au travail ? Où était la mère de l'enfant ?

– Quel âge a-t-elle ? s'enquit-elle à la place.

Il sourit.

– Cinq semaines. Cinq longues semaines. Sa mère ne veut pas en entendre parler.

Il parut surpris d'en avoir dit autant et secoua la tête, abattu.

Cette fois, May n'allait pas le laisser s'en tirer aussi facilement.

– Elle changera d'avis.

Elle savait par les autres filles que la maternité était trop pour certaines femmes. Elles n'avaient pas d'enfants, mais, à force d'observer leurs patronnes, elles s'étaient décrétées des expertes en la matière. Mais, comme tant de choses, créer des liens avec son enfant n'était souvent qu'une question de temps. Cependant, May ne pouvait pas croire qu'une femme ne tomberait pas folle amoureuse d'un bébé pareil. Elle ne pouvait s'empêcher de se demander à quoi aurait ressemblé le sien. Aurait-elle (elle savait d'une manière ou d'une autre que c'était une fille) eu ses cheveux bruns ? Ou aurait-elle eu la beauté et la blondeur noble de Max ? May posa sa main sur son cœur.

– Je l'espère, dit l'homme d'un air sceptique. Je suis David Adair, se présenta-t-il en tendant la main.

– Je me souviens.

May se reprit, ôta son gant et lui serra la main.

– May Campbell.

Sur ces entrefaites, ils se quittèrent.

May s'éloigna et sentit un sanglot lui nouer la gorge. Un bébé, un bébé parfait. Elle serra les poings si fort que ses ongles s'enfoncèrent dans ses paumes. Où avait-elle eu la tête ? Qu'avait-elle donc fait ?

Quelques jours plus tard, il faisait trop froid pour s'asseoir, aussi May rejoignit-elle David dans sa promenade à travers le parc. Elle marchait à son côté, jetait des coups d'œil à Éloïse, qui dormit tout le long de la balade. May était consciente qu'ils devaient ressembler à un couple marié, à la famille qui aurait pu être la sienne si Max n'avait pas pris la poudre d'escampette. Faire la rencontre de David et Éloïse avait accru le sentiment de vide chez May et la nécessité de devoir le combler. David et May se remémorèrent l'Écosse : les feux d'artifice à la Saint-Sylvestre qu'elle avait vus à Édimbourg l'année précédant son arrivée à Paris. David y avait assisté également. Aller à la plage de Portobello l'été. Ils étaient tous les deux dans la foule de chaque côté de Prince's Street lorsque la reine nouvellement couronnée et le prince Philip avaient effectué leur visite officielle en 1953 et s'étaient rendus à la cathédrale St Giles en carrosse. May et David discutèrent de leurs promenades dans les collines, débattirent des mérites du haggis, cette spécialité écossaise faite de panse de brebis farcie. David fit part à May de la déception qu'il partageait avec son père au sujet de la piètre performance de l'équipe de rugby écossaise au Tournoi des cinq nations l'année précédente. En sa compagnie, May avait l'impression d'être à la maison. Parler avec lui faisait naître en elle un sentiment d'appartenance et un soupçon de mal du pays qu'elle n'avait pas ressentis depuis longtemps. Quand Éloïse pleurait, David laissait May la prendre dans ses bras pour la calmer, ce qui ravivait le chagrin de la jeune femme.

– Mettez votre main ici, lui conseilla David en plaçant la main de May derrière la tête d'Éloïse.

Éloïse fixa la jeune femme, ce qui lui fendit le cœur.

Un jour, ils allèrent dans un troquet, où ils furent réconfortés par les effluves de café et de chocolat chaud. Ils partagèrent un millefeuille, et rirent quand la tentative de May de le couper en deux s'était terminée par l'affaissement de la crème et par des miettes éparpillées sur la table. Quand Éloïse se réveilla, David la passa à May pour qu'elle puisse la calmer pendant qu'il terminait sa boisson. Elle n'avait pas envie de la lui rendre. La courbe chaude du corps du bébé, l'odeur de son crâne, ses petits doigts qui se fermaient et s'ouvraient, son visage constamment mobile. May était fascinée par la fillette, ravie de pouvoir lui donner le biberon, déconcertée par la force avec laquelle son propre corps réagissait.

– Votre femme doit l'adorer maintenant.

Comment ne pas adorer ce bébé ? May n'avait pas posé de questions sur l'épouse de David depuis qu'elle avait fait la connaissance d'Éloïse. David n'en avait pas reparlé non plus, même si sa présence planait constamment sur leurs promenades.

Il secoua la tête, tandis qu'Éloïse avait serré sa petite main autour de l'un de ses doigts.

– J'ai bien peur que non. Elle ne voulait pas de cet enfant, mais j'étais convaincu qu'une fois qu'elle le verrait, elle changerait d'avis. Je croyais que toutes les femmes aimaient leur bébé de façon inconditionnelle. Mais j'avais affreusement tort. Ce qu'elle veut, c'est retrouver sa vie d'avant.

David avait l'air tellement désespéré.

– Qu'est-ce que sa vie d'avant a de si particulier ?

May n'arrivait pas à imaginer une vie si remplie au point de ne pas y inclure Éloïse.

– Elle est mannequin, déclara David comme si cette phrase expliquait tout.

– Je ne comprends pas.

Éloïse se mit à pleurer, doucement au début puis, résistant à toute tentative de réconfort, de plus en plus fort.

– Peut-être devrions-nous y aller, suggéra David d'un air contrit. Je ne me fais pas des amis quand elle est comme ça. Je vous raconterai peut-être une autre fois.

May respecta la réserve de David. Après tout, il n'était pas différent d'elle.

Leurs rencontres devinrent bientôt régulières. À l'heure du déjeuner, elle le retrouvait et ils se promenaient ou trouvaient refuge dans la chaleur du café, selon le temps qu'il faisait ; ils s'asseyaient sur la banquette verte, dans un coin entre le comptoir et la fenêtre, humant l'odeur du café, dégustant les différentes pâtisseries proposées. Ils ne restaient jamais ensemble longtemps à cause d'Éloïse ; David devait la reconduire chez la nounou et travailler, pendant que sa femme était partie dans le sud de la France pour une longue mission de mannequinat. Petit à petit, il se mit à parler de lui et de ce qui l'avait amené à Paris. Enfin, il dévoila l'histoire de son mariage.

– Je suis tombé amoureux de Céleste au premier regard.

May perçut le soulagement de David dès qu'il commença à s'épancher.

– Un week-end, j'étais à une soirée près d'Édimbourg et je me souviens de son entrée dans la pièce. Aucun de nous n'avait jamais vu une femme comme elle. Les Français diraient « *mignonne** ». On nous a présentés et nous avons discuté toute la nuit. Mes amis étaient aussi étonnés que moi que je lui plaise. Je suppose que nous formions un couple improbable, mais à l'époque, on n'y pensait pas. Elle me reproche aujourd'hui d'avoir mes petites habitudes, mais elles ne la dérangeaient pas à l'époque. Elle est un électron libre qui croque la vie à pleines dents. J'adorais ce côté chez elle, relata David, puis il s'arrêta. Ça ne vous ennuie pas que je vous raconte tout ça ?

May posa sa main sur celle de David.

– Bien au contraire. Je veux que vous me racontiez.

Il baissa les yeux sur leurs mains, les laissant un instant avant de retirer la sienne.

– Je l'ai demandée en mariage deux mois plus tard. J'étais si sûr de moi.

May fut surprise.

– Mais c'est très rapide ! Pardon, je n'aurais pas dû.

Le récit de David rappelait à May les histoires des revues féminines que Wendy recevait d'Angleterre.

– J'étais tellement persuadé que nous étions faits l'un pour l'autre. Et elle aussi. Alors, j'ai fait ma demande au sommet d'Arthur's Seat, où nous étions montés à l'aube : la plus belle vue sur Édimbourg, précisa David, un sourire aux lèvres. Et elle a dit oui.

– Vous vous êtes mariés tout de suite ?

May était captivée, enchantée par le romantisme de cette idylle.

– Non. Elle détestait l'Écosse. Je voulais que nous nous mariions à la cathédrale St Giles, là où mes parents et ma sœur se sont mariés, mais elle n'a pas voulu en entendre parler, expliqua David qui croisa les jambes et se mit à bercer le landau. Elle ne m'épouserait que si je venais à Paris avec elle, là où était sa place.

– Il y a pire comme endroit.

May avait vu un grand nombre d'églises, bien plus jolies que l'austère cathédrale d'Édimbourg et dans lesquelles elle imaginait très bien se marier.

David afficha un sourire contrit.

– C'est vrai. Et je pensais que ça fonctionnerait, que je trouverais un travail grâce à l'un des contacts de mon père, et que nous vivrions heureux ici. Mais j'ai tout abandonné, y compris l'entreprise familiale. Vous connaissez *Adairs*, le grand magasin de Prince's Street ? Mon jeune frère va devenir le gérant à ma place, même si son ambition était d'être avocat. J'ai grandi en sachant que c'était ce que je ferais et, maintenant, j'ai perdu tout ça.

La douleur de David était manifeste. Il marqua une pause et fixa ses genoux.

– Alors vous êtes venus ici, dit May en l'incitant à continuer. Que s'est-il passé ensuite ?

– Au début, c'était mieux que tout ce dont j'aurais pu rêver. Nous avions notre appartement, nous nous avions l'un l'autre. Rien d'autre n'avait d'importance. J'ai trouvé un travail et Céleste a repris le cours de son ancienne vie. Tout s'annonçait bien. Mais si elle n'était pas dans son élément en Écosse, moi je n'étais pas dans le mien ici.

– Que voulez-vous dire ? Vous portez le béret, plaisanta May pour tenter d'arracher David à sa tristesse.

– Je ne m'intègre pas dans son monde. Ce sont des acteurs, des mannequins, des artistes – des oiseaux de nuit. J'aime marcher au milieu des champs, écouter les alouettes, gérer mon entreprise. Au bout de quelques mois, j'ai compris que j'avais commis une grave erreur. (David baissa la voix.) Et elle aussi.

Dans le bistrot, tous deux devant un café et une madeleine pendant qu'Éloïse dormait, David raconta la suite à May.

– Nous étions sur le point de nous séparer. Cette perspective m'attristait terriblement, mais je serais rentré chez moi sans causer trop de torts autour de moi – ma fierté était blessée et j'avais perdu la face, c'était tout. Céleste m'a alors annoncé qu'elle était enceinte.

Il s'interrompit pour jeter un coup d'œil dans le landau et replacer la couverture d'Éloïse.

– Je n'aurais pas pu être plus heureux. J'espérais, non, j'étais persuadé que le bébé nous réunirait à nouveau, et je croyais que Céleste le pensait, elle aussi. En réalité, c'est tout l'inverse qui s'est produit. Pour elle, rien n'a changé. Elle veut garder la vie qu'elle avait avant la naissance d'Éloïse, et elle l'aura. À la voir, on ne croirait pas qu'elle vient tout juste d'avoir un bébé. Nous ne nous marierons jamais.

Enfin, David avait confié toute la vérité à May.

– Je suis désolée. C'est une histoire tellement triste.

Qu'y avait-il à dire ? Tous deux avaient fait de mauvais choix qui avaient eu un impact irrémédiable sur leur vie. May ne pouvait s'empêcher de penser à Max. Peut-être leur serait-il arrivé la même chose s'il était resté. Une fois le bébé né, il aurait compris son erreur et aurait disparu. Peut-être May l'avait-elle échappé belle, en fin de compte.

– Et Éloïse ?

David mit sa tête entre ses mains.

– Je ne sais pas.

– La famille de Céleste ?

– Elle ne les voit pas. Ils désapprouvent sa vie et semblent l'avoir reniée. Elle ne leur a même pas parlé d'Éloïse. Je ne sais pas ce qui va se passer, mais nous allons nous débrouiller. Peut-être qu'elle changera d'avis, déclara David sans paraître convaincu.

Lors de leur rencontre suivante, David était bouleversé, mal rasé, le visage blême par l'angoisse. Il prit la parole avant que May n'ait eu le temps de s'asseoir.

– Céleste ne va pas rentrer à la maison. Elle a emménagé chez le photographe Jean-Luc, annonça-t-il en secouant la tête. Je n'en reviens pas.

May fut consternée de voir une larme couler sur la joue de David, suivie d'une autre. C'était la première fois qu'elle voyait un homme pleurer. Elle tendit la main puis la retira, inquiète que son geste ne soit considéré comme trop osé, mais elle mourait d'envie de le réconforter. Au lieu de cela, elle attendit, muette.

– Et Simone, notre nounou, refuse de travailler sans la présence d'une femme dans l'appartement, alors elle est partie elle aussi.

David secoua la tête comme s'il était incapable de comprendre ce qui lui arrivait.

– Comme si elle ne pouvait pas me faire confiance. Je n'ai jamais désiré qu'une seule femme dans ma vie – Céleste – mais c'est trop tard.

– Est-ce qu'elle va prendre Éloïse avec elle ?

Un sentiment de panique inattendu s'empara de May, quand elle se rendit compte de l'importance que leurs rencontres revêtaient à ses yeux.

– Non. Elle veut que je la garde. Mais comment pourrai-je ?

May était stupéfaite. Comment Céleste pouvait-elle abandonner Éloïse, un bébé aussi beau et aussi gentil ? May ne comprenait pas qu'une femme puisse avoir si peu de cœur. Comment pouvait-elle quitter un homme si doux et aimant pour une autre vie ? Et qu'allait devenir Éloïse ? Un homme ne pouvait pas élever un bébé tout seul.

– Je pourrais vous aider, proposa May avant même d'avoir réfléchi à la suite.

David la dévisagea. La gratitude et l'étonnement se lurent sur son visage.

– Peut-être que Madame pourrait me libérer pendant qu'Émile est à l'école ? Je pourrais ne pas aller à mes cours de français.

Le français de May était plus que correct désormais, aussi ce ne serait pas grave si elle cessait d'étudier.

– Vous feriez ça ? demanda David, qui la considérait comme si elle était un ange envoyé du ciel. Cela ne devrait pas durer longtemps, seulement le temps que je retombe sur mes pieds et règle tout.

May avait envie d'aider cet homme. L'idée d'agir pour quelqu'un dans le besoin la fit immédiatement se sentir mieux. Cette décision lui paraissait incontestablement la bonne chose à faire. Elle était certaine que Madame comprendrait.

– Oui, répondit May, qui n'avait jamais été plus sûre d'elle.

Ainsi, c'était arrangé.

Chapitre 28

Galloway (sud de l'Écosse), 2019

– Des grands-mères ! Qui l'aurait cru ? s'exclama Janet, la vieille amie d'enfance d'Isla, en levant son verre vers l'horizon. Santé ! Elle a l'air d'une gentille fille pourtant. Tu devrais voir ma petite-fille : une vraie diva. Et le maquillage !

– À qui le dis-tu ? déclara Isla, qui brandit aussi son verre et regarda en direction de la large plage.

Sur le sable, Charlie lançait une balle à Jock qui courait après sans la ramasser. Elles avaient passé l'après-midi à visiter la région. Isla avait essayé d'intéresser une Charlie peu loquace, en l'invitant à glaner de minuscules coquillages coniques sur la petite plage de son enfance. Isla avait décidé d'ignorer les sautes d'humeur de sa petite-fille et d'essayer d'appliquer, malgré tout, ses règles parties en fumée. Si Charlie n'était pas contente, tant pis.

Janet les avait rejointes en voiture en fin d'après-midi. Elle avait pris du poids depuis leur dernière rencontre, mais était toujours aussi agile à escalader les rochers. Ses yeux brillaient sur un visage ridé qui témoignait du temps qu'elle passait à l'extérieur. Ses cheveux, qui n'avaient pas vu de coiffeur depuis des lustres, étaient tirés en arrière et maintenus par des épingles. Dès qu'Isla la revit, le temps s'envola, comme c'est toujours le cas entre les bons amis.

– Comme ça me rappelle ma jeunesse !

Janet engloba d'un geste du bras la vaste baie, où la marée avait emmené la mer vers la ligne d'horizon, dégageant une vaste étendue de sable ondulé. Des ruisselets d'eau salée scintillaient dans le soleil du soir, des milliers de tortillons formés par les vers de vase émergeaient du sable, les îles Murray se profilaient au loin – le paysage n'avait pas changé depuis toutes ces années. Des voiliers protégés par des bâches étaient hissés sur le haut de la plage, où ils reposeraient tout l'hiver sur leur remorque. Sur la droite, le fleuve Fleet était un ruban d'argent qui s'écoulait vers la mer, au niveau de Mossyard et Cardoness sur l'autre rive de l'estuaire. Tout était pareil aux souvenirs d'Isla et néanmoins différent. Le camping s'était agrandi et avait changé. Les caravanes vertes avaient été remplacées par des bungalows beaucoup plus grands et des chalets luxueux alignés sur le front de mer. Les allées étaient goudronnées et les espaces verts paysagés. L'agréable modestie de sa jeunesse était montée en gamme – reflet de l'époque.

– Même le plongeoir a disparu.

David avait appris à ses filles à plonger depuis ce plongeoir en bois branlant, qui avait dû finir par succomber aux éléments. Frissonner tout là-haut, observer la mer tourbillonner autour d'elles avait toujours été excitant, alors qu'elles s'exhortaient à sauter. May incitait ses filles à aller nager, même sous la pluie. Combien d'étés avaient-elles passés à courir sur la plage, à apprendre la voile, à pêcher des crevettes dans les mares, à construire des châteaux de sable et des barrages ? La vie était d'une telle simplicité à l'époque, quand elles s'entendaient et jouaient toutes les trois.

– Cet endroit aussi a changé.

Isla se tourna vers la maison en bois gris bien entretenue, avec des baies vitrées qui offraient une vue splendide sur la côte, juste de l'autre côté du petit mur en briques. La dernière fois qu'elle était venue ici, il n'y avait pas de palmiers, pas de terrasse, pas de pelouse impeccable, seulement de l'herbe broussailleuse.

– Je me demande quand ils ont démoli l'ancienne maison. Je ne m'en souviens pas bien.

– Ce n'était qu'une maison de vacances, basique et un peu délabrée. En fait, tes parents m'ont toujours semblé un peu trop chic pour cet endroit.

C'était la deuxième soirée qu'Isla et que Janet passaient ensemble. Janet s'était débarrassée de son mari une dizaine d'années plus tôt, lorsqu'elle s'était rendu compte que la vie en solo était plus belle et plus simple. Elle avait acheté un joli *cottage* turquoise dans la rue principale de Kirkcudbright, une petite ville à une quinzaine de kilomètres à l'est de Sandgreen. Elle s'y était fait des amis et passait une grande partie de son temps à peindre et à faire de longues promenades avec Ferdie, son golden retriever.

– Il est la seule compagnie dont j'aie besoin

Une existence aussi dépouillée n'entrait pas dans les goûts d'Isla, mais elle enviait tout de même Janet. Elles étaient de très bonnes amies depuis que Janet lui avait soufflé deux répliques lors de la pièce de théâtre de l'école, lui évitant ainsi de se ridiculiser complètement. Leur amitié n'avait par la suite jamais faibli. Leurs parents avaient également sympathisé, et ceux de Janet louaient le chalet d'à côté sur la plage pour des vacances d'été communes. Son père, un avocat au visage colérique, les emmenait sur son dériveur, pour leur apprendre tous à naviguer et, plus amusant encore, à chavirer. Le soir, ils dînaient souvent ensemble. Les parents s'asseyaient sur l'une des deux terrasses, emmitouflés dans des couvertures, et discutaient tout en gardant un œil sur les enfants descendus sur la plage plongée dans l'obscurité.

– Tu m'as dit que tu voulais parler de May.

– Oui, en effet. Je cherche à tout prix à comprendre ses raisons, pourquoi elle est devenue la femme qu'elle était. Tu es ma plus vieille amie. Peut-être que tu te souviens de quelque chose que j'aurais oublié ?

– Nous avions peur de ta mère, tu sais. Elle pouvait être terriblement sévère.

– Ah bon ?

L'image qu'Isla avait de ses parents en vacances était positive. Son père, en short de bain, fumait sa pipe, leur montrait comment cuisiner et manger les crevettes qu'ils avaient pêchées. Sa mère, en chemisier blanc sans manches rentré dans une jupe froncée à la taille, ses cheveux roulés en un chignon banane, parfois un petit foulard noué autour de sa tête, tenait une cigarette à la main. Peut-être était-elle un peu mieux habillée que les autres mamans, mais celles-ci n'étaient pas mariées au directeur général d'*Adairs*.

À Sandgreen, Isla se souvenait d'une facette plus insouciante et plus affectueuse de ses parents – l'un envers l'autre, mais aussi avec leurs trois filles. Chaque année, May insistait pour qu'ils se mettent tous sur leur trente et un afin d'aller prendre le thé au *Cally Palace*, le grand hôtel dans les bois derrière le camping. On les plaçait à une table de l'immense salle à manger, près de la fenêtre, et May commandait des *scones* et des gâteaux jusqu'à ce qu'ils soient tous repus. Parfois, ils allaient à Kirkcudbright où leur père leur achetait du *fish and chips* – ce qu'ils ne mangeaient jamais à la maison. Ce que May préférait était la tarte aux pommes du boulanger de Gatehouse, qu'elle dégustait froide avec des morceaux de cheddar écossais. Le soir, l'ambiance devenait plus compétitive lorsque David sortait le Monopoly ou les cartes. Isla évitait toujours de faire équipe avec sa mère, qui s'énervait si sa fille jouait mal.

– Elle a dû apprendre cet air intimidant à Paris.

Isla posa son verre.

– Comment sais-tu qu'elle est allée à Paris ? C'est moi qui t'en ai parlé ?

– Ce n'est pas là-bas que tes parents se sont rencontrés ? Je suis sûre que c'est ce que Maman nous a dit. Nous trouvions cela tellement glamour et romantique. Mais tu devrais être au courant. Un autre ? proposa Janet en prenant leurs deux verres.

– J'ai toujours cru qu'ils s'étaient rencontrés à Édimbourg. Morag le pense aussi. Mais Lorna m'a appris que Papa était en France l'année avant Maman.

Janet haussa les épaules. Elle se leva pour aller les resservir.

– Je ne sais pas. Ce qui est sûr, c'est que c'était une femme élégante.

– Oui, je suppose. Il faudra que je demande à Aggie.

Mais leur tante s'en souviendrait-elle ? Ou serait-elle disposée à dire quoi que ce soit ? Aussi improbable que cela paraisse, Paris avait été mentionné trop souvent pour que ce ne soit pas significatif. Et si c'était le cas, pourquoi aucun de ses parents n'avait jamais parlé de cette ville ?

– Regarde, j'ai trouvé ça.

Janet prit dans son sac un album photo recouvert d'un motif écossais et l'ouvrit. Isla le tourna de sorte qu'elles puissent le regarder ensemble.

– Morag a aussi sorti les vieux clichés de famille. Oh ! là là ! J'avais oublié que tu avais ces photos.

Janet et Bill étaient présents pour le mariage d'Isla et Ian à Londres.

– Quel dommage que vous vous soyez séparés. C'était un homme génial, dit Janet en sirotant son verre, dont les glaçons tintèrent. Regarde-le. Un dieu grec.

– Je sais, mais il était impossible… Je le vois toujours, tu sais.

Isla étudia la photographie. C'était vrai. Ian était incroyablement beau à l'époque.

– N'est-ce pas difficile, après tout ce temps ?

– Non, pas du tout. C'est le père d'Helen après tout, et nous sommes tous les deux passés à autre chose.

– Vraiment ? demanda Janet en jetant un coup d'œil à son amie.

– Bien sûr.

Isla était consciente que lorsqu'elle pensait à Ian, c'était avec une affection particulière, très différente de ses sentiments pour Tony.

– Tu sais ce qu'on dit : on n'oublie jamais son premier amour.

– Pourquoi rougis-tu ? la taquina Janet.

Isla la repoussa comme une mouche agaçante.

– C'était il y a des années. Nous sommes amis, c'est tout. Nous n'avions pas le choix, dans l'intérêt d'Helen. Et j'ai Tony maintenant.

Lorsque Janet s'en alla, il était trop tard pour qu'Isla appelle Morag et lui raconte ce qu'elle avait appris sur la rencontre de leurs parents. Au lieu de cela, elle prépara un chocolat chaud pour Charlie et elle ; elles s'allongèrent sur son lit double pour regarder un film sur son ordinateur portable. Charlie était rentrée juste avant le dîner et avait montré à sa grand-mère les coquillages qu'elle avait ramassés.

– Pour ta collection.

Isla fut touchée. Le soleil lui picotait la peau, elle était étourdie par le gin, et heureuse d'être de retour dans un lieu de son enfance. Isla regonfla les oreillers, ajouta quelques coussins et les voilà bien installées. Elles firent une brève pause au milieu du film pour aller chercher des biscuits. Isla accepta le film choisi par Charlie. Elle n'avait jamais entendu parler de *Pitch Perfect,* mais fut rapidement captivée par l'histoire. Elle rit, pleura (presque) et fut étonnée d'entendre Charlie chanter toutes les chansons du film, doucement au début, puis avec une puissance croissante jusqu'à ce qu'elle entonne à tue-tête la chanson finale.

– Tu as une jolie voix, commenta Isla à la fin du film.

Charlie sortit de la bulle dans laquelle elle s'était plongée dès que la musique avait commencé, elle parut embarrassée.

– Est-ce que j'ai chanté trop fort ? Je t'ai gâché le film ? Maman me dit toujours de me taire quand on regarde un film ensemble, expliqua Charlie en attrapant un autre biscuit.

– Pas du tout. Tu fais ça avec Helen ?

Isla aimait l'idée que Helen et Charlie passent des soirées entre filles.

– On le faisait avant. Mais elle est trop occupée en ce moment, avec Papa qui est tout le temps parti, etc.

– Helen et moi le faisions aussi : nous nous installions sur le canapé et nous faisions griller des guimauves dans la cheminée.

Ces moments à deux avaient été heureux, sans histoires.

– Mais ta voix... Es-tu dans un groupe, une chorale ou quelque chose ? Tu devrais.

– J'ai fait partie de la chorale de l'école à un moment, mais je n'aimais pas toutes les bondieuseries qu'on chantait. Alors maintenant je chante dans ma chambre ou avec ma meilleure amie, Alice, expliqua Charlie, en prenant un autre biscuit. Ça te dit qu'on regarde le replay de l'épisode d'aujourd'hui de *Love Island* ?

– Il est presque minuit, fit remarquer Isla, puis elle aperçut le visage de Charlie se rembrunir. Mais nous sommes en vacances, alors zut ! Et puis, nous ne retrouvons pas Janet avant le déjeuner. Mets le bitoniau en route.

Charlie rit.

– Mince, Mamie. Tu es tellement vieux jeu.

En quelques minutes, elles furent transportées de la côte écossaise à une villa exotique baignée de soleil, occupée par de jeunes hommes et femmes extrêmement beaux, au corps et au sourire parfaits. Charlie commenta en continu l'épisode, en expliquant qui était qui, avec qui ils avaient ou n'avaient pas été en couple.

Isla eut du mal à suivre et à être sincèrement intéressée, mais elle fit de son mieux.

Une tape sur son bras la réveilla.

– Quand t'es-tu endormie ? lui reprocha Charlie. Est-ce que tu as raté le moment où…

– Je ne dormais pas. Je reposais seulement mes yeux. J'ai entendu tout ce qui se passait.

– Oui, c'est ça !

– C'est vrai.

Charlie afficha un grand sourire et se leva du lit.

– À demain matin !

Elle laissa Isla retirer les miettes de biscuit de son lit. Celle-ci avait le sentiment qu'un pas de plus avait été accompli.

*
**

Le lendemain matin, Isla téléphona à Morag avant de sortir du lit.

– Les parents de Janet lui ont dit que Papa et Maman s'étaient rencontrés à Paris.

À l'extérieur, la journée était belle avec un ciel bleu moutonné ; des mouettes hurlaient alors que la marée montait.

– Je n'ai jamais su cela.

– Tu crois que c'est possible ? J'ai parlé à Lorna et elle…

– Pourquoi ?

– Pour la prévenir que Charlie venait avec moi. C'est tout. Non, nous n'avons pas évoqué Braemore. Je préfère attendre et qu'on en discute face à face. Mais Aggie et elle ont trouvé les anciens passeports de Papa. Il était en France l'année avant Maman. N'est-ce pas étrange ?

– Pendant combien de temps ?

– Elle ne m'a pas dit. Est-ce que le passeport est tamponné quand on revient dans son pays ? Je ne sais pas, mais apparemment c'est ce que la mère de Janet lui a dit. Ils pensaient que Maman était différente parce qu'elle était allée à Paris, comme si le style parisien avait déteint sur elle. Je n'en reviens pas que nous ne l'ayons pas su.

– Je n'y crois pas. Pour moi, c'est parce qu'elle portait le nom d'Adair. Elle se sentait obligée d'être élégante, non ?

Isla était agacée que ses souvenirs soient si fragmentaires. Peut-être était-ce parce qu'elle avait quitté la maison dès qu'elle en avait eu l'occasion et ne se souciait de ses parents que lorsqu'elle leur rendait une visite de courtoisie. Ils avaient été mécontents qu'elle postule à l'école d'art dramatique de Londres. Mais elle n'était pas du genre Tanguy et avait été encouragée par Honor, l'une de ses meilleures amies, qui avait aussi soif d'indépendance. Elles étaient parties ensemble pour leur grande aventure, sans jamais regarder en arrière. May avait accepté la décision d'Isla à contrecœur, apaisée par le fait que les grands-parents de Honor vivaient à Londres. Toutefois, ceux-ci n'avaient jamais vu les deux jeunes femmes. Quand Isla revenait à la maison, elle se pliait en quatre pour être la fille que May désirait, mais, en dépit de tous ses efforts, ce n'était jamais suffisant. La frontière entre elles s'accentua et devint le *statu quo*.

Isla se souvint combien elle avait été protectrice envers Helen lorsque celle-ci avait atteint le même âge. Protectrice mais inefficace.

Helen avait hérité de la même forte volonté et, si Isla lui refusait quelque chose, sa fille le faisait tout de même sans le lui dire. Il semblait que Charlie avait hérité de ce caractère.

Lorsque Charlie et Isla retrouvèrent Janet à Gatehouse, son chien Ferdie et elle les attendaient près de sa voiture sur le petit parking au bout de High Street. À ses pieds étaient posés deux glacières en tissu et un panier de pique-nique.

– Qu'as-tu prévu ? demanda Isla. J'aurais apporté quelque chose.

– Vous verrez bien, répondit Janet, qui monta dans la voiture d'Isla, nullement incommodée par la banquette arrière. Jock.

Ferdie la rejoignit d'un bond.

– C'est une visite mystère magique. Vous avez pris vos affaires de baignade ?

Isla acquiesça d'un signe de tête et Charlie d'un grommellement.

– Alors, contentez-vous de suivre mes instructions.

Même Charlie, qui avait dû être sortie du lit pour qu'elles ne soient pas en retard, se dérida. Cependant, au moment où elles quittèrent la ville et se dirigèrent vers l'est, elle s'était à nouveau endormie.

– Je te présente mon copilote à la conversation passionnante, plaisanta Isla, en faisant un signe de tête vers sa petite-fille.

Elle croisa le regard de Janet dans le rétroviseur.

Charlie ouvrit un œil.

– Regarde la route, lui dit-elle, avant de le refermer.

– Où allons-nous ? s'enquit Isla.

Elles étaient revenues dans le centre-ville par la rue principale, puis s'étaient engagées sur une route étroite. Des vaches de la race locale, noires avec une ceinture blanche, et des moutons à tête noire paissaient dans les prés derrière les murets de pierres sèches.

– Tu verras. C'est un endroit parfait pour une journée comme celle-ci.

En effet, le temps était encore ensoleillé et le ciel dégagé. Elles passèrent devant quelques fermes en activité et plusieurs modestes maisons blanchies à la chaux, des maisons de vacances peut-être, étincelantes sous le soleil. Au loin, la terre s'élevait pour donner naissance aux collines bleues brumeuses. Quand Isla se rangea sur le bas-côté pour laisser passer un tracteur venant en sens inverse, Charlie se réveilla.

– Où allons-nous ?

Elle regarda par la vitre. Aucun magasin. Aucun café. Elle s'agrippa à sa planche de salut – son téléphone – et attrapa ses écouteurs.

– Tu verras, répéta Janet avec un clin d'œil.

Finalement, elles arrivèrent à un bois où il y avait une aire de stationnement avec de la place pour deux voitures. Elles sortirent et laissèrent les chiens courir dans le bois, pendant qu'elles prenaient le pique-nique et les sacs. Charlie serra son sac à dos contre elle. Un court trajet les mena à une pinède dense, éclairée par des rayons de soleil, avec le bruit d'un cours d'eau assez proche. Les cônes et les aiguilles crissaient sous leurs pas, dans la senteur de la résine de pin. Le pique-nique dans les bras, Isla et Janet s'avançaient vers le ruisseau. Sur leurs talons, Charlie avait le pas lourd et fixait le sol. Elle s'était vue confier la mission de porter le tapis de pique-nique, qui traînait sur le sol derrière elle. Ce qu'elle pensait de cette petite expédition était parfaitement clair.

– Si seulement elle faisait plus d'efforts, déplora Isla.

– Pff, ne dis pas de bêtises. Elle va changer d'avis, argua Janet, qui montra le chemin avec son bras. Par ici.

Et là, devant elles, s'ouvrit une clairière, où un ruisseau tombait en cascade dans une mare limpide, bien que de couleur ambre. Janet disposa le pique-nique sur quelques roches plates près de la chute d'eau et plaça leurs boissons dans un sac en plastique qu'elle plongea dans l'eau pour les garder au frais. Elle prit le tapis des mains de Charlie et l'étala à l'ombre, sur un lit d'aiguilles de pin.

– Voilà.

Charlie et Jock se laissèrent tomber dessus, comme si le tapis n'avait été installé que pour eux. Quant à Ferdie, il partit explorer les environs.

– Mais avant toute chose…

Janet retira son T-shirt et déboutonna son pantalon, pour laisser apparaître un maillot de bain rouge et bleu.

– Quelqu'un d'autre vient se baigner ? Elle est excellente, je vous le garantis.

– Vraiment ? hésita Isla, bien que ce fût très tentant. Tu as intérêt à dire vrai. Charlie ? Tu viens ?

– Certainement pas.

La sueur faisait luire le front de l'adolescente, dont elle écarta une mèche de cheveux.

– Tu te souviens de nos règles ? Essaie.

Isla se changea derrière un bosquet. Comme c'était bon de retirer ses vêtements collants, de sentir l'air sur sa peau.

Elle plongea ses orteils dans l'eau. Et les retira aussitôt.

– Mince alors ! Elle est glaciale.

– Une fois dedans, c'est génial.

Janet éclaboussa son amie. Isla entendit Charlie rire derrière elle.

– Allez, Mamie.

– Tu peux te moquer. Je ne te vois pas essayer de rentrer dans l'eau. Je vais sans doute faire une crise cardiaque.

Elle enfonça ses mains en coupe dans l'eau et se dirigea vers sa petite-fille. Des gouttes tombaient de ses mains.

– Non ! Ne fais pas ça, hurla Charlie. Non ! Mon téléphone !

Elle voulut se lever et courir, mais Isla fut trop rapide. Bien que ses mains soient presque vides, elle éclaboussa le visage de Charlie.

– D'accord ! D'accord ! Je vais essayer.

Charlie riait pendant qu'elle rangeait son téléphone dans son fidèle sac à dos et ôta son short.

– Je te déteste.

– Mission accomplie !

Isla courut vers l'eau et, cette fois-ci, plongea sans attendre d'être à nouveau éclaboussée par Janet. Le choc initial du froid la paralysa un instant, et des aiguilles glacées lui piquèrent tout le corps. Au bout d'une minute ou deux, après s'être rendu compte qu'elle avait pied, que le courant n'était pas assez fort pour l'emporter, elle retrouva les sensations de son corps. À côté d'elle, Janet faisait la planche. Isla l'imita. Elle contempla à travers ses yeux plissés les branches, l'azur du ciel et sentit le soleil sur son visage.

Tout à coup, il y eut un énorme plouf ! L'eau retomba en cascade sur Isla et Janet. Elles se relevèrent, le souffle coupé, leur instant de perfection révolu. Isla se tourna et vit Charlie faire quelques brasses entre Janet et elle, le sourire jusqu'aux oreilles.

– Vengeance !

Chapitre 29

De retour à Sandgreen, Janet et Charlie emmenèrent Jock pour une promenade dans la forêt de Cally. Isla en profita pour rappeler Lorna qui avait cherché à la joindre. Elle espérait vaguement que sa sœur voulait annuler leur arrangement. Si c'était le cas, Charlie et Isla pourraient prolonger leur séjour ici. S'il n'y avait pas de place au camping, Janet pourrait les héberger quelques jours. Isla avait envie de visiter davantage la région, de redécouvrir cette partie du monde qui comptait tant pour elle. Elle n'était même pas allée au *Murray Arms* à Gatehouse, où autrefois ses sœurs et elle attendaient sur un banc à l'extérieur, avec des paquets de chips, des gressins et des verres de limonade, pendant que leurs parents buvaient à l'intérieur.

Être assise derrière la porte-fenêtre, avec la plage qui s'étendait devant ses yeux, procurait à Isla un profond sentiment de contentement. Le bruit des vagues, les cris provenant de la plage, les bateaux remorqués sur le sable, les parties de boules, les mouettes qui passaient – tout était si intemporel et la ramenait à son enfance. L'odeur des saucisses grillées et le doux parfum de l'herbe fraîchement tondue flottaient dans l'air. Avec un verre de limonade à ses côtés, Isla sortit son téléphone et se prépara.

– Lorna, c'est moi, Isla ; je te rappelle.

– Tu as mis le temps.

Pourquoi sa sœur devait-elle être si indélicate ?

– Je suis désolée. J'ai été très occupée, et je me disais que nous discuterions quand je serai chez toi.

– J'avais espéré que nous parlions de Braemore avant ta venue.

– Il n'y a rien à dire, si ? La maison est à Aggie, Morag et toi. Pas à moi.

– Je le sais, bien sûr. Mais j'ai besoin que tu parles à Aggie pour moi.

Comme le soupçonnait Isla, c'était là que Lorna voulait en venir.

– Lui parler de quoi ?

Isla fit l'innocente.

– Un promoteur immobilier veut acheter les terrains derrière la maison. C'est une excellente proposition et cela permettrait à Aggie de rester pour le moment.

– D'où vient cette proposition ? Qui lui a dit que les enclos pourraient être à vendre ?

Morag devait avoir vu juste, pensa Isla.

– Je l'ai rencontré et c'est moi qui lui en ai parlé. Il s'est tout de suite montré intéressé. Il n'arrête pas de me contacter.

– Tu m'étonnes.

– Qu'est-ce que tu veux dire ?

Lorna était sur la défensive désormais.

– Tu le sais parfaitement. Aggie vivrait sur un chantier. Je suis sûre que ce n'est pas ce que Maman aurait voulu.

– Aggie pense que cela pourrait être une bonne idée, mais elle est indécise. Nous en avons longuement discuté.

– Une bonne idée pour qui ? Toi ? De toute façon, pourquoi m'en parler ? Cela ne me concerne plus.

– Je me suis dit que tu pourrais faire pencher la balance en ma faveur. Une fois qu'Aggie aura accepté, Morag sera obligée de suivre.

– Quoi ?

Isla n'en croyait pas ses oreilles. Sa sœur n'avait aucune vergogne.

– C'est que…

– Je sais, mais je ne comprends pas pourquoi. Pourquoi tiens-tu autant à vendre maintenant ? Tu ne peux pas attendre ?

– Non. Non, je ne peux pas, répondit Lorna, en colère et contrariée. Je savais que tu te rangerais du côté de…

Isla interrompit sa sœur.

– Avant que l'une de nous dise quelque chose qu'elle regrettera, reprenons du début. Nous étions toutes bouleversées la dernière fois, peut-être moi plus que vous, et nous avons toutes dit des choses que nous n'aurions pas dû exprimer, expliqua Isla, usant de toute sa diplomatie. Nous devrions recoller les morceaux, ne pas aggraver la situation. Donc… (Isla marqua une pause pour qu'elles puissent rembobiner et recommencer.) Charlie et moi sommes impatientes de venir chez toi, nous arriverons demain en début d'après-midi. Est-ce que ça te convient ?

– Tu as raison, bien entendu.

C'était le mieux que Lorna puisse faire pour s'excuser.

– Moi aussi, j'ai hâte de vous voir, affirma-t-elle, puis elle marqua un temps d'arrêt, avant d'ajouter : Sincèrement !

– Pourrons-nous aussi parler de Maman ?

Toute cette blessure d'enfance, n'avoir jamais été la préférée, déferla sur Isla. Elle enroula son bras libre autour de sa taille comme pour se protéger.

– Je vais y réfléchir. Et je veux tout savoir à propos de cet homme que tu as rencontré.

Isla eut l'impression à cet instant d'entendre la sœur qu'elle désirait avoir.

– Comment es-tu au courant ?

Elle était certaine de ne pas avoir évoqué Tony avec Lorna.

– Par Ian. Il a toujours un faible pour toi, tu sais.

S'il y avait un faible quelque part, c'était celui de Lorna pour Ian.

– Ne commence pas, s'esclaffa Isla. Quand as-tu discuté avec lui ?

– Il m'a téléphoné.

Les poils d'Isla se hérissèrent.

– Pour quelle raison ?

– Pour savoir s'il pouvait venir quelques jours avant la fête d'Aggie. Lui aussi arrive demain.

– Oh, non ! Je lui ai demandé de ne pas le faire, rétorqua Isla, qui eut l'impression de s'exprimer comme une enfant gâtée. Pourquoi ne prend-il pas un Airbnb ?

– C'est moi qui le lui ai proposé. Je me suis dit que ça pourrait être sympa.

Sympa !

Isla perçut dans la voix de Lorna qu'elle était consciente d'avoir pris une décision qui n'était pas du goût de sa sœur.

– Je sais que vous êtes toujours amis…, commença Isla, qui n'avait jamais compris pourquoi Ian était resté en contact avec Lorna. Et c'est super. (*Non, c'était faux.*) Mais tu dois distinguer ta relation avec lui de la nôtre.

– Je me suis dit que ce serait comme au bon vieux temps, se défendit Lorna, d'un ton quelque peu suppliant.

Non, ce n'était pas vrai. Elle cherchait simplement à semer la zizanie. Rien n'avait changé.

– Sauf que nous ne sommes plus mariés. Donc ce ne sera pas comme au bon vieux temps.

Après avoir raccroché, Isla s'assit, pensive, le portable sur ses genoux. À quoi jouait Ian ? Il était peut-être resté ami avec sa famille (ce qui était déjà agaçant en soi), mais il n'avait pas le droit de s'immiscer dans ses vacances à la dernière minute. Faisait-il la même chose avec ses autres ex-épouses ? Sur un coup de tête, Isla lui téléphona.

– Isla… Que me vaut cet honneur ? Est-ce que tu vas bien ?

Elle devinait qu'il savait avoir mal agi. Elle s'efforça de contenir son agacement.

– Lorna vient de m'apprendre que tu venais chez elle demain.

– Oui, ça s'est décidé à la dernière minute. Morag m'a dit que Charlie et toi seriez chez Lorna et je me suis dit que ce serait un hébergement parfait pour l'anniversaire d'Aggie.

– Mais je t'ai demandé de ne pas venir. Je croyais que tu prendrais un Airbnb et viendrais seulement pour la fête. Fin de l'histoire, déclara Isla, qui eut l'impression de passer pour une grincheuse. Est-ce que tu fais ça avec toutes tes ex-femmes ? Surtout quand tu sais que Lorna et moi avons un différend à régler.

– Bien sûr que non. Je ne m'entends pas avec mes autres ex-femmes. Et je fais assez d'Airbnb comme ça quand je suis en tournée. Et puis… (Ian prit une inspiration.) Je pourrais peut-être vous aider à faire la soudure.

– « Faire la soudure » ? C'est quoi cette expression ?!

Ils se mirent à rire. Leur sens commun du ridicule les avait accompagnés dans les meilleurs comme dans les pires moments. Peut-être la présence d'Ian pourrait être utile. Dans le meilleur des cas, il pourrait apaiser les tensions entre Lorna et Isla ; dans le pire des cas, elle aurait son soutien et ce serait une chose positive que Charlie et lui passent du temps ensemble.

– Où es-tu, d'ailleurs ?

– À Sandgreen.

– Ah, l'endroit idyllique des vacances d'enfance. Le paradis des souvenirs. Tu vois, ma présence sera la cerise sur le gâteau.

– Gros bêta !

Isla le congédia, baissant les bras. Rien de ce qu'elle pourrait dire ne ferait changer Ian d'avis.

Avant d'appeler Tony, Isla sortit du chalet et inspira profondément l'air marin. Elle ouvrit grand les bras et leva la tête vers le ciel, savourant la chaleur du soleil sur son visage. Cet endroit était réellement une terre promise – par ce temps, nul autre n'était plus beau. Que ce soit les Alpes, les Cornouailles, les montagnes galloises, aux yeux d'Isla, rien ne valait ce baume au cœur. Elle se rassit et passa un dernier appel. Elle n'avait aucun regret de vouloir aider Tony et le laisser gérer les détails. Elle se rendait peut-être service par la même occasion. Ils participaient ensemble à ce projet.

Lorsqu'il décrocha, Isla entendit des voix derrière lui et l'imagina dans sa cuisine, la radio d'un côté, les fenêtres ouvertes sur le jardin. Au fond, son potager allait bientôt porter ses fruits. Elle espérait que Tony n'avait pas oublié de tondre l'herbe.

– Où es-tu ? lui demanda-t-il, d'un ton agité, comme s'il était trop occupé pour une longue discussion.

Elle lui décrivit la vue, tout en se rendant compte qu'elle était heureuse d'être seule ici. Il n'aurait pas su apprécier l'importance que cet endroit avait pour elle.

– Comment ça va à la maison ?

– Pas grand-chose à signaler.

Tony pouvait sûrement faire mieux que ça. Il savait combien Isla tenait à sa maison.

Il y eut un fracas en arrière-plan et une voix.

– Où est le tournevis ?

– Qui est-ce ? Tu as du monde ?

– Seulement des amis. C'est une autre surprise. Ils vont bientôt partir.

Nouveau fracas.

– Faites moins de bruit, cria-t-il.

Le rire de Tony rendait Isla heureuse, tout comme le fait de savoir que le soutien qu'elle lui apportait lui redonnait de l'assurance et lui offrait l'occasion de faire une chose en laquelle il croyait. Et en laquelle elle croyait également. Mais elle n'était pas à l'aise avec la surprise qu'il pourrait lui concocter. Et qui impliquait du vacarme et un tournevis.

– Qu'est-ce qu'ils font ?

– Tu verras.

– Est-ce que je te manque ?

– Bien sûr. Mais on s'en sort bien.

Isla lui raconta leur journée et comment Charlie sortait enfin de sa coquille. Elle ne précisa pas à Tony que son départ avait grandement facilité les choses.

– Tu ne penses pas du mal de moi ?

Elle craignait que Tony la voie différemment à cause de son aveu, ce qui la tracassait toujours.

– Mais non, espèce d'idiote.

Elle entendit la sonnette à l'autre bout du fil.

– Je ferais mieux d'aller ouvrir.

– Qui est-ce ?

Tony n'avait présenté Isla à aucun de ses amis depuis qu'ils étaient ensemble.

– Un ami vient me donner un coup de main. Je dois y aller.

À ces mots, il raccrocha.

Isla tendit son téléphone et le fixa. *Mince alors !* Elle rappela immédiatement. Mais elle tomba directement sur le répondeur.

– Qu'est-ce que tu fabriques, Tony ? s'interrogea-t-elle à voix haute.

Mais à quoi bon ? Une petite inquiétude la parcourut. Les surprises la rendaient nerveuse. Elle se convainquit de ne pas s'affoler bêtement et ressortit de la maison. Afin de profiter seule du peu de temps dont elle disposait, elle inclina le vieux transat à rayures au maximum, s'allongea et ferma les paupières. Pourquoi était-elle si protectrice envers sa maison ? La réponse ne fut pas difficile à trouver. Elle avait attendu longtemps avant de posséder un endroit à elle et, depuis qu'elle avait emménagé à Oxford et était devenue conservatrice du musée Fernleith, elle était entrée dans une nouvelle phase de sa vie qu'elle chérissait. Elle exerçait le métier de ses rêves. Elle avait la maison de ses rêves. Et avec Tony, peut-être avait-elle trouvé son partenaire idéal. Mais, mais, mais… Quelque chose la bloquait cependant. Elle aurait aimé qu'il fasse plus d'efforts avec Charlie. Aimer sa petite-fille devrait être un prérequis de son amour pour Isla, aussi difficile que cela puisse être parfois.

Ce soir-là, Charlie et Isla s'installèrent autour de la table pour jouer au rami. L'air de la nuit était doux et un croissant de lune luisait au-dessus de la mer scintillante. Dans le camping, les lumières étaient allumées dans la plupart des bungalows et caravanes, ou sur les tables à l'extérieur. Une radio tournait à proximité. Des odeurs de cuisine se répandaient dans tout le parc. Des cris et des rires provenaient d'un groupe qui faisait un barbecue sur la plage. Isla avait perdu deux parties contre Charlie. Elle risquait de perdre la troisième et récupéra une fois de plus une carte qui n'améliorait pas sa main, lorsque Charlie interrompit leur concentration.

– Mamie.

L'adolescente s'arrêta comme si elle s'apprêtait à faire une révélation importante.

– Hum, fit Isla en levant les yeux de sa main.

Les derniers jours avaient suffi à modifier l'apparence de Charlie. Fini l'enfant malheureuse et pâlotte qu'Isla avait ramenée de Londres. Elle avait face à elle une adolescente légèrement bronzée et plus détendue, qui avait même l'air de s'amuser.

– J'aime vraiment cet endroit.

– Moi aussi. J'y ai tant de souvenirs.

– Tu as de la chance d'avoir eu Morag et Lorna avec toi.

– Est-ce l'enfant unique qui parle ? la taquina Isla.

Charlie sourit.

– Je me disais seulement que…

– Ça n'a pas toujours été aussi génial, crois-moi. Un jour, Lorna m'a poussée du plongeoir à marée basse et je me suis cassé la cheville. J'ai passé le reste des vacances dans le plâtre, à regarder tout le monde jouer sur la plage. Une autre fois, Morag et moi avons escaladé ce rocher, expliqua Isla en pointant sur la droite de la plage un rocher plus haut que les gens. Il ne ressemble plus à grand-chose aujourd'hui, mais à l'époque, il paraissait gigantesque. Je ne sais pas comment nous sommes arrivées au sommet, mais une fois en haut, nous n'arrivions pas à redescendre et la marée montait. J'ai dit à Morag que nous allions nous noyer et elle m'a cru. Papa et Maman étaient furieux de devoir venir à notre rescousse au milieu d'une partie de cartes. Ils m'ont interdit de plage pendant une journée parce que j'avais fichu une peur bleue à Morag.

Charlie écouta, fascinée par le récit de sa grand-mère. Au bout d'un moment, elle se laissa tomber contre le dossier de sa chaise, ses cartes face cachée sur la table.

– J'aurais malgré tout aimé avoir un frère ou une sœur.

Isla s'était souvent demandé comment Helen et Mike, avec des emplois du temps aussi chargés, auraient pu gérer un autre enfant, mais la nature avait pris la décision pour eux. Après des années à essayer d'avoir un deuxième enfant, Helen était désemparée, désespérée. Isla s'était fréquemment interrogée : était-ce la raison pour laquelle Helen s'était autant investie dans son travail et n'avait pas donné davantage à Charlie – cette enfant qui lui rappelait constamment ce qu'elle ne pouvait plus avoir ? Le chagrin et la rancœur formaient un tandem malheureux.

– Mais tu es une enfant unique très spéciale.

– Je dérange.

Isla fut atterrée.

– Tu ne dois jamais penser une chose pareille. Ton père et ta mère t'adorent.

– Si c'était vrai, je ne serais pas ici avec toi, répondit Charlie avec un haussement d'épaules, comme si elle y était habituée.

– Leurs emplois du temps ne concordaient pas cette fois, c'est tout. Mais tu m'as moi et tu as tes amis.

– Ils ne m'aiment pas non plus.

L'adolescente sortit son téléphone et le tint en l'air en guise de preuve.

– Ce n'est pas vrai.

– J'ai perdu mes flammes et ma soi-disant meilleure amie Alice m'a ghostée. Elle ne me répond plus, ajouta Charlie en guise d'explication. Ils n'en ont rien à faire que je ne sois pas là. Je ne leur manque pas.

Même cinquante ans plus tard, Isla se souvenait des souffrances qui allaient de pair avec les hauts et les bas de l'amitié, comment on pouvait faire partie d'une bande à un moment, puis en être banni l'instant d'après.

– Souvent, les gens sont trop occupés à vivre dans le présent et ne réfléchissent pas. Dès que tu rentreras, tu retrouveras tes amis.

– Je ne crois pas. Ce sont des blaireaux.

– Charlie !

– C'est vrai. C'était mes amis uniquement parce qu'ils pensaient que je pouvais leur procurer des trucs.

– Je suis sûre que ce n'est pas vrai. Et quels trucs ?

– Tu sais cette fête ?

Charlie arracha une cuticule jusqu'à ce qu'une perle de sang apparaisse à la base de son ongle.

– Ne fais pas ça, la houspilla Isla, qui comprit au regard noir dont elle fut gratifiée qu'elle s'exprimait une fois de plus comme Helen. Quelle fête ?

– Je ne t'ai pas dit la vérité.

Isla resta immobile, ne sachant que dire. Elle posa ses cartes face cachée sur la table, fixa la mer pour ne pas croiser le regard de Charlie et attendit la suite.

– J'ai apporté de l'herbe à cette fête. Je n'étais pas la seule.

En entendant Charlie renifler, Isla comprit qu'elle pleurait. Elle trouva un mouchoir dans sa poche et le lui tendit.

– Je voulais impressionner deux filles qui ont un an de plus. Et j'ai réussi, ou du moins j'aurais réussi si la mère de Clara n'était pas arrivée. Tu n'es pas en colère, hein ?

Charlie leva la tête, puis détourna le regard et se moucha.

La colère ne semblait pas la réaction adéquate. S'il devait y avoir de la colère, elle devait venir d'Helen. Isla était stupéfaite et perplexe.

– Pas du tout. Mais où t'es-tu procuré l'herbe ?

– C'est facile. Quelques filles qui sont parties l'année dernière viennent nous voir dans le parc après l'école et nous apportent ce que nous voulons.

Cette zone miteuse à quelques pas de l'école, fréquentée par les promeneurs de chiens, les trafiquants de drogue et les mères désespérées, ainsi qu'Helen l'avait décrite à Isla un jour. Le visage de Charlie se ferma comme si elle s'était rendu compte qu'elle en avait trop dit.

– Tu ne diras rien, hein ?

– Pourquoi tu me racontes ça maintenant ?

– Parce que je ne veux pas que tu me prennes pour une menteuse.

La voix de Charlie était si basse qu'Isla pouvait à peine l'entendre.

– Mais je ne te prends pas pour une menteuse.

Helen piquerait une crise si elle venait à savoir cette histoire. Elle avait pris la défense de Charlie auprès de tous ceux disposés à l'écouter, convaincue que sa fille n'enfreindrait jamais les règles, n'était pas « de ce genre-là ». En se confiant à Isla, Charlie la mettait face à un dilemme : devrait-elle le répéter à Helen ou garder le secret de Charlie ? Sa loyauté allait aussi bien envers sa fille que sa petite-fille. Charlie s'était enfin ouverte à elle et c'était important. Isla voulait conserver sa confiance, devenir une personne vers qui elle pouvait se tourner : exactement comme Aggie avait été présente pour elle. En même temps, la confiance d'Helen était aussi essentielle. Comme Isla l'avait élevée seule, avec l'ingérence d'Ian, leur relation était particulièrement forte et précieuse. Peut-être existait-il une solution pour qu'Isla soutienne Helen et Charlie sans nuire à leur relation – il suffisait simplement qu'elle la trouve.

– Si. Avec Tony, contesta Charlie, interrompant la réflexion d'Isla.

– Ne dis pas de sottises. Je l'ai interrogé à ce sujet. Tu as mal compris. C'est différent.

Ce que Charlie venait de raconter à sa grand-mère était bien plus grave.

– Peut-être, dit-elle d'un ton peu convaincu.

– Je ne veux plus en reparler. Ce que je vais faire de ce que tu viens de me révéler est plus important.

– Tu ne diras rien ? l'implora Charlie, inquiète.

– Je ne sais pas…

Isla remarqua que Charlie serrait si fort le bord de sa chaise que les jointures de ses doigts étaient blanches.

– Une fois de retour à Londres, vas-tu recommencer ?

– Peut-être.

Charlie remua sur son siège, tout en évitant le regard d'Isla.

– Pourquoi n'attends-tu pas d'être plus âgée pour ce genre de choses ?

Oh ! Que ne venait pas de dire Isla ?

– Quand tu auras passé tous tes examens. Quand tu auras quitté le nid.

Non, Isla encourageait Charlie à ne pas la repousser.

L'adolescente reprit ses cartes.

– Peu importe. Mais tu ne dois rien dire à Maman.

– Charlie, comment veux-tu que je ne dise rien ? À moins que ce soit toi qui lui en parles.

L'adolescente parut horrifiée.

– Je ne peux pas. Elle péterait un câble. Je n'aurais rien dû te dire.

Charlie jeta ses cartes à travers la pièce.

Isla se leva.

– Elle pétera un câble si elle découvre que tu t'es confiée à moi et que j'ai tout gardé pour moi.

Ou peut-être Helen serait-elle contente qu'Isla essaie d'aider Charlie. Après tout, leur relation se poursuivrait au-delà de ces deux semaines et peut-être pourrait-elle être plus constructive à leur retour. C'était une conséquence qu'elles n'avaient pas envisagée.

– Avouer la vérité peut être une bonne chose.

– Pas cette fois.

Charlie sortit, et Isla la suivit.

– Nous allons trouver une solution. Je te le promets. Tu veux que je te fasse confiance ? Eh bien, ça marche dans les deux sens, et je te promets que je ne ferai rien sans t'en parler d'abord.

Charlie se tourna vers sa grand-mère.

– Promis ?

– Promis.

Cette promesse serait-elle facile à honorer ? Pourquoi les enfants pouvaient-ils autant compliquer la vie ?

Chapitre 30

Paris, 1954

– Tu es sérieuse ? rétorqua Wendy, qui, incrédule, écarquilla les yeux. Un bébé. Un père délaissé. Tu vas travailler tout le temps. Nous ne te verrons plus.

Elle se tourna face au miroir du magasin, pour admirer la veste bleue à pois qu'elle essayait.

– Tu penses vraiment qu'elle me va bien ?

– Oui.

May se demanda si Wendy avait déjà réfléchi à quelque chose en profondeur.

– Je vais seulement l'aider jusqu'à ce qu'il décide quoi faire. Et tu me verras. Je serai là-bas uniquement pendant qu'Émile sera à l'école.

– Mais tu seras épuisée.

Wendy posa sa main sur sa hanche et fit la moue devant le miroir. Parfois, sa façon de survoler les choses importantes pouvait être assez irritante.

– J'hésite à cause de la couleur. Je pense que je ne vais pas la prendre.

Cependant, Wendy avait vu juste. Moins d'une semaine après avoir commencé à travailler pour David, May avait découvert à quel point un bébé pouvait être exigeant et elle était sur les rotules. L'endroit où vivait David était très différent de l'appartement des Dubois. Au lieu de la grandeur passée, mais élégante, où l'ordre était primordial et où rien ne dépassait, l'appartement de David était bohème et confortable, situé dans un grand immeuble délabré d'une petite rue pavée, à quelques pas du faubourg Saint-Germain. Au rez-de-chaussée se trouvait une pâtisserie, qui envoyait ses effluves dans l'appartement à toute heure de la journée, ce qui rendait May folle. L'appartement était en désordre. Sur les chaises s'entassait de la layette, des livres gisaient partout, la vaisselle était à peine faite. Des vêtements de Céleste traînaient encore et May trouva des accessoires de maquillage dans le placard de la salle de bains. Au-dessus du lit, un tableau représentant trois anges était drapé des cravates de David et d'un foulard qui devait appartenir à Céleste. Parfois, May s'asseyait sur le lit pour le contempler, absorbée dans l'appréciation de sa palette restreinte de bleus et de gris ; elle se demandait comment ce couple pouvait posséder un si bel objet.

May faisait de son mieux pour faciliter la vie de David : elle rangeait la chambre d'Éloïse et avait trouvé une laverie où le linge pourrait être déposé régulièrement. S'occuper d'Éloïse signifiait que May avait à peine le temps de s'asseoir, encore moins de manger. Quand elle ne s'occupait pas des besoins immédiats du bébé, elle lavait ses vêtements et ses couches, elle repassait, stérilisait les biberons et préparait les repas. Elle travaillait sans relâche.

Mais cela en valait la peine. Chaque sourire édenté d'Éloïse la faisait sourire en retour. La tenir dans ses bras, la bercer, l'apaiser, la nourrir l'épanouissaient davantage qu'elle ne l'aurait cru. Mais Éloïse rappelait aussi constamment à May ce qu'elle avait perdu, et elle se demandait souvent si Max avait des projets de famille avec June. À son grand regret, ce chapitre de la vie de May était clos. Une relation avec un homme comme celle qu'elle avait eue avec Max lui semblait inimaginable. Au lieu de cela, elle profiterait au maximum de ce qu'elle avait et, pour le moment, c'était cet adorable bébé.

Parfois, juste avant de partir récupérer Émile à la sortie de l'école, May restait grignoter une baguette et du fromage avec David. Ils se passaient Éloïse à tour de rôle, alors qu'elle grimaçait et pleurait, ou bien les charmait avec ses gazouillis et ses sourires.

Alors que Noël envahissait la ville, May se mit à la recherche de petits cadeaux pour Éloïse, certaine que la mère de l'enfant ne le ferait pas. Ils n'avaient pas eu de ses nouvelles une seule fois. Une petite paire de chaussons. Un hochet. Un petit bonnet en tricot. Elle acheta même pour David une paire de gants. Était-ce trop présomptueux ? Non, il trouverait cela amusant.

May appréciait de plus en plus la compagnie de David. Ce qui avait débuté comme une relation professionnelle et une amitié se mua en un lien bien plus précieux, alors qu'ils commencèrent à se confier l'un à l'autre. David était la première personne depuis un certain temps à qui May avait le sentiment de pouvoir se fier. Ils avaient tellement de points communs. Tous deux étaient Écossais ; étaient tombés amoureux de la mauvaise personne ; avaient atrocement souffert ; affectionnaient la gastronomie française ; admiraient les impressionnistes et aimaient flâner dans les rues de Paris. Et bien entendu, tous deux adoraient Éloïse. Mais ils avaient aussi des divergences : David jugeait que la tour Eiffel était une monstruosité ; May préférait se laver à l'eau très chaude.

Un jour, David lui raconta combien Céleste avait détesté être enceinte et à quel point cette réaction l'avait attristé.

– Tout ce que je voulais, c'était que nous formions une famille. Le bébé, Céleste et moi. J'aurais tout fait pour la rendre heureuse. Mais je n'ai pas réussi à la faire changer d'avis.

– Avorter ne l'aurait peut-être pas rendue heureuse non plus. J'en sais quelque chose.

Ce fut ainsi que May se retrouva à en expliquer la raison à David. Il l'écouta sans sourciller, absorbé par son récit. Il posa sa main sur la sienne. C'était la première fois qu'il la touchait.

– Je suis vraiment désolé.

Laissant sa main dans celle de David, May sentit des larmes sur ses joues.

– Merci.

Il ne pensait pas du mal d'elle.

Pendant cette épreuve qu'elle avait traversée, elle n'avait jamais songé à en parler à qui que ce soit. Cette histoire n'était que honte, tristesse et regrets, aussi May n'avait-elle pas envie de l'évoquer. Ces trois émotions étaient gravées en elle, leurs griffes bien enfoncées. Madame l'avait aidée à se rétablir, mais elles n'évoquèrent plus jamais Max, ni ce que la perte du bébé avait signifié pour May. Madame offrit une aide pratique et un respect de sa vie privée – pas plus. Après tout, elles étaient employeuse et employée, pas des amies intimes. Wendy, son amie la plus proche, s'était attendue à ce qu'elle se remette de l'avortement comme si de rien n'était. C'était la réaction qu'elle aurait eue. Elle ne laisserait rien gâcher son séjour à Paris.

May tenta de lui expliquer :

– Mais je me sens tellement déboussolée. Même si je n'avais pas d'autre solution, je ne peux pas m'empêcher d'être triste.

Or Wendy ne comprenait pas.

– Vraiment ? Encore ? Mais tu t'en remettras. Tu dois venir au petit club que Sam et moi avons découvert derrière la Sorbonne. Les consommations sont délicieusement abordables. Il dit que…

Et la voilà partie à parler de Sam, sans nullement s'intéresser à la nostalgie que tout le corps de May éprouvait pour ce qu'elle avait perdu. Ou elle cancanait sur les autres filles ou évoquait ce qu'elles pourraient faire. Pour Wendy, la vie devait être une longue partie de plaisir ininterrompue.

C'est pourquoi May ne fut guère surprise lorsque Wendy lui annonça qu'elle partait aux États-Unis avec Sam.

– Il n'y a rien pour moi en Angleterre, mais Boston, le Massachusetts… c'est différent. C'est une terre pleine de promesses. C'est ce qu'ils disent, expliqua Wendy, les yeux brillants, ses boucles frémissantes. Imagine, nos enfants auront l'accent américain !

– Mais c'est si loin, fut la faible objection de May.

– Justement. C'est nouveau et excitant, et la famille de Sam a hâte de me rencontrer.

Wendy tendit sa main gauche pour que May puisse voir la bague en améthyste qui scintillait à son doigt. May attrapa sa main.

– Tu es fiancée ! Elle est magnifique.

– C'est Sam qui l'a choisie tout seul. D'après lui, la couleur est assortie à mes yeux ! Nous nous marierons dans le Massachusetts, annonça Wendy, afin d'afficher une mine mélancolique. Comme j'aimerais que tu sois là. Tu pourrais m'aider avec ma robe et être mon témoin.

Elles restèrent silencieuses, pendant qu'elles pensaient à la vie telle qu'elle aurait pu être.

Puis Wendy se dérida.

– Mais je t'enverrai des photos.

Son excitation était contagieuse et May chassa ses pensées à propos de l'existence qu'elle aurait pu mener avec Max, si seulement tous deux avaient été plus courageux. Néanmoins, elle ne pouvait s'empêcher de jalouser Wendy. Le mariage semblait une solution plus sûre et enviable que d'affronter le monde seul.

Auprès de David, May avait trouvé une âme sœur, quelqu'un avec qui elle pouvait partager tout ce qui lui passait par la tête. Il savait très bien écouter, il était gentil et prévenant et, en retour, elle l'écoutait elle aussi. La famille de David l'intriguait. Il ne parlait que de son frère Donald et lui. Elle connaissait leur grand magasin. Elle se souvenait d'avoir été hypnotisée, enfant, par la façon dont l'argent était envoyé dans des tuyaux entre le comptoir et la caisse. Le rayon qu'elle préférait était la mercerie, où elle achetait des rubans et des boutons. L'origine écossaise de David et May leur permettait de très bien se comprendre. Et bien sûr, ils avaient dorénavant Éloïse en commun. Malgré ses frustrations à essayer d'endormir le chérubin en colère ou de faire cesser ses pleurs, May avait le sentiment enfin d'avoir un but. Au moment où elle était sur le point de tout abandonner et de rentrer chez elle, on lui avait offert une seconde chance.

Céleste avait complètement abandonné sa petite famille. David n'avait pas eu de ses nouvelles depuis des semaines. Au moins, May pourrait donner à Éloïse un amour qui, à défaut d'être maternel, était ce qu'il y avait de plus approchant. Pauvre petit ange.

La bercer constamment dans ses bras, lui faire faire son rot contre son épaule, changer ses couches étaient des corvées rendues supportables par ces yeux bleus qui fixaient May, confiants, tributaires. Les ambitions de May d'aller à Londres et de se trouver un travail de traductrice s'envolèrent à mesure qu'elle se consacrait au bien-être des deux êtres qui avaient le plus besoin d'elle.

Chapitre 31

Édimbourg, 2019

Lorna avait perdu du poids depuis leur dernière rencontre. Elle paraissait anxieuse, froide. Son sourire fut à peine perceptible dans son regard lorsque Isla la serra dans ses bras, surprise d'étreindre un sac d'os. La tension acérait la résistance de Lorna.

– Oh, Jock ! J'ai oublié qu'il venait lui aussi.

Lorna se recula quand le chien s'approcha d'elle, en agitant la queue, afin de la saluer. Plein d'espoir, il leva la tête vers elle, mais elle l'ignora.

– Il me suit presque partout. Tu le sais.

Isla chatouilla son museau grisonnant.

– J'avais oublié. Pourrait-il dormir dans le garage ?

– Bien sûr que non. Quand je suis en voyage, il dort avec moi, ou avec Charlie.

– Je n'aime pas qu'il y ait d'animaux dans la maison, mais s'il le faut...

Lorna sembla attendre qu'Isla cède. Ce qu'elle ne fit pas cependant. Certaines choses étaient sacro-saintes.

Isla et Charlie suivirent Lorna dans la maison. Andrew sortit du salon et vint à leur rencontre dans le vestibule. Son accueil fut plus chaleureux que celui de sa femme, même si Isla soupçonnait que la raison puisse être la quantité d'alcool qu'il avait clairement ingurgitée au déjeuner, à en juger par son haleine. Son teint était plus rouge que jamais, son nez plus enflé, ses yeux enfoncés dans la chair de son visage. Son ventre l'empêchait de s'approcher suffisamment pour faire la bise.

– Isla ! Ça fait trop longtemps ! Et tu dois être Charlie. La dernière fois que je t'ai vue, tu faisais cette taille.

Andrew lui montra avec sa main, ce qui le fit tituber. Lorna l'aida à retrouver son équilibre.

– Pourquoi ne ferais-tu pas une sieste cet après-midi ? lui suggéra-t-elle, les dents si serrées qu'Isla les entendait presque grincer.

– Une sieste ? Ne sois pas ridicule, femme ! Il faut que je prépare mes mouches pour demain.

Il considéra les trois femmes de ses yeux vitreux, un sourire planant sur ses lèvres.

– Pour un concours de pêche, expliqua-t-il à Isla, puis il se mit à rire.

Lorna avait les yeux fermés comme si elle avait entendu cela des milliers de fois. Ceux de Charlie étaient écarquillés d'étonnement. Andrew attrapa le bas de la rampe pour se soutenir, avant de rentrer de sa main libre son foulard impression cachemire dans sa chemise. Celle-ci avait une tache, qu'il gratta en vain. Puis il chancela jusqu'à la porte par laquelle il était arrivé, laissant les trois femmes sans voix.

– Tu vois ce que je dois supporter ? dit brusquement Lorna.

Isla ne manqua pas la pointe de tristesse dans la voix de sa sœur. La comtoise dans le coin ronronna avant de sonner trois coups.

– Vous prendrez bien du thé. Allons dans la cuisine.

La cuisine, comme le reste de la maison, était une démonstration d'organisation et de maîtrise. Tout était à sa place. Pas une miette négligée, pas une cuillère en bois égarée, pas un couvert, pas une boîte ouverte ni même le courrier du jour ne troublaient les plans de travail en quartz, si immaculés qu'un chirurgien aurait pu s'en servir de table d'opération sans hésiter. Sur les murs, peints d'un vert doux relaxant, des étagères contenaient des piles ordonnées d'assiettes blanches de dimension et de forme différente, des pots rangés par taille croissante, et des livres de cuisine récents classés par couleur. Charlie et Isla se juchèrent sur les tabourets de bar rangés sous l'îlot central, pendant que Lorna remplit la bouilloire et prit le nécessaire sur les étagères. À chacun de ses mouvements, Isla percevait combien sa sœur était tendue et malheureuse.

Que lui était-il arrivé ? En tant que benjamine de la famille, Lorna avait été plus enjouée que difficile, plus aimée que délaissée. À présent, elle semblait errer en solitaire dans cette maison après avoir perdu Andrew au profit de la bouteille et ses enfants partis voler de leurs propres ailes.

– Est-ce que tu vas bien ?

Lorna se retourna.

– Comment ça ? Bien sûr.

Elle glissa son tee-shirt rose dans la ceinture de son jean.

– Tu sembles un peu agitée.

– Ça m'agace quand il boit trop dans la journée.

Évidemment. Les apparences étaient importantes, et rien ne pousserait Lorna à admettre que les choses ne se passaient pas comme l'auraient dû. Mais Isla devinait qu'il y avait autre chose que sa sœur ne disait pas. Elle tenta une autre approche.

– Comment vont les enfants ?

– Bien. Du moins, pour autant que je puisse le deviner sur WhatsApp. Je ne pensais pas que le Canada conviendrait à Jamie, mais cette entreprise forestière vient de le promouvoir. Lesley et les enfants semblent s'y plaire.

Les yeux de Lorna s'étaient illuminés à la mention de sa famille.

– Et Beth a du pain sur la planche avec son entreprise, les affaires marchent très bien. Qui aurait cru qu'il y aurait un marché pour les pyjamas sur mesure ? Du thé, Charlie ?

– Oui, s'il te plaît.

– On ira en ville après ? suggéra Isla. Je me disais que nous pourrions aller nous faire faire les ongles. Pour la fête d'Aggie.

Une activité commune pourrait remonter le moral de Lorna.

Charlie tourna ses paumes vers le ciel et replia les doigts pour examiner ses ongles.

– Vraiment ?

C'était la première fois depuis la veille qu'elle paraissait bien accueillir les propos d'Isla. La trêve était précaire entre elles : Isla digérait les aveux de Charlie, et Charlie regrettait de s'être confiée.

– Oui. Veux-tu venir, Lorna ? Ça pourrait être sympa.

Isla reprit délibérément l'expression que Lorna avait employée lors de leur dernière conversation. Elle était également consciente de passer de la pommade à sa sœur, afin qu'elles puissent avoir une discussion franche.

– J'ai fait les miens il y a quelques jours. Mais je vais vous conseiller une boutique, dit Lorna, en faisant tapoter ses ongles parfaits couleur pêche sur le plan de travail. Et puis, j'ai le dîner à préparer. Ian devrait bientôt arriver.

Raison de plus pour Isla et Charlie de sortir. Isla en profiterait pour réfléchir à la bonne façon d'interroger Lorna sur ce qui se cachait derrière son désespoir de vendre les terrains des enclos.

Lorsque Charlie et Isla arrivèrent à l'onglerie dans le quartier de Morningside à Édimbourg, il était dix-sept heures. Dès qu'elles entrèrent, Charlie mit son téléphone à charger, son visage se détendit et elle s'affaira à rattraper tout ce qu'elle avait manqué. Ce qui ne sembla pas beaucoup améliorer son humeur générale.

– Quelle couleur ? lui demanda Isla, en lui passant un échantillon d'ongles colorés.

Charlie se dérida en les étudiant et elle s'arrêta sur un vert foncé osé.

– Celui-ci, « Collines des Highlands ». Tu devrais essayer celui-là aussi : « Jouer du violine ». La couleur irait bien avec ta jupe. Ou alors « Avez-vous cette couleur en Stockholm » ? suggéra-t-elle en désignant un bleu-violet glacial.

– Qui invente ces noms ? Je les adore, mais les couleurs sont un peu *too much* pour moi.

Isla retourna vers des teintes neutres, plus sûres.

– Non ! Ces vernis seraient magnifiques sur toi. Ces autres couleurs sont tellement ennuyeuses !

Charlie reprit les échantillons.

Elle avait raison. Ces couleurs étaient ennuyeuses.

– Regarde celle-là. « Élu de mon cœur », dit-elle en choisissant un rose lilas chatoyant. C'est différent, mais c'est un look affirmé. Vas-y. Ose te démarquer.

Isla posa le faux ongle au bout de son doigt et examina sa main. *Et puis zut !*

– D'accord. Je vais partir sur cette couleur.

La teinte ne ressemblait nullement à toutes celles qu'elle avait portées jusque-là et n'était pas assortie à son chemisier rouge, mais le sourire triomphant de Charlie en valait la peine.

Alors que les manucures se mirent au travail, Charlie dut poser son téléphone.

– J'ai reçu un message d'Alice, annonça-t-elle d'un air content.

– Tant mieux, répondit Isla en gardant les yeux clos. Alors tout va bien ?

– Sa mère lui a confisqué son téléphone pendant deux jours parce que… Je te laisse deviner.

Isla était outrée, mais elle ne pouvait que trop bien imaginer. Et compatit.

– Donc, elle ne t'avait pas du tout ghostée ?

Ni harcelée non plus apparemment.

– Non. Mais c'est dommage pour les flammes. Nous allons devoir recommencer. Regarde.

Isla ouvrit les yeux et aperçut Charlie prendre une photographie de ses ongles.

– Avant et après, dit-elle avec un grand sourire.

Isla lui sourit en retour. Elle se résignait aux sautes d'humeur de sa petite-fille. Elle commençait même à les apprécier.

Cette sortie fut un succès. Isla était satisfaite de ses ongles, bien qu'elle ait remarqué le haussement de sourcil de Lorna devant la couleur. Elle eut juste le temps d'emmener Jock dans le parc boisé non loin de la maison. Charlie l'accompagna. Elles marchèrent à travers les bois, le long de la rivière Braid Burn. Le soleil dardait ses rayons à travers les arbres. Après avoir atteint la maison gothique du XIXe siècle au cœur de la forêt, elles firent demi-tour. À présent, la chaleur de la journée déclinait, les joggeurs étaient de sortie, tout comme les promeneurs de chiens. Jock suivait Isla et Charlie d'un pas trottinant, reniflait et agitait la queue, heureux d'être en vadrouille. Isla attendait avec impatience le gin-tonic qu'Andrew préparerait une fois à la maison.

– Ah ! Les promeneuses sont de retour, les accueillit la voix d'Ian aussitôt qu'Isla et Charlie franchirent la porte. Bonjour, mes chéries.

Il entra dans le vestibule avec Lorna sur ses talons ; elle semblait plus enjouée qu'elle ne l'avait été depuis leur arrivée.

– Viens dans mes bras, ma petite-fille préférée.

Il enlaça fort Charlie.

– Tu dis ça parce que je suis ta seule petite-fille, fit-elle remarquer en se dégageant de son étreinte.

– Heureusement !

Ian la relâcha et se tourna vers Isla, pour poser ses mains sur ses épaules et la biser sur chaque joue.

– Je t'avais demandé de ne pas venir.

Toutefois, la décontraction d'Ian était une alternative bienvenue à la tension qui régnait dans la maison.

– Excuse-moi. Ça fait plaisir de te voir.

– Quel accueil, affirma Ian en faisant un clin d'œil à Charlie. Et j'ai dit que je ne manquerais pas le quatre-vingt-cinquième anniversaire d'Aggie. Alors, bien sûr que je suis là.

– Quelqu'un veut un verre ? proposa Andrew en sortant d'un pas traînant du salon. Il est plus que l'heure de l'apéritif.

– Je vais prendre un gin-tonic et le boire dans la cuisine pour pouvoir aider Lorna, répondit Isla, qui aperçut sa sœur se diriger vers cette pièce.

– Aussitôt dit, aussitôt servi. Je te l'apporte. Ian ? Charlie ?

Les deux sœurs restèrent seules dans la cuisine. Lorna avait trois livres de cuisine ouverts sur le plan de travail, avec autour tous les ingrédients de chaque recette sur des assiettes ou dans des ramequins.

– Pourrais-tu t'occuper de ça ? demanda-t-elle en désignant le dessert. Il faut seulement râper un peu de chocolat et fouetter de la crème. De mon côté, je vais mélanger tous les ingrédients du curry de poisson.

– Tu as mis les petits plats dans les grands.

Isla tira un tabouret de bar et s'attaqua à la recette.

– J'essaie, répondit Lorna avec le sourire, au moment où Andrew arriva avec leurs verres.

Il trébucha quand il voulut poser celui d'Isla, renversant son contenu sur le livre de cuisine.

– Bon sang, Andrew ! s'exclama Lorna, dont l'humeur changea. N'y a-t-il pas une seule chose que tu puisses faire correctement ?

– Mince, femme ! Ce n'est qu'un livre. Je vais te servir un autre verre, Isla.

Andrew repartit d'un pas traînant.

– C'est bien tout ce que tu sais faire, marmonna Lorna dans sa barbe.

La façon d'Andrew de voûter les épaules, comme s'il avait été frappé, indiqua qu'il l'avait entendue.

– Qu'est-ce qui se passe ? Il ne méritait pas ça.

Le couteau de Lorna entrechoqua un saladier.

– Mais si ! Il mérite tout cela. Sa consommation d'alcool est devenue impossible depuis qu'on lui a imposé de prendre sa préretraite. Andrew même est impossible ! Je ne supporte plus d'être dans la même pièce que lui.

Isla n'avait jamais entendu Lorna dire du mal d'Andrew, même quand on l'y poussait.

– Il y a sûrement des solutions.

Des possibilités lui vinrent à l'esprit : les alcooliques anonymes, une psychothérapie, une cure de désintoxication…

– Pourquoi, à ton avis, j'ai essayé de convaincre Morag et Aggie de vendre le terrain ? rétorqua Lorna, pâle.

– Je n'en ai aucune idée. Que veux-tu dire ?

Lorna essuya une larme, ce qui inquiéta Isla. Pleurer n'était pas dans les habitudes de sa sœur.

– Je voulais que personne ne soit au courant. J'ai besoin d'argent pour pouvoir le quitter.

– Tu vas quitter Andrew ?!

Isla était étonnée. C'était une décision audacieuse ou bien désespérée.

– Dès que j'en aurai les moyens.

Le désespoir se lut sur le visage de Lorna.

– Mais tu as le droit à la moitié de son argent. Tu n'as pas besoin de plus, si ?

– Si, cria pratiquement Lorna, frustrée d'être incomprise. Il est peut-être en apparence l'homme le plus convivial du monde, mais il est avare comme un pou. J'ai tout ce que je veux, mais je dois rendre compte du moindre centime. S'il apprenait que je mijote mon départ, il ferait en sorte de m'en empêcher. Je dois avoir mon propre argent, afin de pouvoir partir.

– Mince, Lorna. Pourquoi n'as-tu rien dit ? Je t'aurais prêté l'argent.

Sauf que maintenant Isla l'avait investi dans l'affaire de Don et Tony.

– Parce que j'ai l'impression d'avoir échoué. Je ne voulais pas que Morag et toi me regardiez de haut.

– D'avoir échoué ? Regarde-moi : je suis la femme qui a le plus de ruptures à son actif. Et un ex-mari. Je suis mal placée pour dire quoi que ce soit. Si tu nous en avais parlé, nous ne nous serions pas brouillées. Nous aurions pu essayer de trouver une solution ensemble.

– Nous nous serions probablement brouillées à propos d'autre chose.

Lorna n'avait pas tort.

– Peut-être. Mais maintenant que tu m'as prévenue, qu'allons-nous faire ?

– J'ai besoin que tu convainques Aggie.

– Je ne peux pas. Morag va me tuer. En plus, même si je n'ai plus mon mot à dire concernant le domaine, je ne pense pas que ce soit la bonne décision.

– Je ne supporte plus de vivre comme ça. S'il te plaît. Je t'en supplie.

Lorna soutint le regard d'Isla. Une larme, puis une seconde coulèrent sur sa joue.

– Tu es bien placée pour me comprendre. Tu es divorcée et c'était la bonne décision pour toi. Pas vrai ?

Isla n'avait jamais vu sa sœur dans cet état. D'ordinaire, Lorna se maîtrisait totalement.

– C'est un peu différent. Ian avait des aventures et nous étions plus jeunes. C'était difficile au début, mais pour le bien d'Helen, je devais faire en sorte que notre mariage fonctionne. Puis il m'a quittée, tu te souviens ? Mais ça a fini par s'arranger.

Isla n'imaginait pas sa vie sans qu'Ian n'en fasse partie.

Lorna se pencha en avant et posa ses coudes sur le plan de travail, sa tête sur ses mains.

– J'ai peur, admit-elle, puis elle balaya la maison du regard. Où vais-je finir ? Ma vie va changer du tout au tout.

– Mais pas nécessairement en pire. Regarde-moi. J'adore vivre seule.

Sauf qu'Isla se sentait seule parfois ; la compagnie et le contact d'une autre personne lui manquaient. Elle n'était pas comme Janet qui était devenue entièrement indépendante. C'était d'ailleurs pour cette raison qu'elle avait laissé Tony entrer dans sa vie.

– Je ne veux pas que tous mes amis parlent de nous et se posent des questions.

– Ils s'en poseront quoi qu'il en soit, à en juger par ce qui se passe aujourd'hui. Vous êtes malheureux tous les deux, ça crève les yeux.

– Pense à Maman et Papa. Ils n'étaient pas très heureux à la fin. Je me demande même s'ils l'ont été un jour. Et pourtant, ils sont restés ensemble « jusqu'à ce que la mort les sépare ».

– Mais regarde ce qui est arrivé. Maman est devenue très aigrie. Les temps ont changé et les gens sont plus compréhensifs, ils jugent moins de nos jours.

– Sauf qu'il faut pouvoir subvenir à ses besoins. Si seulement j'avais eu une carrière au lieu d'être femme au foyer… soupira Lorna. Même si j'ai été plutôt douée pour cela.

– Besoin d'un coup de main ? proposa Ian en passant la tête par la porte.

– Nous parlons de mariage.

Isla pensa que cette réponse suffirait à le faire partir. Ça et le désespoir sur le visage de Lorna.

– Ah. Je suis en quelque sorte un expert en la matière.

Ian entra dans la pièce en brandissant son verre.

– Mais pas nécessairement le mieux placé, le railla Isla. Je ne suis pas sûre que nous ayons besoin de tes conseils.

– Nous parlions de Papa et Maman, indiqua Lorna, sans doute rendue nerveuse à l'idée qu'Isla ne révèle ses intentions.

– Ah. Il y a beaucoup à dire sur une idylle parisienne ! déclara Ian en faisant un geste théâtral, avec un bras ouvert sur le côté.

– Que veux-tu dire ? l'interrogea Isla, perplexe.

– C'est bien à Paris qu'ils se sont rencontrés, non ?

– Ah bon ?

– Je suis sûre que c'est ce que May m'a raconté un jour.

– Janet m'a dit la même chose. Mais tu ne m'en as jamais parlé.

– Toi et moi nous adressions à peine la parole à l'époque, et nous nous voyions rarement. En plus, elle m'avait demandé de ne pas t'en parler.

– Pourquoi ? Qu'a-t-elle dit d'autre ?

La soif d'informations d'Isla la poussa à mettre de côté le problème de Lorna. Pourquoi n'avait-elle pas pensé à questionner Ian ? Bien que sa mère et son ex-mari se soient appréciés, Isla ne les avait pas imaginés s'échanger des confidences.

– Pas grand-chose. Pourquoi ? Est-ce important ?

– Ça pourrait l'être. Tu sais que j'essaye d'en savoir plus sur elle.

– Autant que je m'en souvienne, David lui a lancé une œillade et elle s'est aussitôt fermée comme une huître. Je me rappelle avoir eu l'impression qu'elle voulait dire autre chose, mais quand je lui ai reposé la question, elle m'a simplement répondu qu'elle avait été jeune fille au pair et avait rencontré David là-bas. « Ce n'est pas plus intéressant que ça », a-t-elle conclu.

– Est-ce qu'elle t'a dit quand ils se sont mariés ?

Isla avait le sentiment d'être tout près d'une découverte.

– Oui. Elle était sûre que ses parents n'approuveraient pas leur union, alors ils se sont mariés à Gretna sur le chemin du retour. Très romantique, non ?

– J'ai du mal à l'imaginer, mais oui, je suppose que oui.

L'image de ses parents jeunes et amoureux ne correspondait pas au couple résigné et souvent sans amour qu'Isla avait connu. Mais c'était là une autre pièce du puzzle.

– Pourquoi t'a-t-elle raconté cela à toi et pas à nous ? s'étonna Lorna, qui semblait intéressée.

– Je devais être dans le coin pour un spectacle. Allez savoir ce que c'était. (Ian parut pensif un instant.) Mais sûrement à cause de mon fameux charme. Il fait toujours son effet !

Isla haussa les sourcils pour montrer ce qu'elle en pensait. Mais pourquoi May aurait-elle demandé à Ian de ne pas révéler que David et elle s'étaient rencontrés à Paris ? Pourquoi le lieu de leur rencontre était-il si important ? Et pourquoi avaient-ils fait croire à leurs enfants qu'ils s'étaient connus à Édimbourg ? L'une des deux versions ne pouvait pas être vraie.

– Aggie doit connaître toute l'histoire, ajouta Ian. Si tu veux tant savoir, pourquoi ne lui demandes-tu pas ?

– C'est bien ce que je compte faire !

Chapitre 32

Paris, 1955

May avait imaginé que David prendrait bien plus tôt une décision au sujet de son avenir. Au lieu de cela, tous trois se créèrent une routine qui semblait satisfaire chacun de leurs besoins. Quand May arrivait le matin, après avoir déposé Émile à l'école, David lui confiait Éloïse et partait aussitôt à son travail. Il avait réussi à convaincre ses employeurs compatissants de le garder à temps partiel, peut-être parce qu'ils savaient tous que cette situation ne durerait pas. Madame avait pris l'habitude d'aller chercher Émile à l'école, ce qui permettait à May de rester un peu plus tard.

Des lettres de Wendy arrivaient régulièrement, écrites en pattes de mouche sur du papier avion très fin. Elle faisait connaissance avec sa nouvelle famille et organisait son mariage.

> *Nous allons nous marier dans une église en bois adorable et la réception aura lieu chez ses parents. J'aimerais tellement que tu puisses voir ma robe ; sa mère l'a cousue pour moi. Si seulement tu pouvais être là…*

Wendy ne mentionna pas une seule fois Max, ne dit pas si elle l'avait vu, ni même s'il était invité. Comme Sam et lui étaient de très bons amis, il était difficile d'imaginer qu'il ne soit pas présent. Avec June, sa petite amie. May ne pouvait s'empêcher de se demander si Max pensait parfois à elle, comme elle pensait encore à lui, allongée dans son lit chez les Dubois, imaginant ses mains sur elle, sentant l'intensité de ses baisers, mourant d'envie de les lui rendre. Ou avait-il réussi à l'oublier ? Elle ne le reverrait plus jamais, elle le savait, mais elle ne parvenait pas à le chasser de son esprit.

Puis David largua à son tour une bombe. Un matin, il rentra du travail, laissa sa serviette à la porte de sa chambre qui lui servait aussi de bureau et entra dans la cuisine. May posa sur la table en bois maculée de la soupe de carottes d'Éloïse, une baguette et du fromage bleu qu'elle avait acheté au marché.

– J'ai enfin pris une décision.

Elle leva les yeux.

– À propos de quoi ?

– J'ai contacté mon père, il m'a dit qu'il y avait encore un poste pour moi chez *Adairs* si je le veux. Mon frère est très soulagé de ne pas être obligé d'y travailler.

Lui aussi ?! Les pères et leurs fils… David allait abandonner May et emmener Éloïse avec lui. Elle porta sa main à sa poitrine alors que son cœur se serra. Elle n'arrivait pas à croire que l'histoire se répétait, qu'elle allait perdre deux autres personnes qui lui étaient devenues très chères.

– Mais votre travail ici ?

C'était la question qu'elle posait, mais d'autres hurlaient dans sa tête. *Et Éloïse ? Et moi ?*

– Ce travail ne pouvait plus fonctionner depuis l'arrivée d'Éloïse et le départ de Céleste. Mes supérieurs ont été compréhensifs, étant donné ma situation, mais je ne peux pas profiter d'eux plus longtemps. En outre, leur patience s'amenuise. Je dois rentrer chez moi. Je ne peux pas élever Éloïse seul ici. À la maison, je pourrai me faire aider comme il faut… Et que deviendrez-vous quand vous rentrerez chez vous, car je sais que vous le ferez ? Je vous en prie, ne soyez pas si triste.

David prit la main de May.

La perspective de tout recommencer dévastait May, bien que consciente que sa réaction était égoïste. David faisait ce qu'il jugeait être le mieux pour sa fille, afin qu'elle soit éduquée et ait une jolie vie. Il avait à cœur le bien d'Éloïse, évidemment.

Mais que ferait May ? Elle allait devoir quitter Paris, toutefois l'idée de rentrer en Écosse… elle refusait même d'y penser. Elle s'assit et passa son doigt sur la tache laissée par une soucoupe.

– Je ne sais pas. Vous allez tellement me manquer tous les deux.

May eut la gorge nouée.

David s'assit à son tour et referma ses doigts autour de la main de May.

– J'espérais que vous disiez cela. J'aimerais que vous veniez avec nous.

– Que voulez-vous dire ?

David savait que retourner en Écosse ne serait pour May qu'une solution de fortune en attendant d'aller vers Londres et l'inconnu. Un inconnu qu'elle ne se sentait pas capable d'affronter seule pour le moment. Elle avait eu le courage de venir à Paris, mais elle n'avait plus confiance en elle.

David sourit.

– Oui, c'est ce que j'ai dit. J'aimerais que vous rentriez au pays avec moi… mais comme ma femme.

– Votre femme ?

May le dévisagea, abasourdie. C'était la dernière chose à laquelle elle s'attendait. En venant à Paris, elle s'en était remise au destin, mais ça… Sa relation avec David s'était transformée en une amitié particulière, mais la passion qu'elle avait connue avec Max avait été nettement absente, ce dont elle était contente. Elle n'était pas prête à le remplacer. Non. David était son bon ami qu'elle était heureuse d'aider. Rien d'autre. Ou du moins c'était ce qu'elle avait pensé jusque-là.

David s'agenouilla et prit les deux mains de May.

– Je vous en prie. Nous formons un bon duo et Éloïse vous adore. Nous nous complétons bien tous les trois.

Le regard rivé sur David, May sentit ses joues la brûler.

– Relevez-vous, s'il vous plaît. Vous n'avez pas besoin de faire cela.

Où avait-elle la tête ? Et lui ? Était-ce, pour lui, un mariage d'amour ou de raison ? May espérait la première solution, mais craignait qu'en réalité, ce ne soit la seconde, même si elle ne pouvait pas croire David capable d'un acte aussi insensible. Cela ne ressemblait pas à l'homme qu'elle avait appris à connaître.

– Mais si. J'aurais peut-être dû comprendre plus tôt que Céleste et moi n'étions pas faits l'un pour l'autre… Nous attendions des choses tellement différentes de la vie. Je me suis laissé bêtement emporter alors que j'aurais dû attendre de rencontrer une femme comme vous : terre à terre, gentille et aimante, avec qui je partage des points communs.

May aperçut une ombre traverser le regard de David. La nostalgie ? Le regret ? Le soulagement ?

– Mais si nous nous marions… (May n'en revenait pas d'avoir prononcé ces mots.) Que va-t-il se passer pour Éloïse ?

May imaginait le scandale à leur arrivée en Écosse. La machine à ragots de son village s'emballerait. *Le bébé d'une autre femme ! Vous êtes au courant ? May Campbell élève la fille d'une autre ! Où est sa véritable mère ? Qu'est-ce que May a fricoté à Paris ? A-t-elle volé cet homme à la mère de l'enfant ? Cet enfant est-il réellement le sien ? Assisterez-vous au mariage ?* Ce n'était pas du tout ainsi que May avait imaginé son retour au pays, et elle n'avait pas non plus envie de rentrer dans de telles circonstances.

– J'imagine l'accueil qui nous sera réservé.

La famille de May serait mortifiée ou en colère, voire les deux. May ne serait pas capable de l'endurer.

– Ma famille va vous adorer. Vous n'avez pas de souci à vous faire.

Toujours à genoux, David serra plus fort les mains de May.

La famille de Max l'aurait-elle adorée ? Cette pensée traversa spontanément l'esprit de la jeune femme. Elle imagina Wendy qui se préparait pour son mariage. Comme c'était plus facile pour elle, il n'y avait que Sam et elle. Pour May, c'était très différent. Aimait-elle David ? N'était-ce pas une condition *sine qua non* pour un mariage heureux ? Mais l'amour, qu'était-ce ? L'amour fou et extraordinaire qu'elle avait ressenti pour Max n'existait peut-être pas pour David, mais tellement d'autres sentiments étaient présents. Il était gentil, attentionné, un père merveilleux dans des circonstances terribles. Il ne faisait peut-être pas un mari aussi excitant que Max, mais il était stable, fiable, le meilleur des amis.

Et la famille de May adorerait-elle David ? Oui, probablement. Ses parents, en particulier sa mère, seraient impressionnés qu'elle épouse un fils Adair. Celle-ci n'imaginait pas une journée shopping à Édimbourg sans un détour par le grand magasin. Les parents de David étaient des célébrités locales. La mère de May adorerait être associée à cette famille et damer le pion à ses amies.

Mais Éloïse…

Son existence était plus difficile à expliquer. S'il s'agissait d'une autre personne que May, sa mère serait la première à proférer des commérages, se perdre en conjectures, remuer la boue, savourer le malheur qui frappait une autre famille. May refusait de subir cela. Éloïse n'avait rien fait pour mériter le genre d'attention qu'elle recevrait dans le village étroit d'esprit d'où était originaire May.

– Vous me prenez au dépourvu.

May ne voulait pas expliquer toutes les pensées qui se précipitaient dans sa tête sans y avoir réfléchi.

David se leva et s'assit à la table.

– Alors pensez-y. Je ne veux pas vous forcer à faire quelque chose que vous regretteriez. Certaines personnes pourraient penser que c'est trop rapide, mais je m'en fiche. Ils ne savent pas à quel point nous nous connaissons et je n'arrive pas à imaginer la vie sans vous.

Le rouge qui monta aux joues de David émut May, car elle reconnut la vérité dans ses paroles. Même s'ils étaient tous deux sous le choc d'une déception amoureuse, cette nouvelle relation leur était bénéfique à bien des égards. Tous les trois se rendaient mutuellement heureux : ils se complétaient. May pourrait-elle élever l'enfant d'une autre femme ? À cet instant, elle n'était plus certaine de rien !

– Je n'ai pas besoin de réfléchir. Bien sûr que je vais vous épouser.

L'expression sur le visage de David lorsqu'il entendit cette dernière phrase valait tout l'or du monde. Il aimait May. Il voulait être avec elle pour le reste de sa vie. Et elle voulait être avec lui. Bien sûr qu'elle le désirait. C'était évident. David se pencha pour embrasser May. Cette première sensation de ses lèvres sur les siennes enflamma quelque chose en elle et elle s'abandonna à son étreinte. Et pourtant… et pourtant… quelque chose faisait défaut, mais May chassa cette pensée. Ils ne se connaissaient pas encore comme des amoureux. Il suffisait d'un peu de temps. Ils furent ramenés au présent par Éloïse qui se réveillait et jouait dans son berceau. May se dégagea des bras de David.

– Je vais la chercher. Mais avant de l'annoncer à qui que ce soit, nous devons parler de Céleste et d'Éloïse.

Pendant un instant, David eut l'air abattu.

– Est-ce indispensable ? Je sais que vous avez raison. Je ne pense pas qu'on aura de soucis avec Céleste. Regardez son attitude. Sa carrière est tout ce qui compte à ses yeux. Sa carrière et Jean-Luc. Éloïse ne l'intéresse pas. Je suppose qu'elle sera soulagée de nous voir débarrasser le plancher.

Paroles courageuses. Mais cette femme serait-elle réellement soulagée ? Cette décision prise sans consulter Céleste pourrait se retourner contre eux, quand elle prendrait la mesure de ce à quoi elle avait renoncé. C'était quand quelque chose était inaccessible qu'il devenait désirable. Si elle revenait pour réclamer Éloïse, May ne se pensait pas capable de le supporter. Lorsque Céleste reverrait sa fille, qui parvenait presque à s'asseoir désormais et charmait tous ceux qui posaient les yeux sur elle, elle voudrait sûrement la récupérer. May ne pourrait pas l'en empêcher.

Une Éloïse affamée mit un terme à toute réflexion plus sérieuse, puis May dut partir pour aller chercher Émile à l'école.

Cette nuit-là, May n'avait toujours pas trouvé le sommeil quand elle entendit la pendule dorée sur la table dans le couloir sonner deux heures. La lumière du réverbère pénétrait dans sa chambre par l'interstice de ses rideaux et dessinait le contour des objets, comme si May était plongée dans un conte macabre. Maintes fois, elle avait rejoué dans sa tête sa dernière conversation avec David, ce qui faisait naître en elle à la fois enthousiasme et inquiétude. Avec le recul, c'était peut-être étrange qu'elle n'ait pas envisagé cette possibilité, mais elle n'avait jamais considéré David sous un angle amoureux. Du moins pas jusqu'à présent. Jusqu'à ce baiser. Un avenir qu'elle n'avait jamais imaginé, ni demandé se présentait à elle.

Au lieu de ses rêves d'une vie indépendante ou avec Max, May gagnait quelque chose de bien plus précieux. Elle serait mariée à David. Ils s'aimeraient et elle bénéficierait de la sécurité, du confort et de la famille dont elle avait rêvé, seulement un peu plus tôt qu'elle ne l'avait pensé. Son unique préoccupation était Éloïse : comment l'intégrer dans ce tableau sans lui porter préjudice ?

Il était impossible d'éluder le fait qu'Éloïse était l'enfant d'une autre femme. Céleste avait autant le droit de s'impliquer dans la vie de sa fille qu'Éloïse avait le droit de vivre avec sa mère naturelle. Quoi qu'en dise David, ils ne se débarrasseraient jamais de Céleste. En outre, David et May seraient-ils en mesure de protéger Éloïse lorsque la vérité sur sa naissance éclaterait ? David et Céleste n'étaient pas mariés au moment de sa naissance. Et voilà qu'elle serait élevée par une autre femme !

Non, cela ne pourrait pas fonctionner. Même si cette décision lui brisait le cœur, May reconnut qu'elle devait laisser partir David et Éloïse. Elle n'avait pas sa place dans leur vie. Elle devrait le lui expliquer.

Chapitre 33

Édimbourg, 2019

Leur première soirée ensemble fut éprouvante, en grande partie à cause d'Andrew. Il commença par être agréablement loquace, voire divertissant. Même Lorna rit une fois. Mais il ne tarda pas à devenir ennuyeux, puis incohérent et, enfin, quasi comateux. Vivre un mariage malheureux était difficile. Lorna ne pouvait pas cacher sa tristesse, même si elle faisait de son mieux : elle parlait furieusement de tout ce qui lui passait par la tête, flirtait à moitié avec Ian (ce qui le mettait mal à l'aise), agaçait Isla et amusait Charlie, tout en ignorant Andrew autant qu'elle le pouvait.

– Andrew ! Il est l'heure d'aller au lit, lui dit enfin Lorna avec une tape sur l'épaule.

Il se cabra comme s'il avait été piqué par un aiguillon à bétail.

– Pas tout de suite. Il est encore tôt. Un dernier verre, quelqu'un ?

Ian le suivit avec un whisky – uniquement par politesse, malgré le soupir d'agacement mal dissimulé de Lorna.

Le lendemain matin, tous sauf Charlie commencèrent la journée en tournant en rond dans la cuisine, pendant que Lorna préparait un petit-déjeuner consistant.

– J'avais oublié à quel point un adolescent peut dormir, déclara-t-elle en plaçant les tartines grillées dans deux porte-toasts, un à chaque bout de la table.

Isla sortit son téléphone qui sonnait dans la poche de sa jupe – trop tard –, surprise d'être appelée si tôt.

– Bizarre. C'était Diane, ma voisine. Je ne vois pas pourquoi elle chercherait à me joindre. J'espère qu'il ne s'est rien passé à la maison. Je vais monter pour la rappeler.

Dans sa chambre, heureuse d'avoir une excuse pour s'échapper, Isla s'approcha de la fenêtre et contempla le jardin pendant qu'elle lança l'appel. Diane et Isla s'étaient liées d'amitié dès son premier jour Walton Street. Diane, aussi large que grande, avec des cheveux coupés au bol et teints en bleu, s'était présentée sur le pas de la porte avec deux tasses de thé et un paquet de biscuits. Leur amitié s'était rapidement étendue à des retrouvailles hebdomadaires, à des séances de cinéma et à des concerts de temps en temps. Si jamais l'une avait besoin d'aide, l'autre était toujours prête à lui rendre service. Cependant, leur relation avait changé depuis l'arrivée de Tony dans la vie d'Isla.

Isla était consciente qu'elle n'avait pas, ces derniers temps, accordé à son amie autant d'attention qu'auparavant, et la désapprobation de Diane quant à la nouvelle situation se voyait dans sa façon de regarder Tony, comme s'il était un caillou dans sa chaussure. Pour couronner le tout, Isla avait le sentiment gênant que le mur mitoyen entre leurs chambres n'était pas aussi épais que cela. Elle avait invité Diane à venir chez elle un certain nombre de fois : mais une fois Tony avait organisé autre chose et Isla avait dû annuler, une autre fois il s'était montré si désinvolte que c'en avait été embarrassant. Quand elle lui en avait parlé, il avait été stupéfait…

– C'est ton imagination. Je l'aime bien.

Mais il ne s'était pas du tout comporté comme le Tony qu'elle connaissait et aimait en privé. Diane avait été à juste titre contrariée et avait pris ses distances. Néanmoins, elle répondit tout de suite à l'appel d'Isla.

– Est-ce que tu vas bien ? Il s'est passé quelque chose ?

Une grive se posa sur une branche du pommier dans le jardin et commença à chanter à tue-tête.

– Je vais bien, répondit Diane, sa petite voix aiguë très audible. Mais épuisée à cause de la fête qui s'est déroulée chez toi toute la nuit. Tu es rentrée plus tôt pour fêter quelque chose ?

– Une fête ? Non, je suis à Édimbourg.

– Crois-moi, c'est la vérité. Fenton a appelé la police à deux heures et demie du matin.

Fenton était l'autre voisin d'Isla, un professeur d'université de philosophie, qui en général ne se mêlait pas des affaires des autres.

– Une ou deux personnes sont parties à ce moment-là, mais le bruit a continué longtemps après.

– Je suis sincèrement désolée, s'excusa Isla, perplexe. Laisse-moi appeler Tony pour lui demander des explications. Cela ne se reproduira plus, je te le promets. Je te rappelle après, Diane.

Isla ne supportait pas l'idée que sa maison soit assiégée par des inconnus. Où Tony avait-il la tête ? Elle se souvint des voix dont elle ne s'était pas inquiétée lors de leur dernière conversation téléphonique.

Isla s'assit sur son lit et appela Tony. Pas de réponse.

De retour dans la cuisine, elle expliqua ce qui s'était passé.

– Il n'y a pas de squatters chez toi ? demanda Lorna, ce qui instilla une peur bleue à Isla.

Auraient-ils pu s'installer pendant l'absence de Tony ?

– Non. Ce n'est pas possible. Tony est chez moi.

L'échange de regards complices entre Ian et Charlie était exaspérant, mais elle se retint de leur faire remarquer. Les voir ensemble depuis l'arrivée d'Ian avait procuré un vrai plaisir à Isla. Tandis qu'Isla et Lorna étaient dans la cuisine, il avait appris à

Charlie un jeu de cartes compliqué pour deux. Leur partie les avait fait crier et rire aux éclats. Il était chez lui ici et amusait tout le monde, avec ses anecdotes de coulisses qui impliquaient inévitablement des révélations sur une star et leur faisaient pousser des oh ! et des ah ! De toute évidence, Charlie idolâtrait son grand-père.

Au cours de la matinée, Isla téléphona chez elle trois fois, mais en vain à chaque reprise.

Elle rappela Diane.

– Je n'arrive pas à joindre Tony. Il a dû sortir. Si tu le vois, pourrais-tu lui demander de me recontacter s'il te plaît ?

– Je ne pense pas, non.

Diane avait l'air plus critique que d'habitude, ce qui agaça Isla.

– Oh, ne complique pas les choses, Diane. S'il te plaît. Je veux régler cette histoire.

– Ce n'est pas que je ne veux pas le faire, mais je l'ai déjà vu ce matin. Il quittait ta maison avec deux grosses valises. Un jeune homme était garé devant, sur le trottoir, et avait laissé le moteur en marche…

L'indignation de Diane fit presque rire Isla. Sa voisine était tellement à cheval sur les règles.

– Je suis allée lui demander de déplacer sa voiture, et Tony est sorti de ta maison à ce moment-là. Quand je l'ai interrogé à propos de la fête, il m'a simplement répondu : « Ne t'inquiète pas, je ne reviendrai pas, donc ça n'arrivera plus. »

Isla se figea, confuse. Quelque chose clochait.

– Tu es sûre que c'est ce qu'il a dit ? Qu'il ne reviendrait pas ?

– Certaine. Il a mis les valises dans le coffre, est monté dans la voiture et ils sont partis en trombe.

Isla plaqua sa main sur sa gorge, prise de nausée.

– Ce n'est pas possible. Tu as dû mal comprendre.

Écho caverneux de ce qu'Isla avait rétorqué à Charlie. Son cœur lui disait une chose, mais sa tête lui en hurlait une autre.

Non, non. Il devait y avoir une explication. Diane s'était trompée. Isla appellerait Tony pour mieux comprendre.

– Je suis vraiment désolée, mais je ne crois pas… J'ai pris une photo de la voiture. Je rassemble des preuves pour la mairie.

Isla entendit à peine son amie cependant.

– Je suis désolée, Diane. Pouvons-nous reparler plus tard ? Je vais essayer de rappeler Tony.

Mais Isla savait ce qui allait se passer et, sans surprise, le téléphone de Tony sonna dans le vide, avant de basculer sur le répondeur.

Elle n'en revenait pas. Elle niait la situation. L'argent qu'elle avait donné à Tony pour qu'il l'investisse en son nom… Elle comprenait tout avec une clarté affligeante. Quelle bêtise avait-elle faite ? Comment avait-elle pu être si aveugle ? Mais ils se préparaient un avenir ensemble. Elle s'arrêta brusquement.

Tony n'avait jamais rien dit de tel.

C'était Isla qui leur avait imaginé un avenir commun. Son monde avait irrévocablement basculé en vingt-quatre heures.

Elle composa à plusieurs reprises le numéro de Tony. Le fait qu'il ne réponde pas ne faisait que confirmer les pires craintes d'Isla, quand bien même elle ne voulait pas y croire. Elle rechercha le site Web de sa nouvelle entreprise et composa le numéro de contact pour s'entendre dire qu'il n'était pas attribué. Elle consulta son compte bancaire en ligne : l'argent avait bien été transféré sur le compte de Tony.

Tout cela constituait un puzzle dont Isla ne parvenait pas à assembler les morceaux. Même si ce que Diane avait vu signifiait que Tony avait dû prendre le large. Avec deux valises contenant… quoi ? Mais il reviendrait, se convainquit Isla. Il ne pouvait pas ne pas revenir.

En fin de matinée, alors qu'Isla était seule dans la cuisine, elle rappela Diane, cette fois pour lui demander d'aller chez elle et de vérifier que tout était à peu près comme elle l'avait laissée.

Vingt minutes plus tard, Diane la recontacta.

– Je suis chez toi. Je ne vois pas ta collection de figurines Beatrix Potter.

Il avait fallu des années à Isla pour dénicher ces trente petites figurines signées Beswick qui reproduisaient des personnages de l'écrivain britannique. Elles auraient dû être sous protection au musée, mais Isla ne se résolvait pas à les laisser partir.

– Ni les boules à neige. Il manque quelques cadres : les anges au-dessus de la cheminée et le portrait de femme dans l'entrée. La table de la salle à manger aussi. D'autres choses ont peut-être disparu, mais toi seule peux savoir.

Isla eut l'impression de recevoir un seau d'eau froide sur la tête.

– Et... commença Diane d'un ton suspicieux, comme si elle appréciait son rôle dans cette histoire. Il y a une enveloppe qui t'est adressée dans la cuisine. C'est écrit à la main. Elle n'est pas sur la pile de courrier, mais à part avec un trousseau de clés.

Outre Diane, la seule autre personne à posséder un jeu de clés était Tony. Ce devait être le sien.

– Pourrais-tu me lire la lettre ?

Isla n'avait aucune envie de partager son humiliation, mais elle devait découvrir ce qui s'était passé. Elle était trop loin de chez elle pour revenir rapidement. Elle devait discuter avec Aggie, mais aussi participer ce dimanche aux festivités en l'honneur de son quatre-vingt-cinquième anniversaire.

– Tu es sûre ?

– Oui.

– D'accord. J'y vais.

Isla entendit un bruit de papier déchiré lorsque Diane ouvrit l'enveloppe.

– « Isla. »

Très froid. Pas de « Ma chère Isla », ni de « Ma chérie ». Elle se prépara mentalement à la suite.

– « Je suis un lâche. Je ne voulais pas m'impliquer autant. Je n'aurais peut-être pas dû venir pour le week-end, mais je n'ai pas su résister. Et je voulais l'argent bien entendu... » – Tu ne lui as pas prêté d'argent quand même ? dit Diana.

Isla ne pouvait pas supporter l'effarement de Diane en plus du sien. *Seulement mes économies gagnées à la sueur de mon front*, pensa-t-elle. *Seulement l'argent pour ma retraite.*

– Juste un petit peu.

– Ce n'est pas malin. Ça continue. « Je n'aime pas que les sentiments se mettent en travers de ce qui n'est qu'une simple transaction commerciale pour moi, il est donc temps que je passe à autre chose. J'ai apprécié les moments passés ensemble, mais je n'aurais peut-être pas dû laisser les choses aller aussi loin. Mais sans ton héritage, à quoi bon attendre ? Je prends quelques souvenirs. N'essaie pas de me retrouver. Tu n'y arriveras pas. Profite de la vie. »

Le silence s'abattit pendant que les deux femmes assimilaient toutes les implications de la lettre.

– Eh bien ! s'exclama Diane, qui reprit la parole la première. On dirait que tu t'es bien fait avoir.

Elle n'y allait jamais par quatre chemins.

– Oui, mais je ne peux pas...

Ce n'était pas possible. Isla se pencha en avant et posa sa tête sur le plan de travail froid de la cuisine, soulagée que Diane ne lui dise pas que cet homme ne lui avait jamais inspiré confiance. Quelle idiote elle avait été. Elle comprenait tout trop clairement désormais. Tony n'était rien de plus qu'un escroc ordinaire. Il l'avait prise pour cible, l'avait séduite au musée Ashmolean, avait découvert que sa mère venait de décéder, en lui laissant, pensait-il, un héritage. Tout aussi intéressant, elle avait des économies. Il l'avait bel et bien menée en bateau et était parti avec ses vingt mille livres, deux de ses précieuses collections et sûrement d'autres choses encore. Comment avait-elle pu être aussi stupide ? Après toutes ces années à être prudente et à ne pas s'engager, elle était tombée amoureuse de l'homme qu'il ne fallait pas. Comme elle s'était trompée sur son compte. Comme elle pensait l'avoir aimé. Elle entendit un sanglot. Le sien.

– Tu devrais appeler la police, déclara Diane, qui était toujours à l'autre bout du fil et attendait. Tout de suite.

– Pour leur dire quoi ? Que je suis une vieille idiote qui s'est fait rouler par un arnaqueur ?

Isla imagina leur mépris. Elle retint ses sanglots en clignant des yeux. Tony n'obtiendrait pas ses larmes par-dessus le marché, bon sang.

– Je ne veux pas t'entendre dire ça, la sermonna Diane, même si elle ne connaissait pas la moitié de l'histoire. Ce n'est pas grave que tu sois tombée amoureuse… Tu n'es pas la première et ne seras pas la dernière. Il t'a volée. Et n'oublie pas que j'ai la photo de la voiture dans laquelle ils sont partis, et la plaque d'immatriculation. (Elle la lut à voix haute.) C'est une Toyota Auris grise. Il n'a pas pensé à ça.

La fureur d'Isla de s'être fait avoir, son humiliation, son choc furent momentanément atténués par la possibilité de rattraper Tony.

– Tu es géniale. Merci.

– J'ai cru que tu ne le dirais jamais. Allez, appelle-les.

– Je devrais peut-être rentrer ?

Isla détestait l'idée de manquer la fête d'Aggie. Comment Tony osait-il lui voler cela également ?

– À quoi bon ? Il est parti. Tu ne peux pas louper l'anniversaire de ta tante. Elle serait très déçue. Tu le laisserais gagner. Je peux m'occuper de faire entrer la police chez toi s'il y a besoin.

Isla n'avait jamais été aussi reconnaissante pour la lucidité de Diane.

– Je vais les appeler maintenant.

*
**

Quelques heures plus tard, la police s'était rendue à Walton Street, et Diane leur avait montré tout ce qu'ils devaient voir. Isla ferait une déposition à son retour, le mardi suivant. Elle se sentait vide. Toute cette confiance et cet amour pour rien. Elle s'était engagée émotionnellement, avait vaincu cette partie d'elle qui la retenait toujours. Et l'argent. Comment le récupérerait-elle ? La police était confiante de retrouver la voiture, grâce aux bons réflexes de Diane, aussi Isla pourrait-elle probablement recouvrer une partie de ses objets.

Désormais, elle serait indépendante, ne se donnerait plus à personne. Toute cette histoire lui fit affreusement prendre conscience qu'elle pouvait être considérée comme une vieille dame vulnérable. Elle ne s'était encore jamais vue sous cet angle. Lorsqu'elle avait raconté à la police avoir ouvert sa porte à cet homme, lui avoir donné de l'argent, offert des vacances et qu'elle leur avait décrit ce qu'il lui avait volé, sa mortification n'aurait pas pu être pire. Pendant qu'elle expliquait cela à la voix impassible et patiente à l'autre bout du fil, elle eut l'impression d'avoir l'air de plus en plus folle. Non, elle n'avait rencontré personne de sa famille, ni de ses amis. Oui, elle avait viré l'argent sur un compte qui, d'après sa banque, avait depuis été clôturé. Non, elle n'avait pas demandé le nom de famille de son associé. Non, elle ne connaissait pas l'adresse où vivait Tony au moment de leur rencontre. Plus le policier interrogeait Isla, plus ses réponses semblaient ineptes, chacune appelant la question « Pourquoi » ?

Elle s'efforça de faire honneur au déjeuner préparé par Lorna (soupe, pain et fromage), mais son appétit l'avait abandonnée. Suite aux événements, ses proches se montraient compatissants. Même Charlie, dont l'instinct s'était avéré juste.

Après le déjeuner, Ian prit Isla à part.

– Il faut qu'on parle.

– Pas de « Puis-je te parler de quelque chose ? », rétorqua Isla pour tenter une plaisanterie, qui tomba à plat. C'est ce que tu me dis toujours.

– C'est différent cette fois. Je sais que tu as eu un choc terrible, mais nous avons quelque chose à te dire.

– Au moins, tu peux difficilement aggraver la situation.

Ian emmena Isla dans le salon où Charlie était assise près de la fenêtre et ferma la porte.

– Assieds-toi.

– Qu'y a-t-il ?

Isla s'installa dans le canapé, d'où elle pouvait voir sa petite-fille.

– Tu me fais peur. Même si rien de ce que tu peux dire ne peut surpasser ce qui vient de se produire. J'ai l'impression que quelqu'un m'a frappé avec une planche.

– Cette sensation va durer un certain temps, je le crains.

Ian prit place à côté d'Isla. Il utilisait toujours la même eau de Cologne, remarqua-t-elle. Charlie traversa la pièce, prit le fauteuil près de la cheminée et passa ses jambes nues sur l'accoudoir afin de faire face à ses grands-parents. Elle avait remis son short extrêmement court, avec un débardeur ample ; ses cheveux étaient dénoués sur ses épaules.

– Vas-y.

– Tu ne vas pas aimer – ou peut-être que si –, mais c'est à propos de Tony.

– Pas encore, dit Isla, d'une voix faible. Je crois que je ne peux plus rien encaisser.

Elle se leva pour quitter la pièce. Elle ne voulait pas pleurer devant Ian et Charlie.

– Assieds-toi et écoute.

Ian lui attrapa la main, mais elle refusa de se rasseoir à côté de lui, confuse par leur proximité, confuse par l'attirance qu'elle ressentait pour lui.

– Charlie et moi avons fait quelques recherches…

L'adolescente replia ses orteils et, d'un mouvement de tête, cacha son visage derrière ses cheveux.

Comme si la matinée n'avait pas été assez difficile, Ian semblait déterminé à aggraver la situation. Isla aurait préféré être conduite au bûcher plutôt que d'entendre encore de mauvaises nouvelles. – Bon sang, Ian ! fulmina Isla. Ne mêle pas Charlie à cette histoire. Pourquoi fais-tu cela ?

– En fait, c'est elle qui m'y a mêlé, expliqua Ian en adressant un sourire rassurant à sa petite-fille. Pourquoi, à ton avis, je suis venu alors que tu m'avais catégoriquement demandé de me tenir à l'écart ?

– Je croyais que…

Mais que pouvait dire Isla ? Sa petite-fille avait raison depuis le début.

– Je suis désolée de ne pas t'avoir crue à propos de Tony, Charlie.

Celle-ci fixait ses jambes et faisait glisser son doigt sur son genou.

– Ce n'est pas grave. Je suis désolée d'avoir eu raison.

– Mais pourquoi es-tu venu plus tôt ? demanda Isla à Ian. Tu n'étais pas obligé.

– Pourquoi ? Parce que nous nous soucions de ce qui se passe dans ta vie. Incroyable, hein ?

Ce sourire de jeune premier. Celui-ci avait charmé trop de femmes. Il ne fonctionnerait plus sur Isla.

– Mais je n'ai pas besoin que tu te soucies de moi.

Charlie et Ian se firent un signe de tête.

– En fait, si. J'ai passé deux, trois coups de fil et fait quelques recherches sur Google avec l'aide de Charlie. Elle s'inquiétait pour toi.

– Ne te fâche pas, Mamie, supplia Charlie, les yeux écarquillés.

Isla en fut bouche bée. C'était elle qui devrait s'inquiéter pour sa petite-fille, pas l'inverse.

– Et ? dit-elle prudemment. Allez-y. Rien ne peut être pire que les nouvelles de ce matin.

Enfin peut-être pas d'après l'inquiétude visible sur le visage d'Ian. Isla inspira profondément, se préparant à affronter leur annonce, quelle qu'elle soit. Ian lui prit la main, qu'elle retira aussitôt.

– Vas-y.

– Je consultais le catalogue en ligne de Marchams et je suis tombé sur un tableau qui ressemblait beaucoup à celui que t'a légué May. Je m'en souviens, il était dans le bureau de David. La mise à prix était de trois mille cinq cents livres.

– Tu crois que c'est le mien ?

Si c'était le cas, Isla devait le récupérer.

– J'en suis à peu près sûr, mais la vente a eu lieu jeudi.

Quand ils étaient à l'hôtel, dans le Lancashire…

– Alors nous ne saurons jamais, s'entendit Isla se lamenter de cette perte.

– Ne te décourage pas, ma vieille, l'encouragea Ian, optimiste. Je les ai appelés. Un vieil ami travaille là-bas.

Évidemment. Grâce à son activité complémentaire dans les antiquités, Ian avait plein de vieux amis là où l'on s'y attendait le moins.

– Je lui ai expliqué qu'il y avait une forte possibilité que le tableau soit volé. Si Charlie ne m'avait pas prévenu, je n'en aurais jamais rien su.

Charlie afficha un petit sourire satisfait.

– Et ?

– Si tu peux prouver qu'il t'appartient, ils divulgueront le nom de l'acquéreur à la police et tu le récupéreras. Entre-temps, ils ont averti l'acquéreur. Aussi incroyable que cela puisse paraître, l'argent n'avait pas été transféré au vendeur. Pas très professionnel. Donc, la transaction est gelée jusqu'à ce que les choses soient réglées.

– Tu n'es pas contente ? intervint Charlie, visiblement enthousiasmée par le succès de leur enquête.

– Contente ? Je serais plus que ravie de récupérer le tableau.

Et l'idée de se venger de Tony, même modestement, était en outre délicieuse. Si seulement il pouvait y avoir d'autres moyens. Isla étreignit Ian, puis tendit le bras vers Charlie pour qu'elle rejoigne leur embrassade. Les étreindre était la meilleure sensation qu'Isla pouvait éprouver. À la fin de leur accolade, Charlie riait et Isla aurait juré apercevoir une larme dans l'œil d'Ian, ce vieux cabotin.

– Merci beaucoup à tous les deux.

Isla était bouleversée à l'idée que Charlie et Ian aient uni leurs forces pour elle. À l'idée que sa petite-fille, si indifférente au début, ait fait preuve d'une grande détermination. À l'avenir, Isla devrait essayer de la voir plus souvent. Si elle pouvait offrir à Charlie le genre de refuge qu'Aggie lui avait fourni quand elle en avait besoin, elle le ferait sans hésiter.

Chapitre 34
Paris, 1955

Le soir suivant la demande en mariage, May retourna à l'appartement de David pour le dîner. Alors qu'elle arpentait les rues étroites, tout en évitant les enfants qui jouaient sur le trottoir et en jetant un coup d'œil aux vitrines, elle sentit que la magie de Paris avait disparu. Elle ne voulait pas dire non à David, mais elle le devait. Pour le bien d'Éloïse.

Au début, occupés avec le bébé qui refusait de se calmer, ils ne parlèrent pas, bien que David, comme May, ait dû ressentir que les mots tus pressaient de se faire entendre. Finalement, Éloïse s'endormit, et David et May s'assirent pour manger le ragoût qu'elle avait préparé et les deux fromages qu'il avait rapportés.

– Eh bien ? dit-il, impatient, excité.

May prit son courage à deux mains, les poings serrés sous la nappe où David ne les verrait pas.

– Je ne peux pas. Je suis désolée.

Le visage de David se froissa sous l'effet de la déception.

– Mais pourquoi ?

May commença à exposer les raisons qui lui étaient venues à l'esprit durant la nuit. David resta imperturbable pendant qu'il écoutait May. Puis, elle eut l'impression de tenir des propos inintelligibles et proposa :

– On prend un café ? Ça me permettra d'avoir les idées plus claires.

Quand May eut terminé de préparer le café, David était dans son fauteuil préféré dans le salon, le regard dans le vide. Elle posa la tasse à côté de lui, avec un palmier (son biscuit préféré) sur la soucoupe. Elle s'assit face à lui, dans le fauteuil aux ressorts inégaux, l'un des châles à franges de Céleste sur le dossier pour masquer à quel point il était élimé. Au moins, May serait bientôt libérée des souvenirs de cette femme qui l'avait précédée.

Elle commença à passer en revue toutes les inquiétudes qu'elle avait s'ils ramenaient Éloïse en Écosse avec eux.

– Je ne veux pas que nous, et encore moins Éloïse, soyons la cible des cancans. Je déteste l'idée que les gens jasent. Et Céleste…

May s'arrêta, attendant que David dise quelque chose. Être dans la même pièce que lui mettait en doute toutes ses raisons de ne pas l'épouser. À chaque instant croissait en elle la certitude que ce mariage avec David était ce qu'elle désirait. Cela… et avoir sa propre famille.

Enfin, David s'exprima.

– Éloïse est si jeune qu'elle ne se souviendra de rien de tout cela.

May se redressa, renversant du café dans la soucoupe.

– Mais Céleste… si.

– Elle s'en fiche, affirma David, dont la tristesse, une fois de plus, affleurait. J'ai essayé de la contacter aujourd'hui pour lui annoncer que je retournais en Écosse, mais elle est dans la région de Nice, occupée à poser.

– Tout va bien pour elle alors.

May tenta de masquer sa rancœur par une démonstration d'admiration.

– Qui sait ? fit David, qui se frotta le sourcil droit, comme si cela pouvait l'aider à y voir plus clair. Au moins, elle fait ce qu'elle voulait.

Alors pourquoi pas eux ? Pourquoi David et May devraient-ils passer au second plan ?

– Pourquoi ne nous marions-nous pas avant de rentrer à la maison ? suggéra David, qui se leva d'un bond, animé par cette idée. Nous pouvons dire que nous nous sommes mariés il y a des mois en secret et qu'Éloïse est votre enfant. Personne n'en saurait rien.

– Mais c'est… commença May, à court de mots, interloquée par cette suggestion. Mais nous mentirions à tout le monde.

Seraient-ils capables cependant d'assumer ?

– Nous serions les seuls à être au courant. Vous pouvez dire à Madame que vous voulez rentrer chez vous. Elle n'a pas besoin d'en savoir plus. Et qui d'ici nous suivra ? Nous ne serons pas obligés de dire où nous allons et nous tomberons rapidement aux oubliettes.

– Et en Écosse ?

Comme May était tentée ! Elle aurait dû se douter que David trouverait une solution à tous les obstacles. Mais, mais, mais… quelque chose l'arrêtait encore.

– Tout le monde au pays nous croira, parce que c'est ce que nous leur dirons et c'est ce à quoi ils s'attendront. Nos parents seront surpris et peut-être vexés que nous ne leur en ayons pas parlé…

– Nous pourrions dire que nous nous sommes laissés emporter par la magie de Paris.

May se prit à rêver.

– Nous aurons peut-être des détracteurs, mais si nous campons sur nos positions, ils finiront par se ranger de notre côté. Ils n'auront pas le choix.

David se leva et se dirigea vers la fenêtre à battants, les yeux rivés sur la cour en contrebas.

– Je pense à Éloïse, dit May, qui vint se placer derrière lui, mit ses bras autour de sa taille et sentit l'odeur de fumée sur sa veste en tweed. À son avenir.

David se retourna et embrassa May sur le front.

– Je sais. Et je vous aime pour ça.

– Et si Céleste changeait d'avis ? demanda May, dont la plus grande crainte fit voler en éclats les projets d'avenir commun que David nourrissait pour eux. Vous ne pouvez pas nous avoir toutes les deux.

– Je ne vous veux pas toutes les deux, répondit-il en caressant les cheveux et la joue de May. C'est vous que je veux. Mais je ne peux pas séparer Céleste de son enfant si elle veut la voir.

May ne regarda pas le visage de David, mais elle perçut la note de nostalgie dans sa voix.

Ils tournèrent en rond le reste de la soirée. À chaque suggestion de David, May se rendait davantage compte combien un avenir ensemble était impossible, et pourtant elle le désirait de plus en plus. Les obstacles semblaient insurmontables.

***

Deux jours plus tard, David rentra tôt du travail. May revenait de chez le médecin, où elle avait emmené Éloïse pour un petit rhume. David était blême, avait les yeux rouges comme s'il avait pleuré. Il paraissait brisé.

– Que s'est-il passé ?

May se précipita pour l'aider, en lui prenant sa sacoche et en l'accompagnant à l'intérieur de l'appartement. À cheval sur la hanche de May, Éloïse lui tira les cheveux.

David laissa May le conduire dans la pièce principale, où il s'effondra sur son fauteuil, les regarda, le visage tordu par la douleur. May cala Éloïse dans le coin d'un fauteuil et lui donna un hochet. D'ordinaire, David prenait sa fille dans ses bras, la couvrait de baisers et la chatouillait jusqu'à ce qu'elle éclate de rire, mais, ce jour-là, il l'ignora, regardait fixement droit devant lui, apparemment perdu.

– David ! Racontez-moi.

Il serra les mains de May si fort qu'elle craignit qu'il lui brise les os.

– David ! S'il vous plaît.

– Elle est morte.

Des larmes se mirent à couler sur ses joues.

May le fixa avec stupéfaction. Tout le corps de David était secoué par les sanglots, incapable qu'il était de maîtriser son chagrin. La mort d'une personne pouvait donc provoquer chez lui pareille réaction.

– Votre mère ? demanda doucement May.

– Non ! Pas ma mère, Dieu merci.

Il se moucha et tenta de se ressaisir.

– Céleste a eu un accident.

Ainsi, Céleste n'était plus !

May tenta de dissiper le sentiment honteux de joie qui l'assaillit. Certes, c'était terrible de se réjouir du décès d'une personne. Mais comment pouvait-elle ignorer les répercussions ? Le véritable obstacle pour qu'ils forment une famille avait disparu. Cette réaction faisait-elle de May une horrible personne ? Elle ne devait pas y penser pour le moment. Au lieu de cela, elle s'assit et réconforta David jusqu'à ce qu'il se sente prêt à parler. Elle lui fit du thé avec les sachets d'une marque anglaise envoyés par la mère de David. May alla chercher dans la commode deux grands mouchoirs en coton. Elle caressa le dos de David, prit sa tête entre ses mains. Et patienta.

Peu à peu, David retrouva ses esprits, se moucha une dernière fois, prit la pipe que May lui tendit et l'alluma. Ils restèrent assis en silence, David soufflant de la fumée dans la pièce pendant que May attendait à ses genoux qu'il soit enfin prêt.

– Qu'est-il arrivé ?

Il souffla un rond de fumée et tous deux l'observèrent se dissiper.

– Elle était en voiture avec Jean-Luc. Ils avaient probablement eu une longue journée de shooting, elle commençait souvent aux aurores. Apparemment, ils ont fait une sortie de route hier soir, quelque part dans les montagnes près d'Èze. Ils ont plongé à flanc de falaise. Ils devaient sans doute rentrer sur la côte. Ils n'ont été retrouvés que ce matin. Aucun des deux n'a survécu.

Entendre ce qui s'était produit fut un choc. May imagina le splendide couple dans une voiture de sport décapotable, les cheveux de Céleste volant au vent sous un foulard, la tête renversée en arrière par le rire, le bras autour du conducteur. Celui-ci était mince et incroyablement beau, comme Louis Jourdan, la star de cinéma qui faisait une performance incroyable dans *La Fontaine des amours* (Wendy et May étaient allées voir le film deux fois). Un incident était survenu. Peut-être avait-il quitté la route des yeux pendant un instant fatal, pour réagir à des propos de Céleste. Peut-être étaient-ils fatigués. Peut-être s'était-il endormi au volant. La voiture passait par-dessus une barrière et volait… impossible de l'arrêter…, leur bouche grande ouverte dans un cri… leurs yeux terrifiés… des corps, des morceaux de métal tordus… des flammes partout. Face à ces images, May plaqua ses mains contre sa bouche et ferma les paupières.

– C'est affreux. Je suis vraiment désolée.

Elle était consciente toutefois qu'aucun mot n'était suffisant.

C'était donc fini. May pouvait oublier sa jalousie mesquine de Céleste, sa peur éveillée qu'elle revienne récupérer David et Éloïse. Sa principale préoccupation devait être désormais d'aider David à surmonter son chagrin. Pas un instant, elle ne craignit que la mort de Céleste n'altère les sentiments de David à son égard, sinon qu'elle les rapproche. Elle serait là pour Éloïse et lui, comme elle l'avait été depuis le début. Ils étaient son avenir à présent et elle ne les laisserait pas partir.

*
**

Une semaine plus tard, ils traversèrent la Seine par le pont Royal, pour se rendre au jardin des Tuileries, où ils se mêlèrent à la foule qui profitait du soleil printanier. Ils marchèrent dans l'allée centrale gravillonnée en direction du plan d'eau circulaire, avec la spectaculaire place de la Concorde au loin. Comme May regretterait les majestueux bâtiments en calcaire, les larges boulevards, les rues venteuses de la Rive gauche, la gastronomie française, les brasseries, les bateaux sur la Seine – elle dut s'empêcher de continuer la liste, tellement cela l'attristait. Elle observa les gens, les familles, les jeunes amoureux, les vieillards avec leur canne, les enfants à trottinette ou qui couraient, les ânes en promenade et, bien sûr, les joueurs de pétanque. Elle n'oublierait jamais l'élégance, l'agitation et l'enchantement de Paris. Ils s'arrêtèrent enfin devant la statue préférée de May dans le Grand Carré, un bronze d'une tigresse rapportant un paon à ses petits. Pour elle, cette sculpture était l'incarnation même de la maternité.

David et May étaient assis sur l'herbe avec Éloïse entre eux, vêtue de la petite robe rose que May avait passé des nuits à coudre. Une fois qu'ils furent bien installés, David aborda de nouveau le sujet.

– J'ai réfléchi à propos de nous.

– Hum ? Comment ça ?

May tendit à Éloïse son hochet, inquiète de ce que David s'apprêtait à dire.

Les arbres étaient en feuilles, les plantes fleuries dans les parterres, le tout annonçant l'arrivée du printemps. Cela pouvait-il symboliser un nouveau départ pour tous les trois ou en marquerait-il la fin ? C'était à David de décider désormais.

– Tout est différent maintenant que Céleste est morte, mais je n'ai pas changé d'avis. Il n'y a plus que nous trois et je ne veux rien de plus au monde que nous soyons ensemble, affirma-t-il, tout en tripotant des brins d'herbe.

Les paroles de David étaient comme une brise fraîche qui dissipait le brouillard dans la tête de May.

– Dans l'intérêt d'Éloïse, nous devrions réfléchir à la meilleure façon de procéder, déclara-t-il en l'attrapant pour l'asseoir sur ses genoux, puis il embrassa le dessus de sa tête. Je me disais que nous pourrions nous marier à Gretna sur le chemin du retour. Cet endroit m'a toujours semblé assez romantique.

Il jeta un coup d'œil en coin à May, espérant qu'elle accepterait. Mais elle avait le souffle coupé !

– Puis nous rentrerons chez nous et tout le monde n'y verra que du feu. Nous pourrons mettre toute cette histoire derrière nous et repartir de zéro. Êtes-vous d'accord ?

May laissa Éloïse lui saisir le doigt et tendit le bras pour l'empêcher de basculer sur le côté.

– Rien ne me ferait plus plaisir.

Pas de parents, pas de Londres, pas de tante Jess. Mais un avenir au sein d'une famille auprès d'un homme qu'elle aimait.

– Si nous sommes suffisamment convaincants, nos familles nous croiront. Si nous ne disons rien à personne, nous pourrons même commencer à croire nous-mêmes en notre histoire

Manifestement, David avait longtemps réfléchi à tout cela. May était un peu déçue qu'il ne soit question que de stratégie et non d'amour. Elle contempla Éloïse, qui était fascinée par deux chiots qui avaient emmêlé leurs laisses à force de sauter dans tous les sens. Tout ce que May désirait, c'était être mère. David lui offrait cette chance. Mais s'ils devaient se lancer dans cette aventure, May voulait que tout soit parfait pour eux trois.

Ils marchèrent longuement, ruminant leurs plans.

Pendant ce temps, la vie dans la ville continuait. Animée, colorée, fascinante. May prit la main de David et sentit ses doigts s'entrelacer dans les siens. *Nous pouvons le faire*, pensa-t-elle. *Nous pouvons y arriver.*

Chapitre 35
Édimbourg, 2019

À la porte du jardin de Braemore, Isla stoppa la voiture et prit une inspiration. À chacune de ses venues ici à l'âge adulte, elle éprouvait le même sentiment de réticence qui l'empêchait de s'engager davantage dans l'allée. Enfant, elle était nerveuse à cause de l'humeur de sa mère ; en grandissant et en comprenant un peu plus où elle mettait les pieds, elle devait se préparer aux critiques et à cette impression de ne jamais être à la hauteur. Elle se disait qu'elle ne mordrait pas à l'hameçon pendant les quarante-huit heures à venir, ou aussi longtemps que durerait son séjour. Ce jour-là, après tout ce qui s'était passé depuis son réveil, Isla devait aussi se mettre en condition, comme si elle avait un mauvais présage. Quoi que Tony ait fait ou n'ait pas fait, il n'allait pas l'empêcher de continuer.

– Allez. Je veux voir. Et si tu ne t'en sens pas capable, je peux poser les questions à ta place.

Charlie prit les choses en main et sortit de la voiture pour ouvrir la grille en fer qui avait perdu son grincement habituel.

Elles remontèrent l'allée gravillonnée jusqu'à la maison : un manoir en pierre de couleur miel. Les fenêtres étincelaient, les peintures étaient en bon état. Isla était impressionnée que sa tante ait si bien géré l'entretien de la maison familiale. Une Polo gris argenté plutôt récente était garée près de la porte. Aggie devait employer une équipe de jardiniers pour que l'immense jardin ne tombe pas en friche. Par-dessus la haie sur la gauche, deux chevaux levèrent la tête pour voir ce qui se passait dans le voisinage. Isla imagina le champ rempli de nouvelles maisons. Elles ne pouvaient pas laisser une telle chose se produire.

– À quoi ressemble-t-elle ? chuchota Charlie.

– Tu vas bientôt le savoir.

Isla tira sur la cloche. Elles entendirent son écho à l'intérieur de la maison, puis, sur les dalles, des bruits de pas qui s'approchaient. La porte s'ouvrit et tante Aggie se tint devant Isla et Charlie, qui étaient tout sourire.

– Entrez donc. C'est si bon de te voir, ma petite Isla. Et toi, tu ne te souviens probablement pas de moi ? J'adore tes cheveux, dit-elle à une Charlie teinte en violet et bouche bée.

Isla, habituée au caractère d'Aggie, la vit à travers les yeux de Charlie, comme si c'était la première fois. Peu de femmes octogénaires s'habillaient avec autant d'extravagance. Son large pantalon jaune et sa veste bleu pervenche étaient accessoirisés de chapelets de perles de différentes tailles. Ses cheveux étaient argentés, courts et les pointes gominées. Sur son nez étaient juchées ses lunettes habituelles à monture sombre.

– Venez, venez.

Elle les mena dans le salon, à gauche du large couloir tapissé d'une moquette à motif écossais. Peu de choses avaient changé depuis la dernière venue d'Isla. Les meubles massifs et sombres étaient tous à la même place. Les mêmes tableaux étaient accrochés aux murs. Le vieux canapé à fleurs avait été remplacé par un sofa gris élégant qui avait l'air infiniment plus confortable, avec ses nombreux coussins colorés. Des revues haut de gamme sur l'art, le jardinage et la décoration étaient éparpillées sur le pouf en velours rose délavé. Aggie leur fit passer les portes-fenêtres ouvertes vers la terrasse, où la table en bois était recouverte d'une nappe en lin blanc, maintenue en place par des poids en forme de libellule. Elle était dressée avec des assiettes, des tasses et des soucoupes en porcelaine. Autant qu'Isla s'en souvienne, cette porcelaine fine avait toujours été dans la famille, et n'était sortie que pour les grandes occasions.

– Installez-vous, je vais chercher le thé.

Aggie disparut à l'intérieur. Isla était sur le point de la suivre pour lui offrir son aide quand Charlie la tira par le bras.

– Est-ce que tu vas lui parler de Tony ?

– Non. J'aimerais essayer de l'oublier jusqu'à mon retour à la maison. Concentrons-nous sur Aggie et ce pour quoi nous sommes venues.

– C'est là que vous jouiez vos pièces ?

Le monticule qui avait semblé si grand et théâtral durant l'enfance d'Isla s'était rapetissé avec le temps en une petite bosse.

– Dans mon souvenir, cette butte était bien plus grosse, même si je l'ai vue des tas de fois depuis. C'est drôle.

À l'instar de l'intérieur, rien à l'extérieur n'avait pratiquement changé. Les plates-bandes étaient une débauche de couleurs, magnifiquement entretenues. La balançoire en bois était encore accrochée au hêtre. L'ancien abri de jardin que Morag avait réquisitionné pour le pigeon blessé et son cortège de petits animaux de compagnie était toujours là, mais repeint d'un vert céladon raffiné. Au centre de la pelouse, des dalles permettaient de ne pas se mouiller les pieds sous les pluies d'hiver interminables. À ce moment-là, un chat gris au poil soyeux traversa le jardin en leur direction. Charlie avança vers lui sur la pointe des pieds pour ne pas l'effrayer, la main tendue.

– C'est Bilbo, mon fidèle compagnon, déclara Aggie lorsqu'elle revint avec une desserte garnie d'une théière, de petits sandwichs, de pancakes et de tranches de cake. C'est un bleu russe, expliqua-t-elle, tout en déchargeant la desserte sur la table. Quel intérêt de prendre le thé en faisant les choses à moitié ?

Une fois leurs tasses et leurs assiettes remplies et après avoir pensé à chaque détail, Aggie se rassit et jeta un coup d'œil à Isla.

– Alors ? Tu as dit que tu voulais me demander quelque chose ? Pas à propos de May encore, j'espère.

Isla avait été volontairement vague lorsqu'elle avait téléphoné la veille à sa tante, se souvenant de sa réaction la dernière fois qu'elles avaient parlé de May. Elle n'avait pas voulu laisser à Aggie le temps de réfléchir à ses réponses. Depuis, il s'était passé tant de choses qu'Isla n'avait pas eu l'énergie de l'interroger. Mais puisqu'elle était venue jusqu'ici, ce n'était pas le moment d'abandonner la partie.

– J'ai bien peur que si.

– Nous pensons que tu connais peut-être certaines des réponses, intervint Charlie. Sinon, cela restera un mystère pour toujours, et ce n'est pas juste pour Mamie.

Isla fut surprise, mais reconnaissante. Charlie avait très bien analysé la situation. Aggie étudia la jeune fille de son regard perçant.

– Hum.

Avec une énorme appréhension, Isla insista :

– Tu as toujours été si gentille, alors que Maman était difficile, déclara-t-elle en choisissant prudemment ses mots. Tu te souviens ? Ton appartement était un endroit spécial pour moi.

Un endroit où elle aimerait se réfugier en cet instant précis, afin de fuir la réalité.

La chaleur du sourire d'Aggie était inchangée.

– Bien sûr que je me souviens. Je n'aimais pas la façon dont May s'en prenait parfois à toi. Cela ne me paraissait pas juste. Quoi qu'il en soit, c'était agréable pour moi, qui vivais seule et sans enfants, de t'avoir dans ma vie. C'était assez égoïste de ma part, je t'assure.

– Mais pourquoi Maman s'en prenait-elle à moi ? Pourquoi ne m'aimait-elle pas ?

Aggie parut sur le point de dire quelque chose, mais Isla n'avait pas terminé.

– J'ai découvert une lettre cachée dans le tableau qu'elle m'a légué. Elle est en français, signée par une certaine Céleste.

Isla ne manqua pas la lueur dans l'œil d'Aggie : ce nom ne lui était pas inconnu.

– Je sais que Maman était en France, comme jeune fille au pair, et nous savons qu'elle a rencontré Papa là-bas, mais je ne parviens pas à assembler les morceaux. Tante Aggie, tu dois pouvoir combler certains trous.

Aggie versa le thé et fit tinter la théière contre la tasse. Isla observa sa tante se ressaisir rapidement.

– J'espérais que tu finirais par accepter son testament.

Mais Aggie ne semblait pas convaincue elle-même par ses propos.

– Comment pourrais-je l'accepter ? Je ne pense pas y arriver si je ne comprends pas. J'ai essayé de me souvenir d'un incident, d'une parole malheureuse que j'aurais eue, de tout ce qui aurait pu justifier l'attitude de Maman à mon égard. Mais rien jusqu'à présent ne me permet de passer l'éponge, j'ai besoin d'une explication. Je t'en prie.

Aggie reposa la théière et offrit un sandwich à Charlie. Cette dernière était si concentrée sur la conversation qu'elle ne réagit pas, sauf quand Aggie commença à retirer le plat. Charlie examina l'en-cas qu'elle avait choisi.

– C'est au concombre, l'informa Aggie d'un ton brusque. J'avais l'habitude d'en faire pour les répétitions. Les comédiens les adoraient. Un jour…

– Tu es peut-être la seule à savoir, l'interrompit Isla, pour ramener sa tante sur le sujet.

– Je ne peux pas, répondit Aggie, avant de porter sa tasse à ses lèvres. J'ai fait une promesse.

– Une promesse ?

Ainsi, elle savait bien quelque chose. Tout comme Ian avait juré de garder le secret. Mais pourquoi ?

– À qui as-tu fait une promesse ? À Maman ? À Papa ?

Aggie acquiesça d'un signe de tête presque imperceptible.

– Mais ils sont morts, objecta Charlie, qui ne fut pas intimidée par le regard furieux d'Aggie. Ils ne sauront pas ce que tu dis maintenant, et Mamie en a grandement besoin. Si je peux le comprendre, alors toi aussi.

Surprises, Aggie et Isla regardèrent Charlie. Isla avait envie de serrer sa petite-fille dans ses bras, mais se limita à lui offrir un sourire reconnaissant.

– Tu es une jeune femme très perspicace.

Tante Aggie pencha la tête sur le côté en examinant Charlie, son jean déchiré, son T-shirt minuscule, ses pointes violettes et son maquillage subtil.

– Tu as tout à fait raison, bien sûr.

– Y a-t-il quelque chose que je devrais savoir ? Que Lorna et Morag devraient savoir aussi peut-être ?

Isla avait l'impression d'être sur le point de faire une découverte.

– Oui, souffla Aggie, comme si ce mot lui avait coûté un énorme effort. Mais May m'a fait promettre sous peine de mort. Même si elle est décédée maintenant.

La voix de la vieille dame débordait de tristesse.

– Paris, l'encouragea Isla. Est-ce là-bas que tout a commencé ?

Tante Aggie hocha la tête.

– Tu en sais trop maintenant et tu ne renonceras pas tant que je ne cracherai pas le morceau, je le vois bien.

– Si elle renonce, moi je continuerai. Je ne vais pas arrêter maintenant, affirma Charlie.

– Je vois à quel point tu as besoin de savoir, mais c'est une longue histoire.

– Nous avons tout le temps.

La peur tempérait l'enthousiasme d'Isla. Et si ce qu'elle allait apprendre la faisait se sentir encore plus mal ? Mais, se raisonna-t-elle rapidement, n'importe quelle explication vaudrait mieux que de vivre dans le flou et l'ignorance. Quoi qu'elle apprenne, elle ne pourrait pas se sentir plus mal qu'actuellement. Tous les protagonistes étaient morts, ce ne pouvait donc pas être si terrible que cela. Non ?

– S'il te plaît.

– Oui. S'il te plaît, répéta Charlie, incapable de dissimuler son impatience.

– Très bien, convint Aggie qui s'éclaircit la gorge. J'espère que nous ne le regretterons pas. Sûre ?

– Certaine, répondit Isla d'un ton plus assuré qu'elle ne l'était réellement.

– Absolument, confirma Charlie, qui grimaça face au regard que lui lancèrent les deux femmes. Pardon.

Aggie prit une profonde inspiration et se cala sur sa chaise. Elle joignit les mains comme si elle priait, les paupières closes.

– Très bien alors. Quand nous étions jeunes, May est partie à Paris pour être nounou et apprendre le français.

– On l'a découvert quand nous étions chez Morag, annonça Charlie, triomphante.

– L'idée était qu'elle apprenne le français, puis aille à Londres pour exercer comme traductrice. Je ne sais pas comment la famille avait été trouvée, mais ils lui ont offert un toit, un travail et de l'argent. Par la suite, notre tante Jess, qui vivait à Londres, l'aurait aidée à dénicher une place et une chambre de bonne. Mais May n'y est jamais allée. J'ai pris sa place quelques années plus tard et c'est là que je suis entrée dans le monde du théâtre. Je dois vraiment la remercier pour ça. Vous ai-je parlé de mon entretien avec la metteuse en scène Joan Littlewood ?

– Oui, plusieurs fois, répondit Isla, désireuse de faire revenir Aggie aux moutons qui les préoccupaient. Pourquoi n'est-elle pas allée à Londres ?

Aggie agita une main lourdement baguée.

– Je ne sais pas grand-chose de ce qu'elle a fait à Paris, mais elle m'a raconté des bribes – peut-être les plus marquantes. Elle travaillait pour cette famille, elle s'occupait de leur petit garçon. Il s'appelait… (Elle regarda le ciel à la recherche de l'inspiration.) Non, j'ai oublié. May a adoré Paris dès son arrivée. Une jeune Anglaise prénommée Wendy et elle fréquentaient deux Américains, des étudiants je crois, et elles sont tombées follement amoureuses d'eux. Wendy est partie aux États-Unis, où elle a épousé le sien. May et elle sont restées en contact pendant des années ensuite. Ce qui s'est passé entre May et son copain… ?

– Max ? demanda Charlie, devançant Isla de quelques secondes.

Aggie haussa les épaules.

– Peut-être. Je crois que oui. Elle m'a écrit une ou deux fois à son sujet, mais à son retour, elle ne voulait plus en entendre parler. May savait très bien préserver son jardin secret. Mais je devinais qu'il était arrivé quelque chose – quelque chose qui l'avait marquée. Nous ne saurons jamais ce que c'était. Les hommes vont et viennent à cet âge. Plus tard aussi.

– Parle pour toi ! la taquina Isla.

– Oh oui, ma puce. Je parle pour moi.

Aggie se tamponna la bouche avec une serviette, faisant baver son rouge à lèvres à l'une de ses commissures.

Charlie avait les yeux écarquillés.

– Oui, bon, fit Aggie avec un sourire charmeur. Assez parlé !

– Comme ça, elle a rencontré Papa à Paris ? demanda Isla, afin de pousser à sa tante à reprendre son récit. D'après le passeport que Lorna a trouvé, il y est allé un an avant elle.

Aggie haussa les sourcils.

– Tu es bien renseignée.

– Nous avons mené nos recherches, mais les indices étaient assez maigres.

– Oui, May a connu David à Paris. Il y était déjà quand elle est arrivée. Ils ont dû se rencontrer peu de temps après sa rupture avec le jeune Américain, car environ un an plus tard, elle était de retour ici, mariée à David.

Aggie s'arrêta comme si c'était la fin de l'histoire. Elle marqua une pause pour créer un effet dramatique.

– Voilà !

– Mais ce n'est pas aussi simple que cela, pas vrai ? Quelque chose d'autre est arrivé, je le sens.

Isla avait rarement éprouvé une telle impatience, mais elle était consciente que si elle insistait trop, sa tante risquait de se fermer comme une huître. Elle avait hérité du côté têtu de sa famille. Isla lui versa une autre tasse de thé pour la pousser à continuer. Mais Aggie aimait les bonnes histoires et, une fois lancée, il était difficile de l'arrêter.

– Le pataquès que cela a engendré auprès de nos parents, vous n'imaginez pas. Maman était très contrariée qu'ils n'aient pas été prévenus. May leur avait écrit pour leur annoncer qu'ils rentraient à la maison, mais pas qu'ils étaient mariés. Elle s'est un peu calmée lorsqu'elle a appris que David était un Adair. Si le mariage convenait à la famille de David, il devait convenir à ma mère aussi. Les voisins ont été impressionnés, une fois les commérages dissipés.

Aggie passa ses doigts dans ses cheveux, qui furent plus ébouriffés que jamais.

– Qui était Céleste ?

Jusque-là, rien de ce qu'Isla avait entendu n'expliquait le testament de sa mère, ni le tableau. Elle se sentait encore, sinon dans le noir, du moins dans la pénombre.

– J'ai vu que ce prénom te disait quelque chose. J'ai trouvé un mot écrit par cette femme, caché derrière le tableau que Maman m'a laissé. Est-ce qu'elle a un lien avec toute cette histoire ?

L'intuition d'Isla, qui lui soufflait que tout était lié d'une manière ou d'une autre, était toujours aussi forte.

– Ce tableau doit être important, sinon pourquoi me le remettre ?

– Peut-être que May a rencontré Céleste à Paris ? suggéra Charlie. C'était une amie à elle ?

– Mais comment pourrons-nous le savoir ?

Isla posa sa tasse. Comment une peinture pouvait constituer un indice au sujet du traitement que sa mère lui avait réservé ? Cela n'avait pas de sens et, pourtant, quelque chose disait à Isla que ce tableau avait une importance.

– Ça n'a peut-être aucune signification, indiqua Charlie en attrapant une part de cake.

– J'ai fait une promesse, répéta Aggie.

Elle se leva et s'avança au bord de la terrasse, d'où elle contempla son jardin jusqu'au vieux chêne en son extrémité.

Isla et Charlie la fixèrent, le gâteau en suspension entre la main et la bouche de Charlie.

– Bon sang ! s'exclama Isla qui ne supportait plus le suspense. Ne me fais pas ça. Tu as toujours été là pour moi. Ne me laisse pas tomber maintenant. S'il y a quelque chose que tu sais et que je devrais savoir, dis-le-moi s'il te plaît.

Aggie se rassit, une main autour des perles à son cou comme si elles étaient une bouée de sauvetage.

– Cela ne va peut-être pas te plaire.

– Mais ce sera mieux que de ne pas savoir, argua Charlie.

Bien qu'Isla ait eu sa dose d'informations en une seule journée, elle voulait tout de même qu'Aggie lui confesse tout ce qu'elle savait.

– D'accord, je cède. J'ai toujours dit à May qu'elle avait tort de te cacher la vérité. Je ne suis pas responsable de ce qui va arriver ensuite. (Aggie s'éclaircit la gorge.) Céleste était la petite amie de David.

– La petite amie de Papa ?

C'était impossible, Isla était absolument convaincue ! Elle n'avait jamais pensé à la vie que son père avait pu mener avant son mariage avec May. Leur union à un jeune âge n'avait-elle pas marqué le début de sa vie d'adulte ? Peu importe ce qu'il avait fait auparavant, cela ne pouvait pas avoir grande importance.

Aggie avait les paupières closes et se tordait les mains sur ses genoux.

– Oui. Elle était française. Un superbe mannequin. May m'a raconté que David avait fait sa connaissance en Écosse où elle était en déplacement, bien avant que May ne le rencontre. Ils étaient amoureux. Il l'a suivie à Paris…

– En 1953, précisa Charlie.

Aggie confirma d'un signe de tête.

– Il adorait cette femme. Il croyait qu'ils se marieraient là-bas.

– « *Je t'aime de tout mon cœur, pour toujours** », murmura Charlie. Leur relation n'a pas duré longtemps alors ?

– Une fois de retour à Paris, elle n'a rien voulu savoir. Il n'y avait pas de place pour David dans son monde, un monde auquel elle ne voulait pas renoncer. Pensez : à l'époque, Paris était le centre de la mode avec *Dior* et son *New Look* ; c'était une période très palpitante. Vous imaginez David dans cet univers ? Non, ce n'est pas possible.

– Pauvre Papa.

Isla l'imaginait facilement perdu et seul à Paris, un poisson hors de l'eau.

Aggie n'avait pas terminé son récit.

– Et puis, Céleste est tombée enceinte. Un bébé ne faisait pas du tout partie de ses projets. À ce moment-là, elle entretenait déjà une liaison avec un photographe avec qui elle travaillait et David s'accrochait du mieux qu'il pouvait. Il avait trouvé un travail à Paris et il croyait qu'elle reviendrait vers lui. Pauvre homme. Il adorait cette femme.

– Un bébé ?

Isla fut stupéfaite. Quelque part dans le monde, ses sœurs et elle avaient un demi-frère ou une demi-sœur dont personne ne leur avait parlé. Pourquoi ses parents tairaient-ils un tel secret à leurs filles ? Comment avaient-ils pu penser qu'elles ne voudraient pas être au courant ?

Aggie hocha la tête.

– Éloïse.

Elle agrippa le rebord de la table et serra ses doigts autour de la nappe d'un blanc immaculé.

Le regard d'Isla se porta sur la peau parcheminée de la main baguée de sa tante, marquée par les ans, ses articulations légèrement enflées.

– Qu'est-elle devenue ?

Aggie donna l'air de mobiliser toutes ses forces pour pouvoir terminer son histoire.

– Céleste ne voulait pas entendre parler du bébé. Elle était trop jeune, trop belle et sa carrière était trop florissante pour se retrouver coincée par la vie au foyer et la maternité. Il n'y avait pas de place dans son monde pour un bébé. Comme Paris devait être passionnant à l'époque. C'était son heure. Ces robes… *Givenchy*, *Dior*, *Patou* ! Et la ville… Sans commune mesure avec Dunfermline.

Isla imagina son père rejeté et morose, terré dans une mansarde, le cœur brisé.

– Mais que leur est-il arrivé ? Et quel est le rapport avec Maman ?

– Tu m'as demandé de terminer mon histoire, alors laisse-moi la raconter à ma façon.

Aggie fit claquer ses doigts comme si elle invoquait des souvenirs sur commande.

– Céleste a trouvé la mort dans un accident de la route dans le sud de la France. Elle était partie pour un shooting avec son amant photographe et elle n'en est jamais revenue.

– C'est triste, commenta Charlie. Mais le bébé ? Où est-il maintenant ?

Isla passa son bras autour des épaules de sa petite-fille et la serra contre elle, pendant qu'elles attendaient la réponse d'Aggie.

– À ce moment-là, David avait rencontré May et elle l'aidait en s'occupant d'Éloïse. Il a eu encore plus besoin d'elle.

– Mais la famille de Céleste ?

Aggie haussa les épaules.

– Aucune idée. Je n'ai jamais entendu parler d'eux. C'est la partie difficile, alors laissez-moi... (La vieille dame ferma les yeux.) Est-ce que David et May cherchaient du réconfort après une déception amoureuse ? Je n'en sais rien. Se sont-ils jamais réellement aimés ? Je ne le sais pas non plus, même si May m'a confié qu'elle aimait David. Ils ont décidé de s'épouser et de ramener Éloïse en Écosse. Ils se sont mariés en chemin, à Gretna, et ont dit à tout le monde que le bébé était le leur. Ils ont menti sur la date de leur rencontre, et personne n'a prêté attention aux dates, ou du moins n'en a jamais rien dit. Pourquoi, me demanderez-vous ? David avait fait de May une honnête femme. Il avait fait ce qu'il fallait. Et bien sûr, Céleste n'a jamais fait partie du tableau. Ce n'est que des années plus tard, après la mort de David, que May m'a avoué la vérité.

– Mais qu'est devenue Éloïse ? Elle ne devait pas être beaucoup plus âgée que moi.

Isla avait la tête qui tournait, son cœur battait la chamade.

– Voyons, Mamie, perça la voix de Charlie. Si moi j'ai compris, tu le peux toi aussi.

Éloïse. Isla. Des prénoms plus ou moins ressemblants. C'était impossible. Il ne pouvait pas en être autrement.

– Je suis le bébé, c'est ça ? demanda Isla d'une petite voix. Céleste était ma mère.

– Je t'ai dit que ça ne te plairait peut-être pas, déclara Aggie en posant sa main sur le genou de sa nièce. Mais oui, c'est ça.

Isla inspira profondément, pour tenter de se calmer, de tout ralentir.

– Donc, je n'aurais jamais pu connaître ma vraie mère puisqu'elle est morte très jeune. Maman est arrivée et a fait comme si j'étais son enfant.

Charlie fixait Isla.

– Ouah !

– Ils ne l'ont dit à personne et personne ne s'est douté de quoi que ce soit. Sache, ma petite Isla, que May t'adorait comme si tu étais sa propre fille. Les gens étaient choqués qu'elle soit tombée enceinte avant le mariage, mais ils étaient soulagés que David l'ait épousée. Certains trouvaient même cela romantique.

Les pensées et les souvenirs se déchaînaient si vite dans la tête d'Isla qu'elle avait du mal à s'arrêter sur l'un d'eux.

– Alors, elle m'a écartée de son testament parce que je ne suis pas sa fille ?

Cette explication n'atténua pas la douleur qui accompagnait une telle exclusion.

– Je ne comprends pas. Pourquoi m'accepter pour me rejeter ensuite ? Que s'est-il passé ?

Isla était consciente que Charlie était figée à côté d'elle et buvait chaque parole. Depuis leur arrivée, son téléphone n'avait pas quitté une seule fois sa poche.

– Je crains qu'elle ne soit devenue jalouse de toi. Enfin, est-ce le mot approprié ? Je ne sais pas.

Aggie se tourna vers le ciel comme si elle pouvait y trouver la réponse, avant de poursuivre :

– Plus tu grandissais, plus tu ressemblais à Céleste. Ton visage, ta silhouette. Même si tu avais les cheveux roux de ton père.

Isla porta la main à sa chevelure. Elle entendait la voix de son père : « Blond vénitien, May ! C'est une couleur si rare. »

– May était convaincue que Céleste était l'amour de la vie de David. Quoi qu'elle fasse, elle ne réussissait jamais à faire le poids. Malgré tous ses efforts, malgré les enfants qu'ils ont eus ensemble, aussi dévouée fût-elle, le fantôme de la jolie Céleste la hantait sans cesse. C'était impossible de rivaliser avec une femme morte, qui resterait à jamais belle et jeune, May ne l'emporterait jamais. Tu le lui rappelais constamment. Si Céleste n'avait pas pris le large et n'avait pas eu cet accident, la vie de May aurait sûrement été très différente.

– Pourquoi ? Elle aurait quand même fait la connaissance de Papa, non ?

Sous le choc, Isla essayait d'imaginer ce que sa mère avait pu endurer.

– Peut-être, mais il ne lui aurait jamais demandé de s'occuper de toi. Elle ne serait jamais tombée sous ton charme (c'est vrai, tu sais), ni sous celui de David. Elle voulait fonder sa propre famille, mais elle serait allée à Londres comme prévu et les choses auraient été très différentes. Pour elle comme pour moi. Tante Jess ne pouvait s'occuper que de l'une de nous. Elle l'avait clairement stipulé dès le début.

– Alors, j'ai empêché Maman d'avoir une autre vie…

Beaucoup de femmes pouvaient en vouloir à leur famille pour la même raison. Elles ne les blâmaient pas pour autant.

– David et May ont juré de ne jamais dévoiler la vérité à qui que ce soit à ton propos. À personne, insista Aggie, en levant les mains en l'air. Leur principale intention était de te protéger.

Isla n'en croyait pas ses oreilles. Sa vie était fondée sur le plus basique des mensonges. Elle avait grandi en pensant que May était sa mère, alors qu'elles n'avaient aucun lien de sang. Ce n'était pas étonnant qu'elle soit si différente de ses sœurs. Enfin, demi-sœurs. Isla ne savait pas du tout comment réagir.

Toutefois, Aggie n'attendait pas de réaction et elle poursuivit, sur sa lancée maintenant que la vérité était sortie.

– May ne pouvait pas s'en empêcher. Quand elle voyait David te regarder, elle imaginait qu'il pensait à ta mère. Quand tu as marché dans les pas de Céleste en entrant dans le mannequinat et le théâtre, ce fut un nouveau coup dur. D'autant plus que ton père t'y encourageait. May voulait David rien que pour elle, mais Céleste ne l'a jamais quitté. Ou du moins, c'est ce que May croyait.

– Est-ce qu'elle a réellement dit cela ?

Isla n'imaginait pas sa mère, plus que quiconque, s'ouvrir et se confier sur ses sentiments les plus intimes. Pas même à son mari. Isla se souvenait de ses parents si taiseux, si incapables en apparence d'éprouver des émotions intenses.

– Après la mort de David, j'ai emménagé ici. May était brisée par sa disparition et c'est à ce moment-là qu'elle m'en a parlé. Ensemble, ils avaient caché la vérité pendant soixante ans et David lui avait laissé un secret trop lourd pour qu'elle le porte toute seule. Elle devait le partager avec quelqu'un. Mais elle m'a fait promettre de ne jamais rien dire. Bien sûr, j'ai accepté. Même si c'était une femme difficile, c'était ma sœur et elle se sentait mal. À son décès, j'ai voulu t'en parler, mais j'étais partagée… Tiraillée. Être loyale envers ma sœur ou envers toi ?

Tout comme Isla était tiraillée entre Helen et Charlie. Elle comprit.

– Mais tu as raison, reprit Aggie qui adressa un signe de tête à Charlie. Les vivants doivent se soucier des vivants. Voilà, vous savez tout.

Aggie se leva, mais cette fois elle se dirigea vers la maison.

– Un verre ? Je pense que nous l'avons bien mérité, pas vrai ? Je suis contente que tout soit révélé au grand jour.

– Alors le tableau…

Isla démêlait lentement tous les fils.

– Le tableau était un cadeau de Céleste pour David. C'était la seule chose qui lui restait d'elle. May ne pouvait pas te le donner sans explication, alors elle a préféré te le léguer dans son testament.

Le tableau était donc l'unique objet qu'Isla possédait de sa mère biologique, par le biais de David puis de May. C'était le seul lien qui les reliait tous. May avait dû le comprendre. Et, maintenant, Tony l'avait volé à Isla.

Chapitre 36

Quand elles revirent chez Lorna, Isla ne se sentit pas capable d'affronter sa sœur, ni Andrew.

– Dis-leur que j'ai mal à la tête. Je redescendrai plus tard. Je raconterai tout à Lorna à ce moment-là.

– Ne me laisse pas toute seule, Mamie, s'il te plaît, l'implora Charlie qui lui prit la main pour la tirer en bas de l'escalier. Il me fiche la trouille.

– Je n'en ai pas pour longtemps. Promis.

Isla avait la main sur la rampe. Elle ne voulait pas montrer à Charlie combien elle était dévastée par la vérité. Ses émotions étaient confuses. Elle éprouvait à la fois de la colère envers ses parents pour leur secret malencontreux et avoir cru pouvoir jouer avec sa vie, ainsi qu'un respect un peu à contrecœur pour sa mère qu'elle comprenait différemment désormais. Si seulement elles s'étaient parlé et que May lui avait tout expliqué. Isla ne lui en aurait pas voulu. Les temps avaient changé, mais ses parents étaient restés enfermés dans le passé. Elle ressentait une terrible tristesse pour eux.

– Tu es pâle, déclara Ian qui arriva dans le vestibule. Est-ce que ça va ?

– Pas vraiment.

Toutefois, elle avait les éclaircissements qu'elle voulait.

– Céleste, dit Isla, prononçant ce prénom à voix haute. Ma mère.

Pendant tout ce temps, Isla avait été le vilain petit canard de la famille et, quand elle avait commencé à ressembler à sa mère biologique et à se comporter comme elle, May l'avait pratiquement rejetée. « *C'est son côté français* », Isla réentendit la voix de May. Elle comprenait enfin. Pourtant, c'était May qui avait offert une famille à Isla, de l'amour et qui avait fait d'elle la femme qu'elle était. Rien ne pouvait effacer cela. Si seulement elle avait trouvé le bon moment pour s'expliquer, peut-être des souffrances auraient-elles pu être évitées.

– Ian, dit Isla d'une voix étonnamment tremblante.

– Qu'y a-t-il ? s'inquiéta Ian.

– Puis-je te parler ?

Ils se regardèrent avec étonnement, puis sourirent. Ian lui toucha la joue et la fixa droit dans les yeux.

– Tu ne m'avais encore jamais dit ça. Jamais.

– Parce que je n'en avais pas eu envie jusqu'à maintenant.

Mais elle désirait lui parler en cet instant. Pour elle, personne d'autre ne saurait apprécier autant qu'Ian la portée que cette nouvelle avait pour Isla. Elle n'avait pas besoin de conseils, mais d'une oreille compatissante qui connaissait Isla et sa famille et, pour une fois, c'était Ian. Elle le vit dans sa façon de la regarder.

– Alors, nous ferions mieux d'en profiter. Nous pouvons aller marcher ; comme cela, nous ne serons pas interrompus. Charlie ! Va dans ta chambre avec ton téléphone et profites-en. Tiens Lorna à distance, lui demanda Ian en levant la main comme un policier qui arrête la circulation. Je ne sais pas ce qui se passe, mais elle peut bien attendre.

Charlie monta à l'étage comme une fusée, ses pieds touchant à peine le sol, son téléphone déjà dans sa main. En haut des marches, elle se retourna.

– Est-ce que je peux le dire à Maman ?

Isla n'avait pas encore pensé à Helen, mais elle ne voyait pas d'objection à ce que Charlie lui annonce la nouvelle. Après tout, c'était une histoire de famille.

– Oui, pourquoi pas ?

Charlie avait aidé Isla et lui confier cette responsabilité pourrait être une bonne chose.

– Dis-lui que je vais bien et que je l'appellerai ce soir.

– D'accord.

La porte de la chambre de Charlie claqua derrière elle.

– Lui annoncer quoi ?

Ian avait posé sa main sur la taille d'Isla, qui ne s'écarta pas. Il était tactile à cause de son métier, ce qui n'était pas à interpréter comme de l'amour. Plus à présent.

– Quoi que ce soit, tu ne vas pas bien, pas vrai ?

– Il y a eu un peu trop de choses aujourd'hui. D'abord Tony : je suis contrariée mais je suis davantage en colère, contre lui et contre moi-même…

– Ma pauvre Isla. Ne le sois pas.

– Et puis maintenant, ceci. Aggie vient de nous révéler que May n'était pas ma mère.

Voilà, elle l'avait dit.

– C'était ce secret qui se cachait derrière toute cette histoire.

Pour une fois, Ian était sans voix. Isla le sentit resserrer l'étreinte de sa main, mais elle s'éloigna vers la porte d'entrée.

– Sortons d'ici. Allons faire un tour. Je vais te raconter sur le chemin. Jock !

Le vieux chien sortit de la cuisine (Lorna serait ravie) et attendit que sa maîtresse lui mette sa laisse.

Isla parla pendant tout le trajet. Au niveau du pub, Ian et Isla tournèrent à gauche après sa terrasse animée, pour profiter de l'ombre bienvenue des arbres. Ils restèrent sur le sentier principal, tacheté de soleil, et poursuivirent jusqu'à ce qu'ils atteignent un banc qui surplombait le ruisseau. À leur droite, une famille, rassemblée autour d'une table de pique-nique, jeta un bref coup d'œil à Ian et Isla lorsqu'ils prirent place sur le banc.

Ian s'avéra être exactement l'oreille qu'Isla avait imaginée. Il fut attentif à ses paroles sans poser trop de questions. Ils restèrent assis un moment à contempler l'eau, à écouter l'écoulement de son filet sur les pierres, à réfléchir au récit d'Isla. En la présence de son ex-mari, Isla retrouva son équilibre et parvint à se détendre.

Ian prit enfin la parole.

– Comme ça, tu es Éloïse, et tu es à moitié française de naissance. Cela explique tout. Les Françaises ont sans conteste quelque chose que les Britanniques n'ont pas.

– Tu es bête, dit-elle en lui donnant une tape sur le bras.

– Sérieusement. Donc, May a confié à Aggie qu'au fil des ans, tu ressemblais de plus en plus à ta vraie mère, ce qui lui faisait prendre conscience de ce qu'elle ne pourrait jamais être. Ou, plutôt, de ce que David n'a jamais eu.

– Cela a dû être très difficile pour elle de batailler avec une femme morte. Je me demande à quel point elle a connu Céleste. Je ne peux même pas l'interroger à ce sujet. J'apprends l'existence d'une mère que je n'aurais jamais pu connaître. Je ne peux même pas pleurer sa mort.

– Je sais.

La sensation du bras d'Ian autour de ses épaules procura à Isla le réconfort dont elle avait besoin.

– Toi qui les connaissais, tu penses que Papa et Maman étaient heureux ?

Isla ne supportait pas l'idée que le mariage de ses parents ait été soumis à une telle pression que le secret qu'ils partageaient les avait éloignés au lieu de les souder. Ce n'était pas surprenant que son père se soit retiré si souvent seul dans son bureau, tandis que sa mère partait se coucher ou était d'humeur maussade.

– Je déteste l'idée que mon père ait désiré quelque chose qu'il ne pouvait pas obtenir.

– Cela a dû être très compliqué pour May.

– Penses-tu qu'ils ont fini par croire à leur propre mensonge ? Cela arrive parfois.

– Tout ce qu'Aggie t'a raconté suggère qu'en dépit de tous leurs efforts, Céleste ne les a jamais quittés.

La voix d'Ian s'était faite plus grave, comme s'il jouait dans une publicité pour un film d'horreur.

– Tu ne peux pas t'en empêcher, hein ? le taquina Isla.

– C'est ce que les premières amours ont tendance à faire : s'accrocher. Tu le sais bien. (Ian détourna rapidement les yeux.) David a sans doute été le plus heureux possible avec May. Quoi qu'il se soit passé, il aurait été déçu. Ce sont des choses qui arrivent. D'après ce que tu m'as expliqué, Céleste avait déjà décidé qu'elle ne voulait pas passer sa vie avec lui. Ni avec toi.

– Ça fait mal.

Isla donna un coup de pied dans un caillou. Mais cela faisait-il réellement mal ? Ou était-ce ce qu'elle pensait devoir ressentir ? Toutefois, c'était un sentiment très différent du désarroi et de la douleur que Tony lui avait infligés. Elle observa deux Jack Russell se poursuivre et ne put s'empêcher de sourire.

– Regarde-moi, dit Ian, qui attendit qu'Isla se tourne face à lui et le regarde droit dans les yeux. Tu es qui tu es. Tu es très bien. Et tu dois t'accrocher à cela. Si nous n'acceptons pas les cartes que le destin nous a distribuées, nous finissons par devenir fous. May et David ont fait de leur mieux pour toi, et même si ta mère est devenue jalouse à cause de ta ressemblance grandissante avec la femme dont elle imaginait David toujours amoureux, eh bien… ce n'était pas de ta faute. Bien qu'aimer une femme morte semble un peu exagéré.

– Tu dis ça parce que, toi, tu es toujours tourné vers l'avenir.

Ian voûta les épaules.

– Oh, je ne dirais pas « toujours ».

Le cœur d'Isla palpita quand Ian soutint son regard quelques secondes plus longtemps que nécessaire.

– Oh, s'il te plaît. Ne commence pas.

– Quoi ? fit Ian, en levant les mains, l'image même de l'innocence. Tu as de la chance que Charlie ait bien cerné Tony.

D'où venait ce désir soudain d'Ian de protéger Isla ? Après tout, elle avait réussi à s'en passer pendant des années.

Isla grommela. Elle enroula la laisse de Jock autour de ses doigts.

– Je sais. Je lui ai fait confiance, comme une imbécile. J'ai même investi dans sa nouvelle entreprise.

– Bon sang, Isla ! Tu n'as retenu aucune leçon de ta longue vie ?

– Arrête. Je gère mon argent depuis des années et je pensais savoir exactement ce que je faisais. Mais j'ai cru Tony sur parole, sans effectuer de recherches de mon côté sur cette entreprise. Bien sûr que je lui ai fait confiance. Nous allions nous investir ensemble dans cette affaire.

Isla frappa son poing dans sa paume.

– Et le compte a été vidé et fermé ?

– Oui, d'après la police. Je peux dire au revoir à mes économies.

Isla leva la tête et aperçut Jock très près de la table de pique-nique voisine, qui lorgnait un morceau de jambon dans la main d'un enfant.

– Jock ! Au pied !

Le chien revint avec autant de réticence qu'un labrador affamé pouvait éprouver.

– Crois-tu que je pourrais retrouver la trace de ma famille française ? demanda Isla alors qu'ils reprirent leur marche vers la route principale.

– En as-tu envie ?

Ian s'approcha d'Isla pour laisser passer un couple qui se tenait par la taille. Il était si près qu'elle aperçut la fine cicatrice blanche qu'il avait écopée au cours d'un combat à l'épée, alors qu'il incarnait Tybalt dans *Roméo et Juliette*.

– Ah, je ne sais pas. Probablement pas. Quel intérêt ? Même si des gens de la génération de Céleste sont encore en vie, je ne suis rien pour eux. Ils seraient venus à ma recherche sinon.

– Peut-être qu'ils l'ont fait. Peut-être qu'ils ont accepté de garder leurs distances. Après tout, David était ton père et May ta belle-mère. Ce qui revient presque au même que d'être ta mère.

– C'est complètement différent. Tu n'es pas obligé de prendre sa défense.

– Mais ils avaient tous les droits de t'élever. Et si je puis me permettre…, commença Ian en flanquant à Isla un coup de coude dans les côtes. Ils ont fait du très bon travail. Et ton côté français est incontestablement une bonne chose.

*
**

Lorna accepta la nouvelle sans sourciller.

– Ça explique tout, hein ?

Les deux sœurs se mirent à préparer le curry de légumes pour le dîner, avec l'aide de Charlie, qui s'arrêtait par intermittence pour consulter son téléphone.

– Dommage qu'ils ne soient plus en vie pour les interroger sur ce qui s'est réellement passé.

– Serait-ce vraiment utile ? Tu sais ce qu'ils ont fait et cela est suffisant, rétorqua Lorna, avant de poser son couteau et de s'appuyer contre l'îlot central. Nous sommes ta famille : Morag et moi, Helen, Mike, Charlie et Aggie. Nous ne te quitterons pas.

Lorna écarta les bras pour y accueillir sa sœur. Contrairement à l'accolade au moment de leurs retrouvailles, celle-ci débordait de chaleur et d'amour. Isla ferma les yeux, surprise et ravie de ce changement, et rendit à Lorna son étreinte. Cette dernière avait raison. Remuer davantage le passé était inutile, quand rien ni personne ne pouvait changer quoi que ce soit. L'accepter était tout ce qu'Isla pouvait faire.

Lorsqu'elle rouvrit les paupières, Andrew était sur le pas de la porte, toujours dans sa tenue de pêche, son visage plus rouge que jamais à cause du soleil.

– Alors, vous vous êtes rabibochées ?

– Merci, dit Isla en s'écartant de sa sœur. Oui, répondit-elle à Andrew, le regard posé sur Lorna. Je dirais même que nous ne nous étions pas aussi bien entendues depuis longtemps, non ?

– Oui, confirma Lorna, le dos tourné à son mari. Nous devons annoncer la nouvelle à Morag.

Nous ?

Chapitre 37

Le soir, Isla retourna dans le jardin de Braemore. Cette fois, accompagnée de Lorna. Isla avait supposé que sa sœur insisterait qu'elles discutent du terrain des enclos. Pour sa défense, elle n'avait pas reparlé de ses problèmes conjugaux et de la solution qu'elle envisageait depuis qu'Isla avait reçu le choc de la supercherie de Tony, puis des révélations d'Aggie. Leur relation ne serait peut-être jamais aisée, mais elles semblaient être parvenues à un compromis. May avait peut-être provoqué l'éloignement des sœurs, mais elle était également à l'origine de leur rapprochement. Lorna n'avait été compatissante et d'un grand soutien que lorsqu'elle avait découvert qu'Isla et elle étaient demi-sœurs. La famille passait avant tout pour elle… quand bon lui chantait ! Les mois à venir avec Andrew seraient peut-être difficiles – si seulement elles pouvaient trouver une solution qui n'impliquait pas de diviser Braemore.

Quand Isla avait interrogé Lorna sur sa conversation avec Morag, elle s'était montrée évasive.

– Disons simplement que nous avons discuté. Elle était aussi choquée que nous par les confessions d'Aggie. Comme nous, elle ne s'était jamais doutée de rien. Les parents ont très bien gardé leur secret.

– Mais vous vous parlez ?

Avec tout ce qui était arrivé, ce serait une excellente nouvelle.

Lorna fronça les sourcils et plissa le nez.

– Nous nous sommes toutes les deux dit des choses sur lesquelles nous ne pouvons pas revenir en arrière.

– Mais nous étions toutes les trois bouleversées à l'époque.

N'était-ce pas à prendre en compte ?

– Quand bien même. Je veux toujours vendre Braemore et pas Morag.

– Lui as-tu expliqué tes raisons ?

Ce serait la première étape pour que Lorna parvienne à ses fins.

– Non. Je ne veux pas qu'elle soit au courant, déclara Lorna en serrant les poings.

– Mais s'il y a bien une personne qui doit être au courant, c'est elle.

Parfois, Lorna avait vraiment la vue courte.

– J'ai dit non. Maintenant, je regrette de t'en avoir parlé.

Son visage était figé, sa tristesse évidente. C'était impossible de la faire changer d'avis.

Sur la terrasse, sous le soleil déclinant, Lorna, Isla et leur tante se remémoraient le bon vieux temps et parlaient de May. Un sentiment d'appartenance et de bien-être s'empara alors d'Isla, surpassant la douleur et le chagrin qui l'avaient rongée. Ou était-ce l'effet des gin-tonics réputés corsés d'Aggie ? Isla s'en fichait.

– Tu te souviens quand tu as fait tomber le gâteau le jour du cinquantième anniversaire de Maman… De la porte qui grinçait et qui nous empêchait de sortir du jardin sans que les parents le sachent… De ces costumes incroyables que tu avais confectionnés pour notre pièce de théâtre estivale, avec celui de la grenouille-taureau. Tu te rappelles ?

Et elles continuèrent ainsi de souvenir en souvenir.

Finalement, Lorna décida qu'elles devraient rentrer.

– Tu ne voudrais pas ne pas être au mieux de ta forme demain, tante Aggie.

Lorna était passée à côté de l'occasion de discuter du terrain.

– Je suis toujours au mieux de ma forme, rétorqua Aggie avec un clin d'œil, en resserrant sa blouse kimono extravagante autour de sa taille. Mais Isla, ma puce, il me reste encore une chose à te confesser. J'aurais peut-être dû t'en parler plus tôt.

Isla s'affaissa sur son siège.

– Je ne suis pas sûre d'être capable d'encaisser de nouveaux coups pour aujourd'hui.

– Je crois que cela ne te dérangera pas trop. Lorna, veux-tu bien nous accorder un instant ?

– Bien sûr, je vous attends à l'intérieur.

Elle se pencha pour prendre son sac, mais Isla l'arrêta d'une main sur son poignet.

– Non. Il y a eu assez de secrets comme cela dans cette famille. Je préférerais que tout soit ouvertement dit désormais, afin qu'il n'y ait plus de malentendus. Lorna ?

Elle posa son sac sur ses genoux.

– D'accord.

Aggie s'agita sur sa chaise. Un rayon de soleil se refléta sur les strass de sa branche de lunettes.

– Si tu es sûre de toi, ma puce.

Les sœurs s'échangèrent un regard et confirmèrent d'un hochement de tête. La tentation pour Isla de changer d'avis était forte, mais fut de courte durée.

– J'aurais peut-être dû te faire cet aveu hier. J'ai fait une promesse à May que j'ai rompue hier. Mais je lui en ai fait une autre que je compte bien honorer.

Aggie bénéficiait de l'attention pleine et entière des deux femmes.

– May m'a légué la moitié de Braemore pour pouvoir y couler mes vieux jours. Elle n'aurait pu faire davantage preuve de bonté.

Elle voulait que j'en possède la moitié pour que personne n'essaie de vendre le domaine et ne m'envoie dans un foyer, expliqua-t-elle, en adressant un clin d'œil à Lorna, qui fut surprise. Mais elle m'a fait promettre qu'à mon décès, ce qui arrivera sûrement d'ici peu, je te léguerai ma part, Isla.

Lorna eut le souffle coupé, Isla la gorge nouée.

– Mais pourquoi ?

– Elle m'a écrit une lettre, que je veux te montrer. Je l'ai trouvée après l'ouverture du testament et j'ai pensé après votre brouille que vous en parler créerait davantage de tensions. Alors je l'ai gardée et je l'ai ressortie hier soir. May a simplement mis par écrit ce qu'elle m'avait déjà demandé pour que je n'oublie pas.

Aggie passa à Isla une petite feuille de papier bleu – de la marque que leur mère utilisait toujours pour sa correspondance. À côté d'elle, Lorna était tendue sous l'effet de l'impatience. Elle gardait le silence en attendant de tout comprendre.

Avec précaution, Isla déplia la lettre.

> *Aggie,*
> *J'ai amplement réfléchi à la question. Je sais que cette décision peut provoquer des remous entre les filles, mais Isla le mérite. Promets-moi que tu lui légueras ta part de la maison quand tu partiras.*

Isla jeta un coup d'œil à sa tante, qui jouait avec ses bagues, sans regarder ni Lorna, ni elle. Elle reporta son attention sur la lettre.

> *J'ose dire que mon choix semblera retors, mais je vous transmets aux filles et toi un quart de Braemore chacune. Je veux que la plus grande part te revienne, afin que tu puisses y vivre aussi longtemps que tu le voudras. Les filles ne devraient pas pouvoir te mettre à la porte (j'anticipe !). La maison de la famille de David a été parfaite pour moi et j'aimerais que tu en profites également, avant que ce*

soit au tour des filles. Je n'aurais pas pu rêver d'une meilleure sœur que toi. Emménager ici a été la meilleure chose que tu aies pu faire pour moi alors que j'avais le moral si bas : ta compagnie, ton rire et ta cuisine ! Ton amour aussi. Toi seule connais en grande partie la vérité à propos de ce qui m'est arrivé à Paris, de ma rencontre avec David et comment je suis tombée amoureuse de lui et d'Isla (Éloïse). Nous ne voulions pas que les commérages la poursuivent toute sa vie si nous dévoilions la vérité. Personne n'avait besoin de savoir. Je l'ai aimée comme ma propre fille, mais je sais que je n'ai pas toujours été juste avec elle. J'aurais dû être capable d'ignorer l'amour de David pour Céleste, mais c'est devenu de plus en plus difficile, comme tu le sais, et cela m'a peut-être rendue un peu folle. J'espère que ce geste me permettra de me faire pardonner auprès d'Isla. Fais-le pour moi, Aggie.

Je t'embrasse.

May

Isla passa la lettre à Lorna sans mot dire. Aussi bien intentionnée fût-elle, May continuait de semer la zizanie, mais cette lettre prouvait qu'elle avait aimé Isla, malgré tout, et lui permettait de se rattraper. Dorénavant, tout était clair.

Lorna lut la lettre à son tour et son visage se crispa. Un petit tressaillement apparut près de son œil gauche.

– Eh bien ! C'est aussi injuste que de ne rien te laisser, déclara-t-elle avant de rendre la feuille à Aggie qui avait cessé de tripoter ses bagues. Je commence à penser que notre chère mère n'aimait aucune de nous. Elle continue à se jouer de nous.

– Ne dis pas ça, intervint Aggie. Elle a essayé, à sa manière, de faire ce qu'il fallait.

– Tu dis ça parce que tu as la maison.

– Lorna ! s'exclama Isla qui avait envie de secouer sa sœur.

– C'est vrai. Et Morag et toi ne m'aiderez pas. Je sais que vous ne le ferez pas.

Lorna était au bord des larmes à cause de la frustration. Bien sûr, elle était dévastée car cette nouvelle portait l'estocade à ses projets pour s'affranchir de son mariage.

– Je suis désolée, mais je ne vais pas demander à Aggie de ne pas respecter les volontés de Maman. Cela me paraît juste, affirma Isla.

Un soupir de soulagement et un « Merci » voilé émanèrent de sa tante, qui lui serra la main en signe de gratitude.

– Bien sûr que tu ne vas pas le faire.

– Arrête, Lorna. S'il te plaît. Mais ça change tout. Tu ne comprends pas ? Aggie et moi pouvons te prêter l'argent dont tu as besoin.

Isla se souvint à cet instant que Tony avait pris la clé des champs avec la majeure partie de ses sous.

– Non ! contesta Lorna, en secouant la tête avec une résignation lasse.

– Quel argent ?

Aggie avait l'ouïe trop fine.

Isla n'allait pas se laisser démonter.

– Tu dois lui expliquer, Lorna. Le moment venu, je demanderai à un avocat si je peux partager ma part avec Morag et toi, pour que nous ayons toutes les trois des parts égales de Braemore. J'en ai assez de toutes ces querelles. Je suis sûre que Maman essayait de faire ce qu'elle pensait être le mieux à sa manière, certes maladroite – même Aggie le reconnaît. Je suis tout aussi certaine que Papa aurait voulu partager la propriété entre nous trois. Je vais donc être reconnaissante envers Maman, mais respecter Papa.

– Grand seigneur ! ironisa Lorna en se frottant les mains.

– Cette attitude est inutile ! Le sarcasme ne te va pas, intervint soudain tante Aggie, ce qui fit sursauter les deux sœurs. Tout ce qu'Isla essaie de faire, c'est de réparer les choix de ma sœur idiote et impulsive. C'est regrettable, j'en conviens. Elle avait la meilleure des raisons, mais n'a tout simplement pas envisagé tous les tenants et aboutissants. Elle était trop obnubilée par les erreurs du passé et a essayé de les réparer. C'est généreux de la part d'Isla de proposer une solution équitable, même si je n'ai nullement l'intention de manger les pissenlits par la racine avant un certain temps. Rien de tout cela n'est de sa faute, alors donne-lui une chance, Lorna. Nous n'avons pas besoin que tu rendes les choses plus compliquées que nécessaire.

Aggie s'arrêta brusquement, comme si elle se surprenait elle-même.

Lorna la fixa, ses doigts tapotant son verre.

Isla retint son souffle et attendit l'explosion.

Mais rien ne vint. Au lieu de cela, Lorna baissa la tête.

– J'ai réagi trop vite.

Elle posa sa main sur sa tête et ébouriffa ses cheveux comme si ce geste allait remettre de l'ordre dans ses pensées.

– Je ne veux pas non plus que nous nous fâchions encore une fois. Aggie a raison, c'est généreux de ta part. Merci. Mais que vais-je faire maintenant ?

– Tu vas expliquer à Aggie pourquoi tu as besoin d'argent, même si c'est difficile, et espérer qu'elle puisse t'aider.

Lorna ferma les yeux, se balança d'avant en arrière, puis se lança. Quand elle eut terminé son explication, Aggie se pencha vers elle.

– Évidemment que je peux te donner un coup de main. Vous êtes toutes les trois comme des filles pour moi, et je suis toujours prête à vous aider si je peux. (Elle rit.) Je dois t'avouer que je me demandais combien de temps tu tiendrais le coup avec lui. Tu seras tellement plus heureuse sans cet homme.

Isla regarda Lorna et Aggie se prendre dans les bras. Le poids qui pesait sur ses épaules depuis si longtemps, la crainte de ne pas être aimée s'envolaient. Cette lettre lui apportait enfin la vérité.

Chapitre 38

La météo se maintenait. Le jardin de Braemore était paré pour la fête. Des guirlandes de fanions aux couleurs vives étaient accrochées aux branches. Des tables avaient été disposées en bordure du jardin pour profiter de l'ombre des arbres. Chacune était dressée avec des assiettes, des tasses, des soucoupes, des serviettes en papier colorées, et trônait en son centre un petit pot en verre contenant des fleurs du jardin. Les amis d'Aggie voulaient que tout soit parfait pour elle.

Ian avait installé le bar d'un côté de la porte-fenêtre : des bouteilles de pétillant étaient posées sur de la glace et des flûtes de champagne étincelaient. Des pichets de limonade maison rafraîchie par des glaçons étaient protégés par un tissu en dentelle aux franges perlées. De l'autre côté, un quatuor à cordes (de jeunes amis de l'école de musique de tante Aggie) accordait leurs instruments.

Charlie et Isla avaient aidé toute la matinée du mieux qu'elles avaient pu. Isla prenait un grand plaisir à voir Charlie participer, tellement différente de la fille qui, deux semaines plus tôt, se serait assise dans un coin, les yeux rivés sur son téléphone. Comme Isla aurait aimé qu'Helen puisse la voir en cet instant. Elle chercha Charlie du regard et l'aperçut en train de prendre des selfies, la bouche en cul-de-poule avec le décor de la fête en arrière-plan. Au moins, elle avait troqué son short pour une jolie robe à bretelles. Quand elle surprit Isla qui l'observait, elle s'approcha.

– J'attends Ian.

Pas de « Papy » vieillissant pour lui.

– Nous allons faire quelques courses pour Aggie.

Un grand sourire ne quittait pas Charlie comme si on venait de lui raconter l'histoire la plus drôle du monde. Celle-ci échappait à Isla.

– Vous n'auriez pu vous en soucier un peu plus tôt ?

– Oh, Mamie.

Charlie fit la moue, les lèvres luisantes, la peau lisse avec un fond de teint admirablement appliqué, de grands yeux ourlés de mascara et une virgule d'eye-liner aux coins des paupières.

– Je devais me maquiller et il n'était pas prêt.

– Mais les invités commencent à arriver.

Rien ne rendait Isla plus nerveuse que le début d'une fête et l'affreux pressentiment que la moitié des convives ne viendraient pas.

Le quatuor se mit à jouer au moment où un couple de personnes âgées sémillantes arriva, tenant dans les bras une plante en pot enrubannée qu'il offrit à Aggie. Cette dernière était particulièrement splendide dans une tunique colorée à motifs et à manches kimono, de larges bracelets qui clinquaient, d'énormes perles étincelantes. Elle prit la plante avec un cri de joie.

– Tu viens ? demanda Ian qui apparut à côté de Charlie et Isla. Nous allons être en retard.

– Vous ne pouvez pas partir maintenant. La fête commence tout juste.

Isla voulait qu'ils soient à ses côtés.

– Nous ne serons pas longs. Aggie nous a demandé d'aller chercher quelque chose pour elle.

Le clin d'œil complice qu'Ian adressa à Charlie éveilla aussitôt la méfiance d'Isla.

– Quoi ? Je ne peux pas venir avec vous ?

Peu importait la fête après tout.

– Non ! Ils ont besoin de toi ici. Un truc à récupérer à la dernière minute, argua Ian, qui semblait s'embrouiller dans son explication. Tu verras à notre retour.

– C'est de la glace, Mamie.

Charlie fit une grimace dans le dos de son grand-père pour souligner combien il s'en sortait mal.

Tous deux s'éloignèrent, empêchant Isla de poser des questions supplémentaires. Quelques instants plus tard, celle-ci entendit la voiture partir, mais sa curiosité fut rapidement oubliée au gré de l'arrivée successive des invités d'Aggie. Bientôt, la pelouse fut remplie d'amis d'Aggie, certains datant de ses années au théâtre, d'autres des clubs de bridge et de poker, des voisins et leurs enfants devenus adultes. Que de monde ! Tous les convives avaient fait l'effort de se mettre sur leur trente et un. Les verres furent servis et, bientôt, la pelouse fourmillait de gens. Isla aida les amis d'Aggie à porter la nourriture (un saumon entier poché, diverses quiches, des fromages et de nombreuses salades et baguettes croustillantes) de la cuisine sur les longues tables sur tréteaux à l'extérieur de la maison, afin que chacun puisse prendre les plats de son choix et s'installe ensuite à une table. Isla fit le tour des invités pour les encourager à se servir, ou pour aider une ou deux personnes dans l'incapacité de se lever, avant que le soleil n'assèche les plats.

Ian et Charlie étaient partis depuis un bon bout de temps. Ils avaient dû faire des kilomètres pour aller chercher une glace dont ils n'avaient pas réellement besoin.

Une fois la plupart des convives attablés, une agitation aux portes-fenêtres signala l'arrivée de Lorna et Andrew : celui-ci trébucha sur la marche et se redressa en s'agrippant à l'une des chaises de la terrasse. Heureusement, une femme avec un embonpoint considérable était assise dessus, aussi la chaise ne bougea pas pendant qu'Andrew retrouvait son équilibre. Lorna lui versa une limonade et lui tendit le verre. Alors qu'Isla s'approcha d'eux pour les saluer, elle aperçut Andrew sortir une flasque de sa poche et ajouter une bonne dose de son contenu dans son verre. Plus tôt Lorna serait libérée de cet homme, mieux ce serait. Désormais, Lorna était assurée de disposer de l'argent nécessaire, elle pouvait faire ses projets et en informerait Andrew dès que tout serait calé.

– Je peux le tenir, protesta-t-il alors qu'Isla arrivait à leur niveau. Elle pense que je n'en suis pas capable.

– Peu importe.

Isla le guida vers Jeannie, la femme de ménage qui exerçait à Braemore depuis si longtemps qu'elle faisait pratiquement partie de la famille. Elle saurait quoi faire de lui. Elle retrouva Lorna au monticule qui leur servait de scène autrefois pour leurs pièces de théâtre.

– Tu te souviens quand tu jouais Puck et que tu étais coincée dans cet arbre ? dit Isla en pointant du doigt le cytise dont les branches retombaient sur le bord de leur scène.

– Quand j'étais censée m'envoler mais que mes collants se sont pris dans une branche ? Papa a dû venir à ma rescousse. Ça m'avait bien énervée.

Elles rirent, Isla contente que leur nouvelle relation perdure.

– Où est Ian ? Je veux lui poser une question.

– Il est parti chercher quelque chose pour Aggie.

Les deux sœurs se retournèrent au son d'une cloche. Ian se tenait sur le pas de la porte-fenêtre.

– Oyez, oyez ! Je vous présente non pas une, mais deux invitées d'honneur surprises.

– Elle est venue ? se réjouit Aggie en joignant les mains.

– Voici Morag Adair, la nièce d'Aggie qui arrive du Derbyshire !

Isla se tourna vers Lorna, son visage était tordu en une expression d'impatience, de plaisir et de crainte. Elle avait les mains en prière.

– Elle est venue.

– Tu étais au courant ?

– C'est moi qui l'ai invitée !

Les yeux de Morag parcoururent le jardin jusqu'à ce qu'ils se posent sur Isla et Lorna. Elle avait quitté ses vêtements de ferme habituels pour un pantalon élégant et un chemisier ample. Elle fit un signe de la main à ses sœurs et s'approcha.

– Je ne voulais pas venir, mais Louise m'a fait comprendre que j'étais une tête de mule. Tu as fait l'effort de décrocher ton téléphone, alors le moins que j'aie pu faire était de venir.

Un autre coup de cloche interrompit Morag. Pourquoi Ian devait-il autant faire le spectacle ? Isla porta ses yeux sur le seul et unique nuage dans le ciel. Elle savait qu'Aggie appréciait cette mise en scène.

– Et maintenant, voici Helen Belton, fraîchement débarquée des États-Unis.

À côté de son père, Helen était radieuse, en jean et chemisier blanc, ses cheveux coupés à la garçonne (ce qui la rajeunissait), son bras autour de l'épaule de Charlie. Tous les trois avaient le sourire jusqu'aux oreilles, fiers de leur surprise qui avait cloué Isla sur place. Le visage d'Aggie était l'incarnation même de la joie quand elle ouvrit les bras pour accueillir jovialement Helen, sous les applaudissements des convives.

Tout le monde reprit sa conversation et les trois sœurs se dirigèrent vers la maison, sous l'impulsion de Lorna. Isla se sentait étourdie. Tant de choses s'étaient accumulées au cours des derniers jours, qui l'avaient à la fois anéantie et réjouie. Elle était totalement déboussolée, alors qu'une grande partie de ses certitudes s'était effondrée. Mais au milieu de cette confusion, demeuraient certaines constantes qu'elle avait failli oublier.

Charlie et Helen couraient vers elle, Ian sur leurs talons. Avant qu'Isla n'ait le temps de cligner des yeux, ils l'avaient prise dans un énorme câlin familial, quelque chose qu'ils n'avaient pas fait depuis des années. Isla se détendit, dans la chaleur enveloppante de sa famille. C'était ça l'amour. C'était ce qui lui permettrait de tenir jusqu'à la fin de ses jours, quoi qu'il lui arrive. Ils seraient toujours là pour la soutenir. Elle avait de la chance. Malgré les coups du sort – et elle en avait connu un certain nombre – les bons moments tels que celui-ci étaient de ceux que l'on attendait. Elle finit par se dégager de leur étreinte. Helen était face à elle, rayonnante de bien-être et de succès.

– Mais tu es censée être aux États-Unis, lâcha Isla.

– Aggie et Charlie m'ont appelée pour me raconter tout ce qui s'était passé. Ma dernière réunion venait d'avoir lieu, alors j'ai pris un autre vol et j'ai atterri à Édimbourg ce matin. Je me suis tapie dans un hôtel en attendant. Ma pauvre petite Maman, cela a dû te faire un choc. Et puis Tony… Je ne sais pas quoi te dire.

– D'après la police, grâce à la présence d'esprit de Diane, ils ont toutes les chances de le retrouver. Mais il sera sans doute trop tard pour récupérer l'argent que je lui ai donné.

Helen secoua la tête, elle n'en revenait pas de la naïveté de sa mère.

– Je sais. Ne dis rien.

Isla n'avait pas besoin qu'on lui rappelle ce pour quoi elle s'était flagellée à plusieurs reprises.

– Tu es surprise, Mamie ? demanda Charlie, qui sautait de joie, ravie du rôle qu'elle avait joué dans ces manigances.

– J'en suis sur le derrière ! Je ne me suis doutée de rien. Vous avez été géniaux.

Isla se sentait légère, libre, aux anges.

– Je suis très fière de toi, dit Helen en passant son bras autour de Charlie, et elle l'embrassa sur la joue. J'aime même tes cheveux. Le violet te va bien.

Charlie afficha un sourire radieux.

– C'était le but, Isla, intervint Ian, qui avait l'air extrêmement content de lui. Nous nous sommes dit qu'avec les circonstances, tu avais besoin d'une bonne dose d'amour familial. Alors nous voilà tous réunis.

– Et Morag est là aussi.

Isla regarda autour d'elle. Sa sœur se tenait à l'écart des invités qui bavardaient et attendait qu'Isla soit disponible. Lorsqu'elle vit sa sœur lever la tête, elle s'approcha, avec un large sourire.

Elles se firent la bise.

– J'ai cru comprendre que tu traversais une mauvaise passe.

– On peut dire ça. J'ai mal choisi mon homme, encore une fois.

– Hé ! Fais attention à ce que tu dis ! riposta Ian qui n'était pas loin.

Son sourire de vedette de cinéma vieillissante montrait qu'il prenait la boutade de bon cœur.

– Merci d'avoir trouvé une solution pour Braemore. C'est une décision généreuse, qui met tout le monde d'accord.

– Nous déciderons toutes les trois de l'avenir de la maison en temps voulu. Mais quand je vois Aggie, je me dis que ce ne sera pas avant un bout de temps !

Elles se retournèrent et aperçurent leur tante rire aux propos d'une personne dans le groupe d'amis qui l'entourait.

– Je te le promets, poursuivit Isla (c'était une promesse qu'elle avait l'intention de tenir). Au moins, nous nous adressons à nouveau la parole.

– C'est vrai. Mais ne t'attends pas à ce que nous devenions tout d'un coup les meilleures amies du monde. (Morag était aussi entêtée que Lorna.) Fêtons simplement l'arrivée de notre demi-sœur, ajouta Morag, avant d'aller chercher trois verres de pétillant.

– Elle est têtue comme une mule, maugréa Lorna.

– C'est l'hôpital qui se moque de la charité, la railla Isla.

Ses sœurs s'étaient mises de mèche pour être présentes pour elle, ce qui n'était pas rien. Isla ne s'attendait pas à un miracle, mais peut-être le temps comblerait-il le fossé.

Le reste de l'après-midi fut très animé. Isla discuta avec de nombreux amis d'Aggie, mais, surtout, elle passa du temps avec Helen.

– Alors, les États-Unis. Comment c'était ?

– Super. J'ai rencontré tous les gens que je devais connaître, dont mon agent américain. Je suis prête à me lancer. Je peux travailler d'ici, en allant là-bas à l'occasion. Jusqu'à ce qu'ils commencent le tournage. Je me suis dit que j'emmènerais Charlie avec moi la prochaine fois, annonça Helen, dont le regard pétillait d'excitation. Qu'est-ce que tu lui as fait, Maman ? Elle est métamorphosée.

– Rien de particulier. Je lui ai seulement présenté un escroc et ai partagé avec elle la découverte que ma mère n'était pas ma mère.

Elle laissa de côté les détails du reste de l'histoire.

– Elle a été géniale. Tu devrais essayer de passer plus de temps avec elle.

À peine sa phrase prononcée, Isla s'en mordit les doigts. La dernière chose dont Helen avait envie, c'était les conseils de sa mère.

– Maman, arrête. Je viens de te dire que je l'emmènerais aux États-Unis avec moi – à condition qu'elle se remette sur de bons rails.

– N'en attends pas trop, trop vite.

De leur siège, elles pouvaient voir Charlie étendue sur le monticule herbeux, absorbée par quelque chose sur son petit écran, ses pouces se déplaçant rapidement dessus, tout à fait indifférente à ce qui se déroulait autour d'elle.

– Nous partons en Grèce pour deux semaines le mois prochain – tous les trois. Mike rentre mardi. Enfin ! Mon voyage m'a permis de voir les choses avec du recul et je suis déterminée à ce que nous partions ensemble. Mike m'a promis de ne pas accepter d'autres missions avant les vacances et j'ai trouvé une excellente offre de dernière minute.

L'enthousiasme d'Helen était contagieux.

– D'ailleurs, pourquoi ne viendrais-tu pas toi aussi ? J'ai loué une villa sur Spetsès.

– Je viens tout juste de partir en vacances.

Bien que le road-trip d'Isla n'ait pas du tout ressemblé à ce qu'elle avait initialement prévu, elle n'avait aucune envie de nouvelles vacances si tôt.

– Je veux rentrer chez moi, régler les choses dans ma maison et en refaire mon petit nid.

Elle voulait faire disparaître toute trace de Tony et retrouver le havre qu'était sa maison avant qu'il n'entre dans sa vie.

– Et après, je vais m'occuper du musée.

Rien que de penser au bâtiment classé, consacré aux collections de jouets, suffisait à apaiser Isla. Au moins, Tony n'avait pas pu lui enlever cela. Elle avait besoin de temps pour digérer tout ce qu'elle avait appris au cours de ces deux petites semaines, pour se ressaisir et se retrouver.

– Tu es sûre ? Nous serions ravis que tu te joignes à nous.

– Certaine. Vous devriez passer du temps tous les trois et moi reprendre ma vie en main. J'ai l'impression d'avoir été une parfaite idiote.

– Mais, Maman, il te plaisait. C'est ton droit. Tu ne pouvais pas savoir.

– Cela ne m'empêche pas de me sentir stupide. Triste aussi.

Malgré tout ce qu'il lui avait pris, Tony avait prouvé à Isla qu'elle était encore capable d'aimer. Cette relation, qui lui avait procuré tant de chaleur et de confiance, lui manquerait, en dépit de son erreur de jugement.

– Peut-être que tu rencontreras quelqu'un d'autre.

En fond sonore avait été lancé, sur la vieille platine, *Everybody Loves Someone Some Time* de Dean Martin, l'une des chansons préférées d'Aggie. Un de ses couples d'amis dansait sur la terrasse.

– Toujours aussi optimiste. Je ne pense pas chercher avant un moment.

– Tu danses ? demanda Ian, qui s'était approché des deux femmes dans leur dos.

– Non, c'est juste ma façon de me tenir.

Cette vieille plaisanterie familiale les fit tous les trois éclater de rire.

Ian tendit la main.

– Viens.

Isla regarda autour d'elle pour trouver une excuse, mais Helen se dirigeait déjà vers Aggie, qui lui indiqua une chaise à côté d'elle. Lorna et Morag discutaient, avec à leurs pieds le corps d'Andrew qui dormait face contre terre sur l'herbe. Les assiettes et les restes avaient été remisés à l'intérieur et il ne restait plus que le noyau dur des invités. Lorsque Ian et Isla atteignirent la terrasse, trois couples se déhanchaient sur la musique.

– Nous pouvons le faire, déclara Ian, en sentant la réticence d'Isla.

Bien sûr qu'ils en étaient capables.

Au moment de la chanson suivante, Ian passa son bras autour de la taille d'Isla et lui prit la main, pour la guider. Ils se connaissaient bien et s'accordaient à merveille. Avec lui, elle ne ressentait aucune pression, aucun besoin d'être parfaite. Ils avaient essuyé tant de tempêtes et, pourtant, ils tenaient encore debout. Elle ferma les yeux et se laissa bercer au rythme de la musique. Le seul endroit où elle se sentait en sécurité et aimée était au sein de sa famille – rien ne pouvait remplacer cela.

– Hum, c'est agréable, entendit-elle Ian dire.

Elle s'écarta de ses bras et posa ses mains sur ses hanches.

– Mais tu ne renonces donc jamais ?

– Pas tant qu'il y a de l'espoir, répondit-il avec son fameux sourire. Oh, voyons. Où est passé ton sens de l'humour ?

Il lui offrit sa main et Isla revint dans ses bras en le regardant.

– Il n'y a aucun espoir, mon coco.

– C'est bien dommage.

La musique changea une nouvelle fois et Isla se retrouva propulsée en arrière alors qu'Ian lui faisait danser le rock. La piste de danse s'était vidée. Tout autour de la terrasse, les convives restants applaudissaient Ian et Isla. Il la faisait tournoyer, et peu à peu les pas de leur danse préférée revinrent en mémoire à Isla.

Du coin de l'œil, elle aperçut sa famille qui riait et tapait également dans ses mains.

Isla était chez elle. Quel que soit le temps qu'il lui avait fallu pour y parvenir, c'était là qu'était sa place.

Remerciements

Chacun de mes romans repose sur une équipe de personnes qui m'aident à faire des recherches et m'empêchent de m'éloigner du droit chemin.

J'adresse de sincères remerciements à mon agent et amie, Clare Alexander, qui m'a toujours soutenue sans relâche. Clare Hey, mon éditrice patiente et perspicace sans qui ce roman n'aurait peut-être jamais vu le jour. J'ai été chaleureusement accueillie par son équipe chez Simon & Schuster, parmi laquelle je dois saluer tout particulièrement Sara-Jade Virtue, Jess Barratt, Alice Rodgers et Sally Partington qui a des yeux de lynx.

Maggie Shipp, Miranda McMinn et Lucia Hagan, Louise Candlish et Greta Burton m'ont aidé dans mes recherches sur l'univers des adolescents. Jane et Jeremy Rawkins ont marché là où je ne pouvais me rendre durant le confinement et m'ont fait un compte rendu détaillé. Lizy Buchan m'a conseillée à propos des intrigues et a lu un premier brouillon. Merci à vous tous.

Enfin, comme toujours, je remercie ma famille et mes amis qui m'ont supportée pendant l'écriture de ce roman, qui a connu des hauts et des bas, et particulièrement mon mari Robin qui a lu le texte et m'a donné de précieux conseils.

Rose, entrepreneuse dans l'âme, rencontre le beau James à une fête de mariage. Très rapidement elle tombe sous son charme… Seront-ils les prochains à se marier ? Une comédie romantique pétillante avec des personnages pleins d'entrain.

Disponible en librairies et en version ebook

Marion, trentenaire, prend conscience que sa vie n'est pas celle qu'elle avait imaginée. C'est alors qu'elle décide de se lancer à la poursuite de son rêve, celui de dessiner.

Disponible en librairies et en version e-book

De retour à Wynbridge, Ruby décide de tenir un stand sur le marché de Noël. Mais l'ouverture d'un centre commercial le menace fortement. Sans compter la présence de son ex petit ami qui la fait grandement douter… Saura-t-elle faire en sorte que la magie soit conservée ?

Disponible en librairies et en version ebook

Responsable éditoriale : Ambre Rouvière
Correction : Nord Compo Multimédia
Composition : Nord Compo Multimédia
Conception graphique de la couverture : Nord Compo Multimédia
Illustration de couverture : © Shutterstock

PEFC 10-31-1601 Certifié PEFC pefc-france.org

MADE IN FRANCE · FABRIQUÉ EN FRANCE · Aubin IMPRIMEUR

Depuis 2009, Prisma Media met en place une politique d'achat éco-responsable. Ainsi, près de 100 % du papier de nos magazines est certifié PEFC (gestion durable des forêts). La fabrication des livres des Éditions Prisma s'inscrit également dans cette démarche.

Dépôt légal : octobre 2021 – n° d'impression 2108.0408
Achevé d'imprimer en France par Aubin Imprimeur